SIMONA BALDELLI
Die geheimnisvolle Freundin

Weitere Titel der Autorin:

Die Rebellion der Alfonsina Strada

SIMONA BALDELLI

DIE GEHEIMNISVOLLE FREUNDIN

ROMAN

Übersetzung aus dem Italienischen
von Elisa Harnischmacher

eichborn

Eichborn Verlag

Titel der italienischen Originalausgabe:
»Il pozzo delle bambole«

Für die Originalausgabe:
Copyright © 2023 by Simona Baldelli
Dieses Werk wurde vermittelt durch
die Literarische Agentur Michael Gaeb, Berlin, zusammen
mit der Walkabout Literary Agency, Rom.

Für die deutschsprachige Ausgabe:
Copyright © 2024 by
Bastei Lübbe AG, Schanzenstraße 6–20, 51063 Köln

Vervielfältigungen dieses Werkes für das Text-
und Data-Mining bleiben vorbehalten.

Textredaktion: Christina Neiske, Haldenwang
Umschlaggestaltung: Manuela Städele-Monverde
Einband-/Umschlagmotiv: © by Archivio Cameraphoto Epoche /AKG Images
Satz: GGP Media GmbH, Pößneck
Gesetzt aus der Warnock
Druck und Verarbeitung: GGP Media GmbH, Pößneck

Printed in Germany
ISBN 978-3-8479-0179-2

5   4   3   2   1

Sie finden uns im Internet unter eichborn.de

DIE AUSGESCHLOSSENEN

Was war eigentlich so furchterregend im Dunkel? Die Nacht war ein stetiger Chor aus Seufzern, Wehklagen und kissenerstickten Schluchzern.

Es begann gleich nachdem das Licht gelöscht wurde. Sobald nach der Kontrolle das Klirren von Schwester Ortensias Schlüsselbund und ihre sich entfernenden Schritte verklungen waren, erhob sich klägliches Weinen aus der Ecke, in der die Kleinsten und die Neuen schliefen.

Abend für Abend bündelten sich Schmerz und Einsamkeit über den Betten des Mädchenschlafsaals, bis die Wände sie nicht mehr einzudämmen vermochten, dann schwebte das Raunen in die Flure hinaus, wo es mit dem Klagen der Jungen verschmolz – die keinesfalls weniger weinen – und sich zu einem tränenerstickten Nebel verdichtete. Das Dunkel ist das Reich der Einsamkeit.

Es brauchte schon ein hartes Herz, damit es einen nicht zerriss.

Doch wohin entschwand dieser leidklagende Nebel? Schon im ersten Morgengrauen war er verschwunden. Keine Spur mehr in den Zimmern, den Waschräumen, auf den Treppen hinauf zu den Schlafsälen oder denen hinunter zur Waschküche und den Lagerräumen, oder noch weiter abwärts in die fensterlosen Kellergänge, zu denen nur die Oberin und wenige andere Zutritt hatten. Nein, bis nach dort unten konnte er nicht gelangen, nicht in diese lichtlosen Stollen ohne irgendeinen Weg hinaus. Vielleicht glitt der Klageschleier unter dem Tor hinaus, wo im Winter der eisige Wind eindrang und unter die Haut und in die Knochen kroch. Oder er entkam durch die Eisenstäbe vor den Fenstern und verflüchtigte sich auf dem Weg von der Stadt in die umliegenden Berge.

Nina verstand nicht, was es bei hereinbrechender Dunkelheit zu weinen gab, und noch dazu waren einige der Kinder sogar größer als sie. Das Klagen brachte Nina um den Schlaf, und ein schwerer Stein legte sich ihr auf das Herz, der sich am Morgen zu einer nur schwer beherrschbaren Unruhe auswuchs. Manchmal schloss sie sich im Waschraum ein oder lief so weit wie möglich fort vom Hof und schrie, was ihre Stimmbänder hergaben, um nicht zu platzen.

»Was haben sie denn zu jammern?«, hatte sie Schwester Immacolata gefragt, die Einzige, die sich ein wenig Zeit für die Kinder nahm.

»Sie vermissen ihre Mammas«, hatte diese geantwortet, »ihr Zuhause, ihr vorheriges Leben. Dinge, die du nicht kennst.«

Nein, diese Dinge kannte Nina nicht. Sie gehörten der Welt außerhalb an. Einer Welt aus Häusern und Häuschen; einige ganz normal, andere unschön oder baufällig, nur wenige wirklich hübsch mit von einem angestrichenen Zaun eingehegten Gärten, ein wenig abseits vom Zentrum, in Gegenden, in denen die Straßen schön glatt waren und die Bäume so grün glänzten, als hätte man sie soeben eingepflanzt. Dort lebten Menschen in kleinen Gruppen. Nicht so wie die Kinder und Nonnen hier drinnen, die insgesamt an die sechzig zählten. Aber das Waisenhaus war ja schließlich eines der größten Gebäude der Stadt, also war es auch normal, dass dort drinnen viele wohnten.

Die Kinder waren in zwei Gruppen aufgeteilt: Jungen und Mädchen, und ihrerseits noch mal in Waisen und Findelkinder. Auf den ersten Blick wurden alle gleich behandelt, aber ein genaueres Hinsehen zeigte rasch, dass dem nicht so war. Die Nonnen sprachen weniger harsch mit den Waisen und hielten so manchen sanften Blick für sie bereit, fast als wollten sie etwas gutmachen. Die anderen Kinder hingegen mussten für eine tröstende Geste schon einen Diebstahl oder Tritt der größeren hinnehmen. Dann umringten die Kameraden das Opfer mitfühlend, eine Nonne strich ihm über die Wange und murmelte etwas Aufmunterndes.

»Na komm, wenn du groß bist, wirst du dich nicht mehr daran erinnern.« Oder: »Vergib das Unrecht, das du erlitten hast, wie der Herr den Bösen vergibt.«

Aber schon fünf Minuten später verlor sich jegliches Mitgefühl im Blick der Nonne und denen der Kameraden, und man war wieder die gleiche Elendsgestalt wie zuvor.

Die Waisen, vor allem diejenigen, die beide Elternteile verloren hatten, umgab ein geheimnisvoller Schutz, wie der Schild des Heiligen Geistes. Hatten sie einen Streich ausgeheckt oder wollten die Freitagssuppe nicht essen, sauste die Rute der Nonnen weniger heftig auf ihre Köpfe hinab oder schlug gleich knapp daneben auf den Tisch. Die Waisen hatte das Unglück per Zufall ereilt, oder weil Gott es so gewollt hatte.

Den Findelkindern hingegen, deren Unglück die eigenen liederlichen Eltern, vor allem die Mütter, verschuldet hatten, half kein Heiliger Geist. Wie eine Last wirkte ihre Anwesenheit, die beständig an etwas erinnerte, das vergessen gehörte. Bei weiblichen Findlingen war es noch schlimmer: Die Sünde hatte sich auf sie vererbt und lebte in ihnen weiter.

Marcella, die schon dreizehn Jahre alt war und im Saal der Großen schlief, wusste auch, warum: »Aus Mädchen werden Signorine. Und Signorine können plötzlich mit dickem Bauch dastehen.«

Was redete sie da von dicken Bäuchen, wo doch hier drinnen Schmalhans Küchenmeister war? Das wollte Nina nicht in den Kopf, sosehr sie sich auch bemühte, es zu verstehen, denn sie gehörte der unglücklichsten Gruppe an: Mädchen und Findelkind.

Während die Findelkinder sich in ihrer Art alle ähnelten und kein anderes Leben als das im Waisenhaus kannten, unterschieden sich die Waisenkinder eines vom anderen. Sie hatten eigene Erinnerungen und unterschiedliche Nachnamen, nicht etwa wie die Kinder, die heimlich in der Drehlade abgelegt worden waren und alle Esposito oder Diotallevi oder Servodidio hießen. Einige der Waisenkinder ließen die Findlinge freigiebig an dem bunten Leben und den immer tolleren Geschichten dort draußen teilhaben. Wenn sie erst mit sechs oder noch älter ins Waisenhaus gekommen waren, dann kannten sie Geschichten ferner Länder von Königen, Prinzen und Prinzessinnen. *Märchen* nannten sie die, und sie sagten, ihre Mammas oder Omas hätten sie ihnen erzählt. In diesen Märchenreichen war das Leben immer herrlich, und – wie viel Unglück auch geschehen mochte – am Ende wurde alles gut, und alle lebten glücklich und zufrieden. Nach der abendlichen Kontrolle riefen die Waisenkinder, wenn ihnen danach war, die kleinsten Findelkinder zu sich und begannen mit *Es war einmal*. Es war wirklich schade, dass solche Dinge nur in ferner Vergangenheit geschehen waren.

Im Dunkel aber waren es die Waisenkinder, die ihre nächtliche Klage anstimmten. Die Findelkinder waren aus anderem Holz geschnitzt.

Niemand hatte die Findelkinder je gewollt.

Deren Eltern hatten sie sich ja gleich vom Halse geschafft. Normalerweise wurden sie vor einer Kirche ausgesetzt oder aber in einer Drehlade am Waisenhaus. Einige wenige lagen in reizenden handgearbeiteten Körbchen, eingewickelt in Leinentücher, die eine goldene Sicherheitsnadel zusammenhielt, ein spitzenbesetztes Mützchen auf dem Kopf und warm gehalten von einem Wolldeckchen. Bei solchen Säuglingen fand sich ein Beutel mit Wechselkleidern, ein Umschlag mit etwas Geld und ein Brief, in dem darum gebeten wurde, das Kind aus christlicher Nächstenliebe aufzunehmen.

Meistens aber waren die Findelkinder einfach nur mehr schlecht als recht in eine alte Decke gehüllt.

Nina war ohne jeden Schnickschnack im Morgengrauen des zweiten Dezember im Jahr nach Kriegsende ausgesetzt worden. Man hatte sie dem seligen Giovanni – Jan – von Ruysbroeck zu Ehren getauft, einem der Heiligen, derer man an diesem Tag gedachte. Die anderen Heiligen waren Bibiana, Silverio, Raffaele, Maria Angela, Cromazio und Abacuc. Letzterer war einer der Propheten und Heiligen, deren riesige Statuen die Basilika della Madonna del Ponte schmückten. Für die Oberin war dies ein Zeichen der Jungfrau Maria, und sie wollte den Findling unbedingt auf diesen Namen taufen lassen. Es wurden zahlreiche weibliche Varianten vorgeschlagen wie Abaca, Abacuca, Abuca, doch keine stellte die Oberin zufrieden.

Da es aber Schwester Immacolata gewesen war, die das Kindchen gefunden hatte, widersetzte sie sich der Oberin, die

Namenswahl stehe schließlich ihr zu. Und ihr sei der Heilige Flame lieber, denn Giovanni bedeute »Gabe Gottes«, und das Kind sei doch ein Geschenk des Himmels, sagte sie. Und weil das Kindchen so zart war, verniedlichte sie den Namen Giovanna rasch in Giovannina, abgekürzt mit Nina, was zu dem kleinen frierenden Wesen, welches sie in ihre Obhut genommen hatte, viel besser passen wollte. Ein zusammengekrümmtes Etwas mit struppigem schwarzem Haar und dunklen Augen, die fast das ganze Gesicht einnahmen.

Schwester Immacolata war damals gerade einmal zwanzig Jahre alt und lebte erst seit wenigen Monaten im Waisenhaus. Vor Tagesanbruch war sie von ohrenbetäubendem Geschrei geweckt worden und hatte gleich gewusst, um was es sich da handelte. Mit wild pochendem Herzen, denn schließlich war es das erste Mal für sie, rannte sie zur Drehlade. Den Winzling im Arm lief sie zur Oberin, damit diese die Taufe gleich für diesen Morgen in die Wege leite, noch vor der Suche nach einer Amme. Denn das Baby hatte überall blaue Verfärbungen und glühte förmlich. Es war nicht unwahrscheinlich, dass der Herr es wieder zu sich nehmen würde, noch bevor es gesegnet wurde. Im Laufe der Jahre sollte Schwester Immacolata noch Dutzende solcher Bündel an sich nehmen, aber für keines fühlte sie sich so verantwortlich wie für diesen erst wenige Stunden alten Säugling.

Schwester Immacolata wirkte wie ein verwundetes Tier, sie bewegte sich hastig, wie auf der Flucht, und zog die Schultern zum Schutz wovor auch immer hoch bis zu den Ohren. Immer war sie als Erste zur Stelle, wenn ein Kind sich das Knie aufschlug oder in Tränen ausbrach. Sie wollte alle beschützen, vielleicht, um die Kinder für das erlittene Unglück zu entschädigen. Und um Nina war sie doppelt bemüht. Die Geschichte, wie sie Nina gefunden hatte, erzählte sie dem Kind während einer langen Krankheit etwa tausend Mal.

Das war einige Monate her, und Nina hatte währenddessen eine unerwartete Sonderbehandlung bekommen: ein Bettchen in einer Ecke ganz für sich allein, wo sie stetig von den Nonnen umsorgt wurde und dampfende Suppen bekam, obgleich sie nur wenige Löffelchen davon hinunterbrachte. Sie hatte befürchtet, es dafür mit der Rute auf die Handflächen zu bekommen, denn das geschah, wenn man im Speisesaal nicht aufaß. Doch in den Wochen, in denen sie getrennt von den anderen schlief, räumten die Nonnen die noch vollen Teller einfach mit einem betrübten ratlosen Lächeln ab. Der Heilige Geist wachte nun wohl auch über sie und beschützte sie vor Bestrafungen.

Angefangen hatte es wie eine ganz normale fiebrige Erkältung. Niemand dachte sich etwas dabei, denn Nina hatte es ständig an Bronchien und Lunge. Der März 1951 war ganz besonders kalt, ein nahezu winterlicher März, schon nach wenigen Minuten draußen fuhr einem die Kälte durch Mark und Bein.

Zehn Tage später hatte sie noch immer Fieber, und weder kalte Umschläge auf der Stirn noch heiße Brustwickel nützten irgendetwas. Sie bekam schlimmen Husten, bei dem ihre Lunge pfiff wie der Wind durch die Fensterläden. Zäher Schleim lagerte sich im Rachen ab, der sich verhärtete und zusammenzog, sodass weder Nahrung noch Luft einen Durchgang fanden. Jeder Atemzug klang, als stünde sie kurz vor dem Ersticken.

»Das ist Keuchhusten«, sagte der Arzt zu Schwester Brigida, die ihn zu der Kranken geführt hatte, »sie muss von den anderen Kindern separiert werden.«

»Wegen Husten?«

»Das ist kein einfacher Husten. Vielleicht habt Ihr schon mal etwas von Stickhusten gehört?«

Deshalb also hörte sich der Husten an, als würde man daran ersticken. Die Nonne bekreuzigte sich. »Herr im Himmel.«

»Wenn sie diese Woche übersteht, dann gibt es vielleicht noch Hoffnung.«

Man bereitete Nina ein Bett im Krankensaal hinter einem blütenweißen Leintuch als Vorhang. Das Fieber war so hoch, dass es nicht messbar war: Die Quecksilbersäule stieß bis ans Ende des Thermometers.

Die meiste Zeit verbrachte die Patientin in einem Dämmerzustand, durch den Bilder und Klänge nur wie durch einen Nebel zu ihr drangen. Bei vollem Bewusstsein war sie ausschließlich, wenn Schwester Immacolata mit der Penicillinspritze kam, eine umwickelte dampfende Schale in der Hand, in der sie die Spritze zuvor abgekocht hatte. Ninas Hintern war von Einstichen schon übersät, und die Nonne versuchte mit einigen sanften Klapsen, das Gewebe ein wenig weicher zu machen. Es brannte schlimm, und das hielt Nina wach, bis der Schmerz irgendwann nachließ und sie wieder in tiefen Schlaf fiel bis zur nächsten Spritze.

Schließlich tauchte sie aus ihrem Dämmer auf, denn gleich an ihrem Bett betete jemand murmelnd. Mit geschlossenen Augen und dem Rosenkranz in den Händen schaukelte Schwester Immacolata im Takt der Ave-Marias auf einem Stuhl sanft vor und zurück. Das Zimmer war voller weißer Flocken.

»Es schneit«, murmelte Nina. Oder träumte sie nur? Wie konnte es hier drinnen schneien?

Die Nonne hielt inne. »Was hast du gesagt?«

Nina fasste sich an den Hals. Es brannte noch immer, aber nicht mehr so schlimm, dass sie nicht hätte sprechen können. Sie zeigte auf die weißen Tupfen, die auf dem Bett tanzten. »Es schneit.«

»Das sind Pappelblüten. Hier ist inzwischen Frühling geworden.« Schwester Immacolata blickte sie mit Tränen in den Augen an, doch auf ihren Lippen erschien ein zufriedenes Lächeln.

Vollkommen gesund war Nina erst wieder Mitte Mai, aber in den langen Wochen der Genesung freute sie sich noch an ihrem ungestörten Schlafplatz, dem Wohlwollen der Nonnen und der nahezu ständigen Gesellschaft von Schwester Immacolata, die ihr pausenlos von jenem Morgen des zweiten Dezember 1946 erzählte. Und während sie Nina das Hemd wechselte oder sie fütterte, schmückte sie die Geschichte jedes Mal mit neuen Details aus. Die Schreie des Babys wurden immer schriller, das Haar störrischer und dunkler, der kleine Körper immer ausgezehrter.

Manchmal machte sie die Schreie nach, dann lachte Nina, bis ihr der Bauch wehtat. Eines Abends, als alle anderen bei der Vesper waren, erzählte Schwester Immacolata etwas, das sie zuvor nie erwähnt hatte. »Und als ich dich gewickelt habe, da habe ich ein kaffeefarbenes Muttermal unten an deinem Rücken entdeckt.«

»Wo unten?«

»Unten am Rücken.«

»Wo der Hintern anfängt?«

Schwester Immacolata unterdrückte ein Lachen. »Pst! Das sagt man nicht.«

»Aber da, oder?«

»Ja, auf der linken Seite.«

Sobald sie wieder gesund wäre, würde sie gleich nachsehen, ob dieses Fleckchen noch immer da war. »Warum heißt es Muttermal, und warum hat es die Farbe von Kaffee?«

»Als deine Mutter mit dir schwanger war, hatte sie wohl große Lust auf Kaffee.«

So erfuhr Nina zum ersten Mal etwas Greifbares über die Frau, von der sie damals in der Drehlade abgelegt worden war. Bis dahin war sie bloß eine abstrakte Figur gewesen, ohne Gesichtszüge oder Charakter, und schon gar nicht mit Gelüsten. Doch die Mutter hatte Lust auf Kaffee gehabt, und sie hatte wohl allein gelebt, denn niemand hatte sich die Mühe gemacht, ihr einen zuzubereiten. Sonst wäre Nina ja nicht mit diesem Mal zwischen Rücken und Hintern geboren worden. Vielleicht hatte die Mutter ja ein ganz ähnliches Mal, von ihrer eigenen Mutter geerbt und immer so weiter, bis hin zur ersten Frau, die sich eine Tochter und einen Kaffee zugleich gewünscht hatte. Von diesem Tag an stellte sie sich die Mutter mit einem dampfenden Tässchen in der Hand vor, den Blick in die Ferne gerichtet, während sie auf ihr Kind wartete. Aber woher sollte dieses Kind eigentlich kommen?

Am liebsten wäre Nina für immer isoliert hinter dem Vorhang geblieben. Sie hatte so viel Aufmerksamkeit bekommen, dass sie sich wirklich gemocht fühlte, und als der Arzt – der sich mehr als alle anderen über ihre Genesung wunderte – bei der letzten Untersuchung erklärte, sie könne nun wieder zu den anderen zurückkehren, verließ sie ihr Lager hinter dem Vorhang nur äußerst ungern. Sie war fast glücklich dort gewesen.

Nach der Krankheit war Nina noch ausgezehrter, schwächer und blasser, schon die kleinste Windbö bescherte ihr eine Erkältung. Schwester Immacolata erklärte, sie sei so schwach auf der Brust, weil die Mutter sie nicht gestillt habe, was nötig sei, um gesund und stark zu werden. Die Amme, zu der Nina nach der Taufe gekommen war, habe für eine ausreichende Entlohnung vielleicht mehrere Kinder gleichzeitig stillen müssen und womöglich nicht genug Milch gehabt. Und die eisige Dezembernacht in der Drehlade habe dann ihren Teil dazu beigetragen. »Du solltest ganz einfach mehr essen«, sagte sie, »so kommst du wieder zu Kräften.«

Aber Nina wollte nicht zu Kräften kommen, warum sollte sie auch? Alles war ihr gleichgültig, auch sie selbst, außerdem war sie von ihrem eigenen Unwert überzeugt, man hätte sie sonst wohl kaum einfach fortgeworfen. Und die ständigen Krankheiten und Erkältungen bewiesen doch, dass mit ihr etwas falsch war. Als sie mit dem Keuchhusten krank gelegen war, hatte sie sich zum ersten Mal ein wenig besonders gefühlt, aber sie konnte ja nicht wieder so hohes Fieber bekommen, nur um etwas wert zu sein.

Schwester Immacolata war sehr froh, dass Nina wieder gesund war, pünktlich zur Besichtigung in drei Wochen. »Versuch zu essen«, riet sie ihr, »du musst doch einen guten Eindruck machen.«

Einen guten Eindruck wofür? Nina gab sich Mühe, die Suppe hinunterzukriegen, aber ihr Magen war zu sehr geschrumpft, und schon nach wenigen Löffeln hatte sie das Gefühl zu platzen.

Am Samstag, dem zweiten Juni, wurden die Kinder früher als üblich zu Bett geschickt, denn am nächsten Tag mussten sie in aller Herrgottsfrühe aus den Federn.

An den Bettenden lagen die zu tragende Wäsche und die Kittel bereit, blendend weiß und gehörig gestärkt.

Die Nonnen waren aufgeregt und überschlugen sich mit guten Ratschlägen: tief und fest schlafen, um am Morgen auch frisch auszusehen, die Kleidung bloß nicht mit schmutzigen Händen anfassen und die Schuhe spiegelblank putzen. Und dass sie auch ja beteten, viele, viele Gebete an die Madonna.

Nina gehorchte misstrauisch. Sie legte die blütenreine Unterwäsche in die Kommodenschublade, legte den Kittel, der so steif war, dass er fast von selbst stand, über das Kopfende des Bettes und putzte sorgfältig ihre Schuhe. Diese hatte sie erst vor wenigen Wochen bekommen, doch sie waren schon alt und von unzähligen Mädchen vor ihr getragen. Ein wenig zu groß waren sie auch, aber sie würde schon hineinwachsen, hatte Schwester Brigida gesagt. Noch bevor das Licht gelöscht wurde, glitt Nina unter die Decke. Da sie beim Ave-Maria und dem Vaterunser immer ins Stocken geriet, wiederholte sie mehrmals den Akt der Reue.

Die Oberin sagte, das sei das wichtigste Gebet, und bestand darauf, dass auch die Kleinsten es lernten, denn alle würden in Sünde geboren und versündigten sich Tag für Tag, wieder und wieder, auch unbeabsichtigt. Es musste also jeden Abend vor dem Einschlafen aufgesagt werden, denn auf die Art würde Gott einem vergeben, wenn man im Schlaf sterben sollte.

Mein Gott, aus ganzem Herzen bereue ich alle meine Sünden,

Nina fürchtete, dass dieses Gebet gar nicht das richtige war. Es war doch die Madonna, die Gnade erweisen sollte, nicht Gott,

nicht nur wegen der gerechten Strafen, die ich dafür verdient habe, sondern vor allem, weil ich dich beleidigt habe, das höchste Gut,

aber schlussendlich gelangten ja sämtliche Gebete in den Himmel, und da wohnten die Madonna, Gott, Jesus und der Heilige Geist alle zusammen,

das würdig ist, über alles geliebt zu werden. Darum nehme ich mir vor, mithilfe deiner Gnade nicht mehr zu sündigen

ja, die Madonna würde das Gebet ganz bestimmt hören und Gnade erweisen,

und die Gelegenheiten zur Sünde zu meiden.

Aber Gnade wofür eigentlich? Warum war der nächste Tag so wichtig, dass er nach blütenweißer Unterwäsche und stocksteifen Kitteln verlangte?

Herr, vergib mir.

Nina hatte schon mehrere Besichtigungen miterlebt, doch ihre Erinnerung daran war unscharf. Bei der im letzten Jahr hatte sie gerade wieder eine Erkältung gehabt und irgendwann einen so schlimmen Hustenanfall bekommen, dass Schwester Immacolata sie hinausgebracht hatte.

Der Schlafsaal war erfüllt von Gebetsgemurmel, wie an Weihnachten oder Ostern. Heute weinte niemand. Das leise Stimmengewirr hüllte alles in tiefen Frieden.

Nina stimmte einen weiteren Akt der Reue an, doch als sie versprach, die nächsten Gelegenheiten zur Sünde zu meiden, schlief sie ein.

Am nächsten Tag, dem dritten Juni, mussten die Kinder sich Hals und Ohren schrubben, bis ihre Haut brannte. Unter Zurufen und Händeklatschen der Nonnen, die sie zur Eile antrieben, liefen sie zum Frühstück. Kaum hatten sie die Milchsuppe hinuntergebracht, ging es zurück in die Schlafsäle, wo sie sogleich die gestärkten Kittel überzogen, die steif von ihren mageren Kinderleibern abstanden.

Nina hatte das Gefühl, in einem Karton zu stecken.

»Hier lohnt ja doch keine Fotografie«, murmelte Schwester Brigida, als sie an Nina vorbeiging.

»Man kann nie wissen.« Schwester Immacolata strich dem Mädchen eine widerspenstige Strähne hinter das Ohr. »Denk daran zu lächeln.«

Die Kinder wurden in den Speisesaal gebracht, wo man sie anwies – freundlich oder auch unter Zuhilfenahme einiger Backpfeifen –, sich stocksteif und mit angehaltenem Atem aufzustellen, dass Haar und Kleidung auch bloß nicht in Unordnung gerieten.

In einer Ecke wartete schon der Fotograf mit der Kamera um den Hals, auf der eine Art Trichter mit einem Lämpchen in der Mitte angebracht war. Neben ihm stand ein gepolsterter Ledersessel, in dem Waisen und Findelkinder dem Alter nach geordnet einzeln Platz nahmen. Die Nonnen nahmen die Kleinsten, die noch nicht laufen konnten, auf den Schoß.

Der Fotograf, Signor Piero, gab Anweisungen. »Sitz gerade. Nimm den Finger aus der Nase. Lächeln, etwas mehr, du machst ja ein Gesicht wie drei Tage Regenwetter.«

Die Kinder aber sahen verängstigt ins Leere, niedergeschlagen und kläglich. Die Größeren, die diese Prozedur schon häufiger mitgemacht hatten, blickten angriffslustig aus zusammengekniffenen Augen, als säße hinter der Kamera ihr Feind. »Ihr müsst ihnen auch beibringen zu lächeln, den armen Kleinen«, beschwerte sich Signor Piero bei den Nonnen. »Wer will denn ein Kind mit einer solchen Trauermiene?« Und er wurde immer verzagter, während er knipste, Blitze aus dem Trichter schossen und die Kinder geblendet und verschreckt die Augen aufrissen und erblassten.

Der Fotograf wurde begleitet von seinem Sohn Olmo, einem ernsten, schweigsamen Jungen, der dem Vater neue Blitzlichtbirnen und Filme reichte. Er musste um die sieben, acht Jahre alt sein und trug den Kopf stets gesenkt, als würden die Waisenhauskinder ihn in Verlegenheit bringen. Ein einziges Mal sah er auf, warf einen mitleidigen Blick auf den Ledersessel und seufzte, und das war, als Nina sich hineinsetzte. Er musterte sie, bis es blitzte, dann ließ er beschämt wieder den Kopf hängen.

Nina hingegen betrachtete ihn ganz offen und neugierig, denn sie kannte sonst kein Kind, das einen Vater hatte, und zu Hause, da wartete vielleicht sogar eine Mutter auf ihn. Sie fragte sich, was an ihm so besonders war, da seine Eltern, im Gegensatz zu denen der Waisenhauskinder, ihn ja behalten und nicht in eine Drehlade gesteckt hatten. Er war ein ganz normaler Junge, weder hübsch noch hässlich, mit zwei Armen, zwei Beinen und glattem braunem Haar, das er zu einem Seitenscheitel gekämmt trug. Seine großen nussbraunen Augen waren von langen Wimpern eingerahmt. Vielleicht lag es daran, dass er so artig war, schweigsam und ruhig.

Nachdem alle Fotos gemacht waren, wurden die Kinder zurück in die Schlafsäle gebracht und durften sich nun endlich wieder das Haar verstrubbeln. Die Nonnen verlangten die gestärkte Kleidung zurück, die am nächsten Sonntag zur Besichtigung wieder getragen werden sollte.

Als die Woche vorbei war, wurden die Kinder noch sorgfältiger gewaschen und zurechtgemacht und anschließend im Hof versammelt. Regnete es, fanden die Versammlungen im Speisesaal statt, aber an jenem Tag war es schön, so schön wie ein frühsommerlicher Morgen nur sein kann für Kinder, die eigentlich barfuß in der Sonne hätten herumtollen wollen, anstatt stocksteif wie Zinnsoldaten in Kartonuniformen herumzustehen.

Die Besichtigung selbst war denkbar einfach. Die Besucherpaare zeigten auf dieses oder jenes Kind, und die Nonnen brachten es ihnen. Konnten die Kinder schon sprechen, wechselten sie mit dem Paar einige Worte, die kleineren wurden auf den Arm genommen und ein bisschen gewiegt.

Nina konnte sich vage erinnern, wie sie im letzten und vorletzten Jahr mit einigen Paaren gesprochen hatte. Sie hatten ihr eine Menge Fragen gestellt, auf die sie keine Antwort gewusst hatte, und weil sie so nervös gewesen war, hatte sie einen dieser Hustenanfälle bekommen, die sie fast entzweirissen.

Die Paare waren dann schnell weggegangen.

Kurz nach der Besichtigung, am Ende des Sommers, zog eine Handvoll Kinder nochmals die gestärkten Kittel über und verließ das Waisenhaus für immer.

Die Abreise der kleinen Kameraden war immer auf einen Feiertag gefallen. Es gab noch warme, duftende Kekse und dazu ein heißes, süßes Getränk, das mit kleinen, in Wasser gehängten Beutelchen zubereitet wurde, die die Nonnen in den obersten Küchenschränken aufbewahrten und *Tee* nannten. Die Kinder mussten über dieses Wort lachen und hatten sich sogleich einiges zurechtgereimt: *Willst du Tee? Ich doch nicht, nee! Tut dir was weh, dann trink einen Tee! Schreibt man Tee mit T?* Am Abend, nach der Messe, hatten sie zur Madonna gebetet, damit sie die guten Familien, die die Kinder aufgenommen hatten, beschützte. Wenn sie schön brav waren, dann würden sie vielleicht im nächsten Jahr das gleiche Glück haben, denn der Herrgott belohnt den, der es verdient. Dann hatten sie Loblieder angestimmt und, von Zucker und Keksen übermütig, die Gebete aus vollem Halse gesungen. Ganz bestimmt konnte man sie bis ins Paradies hören. Der Tag war also ein ziemliches Vergnügen gewesen.

Olmo war es zu verdanken, dass Nina schließlich die Verbindung zwischen Fotos, Besichtigung und der Abreise einiger Kinder begriff: Die Paare suchten sich Kinder zum Mitnehmen aus.

Es war der zehnte Juni 1951, ein herrlicher Sonntag. Der Himmel eine spiegelblanke blaue Fläche, und die Sonne schien so strahlend, dass man ganz übermütig wurde. Am Tag zuvor hatten die größeren Kinder von den Nonnen angeleitet den Hof gefegt und hergerichtet, das Unkraut ausgerissen und den verführerisch duftenden Rosenstock von trockenen Zweigen befreit.

Signor Piero und Olmo waren als Erste gekommen. Der Mann trug wie immer die Kamera um den Hals, denn manchmal wollte einer der Besucher sich mit einem Kind zusammen ablichten lassen. Unter seinem Arm klemmte ein dickes Buch.

Da der schattige Bereich für die Besucher vorgesehen war, mussten die Kinder mit der prallen Sonne vorliebnehmen. Über den Kittelchen trugen sie die Wollumhänge, die sie bei den Feiertagsspaziergängen überzogen. Einige der größeren Kinder hatten gemurrt, doch die Oberin war hart geblieben. Die Umhänge seien aus feinem Stoff und machten etwas her. Außerdem fange der Sommer kalendarisch erst in zwei Wochen an, und überhaupt, was die Maulerei solle.

Im Hof hatte Schwester Assunta ein Auge auf die Kinder, dick und feist saß sie auf einem der drei Stühle, die im Schatten postiert waren. Auf den anderen beiden saßen Schwester Brigida und Schwester Maria, die jede einen Säugling auf dem Arm trugen, die letzten Findlinge. Nachdem die Kleinen einige Monate bei einer Amme gewesen waren, hatte man sie nun, pünktlich zur Besichtigung, wieder ins Waisenhaus gebracht.

Dann kamen die ersten Besucher. Schwester Immacolata ging den Ankommenden entgegen und begleitete sie ins Büro der Oberin. Der Fotograf stieß mit dem dicken Buch unter dem Arm dazu.

Es war so heiß, dass alles klebte. Die Kleinsten fingen schon an zu quengeln. »Ich will Wasser«, jammerte einer.

»Später«, schnaubte Schwester Assunta, »sonst wird dein Kittel noch nass.«

»Aber ich hab so großen Durst.«

»Wenn du nicht sofort still bist, dann bekommst du erst heute Abend etwas zu trinken.«

Eine dicke Fliege brummte heran und setzte sich auf den Arm von Eleonora, einem Findelkind, mager wie ein Zwirnsfaden, mit rötlichem Haar und einem Gesicht voller Sommersprossen. Sie setzte zu einem Schlag an, doch die Fliege war schneller und flog zu den Jungen hinüber.

Carlo schlug wild nach ihr, und sofort feuerten einige der Kameraden rundherum ihn, andere die Fliege an.

»Wenn ihr nicht sofort aufhört, dann komme ich zu euch da rüber«, drohte Schwester Assunta. Sie war knallrot, und der Schweiß rann ihr über die Stirn.

Doch die Jungen beachteten sie gar nicht, schrien weiter durcheinander und schlugen nach der Fliege, bis die Schwester schließlich herbeilief und Carlo einen Klaps in den Nacken versetzte, der im ganzen Hof widerhallte.

»Warum nur ich?«, fragte er entgeistert.

»Das wird dich lehren, ein schlechtes Beispiel abzugeben. Und halt still, sonst zerknittert dein Kittel.«

Während sie zu ihrem Stuhl zurückging, streckte Carlo die Zunge heraus. Die größeren Jungen brachen in Gelächter aus. Die Nonne funkelte sie an. »Heute Abend werdet ihr schon sehen. Und du ganz besonders«, zischte sie.

»Is' mir doch egal, alte Hexe«, murmelte Carlo. Er war etwa zwölf Jahre alt und Waise, obgleich er noch schlechter als ein Findelkind behandelt wurde. »Wenn ich hier rauskomme, dann zahl ich dir alles heim.« Es war bloß ein Zischeln, aber doch so laut, dass die Kameraden es hören konnten. Schließlich war er der Rebellenanführer, und das wollte er bleiben.

Nina hatte unterdessen einen Streifen Schatten unter den Ästen einer Eiche entdeckt, die von der Straße über die Waisenhausmauern reichten. Das Haar der Kleinen war vollkommen durchnässt, und sie verspürte das starke Bedürfnis, sich den Kopf zu kratzen. Schrittchen für Schrittchen wagte sie sich vor in den kühlenden Schatten. Trotz der Hitze war sie noch immer ein wenig erkältet und hatte eine laufende Nase. Die Versuchung, sie einfach mit dem Kittelärmel abzuwischen, war groß, aber das würde Ärger geben.

Olmo drückte sich ebenfalls im Hof herum und beobachtete die Kinder heimlich. Da sah Nina, wie er sie zu sich winkte.

Sie zeigte auf sich. »Meinst du mich?«, flüsterte sie.

Er nickte und winkte sie nochmals hinüber.

Schwester Assunta hing schlaff mit geschlossenen Augen auf ihrem Stuhl, die anderen beiden Nonnen kümmerten sich um die Säuglinge in ihren Armen, doch Nina hatte trotzdem Angst. »Ich kann nicht«, wisperte sie. »Komm du.«

Der Junge tappte zu ihr herüber. Aus der Hosentasche zog er ein zusammengeknülltes Taschentuch. »Hier.«

»Was soll ich damit?«

»Dir die Nase putzen.«

Unsicher führte Nina die Hand an ihr Gesicht und fasste prompt in etwas Klebriges. Sie nahm das Tuch und wischte sich die Nase. Dann hielt sie es ihm wieder hin.

»Will ich nicht, du hast es doch dreckig gemacht.«

»Dann wasch ich es und geb's dir nächstes Mal wieder.«

»In Ordnung.« Er stand da und blickte umher, als läge ihm etwas auf der Seele. Er kam noch ein wenig näher, sie berührten sich nun fast. »Deshalb nehmen die dich nie.«

»Wer?«

»Die Familien.«

Was sollte das nun wieder? »Versteh ich nicht.«

»Niemand will dich, weil du immer eine Rotznase hast«, flüsterte er ihr ins Ohr. In dem dicken Buch seines Vaters waren die Fotografien aller Kinder eingeklebt, erklärte er leise. Vor der Besichtigung gingen die Familien zu der Oberin und blätterten durch das *Album,* so hieß das dicke Buch. Fanden sie ein Gesicht ansprechend, stellten sie Fragen: War dieses Kind artig, wusste man, wer die Eltern waren, wie stand es um seine Gesundheit? An Nina waren viele interessiert, denn ihre Augen waren groß, schwarz und wunderschön, der Vater sagte immer, sie lösten einen regelrechten Sog aus. Die Oberin berichtete dann, das Mädchen sei vielleicht ein wenig dickköpfig, aber brav, über seine Eltern wisse man leider nichts, denn es sei ein Findling, und da die Oberin nicht die Gutmütigkeit dieser Paare ausnutzen wollte, räumte sie ein, das Kind sei ein wenig kränklich, aber nicht weiter schlimm: Erkältungen, die Bronchien etwas schwach, solcherart. Und einige der Damen wollten sich dann trotz allem das Mädchen mit den schwarzen Augen aus der Nähe ansehen, vielleicht würde sie ja einen guten Eindruck machen.

Was ist denn das für eine Geschichte?, dachte Nina. »Und dann?«

»Dann sehen sie dich im Hof, und du ziehst eine Schnute, hast Husten und eine Rotznase.«

»Und woher weißt du das alles?«

»Mein Vater erzählt's mir. Zu Hause zeigt er mir das Album und erzählt mir alles haarklein.«

Nina hätte gerne noch mehr über diese Gespräche zwischen Vater und Sohn erfahren, aber eine dringendere Frage brannte ihr unter den Nägeln. »Was meinst du damit, dass sie mich nicht nehmen? Wofür?«

»Dich mit nach Hause nehmen.«

Obwohl sie leise sprachen, hatte Schwester Assunta die beiden gehört. »Nina! Sofort an deinen Platz zurück!«

Nina gehorchte, ein riesiges Durcheinander im Kopf. Dann war in dem dicken Buch also auch ein Foto von ihr. Mit Augen, die etwas auslösten. So ganz hatte sie das mit dem genommen werden noch nicht verstanden, aber sie bedauerte, bei den Besuchern einen schlechten Eindruck hinterlassen zu haben. Immerhin waren sie so nett gewesen, ins Waisenhaus zu kommen, hatten die Hitze im Hof ertragen, sich bemüht, den Kindern etwas abzugewinnen, ihnen Fragen gestellt. Und sie hatte eine Rotznase gehabt und ein langes Gesicht gezogen. Nun würde sie ihr Bestes geben. Sie putzte sich sorgfältig die Nase und wischte sich auch den Schweiß aus dem Gesicht.

Die Oberin kam aus der Tür, gefolgt von Signor Piero mit dem Album unter dem Arm und vier gut gekleideten Paaren. Schwester Immacolata bildete den Schluss.

Die Besucher wurden in die schattige Ecke mit den Stühlen geführt. Sie gaben ein wahrlich eindrucksvolles Bild ab. Am außergewöhnlichsten waren die Farben. Die Fremden waren nicht etwa in Schwarz und Weiß gekleidet wie die Nonnen oder in graue Kittelschürzen wie die Kinder. Nein, sie trugen blau gestreifte Krawatten, braune Jacken und der ein oder andere sogar ein rotes Einstecktuch. Die Frauen trugen Schuhe mit Absatz und grüne oder rosafarbene Tücher um den Hals.

Einige waren sogar im Gesicht bunt angemalt, die Augenlider blau und die Lippen kirschrot.

Nina war ganz bezaubert von einer der Frauen in einem ärmellosen, taillierten blauen Kleid mit Glockenrock. Sie trug einen gelblichen Hut und ein Täschchen von gleicher Farbe. Aufrecht und mit gekreuzten Fesseln saß sie da und lächelte, als spiele Festmusik in ihr drin.

Hinter ihr stand ein Mann in einem hellbraunen Anzug und einer gestreiften Krawatte auf einem blütenweißen Hemd. Auch er trug einen Hut, seiner war dunkelgrau. Er stand kerzengerade da, die Hände fest auf der Stuhllehne, als befürchtete er, jemand könne ihm die Frau wegnehmen. Bestimmt waren das Eheleute.

Dann fing die Besichtigung an.

Schwester Immacolata und Schwester Assunta teilten die Kinder in kleine Gruppen auf und hießen sie vor den Besuchern entlanglaufen. Signor Piero zeigte inzwischen das Fotoalbum. Manchmal tippten die Paare auf eine Seite und deuteten dann auf eines der Kinder, und die Oberin flüsterte einige Sätze.

Zum Schluss mussten die Kinder zurück in ihre Hofecke.

Die Sonne hatte den Höchststand erreicht und verbreitete eine Gluthitze, die Kleinsten jammerten, ihnen war heiß, sie hatten Durst und wollten in die Schlafsäle zurück. Nina nicht. Sie war gespannt wie nie zuvor, was nun folgen würde.

Kurz darauf wurden einige der Kinder nochmals aufgerufen. Zuerst gingen Schwester Brigida und Schwester Maria mit den Kleinsten, die noch in den Windeln steckten. Die Säuglinge wurden immer als Erste angesehen. Während sie von Arm zu Arm gereicht wurden, versuchte sich der ein oder andere an einem Schlafliedchen. Dann kamen die anderen Kinder dran, nach Alter geordnet. Mit den ihr eigenen scheuen Bewegungen und hochgezogenen Schultern lief Schwester Immacolata zwischen Kindern und Besuchern hin und her.

Das Erste war ein Waisenkindchen, das erst seit Kurzem laufen konnte, an der Hand der Nonne wankte es unsicher auf seinen Beinchen vorwärts.

Gleich darauf war die Reihe an Luigino, einem Findling von gerade einmal zwei Jahren, dessen blonde Locken aussahen wie die des Christkinds. Die Dame in dem blauen Kleid nahm ihn auf den Schoß, und der Kleine lachte ausgelassen mit seinem hin und her wackelnden blonden Köpfchen.

Nina hätte ihn am liebsten zu Boden geschubst.

Wie lässt sich ein inniger Wunsch ausdrücken, das brennende Bedürfnis, gesehen zu werden? Wie kann man schreien: *Ich bin auch da, sieh mich doch an, dreh den Kopf zu mir, warum, warum nur siehst du mich nicht?*

Nina wusste es nicht. In ihr herrschte ein brodelndes Durcheinander. Sie wollte schreien, sich toll gebärden, sodass die Dame den blonden Jungen absetzen, zu ihr laufen und fragen würde: Was ist los? Hast du Schmerzen? Wo tut es weh?

Ja, wo tat es weh? Vor allem in der Brust, und im Bauch, der ganz hart geworden war.

Die meisten Besucher waren schon gegangen, nur das Paar mit den Hüten war noch da. Nachdem sie den Kleinen wieder zu Schwester Immacolata gebracht hatten, hakten sie sich unter und liefen zum Ausgang.

Auf halbem Weg blieb die Frau stehen, wand ihren Arm aus dem des Mannes und lief rasch zur Oberin. Bei jedem Schritt schwang ihr Rock und sah aus wie eine Blume, über die der Wind streicht.

Sie ließ sich das Buch von Signor Piero geben, legte ihren Finger auf eine Seite und sprach zur Oberin. Dann winkte sie ihren Mann herbei.

Schwester Immacolata lief zu den Kindern, durchschritt die ersten Reihen der Kleinsten und blieb lächelnd vor Nina stehen. »Komm, die Signori wollen dich kennenlernen.«

Wie auf Wolken ging Nina zu ihnen hinüber, das Herz schlug ihr bis zum Hals.

Von Nahem war die Frau sogar noch schöner. Sie trug eine Kette aus orangefarbenen Steinchen, passend zu ihrem Armband, und in einer Hand hielt sie ein Paar Lederhandschuhe, auch diese orangefarben.

»Wie heißt du?«

Das war eine einfache Frage, und doch gelang es Nina nicht, ihren Namen auszusprechen. Kein Ton drang aus ihrer Kehle.

»Antworte der Signora«, forderte Schwester Immacolata sie auf.

Nina atmete stoßweise, so aufgewühlt war sie.

Die Frau ging um sie herum und betrachtete sie aufmerksam. »Sie ist mager und ausgezehrt, wie auf dem Foto.«

»Sie isst sehr wenig«, erklärte die Oberin.

»Verstehe.« Die Frau kniete sich vor Nina hin. »Aber ihre Augen sind wirklich schön.« Auch die Augen der Frau waren das, groß und blau, wie ihr Kleid, wie ein morgendlicher Frühlingshimmel. »Na, verrätst du mir deinen Namen?«

Warum brachte Nina keinen Laut hervor? Sie versuchte es wieder und wieder, nahm tiefe Atemzüge, doch der Name blieb ihr in der Kehle stecken.

»Nina«, antwortete schließlich Schwester Immacolata für sie.

»Ein schöner Name«, stellte die Signora fest. Sie warf ihrem Mann einen Blick zu. »Er passt zu ihr, oder?«

Der Mann nickte lächelnd.

»Und wie alt bist du?«

Zum Glück konnte Nina diese Frage beantworten, ohne sprechen zu müssen. Sie zog den Daumen ein, streckte die anderen Finger in die Höhe und fuhr mit der Hand durch die Luft.

»Viereinhalb! Dann gehst du ja noch nicht in die Schule.«

Heftig schüttelte Nina den Kopf. Die Bewegung bescherte ihr einen kurzen Hustenreiz, doch sie schluckte rasch und konnte ihn unterdrücken.

»Ich könnte dir schon mal das Lesen beibringen.« Die Vorstellung schien der Frau Freude zu bereiten.

»Sie ist sehr aufgeweckt«, bestätigte Schwester Immacolata.

»Gut.« Die Frau führte eine Hand zu Ninas Gesicht. Automatisch schloss Nina die Augen, denn normalerweise folgte auf diese Bewegung ein Schlag. Doch die Finger der Frau berührten nur sanft Ninas Wange. Es war, als hätte sie niemals zuvor eine Berührung erfahren. In dieser Geste steckte eine besondere Sanftmut, die nichts zu tun hatte mit den Berührungen der harschen Nonnenhände, wenn die ihr beim Anziehen oder Waschen halfen, nicht mal die Liebkosungen von Schwester Immacolata glichen ihr. Die Hand der Frau duftete süß nach einer Blumenwiese, und ihre Haut war weicher als ein Kissen.

Trotz der Hitze und ihrem vollkommen schweißnassen Rücken erschauderte Nina unter ihrem Umhang. Ihr war zum Heulen zumute, dabei war sie noch nie so glücklich gewesen.

Da fing es in ihrer Nase an zu kribbeln. Ein regelrechter Niesanfall brach los und brachte den zuvor unterdrückten Husten gleich mit. Sie erinnerte sich an das Taschentuch von Olmo in ihrer Kitteltasche und versuchte, den Fluss aufzuhalten. Doch für das, was da aus Nase und Kehle hervorströmte, hätte es ein ganzes Laken gebraucht.

Die Frau machte einen Satz zurück. »Was hat sie denn?«

»Sie hatte vor Kurzem Keuchhusten«, erklärte die Oberin. »Und das ganze Jahr über schon häufig Fieber und Schnupfen.«

»Ach was«, mischte sich da Schwester Immacolata ein, während sie Nina half, das Gesicht wieder zu trocknen, und ihr auf den Rücken klapste, damit sie besser Luft bekam. »Sie ist wieder gesund. Das sind doch nur vorübergehende Erkältungen.«

»Wir müssen diesen lieben Leuten schon die Wahrheit sagen«, ergriff die Oberin wieder das Wort. Dann wandte sie sich an das Paar. »Nina ist bei schlechter Gesundheit. Bei Findelkindern kommt das oft vor. Die Muttermilch fehlt ihnen, und die braucht es für eine stabile Konstitution. Wir tun, was wir können. Mit Gottes Hilfe.« Und seufzend hob sie den Blick gen Himmel.

»Wie schade«, murmelte die Signora und drückte den Arm des Mannes. »Wirklich sehr schade.«

Im Laufe des Sommers lernte Nina ein neues Gefühl kennen. Hätte es ihr nicht an Worten gefehlt, würde sie es *Hoffnung* genannt haben, doch in ihrem eingeschränkten Wortschatz war es ein verzweifeltes Ausschauhalten nach der Signora im Glockenrock, während sie mit hängenden Schultern am Fenster stand.

Das neue Gefühl überkam sie jedes Mal, wenn das Tor aufging. Meistens fuhren aber nur Karren mit Mehlsäcken beladen herein, mit Kartoffeln, Kichererbsen, Rüben, Eierkartons, Käselaiben, Stoffrollen und sonst allem, was die zehn Nonnen und fünfzig Kinder brauchten. Nur selten sah man ein neues Gesicht, und das der Frau mit dem Hut tauchte gar nicht auf.

Nina hatte niemandem erzählt, was sie von Olmo wusste, doch sie dachte jede Nacht daran, wenn das Schluchzen der Waisen sie wach hielt. Die ganze Zurechtmacherei, das Bürsten und Waschen hatten ein Ziel, und das war, den Besuchern zu gefallen.

Sie hatte nie eine Verbindung hergestellt zwischen den Versammlungen im Hof und dem Weggang einiger Kinder zum Sommerende, der Kinder, die ausgesucht worden waren. Nina hatte immer geglaubt, dass die Kameraden in ein anderes Heim kämen, wo sie das gleiche Leben erwartete wie zuvor. Aber was Olmo erzählt hatte, deutete ja darauf hin, dass sie von da an in den kleinen Häusern leben würden, zusammen mit den Paaren von der Besichtigung.

Die Signora im blauen Kleid hatte gesehen, dass Nina wirklich so mager war wie auf dem Foto. Der Grund dafür, hatte die

Oberin erklärt, sei der geringe Appetit des Kindes, das esse wie ein Spatz. Außerdem habe es keine Muttermilch bekommen, was jedes Kind brauche. Aber Milch trank sie doch fast jeden Morgen, warum wurde sie nicht kräftiger? Und warum war das nur bei den Findelkindern so und nicht bei Waisen? Was hatten die Waisenkinder, das den Findlingen fehlte?

Da eine zarte Konstitution für die Erwachsenen ein Problem darzustellen schien, zwang Nina sich zu essen. Den ganzen Sommer über würgte sie alles Mögliche hinunter und beobachtete viele Stunden das Waisenhaustor. Manchmal legte sie die Hand auf die Stelle, an der die blonde Frau sie berührt hatte, und dann war ihr, als könnte sie die duftenden Finger immer noch spüren.

Im September wurden die Tage kürzer und die Schatten länger. Der sechzehnte, das Fest der Madonna del Monte, Patronin der Stadt, fiel auf einen Sonntag. Nachdem die Kinder den Rosenkranz gebetet und die Loblieder auf die Jungfrau Maria gesungen hatten, wurden sie am Nachmittag zum Spielen in den Hof geschickt. Die Sonne schien, und von den nahen Bergen wehte ein zartes laues Lüftchen. Den ganzen Sommer über war Nina einigermaßen gesund gewesen. Wärme und zusätzliche Kost hatten den Zustand ihrer Bronchien etwas verbessert, doch die Nonnen verboten ihr noch anstrengende Spiele wie Hüpfekästchen, Seilspringen oder Verstecken, das sie besonders mochte. Sie durfte nur Spiele spielen, bei denen man still stand, wie Die schönen Statuen, bei dem die Kinder eine starre Haltung einnehmen mussten.

Nun saß Nina im Schatten der Eiche mit Marianna, einem Mädchen, das ebenso mager war wie sie und dem vor wenigen Tagen die Schneidezähne ausgefallen waren. Das schwarze Loch, das sich beim Lachen in ihrem Mund auftat, war beeindruckend. Die beiden Mädchen spielten mit einem Stück zusammengeknoteter Schnur, die sie sich um die Finger schlangen und gegenseitig abnahmen, wobei die Schnur immer neue Formen annahm. Nina nahm das Band mit Daumen und kleinen Fingern auf und formte so eine wunderschöne Blume. Da klingelte es am Tor. Schwester Brigida ging öffnen und kehrte von einem Paar gefolgt zurück.

Nina erkannte die beiden sofort, obgleich sie ganz anders gekleidet waren als bei der Besichtigung. Die Frau trug ein enges Kleid mit orangefarbenen Rauten, ein braunes Jäckchen fiel über ihre Schultern. Der Mann hatte einen beigen Anzug an, der Hut war von gleicher Farbe. Die Frau war ohne Hut und folgte der Nonne mit tänzelndem Schritt, weil in ihr drin doch Musik spielte.

»Du bist dran«, sagte Marianna und hob die von der Schnur umwickelten Hände.

Die drei verschwanden im Gebäude.

Plötzlich stand alles still: die Luft, die Blätter an den Bäumen, die Schwalben am Himmel. Nur das angelehnte Tor schwang von einem geheimnisvollen Wind angestoßen vor und zurück, als würde es Nina zuzwinkern. Auch die kleineren Kinder, die nur wenige Schritte entfernt mit Murmeln spielten, hielten inne.

»Was ist?« Erneut hielt Marianna ihr die Hände entgegen.

Doch Nina war das Spiel auf einmal egal, sie hatte nur noch Augen für das schwankende Tor, hinter dem die Frau mit der Musik innen drin war. »Hab keine Lust mehr.«

»Komm, nur noch ein bisschen.«

Seufzend gab Nina nach. Mittlerweile war die Schnur nur noch ein wirres Geflecht, und sie wusste kaum, wo sie mit den Fingern ansetzen sollte. Sie nahm die Schnur auf und zog das Gespinst auseinander: Etwas Spinnenartiges kam dabei heraus.

Vergnügt lachte Marianna ihr zahnloses Lachen und entdeckte in dem unförmigen Knäuel allerhand: fantastische Vögel oder die Gesichtszüge einer der Nonnen.

»Guck mal, sieht aus wie die Oberin!«

Der Wind frischte wieder auf.

Nina wandte sich ruckartig dem Tor zu.

Schwester Brigida kam mit raschen Schritten heraus. Fröhlich kam sie direkt auf die beiden Mädchen zu.

Je näher die Nonne kam, umso höher schlug Ninas Herz. Die Schwester blickte zu ihr, kein Zweifel. Nina warf die verknäulte Schnur zu Boden, sprang mit erhobenen Armen auf, um sich gleich zu dem eleganten Paar tragen zu lassen.

Schwester Brigida klatschte aufmunternd in die Hände. »Na los, sie warten schon auf dich!«, rief sie. Als die Nonne eine Handbreit von Nina entfernt war, schwenkte sie ihre breiten Hüften und lief an ihr vorbei. Dann beugte sie sich hinunter zu der Gruppe der Kleinen mit den Murmeln. Sie hob das Findelkind mit den goldenen Locken hoch und drückte es an sich. »Du hast eine Mamma und einen Papà gefunden. Freust du dich?«

Doch Luigino freute sich kein bisschen. Strampelnd versuchte er, sich aus den Armen der Nonne zu befreien, und streckte die Ärmchen nach seinen Kameraden aus, die mit ihren Murmeln am Boden hockten. »Nein! Neeeein!«, schrie er. Er weinte den ganzen Weg über den Hof. Als er durch das Tor getragen wurde, schrie er noch immer.

»Was hast du denn gemacht?« Marianna hob die Schnur auf und hielt sie Nina verärgert vor die Nase. »Du hast aufgegeben, also hab ich gewonnen.« Zufrieden steckte sie das Knäul in ihre Kitteltasche und streckte Nina die Zunge heraus.

Das schwarze Loch zwischen ihren Zähnen war noch größer geworden, beängstigend groß.

Kann ein Mensch vermissen, was er nie gehabt hat? Ja, aber das wusste Nina noch nicht.

Sie war in den Schlafsaal gelaufen und stand am Fenster, das auf den Hof ging: ein steinernes Quadrat, umgeben von schmalen Grasstreifen und vertrockneten Rosenstöcken. Von drei Seiten umstand das hufeisenförmige Waisenhaus den Hof, an der vierten Seite eine Mauer. Kurz darauf kamen die Frau in dem Rautenkleid und der Mann mit dem beigen Anzug heraus, Luigino an den Händen zwischen ihnen.

Das Kind ließ den Kopf hängen; sein Goldhaar leuchtend in der Sonne, schlurfte es unwillig vorwärts, als würde ihm das alles überhaupt nicht passen.

Schwester Brigida rief vom Flur zu Tee und Gebäck in den Speisesaal.

Nina wollte keine Kekse, sie wollte überhaupt nichts. Sie beobachtete das vom Fenster eingerahmte Dachstück des gegenüberliegenden Flügels. Die Schwalben kreisten nicht mehr über den Schornsteinen, und seitdem das Paar das Waisenhaus verlassen hatte, war auch das Himmelsblau verblichen.

Ob irgendwo jenseits des Tors, unter diesem Blassblau wohl ihre Mutter lebte? Sie versuchte, sie sich vorzustellen: vornehm wie die Frau, die Luigino mitgenommen hatte, mit dem gleichen Rautenkleid und dem über die Schultern geworfenen Jäckchen. In einer Hand die Untertasse, in der anderen den Kaffee, den sie in kleinen Schlucken trank. Doch ein Gesicht dazu konnte Nina sich nicht ausmalen.

Sie wollte sich verkriechen und schlüpfte unter das Bett.

Warum war sie nicht genommen worden? Was war falsch an ihr? Die Frau hatte sie doch von Nahem betrachten wollen, ihr über die Wange gestrichen und ihre schönen Augen gerühmt.

Es wäre besser gewesen, wenn Olmo nichts über das Album und das eigentliche Ziel der Besichtigungen gesagt hätte. Es war gut, dass die Nonnen die Kinder wuschen und kämmten, ohne zu sagen warum, und auch den Weggang der Kinder nicht erklärten, sondern den Dagebliebenen eine süße Erfrischung auftischten, damit sie diesen Tag in schöner Erinnerung behalten würden, ohne den Eindruck, übrig geblieben zu sein.

Aber in Ninas kleinem Kopf hatte sich nun das Gefühl der Ablehnung breitgemacht, wenn auch wirr und unbestimmt. Sie war nicht nur als Säugling in der Drehlade abgelegt worden, auch als größeres Kind wollte sie niemand haben.

Da schwebte ein süßer Duft in ihr Versteck.

»Nina?« Das war Schwester Immacolata. Unter dem Bett konnte Nina den Saum des Habits mit den schwarzen Sandalen darunter sehen. Bei jedem Schritt klimperte der große Schlüsselbund an ihrer Taille. Vor dem Fenster blieb sie stehen. »Nina, wo bist du?« Sie hielt kurz inne und ging dann zur Tür zurück.

Die angehaltene Luft kitzelte Nina so im Rachen, dass sie ein Husten nicht unterdrücken konnte.

Das weiß eingerahmte Gesicht der Nonne erschien unter der Matratze. »Was tust du denn hier?«

Aber Nina antwortete nicht und verbarg das Gesicht hinter den angezogenen Knien.

»Na komm schon raus da, der Boden ist doch kalt.«

»Ist mir egal.«

»Nachher wirst du wieder krank.«

Und wenn schon? Dann würde sie wenigstens jemandem auffallen.

»Wenn du nicht rauskommst, komme ich eben zu dir.« Und
Schwester Immacolata kroch unter das Bett.

Nina hob den Kopf. Das konnte sie kaum glauben. Und
doch war die Nonne hier unten und lächelte sie an.

»Bist du traurig?«

Nina nickte.

»Warum denn?«

Sofort versteckte Nina das Gesicht wieder hinter den angezogenen Knien.

»Bist du traurig, weil Luigino weggegangen ist?«

»Nein.«

»Was ist es dann?«

Es war etwas sehr Schweres, das auf ihrem Magen lag und
ihr die Luft nahm, doch sie wusste weder, wie sie das hätte sagen können, noch, woher es rührte.

»Wärst du gerne mit diesen Signori weggegangen?«

Nina versuchte sich vorzustellen, wie sie das Waisenhaus
verließ, aber es gelang ihr nicht. Sie gehörte nicht zu den Waisenkindern, für die es ein Vorher und ein Nachher gab. Das
Waisenhaus war ihre ganze Welt, ihr einziger Horizont. Lieber
hätte sie gewollt, dass die Signora mit dem tänzelnden Gang,
die ihr mit einer einzigen Bewegung das Gefühl gegeben hatte,
besonders zu sein, dort einziehen würde. »Warum will mich
keiner haben?«

Die junge Nonne drückte sie an sich. »Mein armes Kindchen.« Sie zog Nina unter dem Bett hervor und setzte sie darauf. »Sieh mal, was ich dir mitgebracht habe.« Auf der Kommode standen eine Tasse Tee und Kekse. »Möchtest du? Das
sind Bocconotti, zur Feier der Stadtpatronin.«

»Nein.« Ninas Magen war so verkrampft, dass sie niemals
etwas hätte hinunterbringen können.

»Nicht alle Kinder können mitgenommen werden. Vielleicht bist du beim nächsten Mal dran.«

»Wenn ich nicht mehr so kränklich bin?«

Schwester Immacolata fuhr sich mit der Hand über die geröteten Augen. »Ja, vielleicht.«

Nina wusste, sie musste essen, das war die einzige Lösung. Sie nahm einen Bocconotto. Trotz des süßen Dufts schmeckte er nach nichts. Auch die Traubenmarmelade im Inneren war einfach nur klebrig. Langsam kaute sie und schluckte alles mit dem kalt gewordenen Tee hinunter.

»Die anderen Schwestern und ich wollen dich haben. Reicht dir das erst mal?«, fragte die Nonne betrübt, als wäre dies alles für sie schlimmer als für das Mädchen.

Nina hatte Mitleid mit ihr. Sie stellte den Tee ab und nahm eine Hand der Schwester zwischen ihre. Dann führte sie sie an ihr Gesicht, dorthin, wo die Signora in dem blauen Kleid sie berührt hatte. Aber das war nicht dasselbe, nein. Vielleicht weil sich die Nonne um so viele kümmern musste und die Berührung bei der Menge an Kindern die Kraft verlor. Nina wollte eine Hand ganz für sich, eine, die ihr das Gefühl gab, einzigartig zu sein. Aber Schwester Immacolata war so niedergeschlagen, dass Nina sie trösten wollte.

»Ja, das reicht mir.«

DIE ÜBERSCHÜSSIGEN

Wie brav diese Kinder waren, ruhig und friedlich wie kleine Engelchen. Als wüssten sie genau, was sie zu tun und zu lassen hatten. Keines von ihnen jammerte oder hampelte herum. Artig warteten sie auf ihre Mütter und deren prall gefüllte Milchbrüste. Nina verbrachte ihre Pause in dem Raum mit den langen Tischen. Früher hatten die Frauen auch hier gearbeitet, aber das war zu Zeiten gewesen, als sie noch über tausendfünfhundert Angestellte zählten. Nun war ihre Anzahl mehr als halbiert, und der Platz wurde als Krippe für die Kinder der Arbeiterinnen genutzt. In einer Ecke war mit Holzbrettern und Netzen ein Bereich abgetrennt für die Kleinen, die schon krabbelten oder die ersten Schritte taten und weder große Geschwister noch Oma oder Tante hatten, die sich um sie kümmern konnten. Sobald sie vier Jahre alt wurden, höchstens fünf, mussten sie für sich selbst sorgen und zu Hause bleiben.

An die Seiten der Tische waren Bretter genagelt, damit die Säuglinge nicht herunterfielen, denn wenn sie heftig strampelten und sich wanden, war ein Sturz nicht unwahrscheinlich.

Manchmal konnte Nina bei der Arbeit an nichts anderes denken, sie fragte sich fortwährend, wie es den Kleinen wohl ging, ob sie einsam waren, ob sie wussten, dass man sie nur für kurze Zeit allein ließ. Einige der Arbeiterinnen brachten ihre dick eingemummelten Kinder schon im Morgengrauen mit, andere Kinder wurden zur Pause von Familienangehörigen gebracht.

Der Raum war denen ihrer Kindheit sehr ähnlich, aber die Situation war eine vollkommen andere. Jedes Kind hier hatte eine Mutter, eine Familie, bei der es aufgehoben und geborgen war, es wurde geliebt. Und doch horchte Nina beständig auf ein Schluchzen, fürchtete, die Kleinen könnten glauben, man habe sie zurückgelassen, und sich ungeliebt und verstoßen fühlen. Die winzigen Bündel auf den Tischen sahen aus wie zum Gehen ausgelegte Brotlaibe.

Sie deckte einen Säugling zu, der sich aus seinem Wolltuch gestrampelt hatte. Junge oder Mädchen, das konnte man in diesem Alter unmöglich sagen, und das war ein weiterer großer Unterschied zu dem Waisenhaus, in dem sie aufgewachsen war: Jungen und Mädchen in einem Schlafsaal? Um Gottes willen!

Da kam Marisa herein, knöpfte sich noch im Laufen die Bluse auf und hob mit der einen Hand ihren Sohn hoch, während sie mit der anderen den Büstenhalter nach oben zog. Der Kleine griff die Brust und begann mit geschlossenen Augen zu saugen.

»Meine Brust wäre fast geplatzt«, ächzte die Mutter erleichtert, »ich habe ihn seit heute Morgen um vier nicht gestillt.«

»Du hättest doch früher Pause machen können.«

»Das wollte ich eigentlich, aber dann kam Ersilia ...« Der Kleine stieß auf. Marisa wischte ihm mit dem Schürzenärmel über den Mund.

»Wer, die Gewerkschaftlerin?« Nina war erst seit einem Monat in der Fabrik und kannte noch nicht alle Namen der Kolleginnen, doch diese Ersilia war in aller Munde.

»Ja, die«, bestätigte Marisa. »Es gibt Probleme.«

»Was für welche?«

»Was sollen das schon für welche sein? Entweder soll Gehalt oder Personal gekürzt werden. Hoffentlich nicht beides.« Marisa legte ihren Sohn an die andere Brust. »Ich habe nicht genau verstanden, worum es ging, aber wenn ich dageblieben wäre, dann hätte ich es nicht mehr geschafft, in der Pause zu stillen. Die Rede war von Streik.«

Auch Nina musste sich beeilen, wenn sie sich unten in ihrer Abteilung noch ihr Mittagessen aufwärmen wollte. Eigentlich hatte sie keinen Hunger, wollte das Essen aber nicht verkommen lassen. Wie schon als Kind aß sie nur ungern und war auch noch genauso mager. Sie winkte Marisa zum Abschied und ging zur großen Betontreppe.

Der Dreck auf den Fenstern konnte die Sonne nicht davon abhalten, in gleißenden Strahlen durch die blinden Scheiben zu scheinen. Von einem der Fenster hatte man einen guten Blick auf das Tor. Nina blieb stehen und betrachtete einen Baumwipfel auf der anderen Straßenseite, der im Wind hin und her schaukelte. Sie bildete sich ein, dass er bis gestern noch kahl gewesen war, nun hing er voller Knospen. Dieser Baum musste sehr mutig oder leichtsinnig sein, denn es war der erste Februar, und nächtlicher Frost konnte den Trieben ohne Weiteres den Garaus machen. Doch seit einigen Tagen war die Luft lau, die Bäume dachten wohl, der Frühling wäre da, und den Menschen kratzte die Wolle auf der Haut. Mit dem Lohn vom siebenundzwanzigsten Januar hätte Nina gerne eine Bluse gekauft, dieses eine Mal eine neue. Einmal keine abgelegten Kleider der größeren Mädchen aus dem Waisenhaus, einmal nicht die zerschlissenen, ausgeblichenen Anziehsachen der Frau, bei der sie bis letzten Dezember Dienstmädchen gewesen war. Eine von niemandem zuvor getragene Bluse aus feiner Baumwolle mit einem fröhlichen Muster. Bei der Vorstellung wollte sich schon ein Lächeln auf ihre Lippen schleichen, aber ein Gedanke ließ sie stocken. Marisa hatte etwas über die Gewerkschaftlerin gesagt und die Befürchtung, dass Personal oder Lohn gekürzt werden könnten.

Sofort verging ihr die Lust, fröhlich eine Bluse zu kaufen.

Die Abteilung war leer. Nina holte ihren Henkelmann unter der Bank hervor und ging in den Nebenraum, wo Tische und

Stühle standen und einige kleine Gaskocher, auf denen man das mitgebrachte Essen aufwärmen konnte.

Die Kolleginnen drängten sich um eine etwa vierzigjährige hagere Frau mit einer hohen, kräftigen Stimme und breiten Schultern. Wie alle trug sie eine Schürze, die an ihr jedoch aussah wie eine Uniform. Der Aufmerksamkeit nach zu urteilen, die die anderen ihr entgegenbrachten, musste das Ersilia sein.

»Noch wird nur gemunkelt«, sagte sie gerade, »alles wird sich in den nächsten Wochen zeigen.«

Die Frauen waren blass. »Hoffentlich nicht, hoffentlich nicht«, wiederholte eine von ihnen wie einen Rosenkranz.

»Wir sind doch jetzt schon viel zu wenige, um den Laden am Laufen zu halten«, beklagte sich eine andere. »Und wir bekommen nicht mal einen halben Tag frei, so viel ist zu tun.«

»Sie sagen, dass viele von uns *überschüssig* sind«, erwiderte Ersilia. Sie verweilte auf den ü-Lauten, und das Wort kam ganz schief heraus. »Die Gewerkschaft beruft eine Versammlung ein, sobald wir Genaueres wissen. Haltet auch ihr in der Zwischenzeit Augen und Ohren auf.«

»Versammlungen, Versammlungen«, nörgelte eine der Älteren, als Ersilia gegangen war. »Etwas anderes können die wohl nicht. Aber sollen wir unsere Kinder vielleicht mit Worten durchbringen?« Wütend biss sie in ihr Panino.

Die Arbeiterinnen setzten sich an die Tische und kauten schweigend. Normalerweise herrschte um diese Uhrzeit im Pausenraum fröhliches Stimmengewirr, trotz der harten Arbeit. An jenem Tag aber war niemandem nach Plaudern zumute.

Das erste Signal kündigte nun das Ende der Pause an, beim zweiten, fünf Minuten später, musste die Arbeit wieder aufgenommen werden.

Die Frauen verschlossen ihre Henkelmänner und kehrten niedergeschlagen in ihre Abteilungen zurück.

Nina blieb noch kurz bei den Gaskochern stehen, ihr blieben noch wenige Minuten. Sie fuhr mit den Händen in ihre Schürzentaschen. In der einen war der Brotbeutel, in der anderen ein kleines Heft, das sie nun herauszog. Am Heftrücken war eine Schlaufe mit einem Bleistift darin angebracht. Sie nahm den Stift und schrieb auf ein leeres Blatt das Wort, das so schief herausgekommen war: *überschüssig.*

Seitdem sie schreiben konnte, notierte sie sich Worte, die sie nicht kannte. Zwar wusste sie, was das Wort bedeutete, so ungebildet war sie nicht, aber sie war sicher, es noch nie benutzt zu haben. Dabei bedeutete es doch das Gleiche wie ausgeschlossen, überflüssig, abgelehnt. Bezeichnungen, die sie immer mit sich selbst verbunden hatte.

Seit mehr als zwanzig Jahren war sie nun auf der Welt, aber sie war keinen Schritt weitergekommen.

Als das zweite Signal ertönte, steckte sie den Stift in die Schlaufe zurück und eilte in ihre Abteilung. Sie hatte den Brotbeutel nicht einmal geöffnet.

Dann würde sie eben ihr Mittagsmahl am Abend essen.

Das Jahr verging nur langsam, wie immer, wenn man auf etwas wartet.

Da Nina noch nicht in die Schule ging, verbrachte sie die Tage mit Gebeten und langweiligen Spielen – bei schönem Wetter im Hof, bei schlechtem im Speisesaal. Hüpfekästchen, Ochs am Berg, Seilspringen, Verstecken und Völkerball durfte sie noch immer nicht spielen; dass sie auch bloß nicht schwitzte. Sie aß ein wenig mehr, das schon, doch ihr Leib war ausgezehrt wie eh und je. Dabei ging es ihr gesundheitlich tatsächlich etwas besser. Nachts quälte der Husten sie viel weniger, und das Fieber fraß sie nicht mehr von innen auf, wenn es kam.

Nina hatte Olmos Taschentuch so oft gewaschen, dass es nun blütenweiß war und wunderbar duftete.

Der Frühling war weit fortgeschritten, und bald stand eine neue Besichtigung an, zu dieser Gelegenheit wollte sie es ihm wiedergeben. Sie hätte es gerne richtig gefaltet und gebügelt, da aber Kinder unter acht Jahren die Kohlebügeleisen nicht benutzen durften, bat sie Marcella darum, die in dieser Woche für die Waschküche zuständig war.

»Aber das ist ja ein Herrentaschentuch!«, rief diese aus, nachdem sie es von allen Seiten betrachtet hatte. »Hast du das geklaut?«

Nina schwor, dass Olmo es ihr vor der letzten Besichtigung zum Naseputzen gegeben hatte. Sie küsste sogar ihre gekreuzten Finger, um glaubwürdig zu sein.

Marcella lachte. »Das war doch nur Spaß. Komm mit. Du kannst mir beim Bügeln Gesellschaft leisten.«

Nina folgte ihr in die Waschküche, die sich im Keller des Mädchenflügels befand. Hier unten war es ziemlich dämmerig. Die Fenster waren klein und dicht unter der Decke, außerdem hing im Raum dichter Dampf, der aus den mit Laken und Lauge befüllten, kochenden Bottichen stieg. Die Arbeit an den Bottichen war Aufgabe der größeren, mindestens zwölf Jahre alten Mädchen, die krebsrot in den Kesseln rührten, alle paar Minuten innehielten, um sich das Gesicht mit der Schürze abzuwischen und zu Atem zu kommen.

Allgemein fiel das Atmen dort drinnen nicht leicht, aber wenigstens war der Dampf warm.

»Du hast wohl ein Liebchen, wie?«, erkundigte sich Marcella und legte das Taschentuch auf den Bügeltisch.

Nina hatte dieses Wort noch nie gehört, und da sie nicht wusste, was sie sagen sollte, zuckte sie nur mit den Schultern.

Marcella lachte wieder. »Du bist ja noch viel zu klein für solche Sachen.« Sie holte etwas Glut unter einem der Wäschebottiche hervor und legte sie in das Eisen. »Wann willst du es ihm wiedergeben?«

»Bei der Besichtigung.«

Marcella zog ein Gesicht. »Dieses Affentheater! Ich geh da nicht mehr hin.«

»Warum nicht? Willst du nicht genommen werden?«

»Wofür? Um bei anderen Leuten als Dienstbotin zu arbeiten? Das kann ich auch hier machen. Ist dir noch nicht aufgefallen, dass immer nur Mädchen mitgenommen werden?«

Das stimmte. Abgesehen von Luigino waren es fast immer Mädchen gewesen, auf die die Wahl der Besucher gefallen war.

»Hast du dich schon mal gefragt, warum das so ist?«

»Keine Ahnung.«

»Das verstehst du, wenn du größer bist.«

Aber Marcella wollte scheinbar, dass Nina es sofort verstand, denn während sie das Taschentuch von Olmo stärkte und faltete, bis es steinhart war, setzte sie zu einer langen Erklärung an. Bei den Sonntagsspaziergängen hatte sie einige der Waisenhausmädchen wiedergetroffen, die von Familien angenommen worden waren. Sie hatte nur wenige Worte mit ihnen gewechselt, aber doch genug, damit diese ihrem Ärger Luft machen konnten. Fast vermissten sie das Leben im Waisenhaus, wo wenigstens alle gleich behandelt wurden. Die Illusion, im Schoß einer Familie angekommen zu sein, wurde ihnen allzu bald genommen. Vorwürfe und giftige Bemerkungen ließen nicht lang auf sich warten. »Das hätte ich mir ja gleich denken können. Wo man nicht einmal weiß, wo du herkommst, wer dich geboren hat.« Schnell war offensichtlich, dass die eigenen Kinder ganz anders behandelt wurden als die angenommenen. So war es bei kleinen Adoptivkindern. Die größeren kamen meistens in große Familien, bei denen die Mütter krank und der junge Nachwuchs zahlreich war. Dort mussten sie dann zugleich als Kindermädchen und Krankenschwester schuften. Nein, da sei es schon besser, im Heim zu bleiben, fuhr Marcella fort und holte schwungvoll mit dem Bügeleisen aus, hier könne man wenigstens auf ein besseres Leben nach der Entlassung hoffen. Wenn man hingegen in einer Familie landete, die nur auf eine Dienstmagd aus war, müsse man den Rest seines Lebens wie in Gefangenschaft verbringen, *sehr wohl mein Herr* da, *sehr wohl die Dame* hier. Und dann die Mädchen, die wie beschädigte Ware oder unpassende Kleidung zurückgebracht wurden, davon wolle sie gar nicht erst anfangen.

»Wissen die Nonnen das denn?«

»Klar, aber was kümmert's die? Die sind doch nur auf Opfergaben und Beihilfen aus, und je mehr Waisen sie aufnehmen, umso mehr Spenden bekommen sie.«

Nina dachte an die Frau mit der Musik innen drin und an ihre zärtliche Geste. Diese Signora konnte unmöglich böse sein. Wenn Marcella sie nur kennen würde, hätte sie eine ganz andere Meinung.

Doch Marcella bügelte murrend weiter. »Sobald ich hier rauskomme, gehe ich arbeiten.« Ihr Traum war es, in der Tabakfabrik im Cappuccini-Viertel zu arbeiten. »Kennst du das weiße Gebäude, das größte der Stadt, das mit dem Gittertor?« Nina nickte. Die Fabrik war ein hässlicher Kasten, der sich hinter einigen hübschen Häusern mit Gärten voller Blumen erhob. Ein richtiger Schandfleck und zehnmal so groß wie das Waisenhaus.

»Ich kann's gar nicht abwarten, mein eigenes Geld zu verdienen, und nur noch zu tun, was mir passt.«

In diesem Moment ertönte ein schriller Schrei: Eines der Mädchen an den Kesseln hatte sich mit Spritzern kochender Lauge verbrannt. Die anderen umringten die jammernde Kameradin, fächelten ihr Luft zu und gaben kaltes Wasser auf die schmerzenden Stellen.

»Gut, dass ich bügele und nicht wasche«, bemerkte Marcella mit einem Blick auf das Geschehen. »Es ist anstrengender, und ich verbrenne mir oft die Hände, aber an den Wäschebottichen, da kann einem noch ganz anderes passieren. Über einer ist mal ein Kessel ausgekippt, die konnte danach nicht mehr laufen. Eine andere hat ein Auge verloren.«

Glücklicherweise schien aber hier nichts Schlimmes passiert zu sein, und die Mädchen machten sich rasch wieder an die Arbeit.

»Oder ich heirate einen Reichen«, nahm Marcella ihren vorherigen Gedankengang übergangslos wieder auf. »Und dann werde ich feine Dame.« Sie senkte die Stimme zu einem Flüstern. »Deshalb spiele ich auch beim Theater mit.«

»Welchem Theater?«

Im Waisenhaus gab es jedes Jahr am Weißen Sonntag nach Ostern eine Aufführung, die sich viele der Stadtanwohner gerne ansahen, vor allem die Kirchgänger. Anständige Leute, nicht etwa Bauern und Arbeiter, denn die interessierten sich weder für Theater noch für Waisenkinder. Schwester Ortensia suchte Stück und Schauspielerinnen aus. Der Eintritt war frei, doch am Ende der Vorstellung wurde um Spenden gebeten, und je besser den Besuchern die Aufführung gefiel, umso großzügiger zeigten sie sich.

Bei der letzten Aufführung hatte Nina mit Keuchhusten das Bett gehütet, und in den Jahren zuvor war sie noch so klein gewesen, dass sie sich nicht mehr erinnern konnte.

»Es wird dir gefallen!« Die Geschichte war ziemlich herzergreifend. Sie handelte von einer reichen Filmdiva, die in Saus und Braus lebte und darauf nicht verzichten wollte. Diese Diva hatte eine Tochter, und um weiter Filme drehen und in der Welt herumreisen zu können, gab sie das Mädchen in ein Internat. Doch schon nach kurzer Zeit bereute sie es bitterlich und begriff, dass es viel schöner war, Mutter zu sein als Schauspielerin. Also beschloss sie, dem Kino den Rücken zu kehren und ihr Kind zu sich zu holen. »Ich spiele die Diva«, erklärte Marcella. Sie würde ein taubengraues Damenkostüm tragen, eine Spitzenbluse und Schuhe mit Absätzen. »Da falle ich bestimmt einigen Männern auf.« Das war ihr Plan, um sich einen reichen Mann zu angeln, und deshalb hatte sie bei Schwester Ortensia um die Rolle gebettelt.

Inzwischen war alles fertig gebügelt, und Marcella stapelte die Kleidung zu einem duftend warmen Turm. »Das Kind, das meine Tochter spielen soll, hat sie noch nicht ausgesucht.« Marcella leerte die Asche aus dem Kohlebügeleisen. »Würdest du das gerne machen?«

Nina hatte keine Ahnung von Theater und war sich nicht ganz sicher, ob sie überhaupt richtig verstanden hatte, worum es ging, aber als Marcella das Publikum beschrieben hatte, war in Ninas Vorstellung die Frau mit dem Glockenrock aufgetaucht. »Ja. Was muss ich denn machen?«

»Heute Abend rede ich mit Schwester Ortensia, ich sage dir dann Bescheid.«

»In Ordnung, Nina ist so mager, da werden die Leute Mitleid bekommen«, entschied Schwester Ortensia, als Marcella ihr den Vorschlag machte.

Nina konnte kaum glauben, dass man sie für etwas ausgesucht hatte.

Die Proben hatten schon vor einigen Monaten begonnen, aber ihre Rolle war sehr einfach. Sie spielte nur in zwei Szenen mit: Bei der ersten wurde sie schweigend und mit hängendem Kopf von Marcella als Diva ins Internat gebracht, bei der zweiten, ganz am Schluss, holte die Diva sie wieder ab. »Mamma, Mamma, da bist du ja wieder!«, musste Nina dann rufen und sich in die Arme ihrer Mutter werfen.

Die Aufführung fand im Speisesaal statt, den man zu diesem Zweck leer geräumt hatte. An der hinteren Wand war ein von schwarzen Tüchern gerahmtes Podium aufgestellt. Vor der Aufführung spähte Marcella aufgeregt ins Publikum. »Schau mal, was für hübsche junge Männer!«, flüsterte sie immer wieder.

Nina hingegen suchte nach der Frau, die ihr über die Wange gestrichen hatte. Vielleicht würde ja so etwas wie in dem Stück geschehen: Die Signora bereute, Nina nicht mitgenommen zu haben, und würde auf die Bühne stürzen, um sie zu holen.

»Was macht ihr hier? Geht eure Kostüme anziehen!«, schimpfte Schwester Ortensia.

Kichernd liefen die beiden Mädchen in die Küche, wo sie sich hinter Wandschirmen umziehen konnten.

Nina würde die ganz normale Waisenhausschürze tragen.

Sie zog sie über und wartete hinter dem schwarzen Vorhangtuch auf den Beginn der Aufführung.

Als Marcella schließlich auch kam, erkannte Nina sie kaum wieder. Das Mädchen sah nicht mehr wie vierzehn aus, sondern wie achtundzwanzig oder sogar älter. Sie war größer, vielleicht wegen der Absätze, vielleicht auch, weil sie sich so gerade hielt. Das Damenkostüm war ihr ein wenig eng, und ihre Brüste sprengten fast Bluse und Jäckchen. Sie trug Lippenstift, und ihre Augen waren schwarz umrandet. Nina war noch nie aufgefallen, dass ihre Augen gelblich gesprenkelt waren und heller glänzten als die Edelsteine auf dem Umhang der Patronin bei den Prozessionen. Ihr rotes Haar war hochgesteckt, aber einige Locken hatten sich aus den Klammern gelöst und tanzten um ihr Gesicht wie kleine Flämmchen. Und tatsächlich sah Marcella aus, als finge sie gleich Feuer. »Wir sind dran. Alles klar?«

Nina blickte sie verzaubert an. »Du bist schöner als die Madonna!«

Marcella lachte, freute sich aber offensichtlich über das Kompliment. »Hoffentlich merken die im Publikum das auch.« Sie rückte noch einmal ihren Busen im Ausschnitt zurecht und nahm Nina bei der Hand. »Denk dran, den Kopf hängen zu lassen.«

Nina gehorchte. Sie ließ sich niedergeschlagenen Blicks auf die Bühne ziehen, während die *Diva* ihre Tochter dem Mädchen übergab, das die Oberin spielte.

Auch Marcellas Stimme hatte sich verändert, sie ähnelte denen der Schauspielerinnen in den Filmen, die man ihnen zweimal jährlich zeigte. Hoch und näselnd, mit einem leichten Pfeifen auf den S-Lauten. Das Mädchen war die geborene Diva.

Im Stück nahm nun die Oberin das Kind und brachte es unsanft hinter den schwarzen Vorhang.

Nina verfolgte den Rest des Stücks aus einer dunklen Ecke, vollkommen fasziniert, als wäre die Geschichte Wirklichkeit.

Sie war so vertieft, dass sie das Signal für ihre zweite Szene verpasste.

»Los, du bist dran«, zischte Schwester Ortensia und schubste sie auf die Bühne.

Vollkommen verwirrt stand Nina da, ihr Kopf war leer. Marcella blickte sie lächelnd an und breitete die Arme aus. Da beging Nina den Fehler aufzusehen. Ein wenig Licht fiel auf die ersten Reihen des Publikums: Dutzende Augenpaare waren auf sie gerichtet. Mit so vielen Leuten hatte sie nicht gerechnet.

»Nina, sag deinen Satz«, wisperte Marcella.

Doch Nina konnte sich nicht erinnern. In ihrem Kopf herrschte vollkommenes Dunkel.

Die anderen Schauspielerinnen warfen ihr wie erstarrt verzweifelte Blicke zu.

»Komm zu deiner Mamma!«, ergriff da Marcella das Wort.

Das Mädchen, das die Oberin spielte, versetzte Nina einen Schubs.

Einige der Zuschauer grinsten höhnisch.

Nina schämte sich zu Tode. Sie war sicher, dass alle über sie lachten, über ihre ausgebeulten Schuhe, das ausgezehrte Gesicht und den mageren Leib. Sie brach in Tränen aus.

Marcella schloss sie in die Arme. »Nicht weinen, nicht weinen, mein Schäääätzchen. Deine Mamma ist wieder da und bleibt immer bei dir«, rief sie mit hoher Stimme.

Im Publikum erhob sich ein mitfühlendes »Ooooh«, gefolgt von rauschendem Applaus.

Am Ende der Aufführung wurde Nina hinter den schwarzen Vorhang gebracht, wo Schwester Ortensia ihr eine saftige Ohrfeige verpasste.

»Dummes Ding! Nur einen Satz musstest du sagen, und sogar den hast du vermasselt! Du hast das ganze Stück kaputt gemacht!«

Nicht einmal weinen konnte Nina, denn sofort wurde sie mit den anderen zusammen zurück auf die Bühne gescheucht. Das Publikum klatschte sich die Hände wund und schrie: »Bravo, bravo.« Nur die Nonnen und die anderen Waisenhauskinder, die in den letzten Reihen saßen, blieben stumm. Sie, die ihr Leben wirklich hier drinnen verbrachten, verstanden nicht, was so besonders sein sollte an einer erfundenen Geschichte über verlassene Kinder.

Eine Schauspielerin nach der anderen wurde nun von Schwester Ortensia nach vorne gerufen und aufgefordert, sich zu verbeugen.

Die Hand auf der Wange, die noch von der Ohrfeige brannte, trat Nina vor, als sie an der Reihe war, überzeugt, wieder ausgelacht zu werden, doch der Applaus wurde nur noch heftiger. Ihr war, als würde sie das Tor zu einer neuen Welt durchschreiten, einer Welt, in der sie gemocht wurde.

Den größten Applaus aber bekam Marcella. Sie strahlte hell wie ein Stern und lächelte mit flammendem Haar und ausladenden Brüsten ins Publikum. Winkte jedem dort im Dämmerlicht zu und ließ den Blick fiebrig hierhin und dorthin gleiten. Sie suchte nach einem Liebsten in der Menge, und ganz bestimmt würde sie einen finden, denn ein schöneres Mädchen konnte es gar nicht geben. Dies hier war *ihre* Besichtigung, der Tag, an dem sie der Welt da draußen zurufen konnte: Ich bin auch noch da, kommt mich holen und bringt mich fort von hier, irgendwohin, wo ich feine Dame werden kann.

Nina wünschte es ihr aus ganzem Herzen, denn ohne Marcella hätte sie niemals bei diesem Stück mitgespielt, sich niemals besonders gefühlt. Dieses eine Mal war sie ausgewählt worden.

Die vornehme Frau oder deren Mann entdeckte sie nicht unter den Zuschauern, aber die Wärme, mit der alle anderen ihr applaudiert hatten, war ihr mehr als genug. An diesem Tag wurde sie gemocht.

»Das hast du aber sehr gut gebügelt.« Bewundernd drehte Olmo das Taschentuch in den Händen hin und her.

Nina verschwieg, dass nicht sie es gebügelt hatte, sie freute sich, dass es ihm gefiel. Eineinhalb Monate lang hatte sie das Schnupftuch in ihrer Kommode aufbewahrt und ungeduldig darauf gewartet, es ihm wiederzugeben.

»Du bist gewachsen seit letztem Jahr.«

»Du auch.«

Tatsächlich war Olmo in die Höhe geschossen, und von seinen Pausbäckchen war nichts mehr übrig.

Er lächelte. »Und du bist nicht mehr so mager und bleich. Diesmal wird's bestimmt ein besseres Foto.«

Davon ging Nina aus, wofür hätte sie sonst so viel Essen hinunterwürgen sollen? Das Theaterstück und die Wärme, die ihr das Publikum entgegengebracht hatte, hatten ihr Hoffnung gegeben, und sie blickte der Besichtigung zuversichtlich entgegen. Sie war kräftiger geworden, hustete nicht mehr so häufig und aß artig ihren Teller leer.

Geduldig wartete sie inmitten der anderen Kinder auf ihr Foto.

Signor Piero hatte schon die Säuglinge und Kleinsten fotografiert, nun war Nina an der Reihe.

Langsam und vorsichtig, um auch bloß nicht den Kittel zu zerknittern, trat sie vor.

»Die nicht«, rief die Oberin und machte eine wegscheuchende Geste.

»Warum nicht?«

»Von der haben wir noch aus dem letzten Jahr ein Bild.«

»Aber sie hat sich doch verändert«, wandte Schwester Immacolata ein.

Die Oberin war anderer Meinung. »Sie ist immer noch Haut und Knochen, da lohnt das Foto nicht. Bei den Preisen«, fügte sie mit einem giftigen Seitenblick auf Signor Piero hinzu.

»Günstiger kann ich die Arbeit nicht machen«, wehrte sich der. »Ich stehe ja hier den ganzen Tag und komme extra aus San Salvo, Benzin, Filme, für jedes Bild ein Blitzlichtbirnchen ...«

»Dann könnten wir ja auch draußen die Fotos machen, so würden wir etwas sparen«, unterbrach ihn die Oberin, »das habe ich doch schon oft gesagt.«

»Und ich sage Ihnen jedes Mal, dass die Fotos dann nichts werden, denn das Licht ändert sich immerzu, der Wind verstrubbelt den Kindern die Haare, und im Sonnenlicht werden die Gesichter unscharf.«

»Ja, ja. Sie haben ja immer recht. Glauben Sie etwa, dass die Gaben, die wir bekommen, dieses ganze Tamtam hier abdecken?«

Da trat Olmo einen Schritt vor. »Aber sie sieht doch viel gesünder aus als letztes Jahr.«

Der Vater stieß ihn mit dem Ellbogen an und legte den Zeigefinger auf die Lippen.

»Ist das hier vielleicht ein Schönheitswettbewerb?«, schnappte die Oberin. »Sie haben Ihren Sohn fürs Geschäftliche ja wirklich gut erzogen.«

»Das hat er von sich aus gesagt.«

In einer abschließenden Geste fuhr die Oberin mit der Hand durch die Luft und schubste Nina zur Seite. »Dieses Foto sparen wir uns auf jeden Fall.«

Alle Hoffnung, die Nina in die Besichtigung des Jahres 1952 gesetzt hatte, schwand.

Auch Olmo blickte betrübt drein und fuhr stumm fort, seinem Vater Blitzlichtbirnen anzureichen und die gebrauchten Filmrollen zu beschriften. Er sah sich nicht mehr nach Nina um.

Der einzige Trost an jenem Morgen waren die von einer Liebkosung begleiteten Worte Schwester Immacolatas:»Keine Sorge«, murmelte sie,»das Foto von letztem Jahr ist sehr schön geworden.«

In der darauffolgenden Woche lernte Nina die Enttäuschung kennen.

Während der Besichtigung stand sie vergebens im Hof. Niemand wollte sie kennenlernen, obgleich sie am Spätmorgen des achten Juni lächelnd und geduldig in ihrem kratzenden Wollumhang unter brennender Sonne darauf wartete, zu den Besuchern geführt zu werden.

Der Hof und die Gesichter ihrer Kameraden verschwammen vor ihren Augen. Über allem lag dumpfer Nebel, durch den weder der blaue Himmel noch der von den Säuglingen ausgehende Duft frischer gestärkter Wäsche drangen. Für Nina war alles grau, die Kleider Lumpen, die Gesichter verzerrt.

Mit einem größeren Wortschatz hätte sie sagen können, dass sich das alles anfühlte, als ob eine Welle über ihrer mühsam errichteten Sandburg zusammenstürzte; es fühlte sich an, wie bei großer Hitze durstig nach einer leeren Wasserflasche zu greifen; es fühlte sich an wie die Hoffnung, von jemandem ausgesucht zu werden, obgleich doch niemand sie wollte.

Das neue Gefühl füllte sie ganz aus und zeigte ihr das wahre Gesicht der Dinge: eine hässliche Fratze.

»Nächstes Jahr wird's bestimmt besser«, tröstete Marcella sie. Sie war gekommen, um sich die Besichtigung anzusehen. Unter dem vollständig aufgeknöpften Kittel trug sie einen braunen Rock und eine weiße Bluse, womit sie eher wie eine Besucherin als wie ein Waisenkind aussah. Sie beugte sich zu Nina herunter und strich ihr eine Locke hinter das Ohr. »Deine

Haare sind ja noch störrischer als meine.« Die trug Marcella heute in einem flammenden Pferdeschwanz. Abschätzig musterte das Mädchen die Kinder, die vor den seitlich im Schatten sitzenden Pärchen entlangliefen.

»Das ist doch demütigend«, zischte sie.

»Was denn?«

»Ach, nichts. Hab an etwas anderes gedacht.« Aus der Tasche holte sie nun eine Handvoll Kirschen. »Schau mal, hab ich dir mitgebracht. Magst du?«

Nina legte sie in ihre Schürze. »Ja, woher hast du die?«

»Ich arbeite in dieser Woche in der Küche, da haben wir zwei volle Kisten davon.«

»Wir haben aber keine gekriegt.«

»Nee, die essen die selbst.«

»Wer, die?«

»Vergiss es.« Mit dem Kinn deutete sie auf die Kirschen. »Steck sie ein und sag's niemandem.«

»Nicht mal Schwester Immacolata?«

»Nicht mal der.«

Nina gefiel die Vorstellung, dass diese Kirschen ein Geheimnis zwischen ihr und Marcella sein sollten. Doch die Freude war nur von kurzer Dauer; bei dem Blick auf ein Paar, das mit einem knapp einjährigen Findling »Hoppe, hoppe Reiter« spielte, stieß sie einen tiefen Seufzer aus.

»Deshalb mache ich hier nicht mehr mit, damit ich mich nicht fühle wie du.« Marcella drückte Nina an sich. »Aber ich war auch schon acht Jahre alt, als ich hierherkam, viel zu groß, um noch irgendwem leidzutun.«

Der Kleine bei dem Paar stieß bei jedem Hops Freudenschreie aus.

Marcella biss sich auf die Unterlippe, bis alle Farbe daraus gewichen war. »Aber bei den ersten Malen hab ich schon Hoffnung gehabt. Hab mir viel Mühe gegeben, artig und fröhlich auszusehen, obwohl ich am liebsten geheult hätte. Aber mich wollte nie jemand haben.« Ihre Stimme war nur noch ein Hauch. »Und außerdem hab ich rote Haare.«

»Na und?« Marcellas Haarmähne war wunderschön, stolz und leuchtender als jede Kaminflamme. Und es gab nicht viele solche Farbtupfer im Waisenhaus.

»Manche meinen, Rothaarige haben was mit dem Teufel zu tun.« Sie fasste in ihren Pferdeschwanz. »Das hat einmal eine Frau gesagt, der Schwester Assunta mich vorstellen wollte: ›Nein, bringen sie die bloß weg. Mit diesen Haaren und Augen sieht sie aus wie eine Hexe‹.« Sie verjagte irgendetwas Unsichtbares in der Luft. »Ist mir aber egal. Die wollen mich nicht? In Ordnung, ich will sie auch nicht, und bei diesem Affentheater von Besichtigung mache ich nicht mehr mit.« Marcella strich sich den Rock glatt. »Ich werd' in die Tabakfabrik arbeiten gehen oder einen reichen Mann heiraten.« Das glaubte sie aus ganzem Herzen, obgleich nach der Theateraufführung niemand sie zu sich genommen hatte, trotz Applaus und Komplimenten. Nicht einmal *ihre* Besichtigung hatte ein gutes Ende genommen. »Du musst lernen, ganz hart zu werden«, fuhr sie fort.

»Was meinst du damit?«

Da packte Marcella Nina an den Schultern und zwang sie, ihr in die Augen zu sehen. »Du darfst das alles nicht an dich ranlassen. Je größer deine Träume sind, umso schlimmer kannst du enttäuscht werden. Das, was man sich wünscht, passiert sowieso nicht.« Sie strich Nina über die Wange. Die Berührung war nicht so schön wie die der Frau mit der Musik innen drin, aber schöner als die von Schwester Immacolata. »Du darfst nie jemanden liebgewinnen.«

»Warum nicht?«

»Dann kann dir auch niemand fehlen. Und es tut nicht weh, wenn sie dich wie einen kaputten Schuh wegwerfen. Verstehst du?«

Nina wusste nicht, ob sie das alles wirklich verstand, doch Marcella war so ernst und die Flamme in ihren Augen so leidenschaftlich, dass Nina nicht anders konnte, als »Ja« zu sagen.

»Vertraue niemandem.«

»Auch Schwester Immacolata nicht?«

»Der auch nicht.«

»Und dir?«

»Auch mir nicht. Jetzt bin ich vielleicht nett und freundlich, aber wer weiß, was morgen ist. Ich habe nichts, und deshalb kann ich auch nichts verlieren, aber wenn ich etwas hätte ... ich weiß auch nicht.« Marcella verzog den Mund zu einer traurigen Grimasse. »Vielleicht hätte ich Angst, dass man's mir wegnehmen will, und dann würde ich gemein und geizig werden. Auch zu dir.« Ruckartig richtete sie sich wieder auf. Über die Rockvorderseite zog sich von einer Seite zur anderen eine Falte, vielleicht hatte der Rock zuvor einem dünneren Mädchen gehört, oder er war so alt, dass er ausgeleiert war. Marcella strich darüber, bis er wieder glatt war. Als gäbe es nichts Wichtigeres auf der Welt als einen glatten Rock. »Wenn du nicht verzweifeln willst, dann darfst du nichts und niemanden in dein Herz lassen. Versprichst du mir das?«

»Ja.«

»Schwör.«

»Ich schwöre.« Und um zu beweisen, wie ernst es ihr war, führte Nina die gekreuzten Finger an die Lippen und küsste sie.

»Coppi hat sie ihm gegeben.«

Jedes Mal, wenn Schwester Benedetta diesen Namen hörte, zuckte sie zusammen. »Carlo, Schluss jetzt!«

»So war's aber!«

Im Raum herrschte eine Bruthitze. Es war der vierte Juli, und die Sonne brannte glühend und unbarmherzig. Läden, Fenster und Türen waren geschlossen, was die Temperaturen im Inneren jedoch nicht minderte.

Das Radio berichtete über ein Radrennen, das in der letzten Juniwoche angefangen hatte und bis Mitte Juli gehen würde: die Tour de France. Schwester Benedetta und Schwester Ortensia hatten angeordnet, dass die Kinder jede Etappe wenigstens zum Teil im Radio verfolgten, doch die Einzigen, die etwas hören konnten, waren die Kinder gleich neben dem Apparat und die stehenden großen Jungen, die die Rennfahrer mit großen Gesten anfeuerten.

Es ging den Nonnen nicht darum, das Interesse der Kinder für den Radsport zu wecken, nein, sie sollten für einen der Fahrer beten, für Gino Bartali, ein guter praktizierender Christ, der die Hauptregierungspartei unterstützte, die einzige, die der Papst Pius XII. mochte: die Democrazia Cristiana.

Die Nonnen sagten, Bartali müsse unbedingt gewinnen, denn Radsport war bei Millionen von Menschen auf der ganzen Welt beliebt, und er, Bartali, sei ein helles Licht im von Unglauben und Kommunismus geschaffenen Dunkel, dessen bekanntester Vertreter Fausto Coppi war. Es galt, den Sündern zu beweisen, dass Glaube Wunder vollbringt, auch auf dem Rad.

Bevor sie am Nachmittag das Radio einschaltete, sprach Schwester Benedetta täglich einen Rosenkranz, damit die Madonna Bartali beschützte.

Der Ketzer Coppi hatte vor einem knappen Monat, am achten Juni, dem Tag der Besichtigung, den Giro d'Italia gewonnen, während sein Rivale Bartali nur Fünfter geworden war. Auf keinen Fall durfte die Tour de France ebenso enden. An jenem Tag mussten die Radrennfahrer eine besonders hohe Steigung nehmen, und es herrschte eine Gluthitze. Die Kinder sollten folglich noch eifriger beten als sonst. Da Freitag war, wurden die schmerzhaften Geheimnisse in die Ave-Maria eingefügt.

In Nina zog sich alles zusammen, und während Schwester Benedetta das Gebet anstimmte, welches Jesus im Garten am Ölberg verrichtete, die Geißelung, die Dornenkrönung, den Kreuzweg und die Kreuzigung, stellte das Mädchen sich den Rennfahrer anstelle von Christus vor, und die Ahnung beschlich sie, dass dieses Rennen für ihn kein gutes Ende nehmen würde. Bartali hatte bei dieser Tour noch keine einzige Etappe gewonnen, Coppi jedoch schon. Alles deutete auf eine Niederlage Bartalis hin.

Schwester Benedetta aber war stur und fuhr lauthals fort, den Rosenkranz zu beten.

Ein Dutzend Kilometer vor dem Ziel waren die beiden Radfahrer nun gleichauf.

Aus der Gruppe der aufsässigen größeren Jungen war hin und wieder Coppis Name zu hören und Jubel, wenn der Reporter seinen Vorteil verkündete. Carlo war der Anführer der Coppi-Anhänger, doch es war offensichtlich, dass ihn das Rennen gar nicht so brennend interessierte: Vielmehr war es eine Sache zwischen ihm und der Nonne, und der Sieg des gotteslästerlichen Radfahrers würde seine persönliche Rache sein.

Da der Sommer so heiß war, dass einem die Lust am Spielen verging, und Nina noch zu klein, um für die Hausarbeit eingeteilt zu werden, hatte sie sehr viel Zeit, die sie größtenteils damit verbrachte, ihre Umgebung zu beobachten.

Dabei war ihr etwa aufgefallen, dass die Nonnen nicht alle gleich waren. Ihre Aufgaben waren sehr unterschiedlich – die Oberin war die Leiterin der Einrichtung, Schwester Immacolata kümmerte sich um die Kranken, Schwester Ortensia, eine der ältesten, kontrollierte die Mädchen vor dem Schlafengehen, dirigierte den Chor und organisierte die Theateraufführungen, Schwester Assunta half überall mit, wo sie gebraucht wurde, und ging Schwester Filomena in der Küche zur Hand, Schwester Brigida und Schwester Maria kümmerten sich um die Säuglinge und Wickelkinder, Schwester Benedetta kontrollierte die Jungen vor dem Schlafengehen, Schwester Carmela unterrichtete, ebenso wie Schwester Lea, die jedoch zusätzlich bei der Messe auch den Chor dirigierte, während sie auf ein verstimmtes Klavier einhämmerte. Zudem führte jede ihre Pflichten unterschiedlich aus. Einige schienen im Waisenhaus eine Strafe abzusitzen, ihren Gesten lag blinde Wut zugrunde, und wenn sie fast genüsslich die Kinder bestraften, schlich sich dann und wann ein Lächeln auf ihre Lippen.

Schwester Benedetta war erfüllt von Zorn. Man hörte es an ihrer harten Stimme und sah es daran, wie sie durch die Gänge stapfte, die Hände angriffslustig zu Fäusten geballt, wie um in den Kampf zu ziehen.

In diesem Punkt glich Carlo ihr aufs Haar; die Funken flogen nur so, wenn sie sich über den Weg liefen. Meistens war er es, der sie ärgerte, dafür war ihm jeder Vorwand recht.

Der Wettstreit der beiden Spitzen-Radfahrer bot nun eine hervorragende Gelegenheit, ein weiteres Mal die Messer gegeneinander zu wetzen.

Es fehlten nur noch wenige Kilometer zum Ziel, als der

Radioreporter ein Ereignis schilderte, das sich eine halbe Stunde zuvor bei der Fahrt über den Col du Télégraphe zugetragen hatte: Trotz ihrer Rivalität hatte einer der beiden Spitzenreiter dem anderen seine Wasserflasche gereicht, doch wer der beiden, das hatte niemand genau sehen können.

Für Schwester Benedetta stand außer Zweifel, dass Bartali, der gute Christ, es gewesen war.

Unnötig zu sagen, dass Carlo vom Gegenteil überzeugt war.

»Nein, das war Coppi!«

»Rede keinen Unsinn!«

»Er war's, der andere ist 'ne Lusche!«

Schwester Benedetta riss die Augen auf und keuchte. »Nimm das sofort zurück! Du bekommst heute kein Abendessen, das wird dich lehren, dein loses Mundwerk im Zaum zu halten.«

Carlo hob nur die Schulter. »Ist mir doch egal, wenn ich heute mal nicht euren Fraß kriege.«

Nina zuckte zusammen. Für das Wort »Fraß« würde er bestimmt auch bestraft.

Die Aufmerksamkeit der Nonne war jedoch ganz beim Radio – sie hatte es gar nicht gehört. Doch die anderen Jungens aus seinem Grüppchen, die schon. Schallendes Gelächter ertönte, und dann der immer lauter werdende Ruf *Cop-pi! Cop-pi! Cop-pi!*

Schwester Benedetta sprang auf. »Ihr werdet alle bestraft!«

Nun stand auch Carlo auf. »Er gewinnt sowieso, ob wir hier beten oder nicht.«

»Das werden wir ja sehen.«

Der Junge war nun nicht mehr zu halten. Er wandte sich an die ihn umstehenden Kameraden. »Mein Vater hat mir immer von einer Mailand-Sanremo erzählt. Als Coppi ins Ziel gefahren ist, hat Nicolò Carosio im Radio gesagt: ›Erster: Fausto Coppi. Bis zum Eintreffen der anderen Fahrer spielen wir Tanzmusik‹. Der Zweite kam erst vierzehn Minuten später ins Ziel!« Die Jungens lachten sich schenkelklopfend halb tot. Carlo wandte sich wieder an Schwester Benedetta. »Fausto Coppi war der Lieblingsfahrer von meinem Vater. Und meiner ist er auch. Es lebe Fausto Coppi! Es lebe der Kommunismus!«

Nina hielt sich die Ohren zu. Sie ertrug das hitzige Stimmengewirr nicht, das den Raum nur noch zusätzlich aufheizte. Ungeduldig wartete sie darauf, nach dem Ende des Rennens wieder in den Hof gehen zu dürfen, wo es vielleicht nicht so stickig war.

Schwester Benedetta stand kurz vor einem Herzinfarkt. »Ach, dein schöner Herr Vater, der arme Schlucker. Hat dich hergebracht, weil er dir nicht einmal etwas zu essen geben konnte. Bestimmt ist deine arme Mutter seinetwegen aus Kummer gestorben. Ihr preist den Kommunismus, schämt euch aber nicht, bei uns Christen um Barmherzigkeit zu betteln!«

Carlo erstarrte. Hilfesuchend sah er sich um, doch die Kameraden blickten allesamt zu Boden, sprachlos angesichts der kränkenden Worte der Nonne, die ihren Anführer derart bloßstellte.

Aus dem Radio erscholl nun undeutliches Geschrei, laute und unverständliche Rufe.

Eleonora beugte sich zum Apparat. »Coppi hat gewonnen!«, rief sie.

Jubelnd hob Carlo die Arme, und seine Kameraden stimmten einer nach dem anderen ein.

Man hätte die Luft in Scheiben schneiden können.

Alle wussten, dass nun etwas Drastisches geschehen würde. Die Kinder standen auf und wichen langsam zurück, auch die aufsässigen Jungens.

Nur Schwester Benedetta und Carlo blieben, wo sie waren, und funkelten sich hasserfüllt an.

Schließlich ging die Nonne kaltblütig einige Schritte auf Carlo zu, die Hand zum Schlag gegen den herausfordernden Jungen erhoben.

»Lauf! Hau ab!«, riefen die anderen Jungen.

Doch er bewegte sich nicht, nur ein triumphierendes Lächeln spielte um seine Lippen. »Siehst du, Gott interessiert sich nicht für deinen Bartali! Der ist auch für Coppi!« Jetzt hatte er sie auch noch geduzt, obgleich man die Nonnen doch siezen musste. Da schlug die Schwester zu, einmal, zweimal, aber der Junge zuckte nicht mit der Wimper.

Schwester Benedetta war nicht kräftig, aber groß, wenigstens eine Handbreit größer als Carlo. Wie eine Besessene fing sie nun an, auf ihn einzuprügeln. War Bartali ihr wirklich so wichtig? Was hatte sie von seinem Sieg?

Die Jungens feuerten ihren Anführer an, fassungslos, dass der die Schläge kampflos über sich ergehen ließ. »Wehr dich doch, du Idiot! Schlag sie zurück!«

Doch Carlo reagierte nicht. Mit einem höhnischen Grinsen steckte er fast triumphierend die Prügel ein.

Als der Nonne schließlich die Hände schmerzten, nahm sie die Füße zu Hilfe, trat wahllos auf den Jungen ein, bis er zu Boden ging. Alle dachten, nun, da er ihr zu Füßen lag, würde sie sich beruhigen, aber nein. Willkürlich versetzte sie ihm weiter Tritte in Rücken und Bauch, jeder Körperteil war ihr recht.

Carlo schützte sich, so gut es eben ging. Er hatte sich vollkommen zusammengekrümmt und die Arme schützend um den Kopf gelegt, doch Schwester Benedettas Sandalen fanden mit jedem Tritt eine freie Stelle. Irgendwann schrie er: »Ich hasse dich! Ich hasse dich, du Hure!«, und er machte den Fehler, die Hände zu senken.

Sie erwischte ihn mitten im Gesicht.

Ein Knacken ertönte, Blut spritzte.

Carlo sackte in sich zusammen, ein roter Streifen lief ihm quer übers Gesicht.

Keuchend richtete sich Schwester Benedetta Habit und Schleier, dann zog sie den Radiostecker aus der Dose und verließ mit dem Apparat unter dem Arm das Zimmer.

Das war das letzte Mal, dass sie einen Etappenbericht der Tour de France 1952 hörten. Die übrigens Fausto Coppi gewann.

Noch tagelang blieb Carlos Gesicht dick geschwollen und rund um die Nase rot-blau verfärbt. Niedergeschlagen schlich er durch das Waisenhaus, den Kopf eingezogen, als rechnete er jede Minute mit einer Tracht Prügel. Und auch seine Kameraden hatte der Mut verlassen.

Schwester Benedetta hingegen war wie immer, nur in ihren Augen blitzte es von da an noch etwas forscher. Wo auch immer sie auftauchte, wurde es totenstill, und die Kinder wichen zur Seite, um sie vorbeizulassen.

Nina aber packte der Beobachtungsgeist. Bei ihren Erkundungszügen durch das Waisenhaus entdeckte sie seltsame Dinge, wie einen etwa zehnjährigen Jungen, der plötzlich im Flur zur Krankenstation auftauchte. Einen penetranten Ton ausstoßend, lief er mit gesenktem Kopf den Gang entlang. Geschlossene Türen mochte er wohl nicht, denn er öffnete jede, an der er vorbeikam. Wenn jemand sie von innen wieder schloss, riss er sie auf dem Rückweg wieder auf, bis schließlich eine Schwester kam, um ihn ruhigzustellen. Sofort sackte er in sich zusammen und ließ sich wie tot mit schleifenden Füßen und baumelndem dunklen Lockenkopf in das letzte Zimmer führen. Im Speisesaal oder in der Kapelle war er nie, schon gar nicht bei den Besichtigungen. Vielleicht spielte sich sein gesamtes Leben in diesem Zimmer ab, von den kleinen Ausflügen in den Flur einmal abgesehen.

Ninas Streifzüge endeten normalerweise im Hof, wo sie den Kopf zwischen den Gitterstäben des Tors durchstreckte, um die Drehlade sehen zu können. Sie hoffte, dort ein Findelkind zu entdecken. Doch sie hatte nie Glück, die Findlinge tauchten immer am Morgen auf, in den Armen der Nonnen. Sie wurden wohl nachts gebracht, eine andere Erklärung konnte es dafür ja nicht geben. Irgendwie musste sie einen Weg finden, sich der Drehlade im Dunkel zu nähern.

Aber was hoffte sie dort zu sehen? Vielleicht ihre Mutter, die ein weiteres Kind hineinlegte? Doch wie sollte Nina die Mutter wiedererkennen?

An dem Tässchen Kaffee, natürlich.

Doch am Abend wurden alle Türen verschlossen, und sofern man sich nicht aus den Fenstern hinunterlassen wollte, war es unmöglich, nach draußen zu gelangen. Sie wartete also die Kontrolle vor dem Zubettgehen ab, und wenn alle anderen Mädchen schliefen, schlüpfte sie hinter den Vorhang ans Fenster und starrte ins Dunkel hinaus.

In einer Nacht, in der ein besonders heller Halbmond schien, entdeckte sie zwei Gestalten vor dem Haus. Kurz darauf kam aus dem gegenüberliegenden Flügel des Waisenhauses Schwester Immacolata, die eine Seitentüre des Haupteingangs öffnete und die beiden in den Hof ließ. Eine war ganz sicher eine Frau, eine sehr kräftige. Die andere Gestalt trug einen außergewöhnlich dicken Bauch vor sich her, ob Mann oder Frau, war nicht zu erkennen. Sie kam nur mühsam vorwärts und musste sich von der anderen stützen lassen. Nach wenigen Schritten warf sie erschöpft den Kopf in den Nacken, und das schimmernde Mondlicht beleuchtete ihr Gesicht. Auch diese Gestalt war eine Frau.

Schließlich verschwanden sie im Gebäude.

Was machten sie um diese Zeit in dem anderen Flügel? In den Kellern dort lag die Krankenstation, im Erdgeschoss Küche und Speisesaal, in den oberen Stockwerken befanden sich die Zimmer der Nonnen und einige Kammern für Säuglinge. Vielleicht waren das zwei neue Nonnen? Oder die Frau mit dem großen Bauch war sehr krank?

Nun war Nina hellwach. Sie wartete noch, bis sich der Himmel mit der Dämmerung rosa und gelb färbte. Doch dann fielen ihr vor Müdigkeit die Augen zu. Sie ging ins Bett und sank in tiefen Schlaf, bis Marianna sie schüttelte. »Steh auf, es ist schon Zeit zum Frühstücken!«

Im Speisesaal saß Schwester Brigida mit einem Säugling auf dem Arm, ein neues Findelkind, welches sie im Morgengrauen aus der Drehlade geholt hatte.

Nina ärgerte sich, weil sie kurz vor dem ersehnten Ereignis eingeschlafen war.

Sie versuchte weiterhin, mehr darüber herauszufinden, jedoch nur bis Mittwoch, den ersten Oktober, denn an diesem Tag kam sie in die Schule. Von nun an widmete sie ihre Aufmerksamkeit ganz und gar der Lehrerin Schwester Lea und einer Gruppe Schülern von außerhalb, die nach Schulschluss das Waisenhaus wieder verließ. Diese Kinder waren vollkommen anders, und auch wenn sie in denselben Bänken saßen und ebenso artig oder auch dumm wie die Findlinge waren, wurden sie doch respektvoll behandelt, als wären sie wertvoller und sollten nicht mit Schimpf und Schande verschreckt werden. Sie trugen bunte Kleidung und stachen im Grau des Waisenhauses wie Blumen im Asphalt hervor. Die Jungen trugen ein blaues Kittelchen und die Mädchen ein weißes, und sie dufteten stärker als Bleichmittel und Ammoniak, deren Gestank das Waisenhaus stets wie eine Wolke umgab. Einige der Kinder dufteten nach Brot, andere nach Seife. Einige rochen auch muffig oder nach Schafen, aber Nina hätte stundenlang an ihnen schnuppern können.

Werktage mochte sie nun lieber als Feiertage, denn die Schule gefiel ihr. Anfangs tat sie sich mit Zahlen etwas schwer, doch Schwester Lea ermutigte sie, *na komm, es ist nicht schwierig, streng dich ein wenig an, gut so,* und sie bekam gute Noten. Rasch lernte sie, Buchstaben zu Worten aneinanderzureihen.

Eine unermessliche magische Welt eröffnete sich ihr. Worte wurden zu Sätzen und diese zu schlüssigen Zusammenhängen. Anstatt mit Kritzeleien füllten sich die Hefte nun mit sinnvollen Gedanken. Es waren ganz simple Dinge: *Maria betet den Rosenkranz. Mario gehorcht der Lehrerin.* Doch sie beschrieben etwas Greifbares.

Diese neue Entdeckung versetzte sie in freudige Erregung. Das, was sie nicht hatte, wonach sie sich sehnte, konnte sie aufschreiben, und wie durch ein Wunder nahm es vor ihren Augen Form an.

Worte gaben den Dingen eine Form.

Ohne Worte konnte es nicht einmal Fantasie geben, denn etwas ohne Namen konnte man sich doch gar nicht vorstellen. Brot: Puff! Haus: Paff! Einmal auf Papier gebracht, erschienen ihr die Dinge vor Augen, wie hergezaubert.

Bei einer Chorprobe hatte Schwester Lea gesagt, um einen Ton gut singen zu können, müsse man ihn vorher im Kopf hören, vor allem die ganz hohen und tiefen, denn die Stimme könne keinen Klang hervorbringen, den das Gehirn noch nie gehört habe.

Nina hatte das damals nicht richtig verstanden, aber jetzt war es ihr klar: Alles musste gedacht werden und einen Namen haben, um wirklich zu sein.

Mathematik fiel ihr schwerer, das war nicht so greifbar wie Worte. 1 + 2 bekam erst einen Sinn, wenn sie Worte mit den Zahlen verband. Wenn von fünf Amseln auf einem Baum zwei davonflogen, dann konnte sie die übrigen drei sehen, ihre glänzenden Federn und die geraden Schnäbel. Legte man zu vier Äpfeln noch sechs Birnen, so ergab das einen schönen Obstkorb mit zehn Früchten. Wenn sie die Augen schloss, hatte sie sogar den Duft davon in der Nase. Als der Frühling kam, schrieb sie schon fehlerfreie Diktate und beherrschte das kleine Einmaleins.

Doch als der Mai begann, dachte sie immer öfter an die Besichtigung im kommenden Monat.

Sie war ein wenig größer geworden und aus ihrer Kleidung herausgewachsen. Schwester Immacolata hatte ihr versprochen, die Kleider von den Mädchen in der Schneiderei ändern zu lassen, und sie hatte andere Schuhe bekommen – diesmal waren sie so gut wie neu –, da die vom letzten Jahr nun überhaupt nicht mehr passten. Wenn sie ihr Gesicht im Spiegel des Waschraums betrachtete, schien es ihr nicht mehr so bleich, die Wangen waren weniger eingefallen und die Augen ohne Ringe darunter groß und glänzend. Hoffnung erfüllte sie, dass es in diesem Jahr besser laufen würde. Und noch etwas bestärkte sie: Ein vornehmer Signore bemühte sich um Marcella.

Angefangen hatte es nach der Aufführung am Weißen Sonntag, dem zwölften April 1953.

Diesmal war kein richtiges Theaterstück aufgeführt worden, sondern es wurden die Stationen des Kreuzwegs Jesu Christi dargestellt, woran sich nur die größeren Kinder beteiligten.

Marcella hatte die Maria Magdalena gespielt. Inzwischen war sie fünfzehn Jahre alt und fast eine erwachsene Frau. Obgleich sie von Kopf bis Fuß in einem Laken steckte, war sie wunderschön. Feuerrote Haarsträhnen blitzten unter dem Schleier hervor, und ihre Katzenaugen sprühten goldene Funken. Alle Blicke waren auf sie gerichtet. Als sie niederkniete, um Christus die Füße zu waschen und mit ihrem Haar zu trocknen, hielt der Saal den Atem an. In dem Krug waren weder Parfum noch Wasser, nichts, doch sie spielte so täuschend echt, dass das Publikum glaubte, den Duft von Weihrauch zu riechen.

Als Jesus vom Kreuz genommen wurde, klagten Magdalena, die Madonna und Maria Kleophae laut. Die beiden anderen Mädchen jammerten vollkommen übertrieben und künstlich, die Tränen Marcellas aber waren echt, und sie entlockten dem Publikum tiefe Seufzer.

Am Ende der Aufführung war es Marcella, die den größten Applaus von allen bekam, wie schon im Jahr zuvor, und viele der Zuschauer beglückwünschten sie, vor allem Männer.

Einer strich ganz besonders lang um sie herum. Er trug einen hellen Anzug und einen Hut, der seitlich auf seinem Kopf saß und sein Gesicht verdeckte. Er wirkte schon recht alt, um die dreißig war er bestimmt. Marcella hörte ihm mit entrückter Miene lächelnd zu. Bevor er ging, flüsterte er ihr noch etwas ins Ohr.

Die Hand vor dem Mund, unterdrückte Marcella ein Kichern.

Bei einem der Sonntagsspaziergänge tauchte er wieder auf, lehnte an einem Baum, eine brennende Zigarette zwischen den Fingern, das Gesicht von seinem Hut verdeckt. Als das Grüppchen an ihm vorbeiging, schnippte er die Zigarette weg und schloss sich dem hinteren Teil des Zugs an, wo sich die größeren Kinder tummelten.

Nina ging mit Marianna an der Hand in der Mitte und wandte sich neugierig um.

Da löste sich ein roter Schopf aus der Menge und gesellte sich neben den Mann.

»Komm«, beschwerte sich Marianna und zog Nina weiter.

»Warte mal.«

»Nein, wir müssen alle zusammen laufen. Die anderen sind schon viel weiter vorne.«

Tatsächlich hatte sich eine beträchtliche Lücke zwischen ihnen und der Gruppe davor aufgetan.

Schwester Brigida, die mit einem Säugling auf dem Arm den Zug anführte, bemerkte den Abstand. »Nina! Marianna! Etwas schneller, ihr beiden, ihr haltet ja alle anderen auf.«

»Siehst du? Jetzt haben wir wegen dir Ärger gekriegt.«

Marianna war wirklich eine Nervensäge. Sie hatte jetzt endlich ihre Schneidezähne, und zwar sehr große, mit denen sie aussah wie eine riesige Maus. Und die klebrigen knochigen Hände erst. Als hätte man ein Stück Seife in der Hand. Nina beschleunigte ihren Schritt, wollte aber noch einen letzten Blick nach hinten werfen.

In einer flinken Bewegung strich der Mann Marcella über die Wange. Dann verließ er die Gruppe wieder und ging rasch davon. Marcella führte die Hände an ihr Gesicht und eilte zurück an ihren Platz.

Nina streckte die Hand nach Marianna aus und unterdrückte ein Lächeln: Dieses Mal war Marcellas Besichtigung gut ausgegangen. Alles deutete darauf hin, dass es ein gutes Jahr werden würde.

Den Beweis dafür bekam sie am Sonntag, den siebenten Juni.

Olmo musterte Nina mit derselben Ernsthaftigkeit, mit der sein Vater die Kinder vor dem Objektiv positionierte.»Heute darfst du bestimmt auch fotografiert werden. Du hast dich ganz schön verändert.«

Auch er hatte sich verändert, jedes Jahr wuchs er um eine gute Handbreit. Und er hatte recht: Als Nina an der Reihe war, gab es keinerlei Einwände.

Signor Piero musste sie nicht einmal ans Lächeln erinnern, sie dachte ganz von selbst daran.»Dieses Kind hat wirklich zauberhafte Augen«, bemerkte er und wechselte die Blitzlichtbirne.»Einen regelrechten Sog lösen die aus. Ich freue mich, dass sie ein wenig gesünder aussieht.«

Nina ging zu den anderen zurück, in der Überzeugung, dass etwas Wunderbares auf sie zukommen würde. Ungeduldig wartete sie auf den kommenden Sonntag.

Trostlosigkeit. Demütigung. Zorn.

In den Grundschulbüchern gab es diese Worte nicht, sonst hätte Nina sie in ihr Notizheft geschrieben, damit sie dem düsteren Loch, das sich in ihr auftat, eine Gestalt geben konnten.

Bei der Besichtigung war nichts geschehen, rein gar nichts.

Niemand hatte sie näher ansehen wollen, kein Blick, kein Nicken, rein gar nichts, woran man hätte merken können, dass jemand sie überhaupt wahrgenommen hatte. Wozu hatte sie gegessen, gelächelt, den Husten bekämpft?

Vor den Augen der Welt war sie unsichtbar.

Im Laufe des Sommers verweigerte sie sich allem und jedem gegenüber. Sie aß ihren Teller nicht mehr leer. Legte nur widerwillig und unordentlich ihre Kleidung in die Schubladen, und am liebsten hätte sie das ganze Zeug in tausend kleine Stücke zerfetzt und in der Küche ins Feuer geworfen. Sie sprach nur noch das Nötigste.

Den Nonnen fiel es gar nicht auf, ganz, als wäre Nina auch für sie unsichtbar geworden.

Sie musste sich schon auffällig verhalten, um überhaupt bemerkt zu werden. Etwa für die Kinder einstehen, denen oft grundlose Ungerechtigkeiten zugefügt wurden. Je schutzloser und zerbrechlicher sie waren, umso schlimmer.

Beißende Niedertracht lauerte in jeder Ecke des Waisenhauses. Manchmal blitzte sie auf in der Genugtuung, mit der die Nonnen die Kinder bestraften, sie in die Ecke stellten oder ihnen Rosenkranznovenen aufbrummten. Hier und da auch in den Nonnen selbst, die sich gegenseitig die fiesesten Gemeinheiten zufügten. Und auch in den Kindern, die nicht bloß den Kampf darum führten, wer schlechter dran war, Waisenkinder oder Findlinge, sondern sich auch innerhalb ihrer Gruppierung anfeindeten und die Wut über ihren inneren Schmerz aneinander ausließen, weil sie die Schuldigen dafür aus dem ein oder anderen Grund nicht erreichen konnten.

Kann man mit sechseinhalb Jahren einen eigenen Gerechtigkeitssinn entwickeln? Obgleich sie den Ausdruck nicht kannte, begann Nina zu verstehen, dass es richtig und falsch gab.

Zu Beginn des Schuljahres kam ein neues Findelkind aus einem anderen Waisenhaus, Giordana. Alle stürzten sich nur so auf sie.

Auch diejenigen, die bis dahin die Letzten in der Kette gewesen waren, verspottet und gepeinigt von größeren Kindern wie Nonnen, ließen ihre Wut an der Neuen aus. Machten Witze über ihre Brille, ihre Fehler im Diktat, versteckten ihre Schultasche, zogen ihr an den Haaren, schütteten Wasser in ihr Bett. Das arme Kind begegnete jeder Gemeinheit mit gezwungenem Lächeln und resigniertem Seufzen, als glaubte es selbst, nichts anderes verdient zu haben.

An jenem Sonntag hatte es zum Abendessen Spezzatino gegeben, eine Art Eintopf mit Fleisch, den alle sehr mochten. Aus der Küche schwebte ein köstlicher Duft, und die Kinder rieben sich erwartungsvoll ihre knurrenden Bäuche.

Schwester Assunta machte mit einem Kochtopf die Runde und verteilte das Essen. Fleisch war nicht viel darin, aber Kartoffeln und Karotten hatten sich mit Soße vollgesogen und schmeckten so intensiv, dass sich alle genüsslich über die Mahlzeit hermachten.

Nina zählte drei Stückchen Fleisch auf ihrem Teller, da konnte sie sich nicht beschweren. Sie warf einen Blick auf den Teller von Giordana, die neben ihr saß: Da waren es sogar vier.

Es freute Nina, dass es das Schicksal diesmal gut mit dem von den Kameraden gepeinigten Mädchen meinte, das auch von den Nonnen stets übergangen wurde.

Auch Donatella, die ihnen gegenübersaß, bemerkte die üppige Portion Fleisch. Sie war etwa zwölf Jahre alt, sah jedoch viel älter aus, denn sie war sehr groß, hatte breite Schultern und einen dicken Bauch. »Das hier nehme ich«, verkündete sie, langte mit der Gabel über den Tisch und spießte das größte Stück Fleisch auf. Sie steckte es in den Mund und fing an, genussvoll zu kauen.

Mit einem etwas schiefen Lächeln hob Giordana die Schultern und griff zum Besteck.

»Ich bin noch nicht fertig«, hielt Donatella sie auf und nahm ein zweites Stück.

Die anderen Mädchen stießen sich mit den Ellbogen an und kicherten verstohlen.

In Nina zog sich alles zusammen.

Giordana blickte mit weit aufgerissenen, von der Brille noch vergrößerten Augen hilflos zwischen ihrem Teller, der Diebin und dem Rest des Saals hin und her, vielleicht hoffte sie, dass irgendwer ihr zu Hilfe eilen würde. Schließlich hob sie unsicher die Gabel.

Doch Donatella war schneller. Flink wie ein Wiesel holte sie sich das dritte Stück Fleisch und kaute mit einem widerlichen Grinsen, die Lippen geschürzt und die Zähne entblößt.

Giordana stieß einen herzzerreißenden Seufzer aus. Das letzte einsame Fleischstückchen in einem Teller voller Kartoffeln und Karotten wirkte noch jämmerlicher als sie selbst.

Doch nicht einmal dieses wollte Donatella ihr lassen. Sie stand auf und hob die Gabel in die Höhe, sodass alle sie sehen konnten.

Im Saal wurde es still, niemand wollte verpassen, was nun geschehen würde.

Die Gabel senkte sich langsam und unheilverkündend auf ihre Beute herab. Ein halber Meter, eine Handbreit, wenige Zentimeter nur noch, und schließlich erreichte sie den Teller. Da hielt Nina es nicht mehr aus. Sie packte ihre Gabel und hieb sie in die speckige Hand der Diebin.

Donatella stieß einen markerschütternden Schrei aus. Nicht einmal ein richtiger Kratzer war zu sehen, doch sie schrie Zeter und Mordio.

Schwester Assunta kam aus der Küche gelaufen, gefolgt von Schwester Immacolata.

»Was ist denn hier los?«

»Sie war's! Sie war's!«, schrie Donatella und zeigte mit der verletzten Hand auf Nina.

Schwester Assunta runzelte ungläubig die Stirn. »Du? Was hast du gemacht?«

Doch Nina fehlten die Worte. Zorn schnürte ihre Kehle zu.

»Sie hat mir in die Hand gestochen!«, schrie Donatella und zeigte den Handrücken, auf dem gerade einmal vier rote Pünktchen zu sehen waren.

Schwester Immacolata beugte sich zu Nina hinab und nahm sie an den Schultern. »Warum hast du das getan? Warum? Dafür wirst du doch einen Grund gehabt haben, oder nicht?«

»Das Fleisch«, murmelte Nina und brach in Tränen aus.

»Was war mit dem Fleisch?«

»Sie hat Giordanas Fleisch geklaut.«

»Ist das wahr?«, wandte sich Schwester Immacolata an Donatella.

»Nein! Das ist gelogen!«

»Geh sofort nach oben«, donnerte Schwester Assunta und fuchtelte mit der Kelle vor Ninas Gesicht. »Und mach dich auf eine saftige Strafe gefasst!«

»Warte«, mischte sich Schwester Immacolata ein, »ich möchte das hier genauer wissen.«

Vom anderen Tischende erklang nun das dünne Stimmchen von Marianna. »Sie hat recht! Donatella hat Giordana wirklich das Fleisch geklaut.« Man konnte ihr ansehen, dass dieser Satz sie große Überwindung gekostet hatte, und vielleicht fürchtete sie die Rache des großen Mädchens, doch sie lächelte mit ihren großen Zähnen hinüber zu Nina und fügte hinzu: »Und dann hat Nina sie mit der Gabel in die Hand gepikst.«

»Stimmt das?«, wollte Schwester Immacolata von Donatella wissen.

Die hob nur die Schultern, setzte sich wieder und rieb sich den Handrücken, auf dem schon überhaupt nichts mehr zu sehen war. »Das tut weh«, klagte sie.

»Eine Strafe bekommst du trotzdem«, wandte sich Schwester Assunta, den Schöpflöffel schwenkend, an Nina.

»Das ist mir egal. Aber Giordana muss jetzt noch Fleisch kriegen!« Woher nahm Nina bloß diesen unglaublichen Mut?

Nun mischten sich auch die Jungens vom anderen Ende des Saals ein.

»Genau, sie muss doch jetzt noch Fleisch kriegen!«, ergriff Carlo das Wort. Seit der Prügel von Schwester Benedetta war er still geworden, aber an jenem Abend fand er zu seiner Stärke zurück.

Seine aufsässigen Kameraden, ermutigt von der kühnen Forderung ihres Anführers, schlossen sich ihm gleich an. »Fleieisch! Flei-eisch!«, riefen sie und schlugen im Takt mit den Fäusten auf den Tisch.

Auch Marcella bezog nun Stellung: »Ich wette, in der Küche ist noch ein ganzer Topf davon.«

»Was erlaubst du dir?« Schwester Assunta schnappte regelrecht nach Luft. Sie schwang den Schöpflöffel durch die Luft, unentschlossen, auf wen sie ihn als Erstes herabsausen lassen sollte.

Der Ruf »Flei-eisch, Flei-eisch« hallte durch den gesamten Speisesaal.

Die Jungens lärmten am meisten. »Wir wollen auch noch was! Wir haben Hunger! Schluss mit Brot und Kartoffeln!« Schwester Immacolata fuhr Ruhe gebietend mit den Armen durch die Luft. Langsam wurde es still. »Gut, gut. Giordana bekommt noch eine Portion und auch alle anderen, die möchten. Wer hat noch Hunger?«

Sofort fuhren Dutzende von Händen in die Höhe. »Ich! Ich!«

Die Nonnen gingen in die Küche und kehrten mit dampfenden Töpfen zurück. Alle, die wollten, bekamen eine zweite Portion Fleisch. Zwei Stückchen, mehr nicht, aber doch genug, um die Gemüter zu kühlen und Zufriedenheit im Saal zu verbreiten.

»Du bekommst nichts«, bellte Schwester Assunta, als sie an Nina vorbeikam.

Aber Nina kümmerte das nicht. Sie hatte etwas viel Wichtigeres bekommen und beobachtete zufrieden, wie die anderen Kinder kauten, vor allem Giordana, der Schwester Immacolata eine doppelte Portion Fleisch gegeben hatte. Endlich war Gerechtigkeit hergestellt worden.

»Glaub ja nicht, dass ich deine Strafe vergessen hätte«, zischte Schwester Assunta Nina wütend zu.

»Ich kümmere mich später darum«, mischte Schwester Immacolata sich ein.

»Das wird ja eine schöne Strafe, nein, nein, ich mache das, hier ist besondere Härte angebracht.«

»Ich habe gesagt, dass ich mich darum kümmere. Und ich werde Gerechtigkeit walten lassen.«

Was ihr nun wohl blühte? Aber das soeben Geschehene war es wert. Nina hatte eine tiefe Verbundenheit zu den anderen Kindern gespürt. Die gute Laune an den Tischen war ihr Verdienst und auch ein wenig Mariannas. Es tat Nina nun leid, dass sie so schlecht über das Mädchen gedacht hatte, die klebrigen Hände, die Hasenzähne. Güte trat manchmal da auf, wo man es am wenigsten erwartete. Das würde sie nicht mehr vergessen.

»Ich will dich nicht bestrafen, ich will nur wissen, warum du das gemacht hast.«

Nina dachte schon nicht mehr an die Strafe, als Schwester Immacolata sich an ihr Bett setzte. Nachdem ihre Wut verraucht war, hatte sie begriffen, dass sie etwas Schreckliches getan hatte, obgleich Donatella es doch verdiente. Die Nonne aber wirkte kein bisschen aufgebracht, nur ein wenig betrübt.

Wie konnte Nina sich nun rechtfertigen? Ein unkontrollierbares Gefühl hatte sie dazu getrieben, die Gabel auf die Hand des anderen Mädchens niedersausen zu lassen. »Weil es gerecht war«, war alles, was sie sagen konnte.

»Findest du es richtig, eine Ungerechtigkeit mit einer anderen Ungerechtigkeit zu vergelten?«

Was sollte sie darauf antworten? Aber sie begriff, dass Schwester Immacolata nicht wirklich eine Antwort erwartete, sondern auf etwas Bestimmtes hinauswollte.

»Du hast dich verändert«, stellte die Nonne schließlich fest.

Verändert, wie?, hätte Nina gerne gefragt, doch sie schwieg.

»Nach der Besichtigung hat es angefangen, ich habe das bemerkt.«

Und warum hast du dann nichts getan? Warum hast du mich keinem der Besucher vorgestellt und sie überzeugt, mich mitzunehmen? Ein gutes Wort hätte doch gereicht, aber du hast es nicht ausgesprochen.

»Warum sagst du nichts?«

Irgendeine Antwort musste Nina geben. »Es ist nicht gerecht«, murmelte sie. Dieser Satz bezog sich auf vieles: die ungleiche Behandlung von Waisen und Findelkindern; die Demütigung, sich zur Schau zu stellen vor Paaren, die kamen, um Kinder auszusuchen wie Möbelstücke; das Gefühl, eine unerträgliche Last zu sein; das Essen, das schmeckte, als wäre es eine weitere Strafe, als wäre es gleich, was man ihnen vorsetzte, da sie ohnehin keinen Geschmack hatten oder wenn doch, dann sollte der nicht beachtet werden; die Sonntagsspaziergänge, bei denen die Leute ihnen mit falschem Mitleid hinterhersahen, wie sie in Zweierreihen Hand in Hand gehen mussten, ohne sich aussuchen zu dürfen, mit wem, ja wenn die Nonnen eine zarte Freundschaft witterten, dann achteten sie darauf, die Kinder so weit wie möglich voneinander entfernt zu platzieren; die Prügel, die Carlo hatte einstecken müssen, die ihm blaue Flecken an Körper und Seele beschert hatten. Noch viel mehr hätte sie auflisten können, doch sie war noch so klein und wusste nicht, wie sie die Dinge mit ihrem eingeschränkten Wortschatz benennen und ihnen eine Form hätte geben können, deshalb stieß sie nur hervor: »Es ist ungerecht, und ich bereue nicht, was ich getan habe, auch nicht, wenn ich jetzt bestraft werde.«

Vielleicht konnte Schwester Immacolata ja Gedanken lesen, denn sie bestrafte Nina nicht, sondern umarmte sie fest. »Du bist schon genug gestraft. Das seid ihr alle.« Sie hielt Ninas Kopf an ihre Brust gedrückt und strich ihr übers Haar. »Ich kann dir nicht versprechen, dass es in Zukunft besser wird, denn niemand weiß, was morgen ist, außer unserem lieben Herrgott. Ich kann dir nur raten, stark zu bleiben und sehr geduldig.« Sie deckte Nina sorgfältig zu. »Wie damals, als du nicht essen wolltest und immer krank warst. Jetzt geht es doch besser, oder?«

»Aber was hat es genützt?« Nina hatte geglaubt, dass niemand sie haben wollte wegen ihrer Rotznase und dem Rasseln in ihren Bronchien, das sich anhörte wie ein herbstliches Donnergrollen, aber nichts hatte sich geändert.

»Immerhin bist du jetzt gesünder, und es geht dir besser.«

Nina blickte ins Dunkel des Schlafsaals. Die anderen Mädchen schienen das Gemurmel von ihr und der Nonne nicht zu beachten, und die eine oder andere begann schon das nächtliche Wehklagen. »Aber mich will trotzdem niemand. Keiner will uns haben. Wir sind unsichtbar.«

»Ich sehe dich, und Gott auch. Und die Madonna, die Mutter von uns allen.«

Doch Schwester Immacolata musste sich um Dutzende Kinder kümmern, und der Blick Gottes, der ja selbst unsichtbar war, tröstete Nina nicht. Und eine Mutter Gottes hoch oben im Himmel nützte noch weniger. »Was muss ich denn tun?«

»Aushalten. Lass dich nicht verletzen, halte dich nicht an schlechten Dingen auf.«

»In Ordnung.«

»Es ist sehr schön, dass du die Schwächsten verteidigst, aber du darfst es nicht mit Gewalt tun.«

Das war gar nicht so einfach. Manchmal verspürte Nina eine Wut in sich, die sie unmöglich innen drin behalten konnte.

»Ich versuch's.«

»Versprich es mir.«

Nina führte die gekreuzten Finger an die Lippen und küsste sie. »Ich verspreche es.«

Schwester Immacolata strich ihr noch einmal über die Wange, dann ging sie.

Aus der hintersten Reihe erhob sich ein Weinen, welches den im Gespräch mit der Nonne gefundenen Trost sogleich verjagte. Halte dich nicht an schlechten Dingen auf, hatte sie Nina geraten. Leicht gesagt. Wo auch immer sie hinblickte, sah sie Trauer, Wut, Einsamkeit. Sie fragte sich, warum man sie auf die Welt gerufen hatte, sie, die armen Kinder, die niemand haben wollte. Die keine Freude hatten, nie.

WINTERLAUB

Ein Windstoß reichte, um sie fortzuwehen, die Frauen wussten das.

Es hing allein vom Zufall ab, nicht von ihrem Können, der Sorgfalt, mit der sie ihre Arbeit verrichteten, oder ihrer Notwendigkeit dafür. Die erste starke Bö würde eine Menge zu Fall bringen.

Die Versammlung war für Montag, den fünften Februar festgelegt, denn die Gerüchte über eine Anschaffung neuer Maschinen hatten sich innerhalb kurzer Zeit förmlich überschlagen.

In der Woche zuvor hatte es Lohn gegeben. Normalerweise ging es in der Schlange vor dem Buchhalter fröhlich und lebhaft zu, aber diesmal wartete jede von ihnen so ernst, als ginge es darum, die Kommunion in der Kirche entgegenzunehmen.

Zehn Arbeiterinnen hatte man von jeder Abteilung einberufen, insgesamt um die fünfzig. Die würden dann den anderen Bericht erstatten. Normalerweise waren das die Dienstältesten, doch mit zunehmendem Alter häuften sich eben auch die häuslichen Pflichten.

Nina hätte am liebsten alles über die Familien der Kolleginnen gewusst, von ihren Anfängen, von ihren Gesprächen beim Essen, wie ihre Wohnungen geschnitten waren. Vor allem die Gespräche über die Kinder hatten es ihr angetan, und sie stellte sich vor, wie ihr Leben hätte sein können, wären die Dinge für sie anders gelaufen, hätten die Eltern sie nicht loswerden wollen.

Alle Arbeiterinnen mussten ihre Familien ernähren. Sie waren Mütter, Großmütter, Witwen, hatten gebrechliche Eltern, um die sie sich kümmern mussten. Und so gaben sie die Rolle der Stellvertreterin gerne an die Jüngeren ab oder an diejenigen, die Energie genug hatten, sowohl zu Hause als auch auf der Arbeit unaufhörlich zu schuften.

Marisa, die drei Kinder hatte und einen Mann, der Trinker war, bat Nina, sie zu vertreten.

Nach der Schicht gingen die Arbeiterinnen in den Trakt, der im oberen Stockwerk die Büros beherbergte, und dort in den großen Saal, in dem die Eigentümer Käufer aus dem Ausland empfingen, der jedoch ebenso für Versammlungen genutzt wurde.

Viele von ihnen standen unschlüssig in ihren Schürzen da, denn sie fürchteten, die Versammlung könne ewig dauern, wenn sie sich einmal setzen würden, dabei wollten sie doch alle so bald wie möglich nach Hause. Sie gaben ein trauriges Bild ab; in ihren ängstlichen Gesichtern stand Beklemmung, hin- und hergerissen, wie sie waren, zwischen der Aufgabe, ihre Arbeitsplätze zu verteidigen, und der, den Familienpflichten nachzukommen. Am liebsten hätten sie sich zweigeteilt: Ein Teil sollte bei der Verhandlung bleiben und den Lohn sichern, während der andere zu Hause laufende Nasen abwischte und eine heiße Suppe auf den Tisch brachte.

Grau war überall vorherrschend: in den Schürzen, den Wänden, die dringend einen neuen Anstrich benötigten, dem Haar der gerade einmal dreißigjährigen Arbeiterinnen, den Ringen unter ihren Augen.

Nina fürchtete schon, auf immer zu dieser trostlosen Farbe verdammt zu sein: Wie das Waisenhaus war auch die Fabrik vollkommen farblos. Kein Fleckchen Rot, Gelb oder Blau brachte je ein wenig Freude an diesen tristen Ort.

Außer Ersilia war noch ein Mann von der Gewerkschaft

CGIL da, Nicola, der jedoch nicht in der Fabrik arbeitete. Seinen Nachnamen hatte niemand verstanden, denn wegen des Gestanks redete er mit einem vor Mund und Nase gepressten Taschentuch.

Die Arbeiterinnen waren an die Dämpfe gewöhnt, sie merkten es gar nicht mehr. Nur außerhalb der Fabrik, vor allem, wenn sie ein Geschäft betraten. Dann blickten die Leute sie angeekelt an und wichen vor ihnen zurück. Einige fächerten sich sogar Luft zu oder verließen den Laden. Aber was hätten die Arbeiterinnen gegen den Geruch tun sollen, den ihre Haut von der Ware, die sie verarbeiteten, aufgesogen hatte?

In der ersten Woche hatte Nina ständig nach Atem ringen müssen, dann gewöhnte sie sich daran. Allerdings war sie davon überzeugt, dass der Gestank nur einer der Gründe war, warum die Leute die Arbeiterinnen mieden: Die Tabacchine, die Tabakarbeiterinnen, genossen einen zweifelhaften Ruf. Schamlos seien sie, verbrächten zu viel Zeit außer Haus, in manchen Phasen sogar sieben Tage die Woche, vernachlässigten ihre Familien, heiligten die Feiertage nicht, lachten und rauchten in der Öffentlichkeit, kamen und gingen, wie es ihnen passte. Ein Skandal.

Was man über sie sagte, war Nina egal. Doch die Arbeit, die durfte sie nicht verlieren. Um den Mann mit dem vor den Mund gepressten Taschentuch besser verstehen zu können, machte sie ein paar Schritte nach vorn.

»Einige moderne Pressen wurden angeschafft«, verkündete er gerade.

»Woher wisst ihr das?«, rief eine Frau vom anderen Saalende.

»Eine unserer Vertreterinnen in der Buchhaltung hat die Auftragsbestätigung gesehen«, antwortete Ersilia. Sie musste sich nicht die Nase zuhalten, schließlich arbeitete sie seit über zwanzig Jahren hier.

Es folgte langes Schweigen, während die Folgen einer solchen Anschaffung langsam zu den Arbeiterinnen durchsickerten.

»Vielleicht ist das ja gar nicht so schlecht«, vermutete eine schließlich. »Dann müssen wir weniger schuften.«

»Oder gar nicht mehr, denn mit den Pressen werden viele von uns entbehrlich«, gab Ersilia zurück.

Da spürte Nina eine Hand in ihrem Rücken.

»Was heißt ›entbehrlich‹?«, wollte eine der Frauen wissen, die für den Transport der Ballen zuständig waren. Sie schleppte schon seit so langer Zeit schwere Lasten auf dem Kopf herum, dass ihr Hals kaum noch zu sehen war.

»Sie werden nicht mehr gebraucht, es gibt zu viele.« Ein anderes Wort, um etwas zu bezeichnen, das aussortiert gehörte. Sie erinnerte sich an die Bezeichnung, die Ersilia einige Tage zuvor gebraucht hatte: *Wir sind überschüssig.*

»Wir?«, wollte die Frau ungläubig wissen und hätte fast laut losgelacht. Doch dann wurde sie sich ihrer unangebrachten Heiterkeit bewusst und hielt rasch die Hand vor den Mund.

Bevor sie gingen, versuchten die Gewerkschaftler noch, die Frauen zu beruhigen. Es gebe genug Möglichkeiten zu kämpfen, wenn nötig, würden sie streiken.

Einige der Arbeiterinnen gaben zu bedenken, dass sie sich vielleicht grundlos Sorgen machten, die Maschinen setzten sich ja nicht von allein in Gang.

Ja, aber es sei eine Sache, einen Hebel zu bedienen, eine andere sei es, mit den Händen zu pressen. Für Ersteres brauche es eine Person, für Zweiteres Dutzende.

»Mir ist das egal. Ich bin fürs Zählen zuständig, nicht fürs Pressen«, bemerkte eine andere.

Die Frauen vom Transport waren der gleichen Meinung, ihnen könne es auch egal sein.

»Was sind denn das für Ansichten?«, empörte sich eine weitere Arbeiterin. »Wenn Lastenaufzüge angeschafft werden, dann soll mir das egal sein, weil ich für das Anfeuchten zuständig bin?«

Da habe sie recht, fanden die Älteren unter ihnen. Die Arbeitsplätze aller seien in Gefahr, es müsse gestreikt werden. Einige hatten jedoch Zweifel: Wozu sollte das gut sein, wenn doch schon alles entschieden war? Wenn sie bald von Maschinen ersetzt werden sollten, dann war es doch das Beste, jeden Lohn noch mitzunehmen. Das sagten sie leise, eher fragend als entschlossen, als ob sie den eigenen Gedanken nicht trauten. Einerseits fürchteten sie die Vorwürfe der kämpferischen Kolleginnen, andererseits die Schläge ihrer Ehemänner. Viele der Männer waren arbeitslos, einige wegen des herrschenden Arbeitsmangels, andere, weil es doch ohnehin die Frauen waren, die den Lohn nach Hause brachten. Sie hatten es ja selbst so gewollt.

Am Nachmittag des siebenundzwanzigsten jeden Monats postierten sich die Männer am Fabriktor. Wenn ihre Frauen herauskamen, verlangten sie sofort die Lohntüte und gaben einen Teil davon in der nächsten Bar aus, wo sie hofften, im Rausch vergessen zu können, dass sie sich aushalten ließen.

Die Frauen blieben noch eine Weile beieinanderstehen und ereiferten sich über die Angelegenheit, bis es schließlich Zeit war, das Abendessen zuzubereiten, und alle nach Hause eilten.

Nina stand etwas abseits. Bis zum Schluss war sie bei der Versammlung geblieben, um ihrer Abteilung alles haarkleinst berichten zu können. Über Nicola, der sich Mund und Nase mit einem Taschentuch zugehalten hatte, würde sie nichts erzählen, diese Geste bedeutete bloß eine weitere Demütigung. Sie bedeutete jedoch auch, dass der Gestank von fünfzig Tabacchine im Raum förmlich mit den Händen zu greifen war. Entschlossen streckte sie die Hand nach dem Fenstergriff aus.

Die Frau, die nach der Bedeutung von »entbehrlich« gefragt hatte, packte ihren Arm. »Was tust du denn da?«

»Ich lasse frische Luft rein.«

»Das lass mal schön sein, auch die feinen Signori mit ihren weißen Hemden sollen den Geruch der Arbeit atmen.« Damit zog sie Nina zur Treppe.

Die Frauen verließen den Saal gruppenweise: hier die Arbeiterinnen, die für das Pressen zuständig waren, da die für die Sortierung, dort die Zigarrenwicklerinnen. Andere Grüppchen bildeten sich nach Alter oder Dienstjahren.

Nina fühlte sich wie ein Fremdkörper. Wie von vielen anderen Dingen, hatte sie keine Ahnung von gewerkschaftlichen Forderungen oder Streik. Und sie hoffte, dass nichts davon nötig sein werde, denn sie hätte nicht gewusst, auf welche Seite sie sich stellen sollte. Wie auch immer ihre Entscheidung ausfiel, sie würde eine der Seiten enttäuschen. Wie im Waisenhaus, wo sich alles teilte in Waisenkinder und Findlinge, die wiederum in Jungen und Mädchen, und Letztere in solche, die austeilten, und solche, die einsteckten.

Doch noch stärker als die Angst war der Überdruss, das eigene Schicksal zu bekämpfen. Vor ihrem inneren Auge sah sie sich wieder vor Signor Piero und seiner Kamera sitzen, während Olmo versuchte, die Oberin zu überzeugen, ein Foto von Nina machen zu lassen.

Nein, da lohne das Foto nicht, hatte diese gesagt.

Anfang des zweiten Schuljahrs konnte Nina bereits fließend lesen, hatte neue Worte gelernt und war ein wenig gewachsen. Sie gehörte nun zu den großen Mädchen und wurde für die Haushaltsarbeit eingeteilt. Ihre erste Aufgabe war es, das Geschirr abzutrocknen.

Die meisten Kinder in ihrem Alter reichten noch nicht bis zum Spülbecken, doch das hatten die Nonnen mithilfe zwei Handbreit hoher, etwas wackeliger Bänkchen gelöst, die breit genug waren, um darauf stehen zu können.

Das Arbeiten an sich fand Nina nicht schlimm, doch sie entdeckte weitere Ungerechtigkeiten im Waisenhaus. Nun verstand sie, was Marcella gemeint hatte, als sie mit den Kirschen zu ihr gekommen war und gesagt hatte: »Die essen die selbst.«

Hin und wieder kamen in dickes braunes Papier gewickelte, gut verschnürte Pakete an, die nach Pfeffer und Salz dufteten. Niemand außer Schwester Filomena durfte sie anrühren, und die sperrte sie, noch vor dem Auspacken, schleunigst in die Vorratskammer. Die Kartons gingen Nina nicht aus dem Kopf. Was konnte bloß darin sein?

Die Gelegenheit, das Geheimnis zu lüften, ergab sich an einem Dezembernachmittag einige Wochen vor Weihnachten. Eben hatte es Mittagessen gegeben, und die Mädchen, die Küchendienst hatten, spülten Töpfe und Pfannen. Da kam der Laufbursche aus dem Kaufladen, unter dem Arm zwei in gelbes dickes Papier gewickelte Bündel, aus denen es nach Schweinsfett duftete, dass es eine wahre Freude war.

»Leg sie dahin«, wies Schwester Filomena ihn an und zeigte auf den großen Tisch in der Küchenmitte.

Der Junge ließ die Pakete auf den Tisch plumpsen. »Mit den besten Grüßen vom Chef«, sagte er, fasste sich an den Kappenschirm und lief davon.

Mit einem zufriedenen Lächeln tätschelte Schwester Filomena die Ballen. »Dass mir die bloß keine von euch anfasst!«

Kinder und Mädchen fuhren in ihrer Arbeit fort, ohne die Pakete zu beachten, Disziplin war schließlich das oberste Gebot im Waisenhausleben, und wenn etwas befohlen wurde, musste gehorcht werden. Nur wenige lehnten sich dagegen auf, meistens Jungens, und so verließ Schwester Filomena die Küche, ohne sich weitere Gedanken zu machen.

Doch Nina war noch bockig. Während sie abtrocknete, ließ sie die Bündel keine Sekunde aus den Augen und dachte fieberhaft darüber nach, wie sie die Ballen an sich nehmen könnte. Nach getaner Arbeit half sie noch beim Fegen und Wischen.

Die größeren Mädchen nahmen ihre Hilfe gerne an und ließen sie die Lappen auswaschen.

Die Bündel lagen noch immer in der Mitte des großen Tischs und verbreiteten einen himmlischen Duft, der sich sogar über den Chlorgeruch der Küche legte.

Nun mussten nur noch Tischtücher und schmutzige Scheuerlappen eingesammelt und in die Waschküche gebracht werden, Aufgabe eines dunkelhaarigen Mädchens, das fast so groß wie ein Junge war.

»Ich mach das«, bot Nina ihr an.

»Das ist aber ganz schön schwer, das schaffst du nicht.«

»Doch, das schaff ich schon.«

Das Mädchen freute sich, dass es früher fertig war, und ging summend davon.

Nina lugte in den langen Flur hinaus: niemand zu sehen. Sie breitete zwei Küchenhandtücher auf dem Boden aus und legte die Bündel darauf. Dann legte sie einige Tischtücher obenauf und verknotete die vier Enden, wie sie es bei den großen Mädchen gesehen hatte. Sie lud alles auf ein Wägelchen, packte noch die anderen schmutzigen Tücher dazu und machte sich ohne einen genauen Plan auf den Weg zur Waschküche. Das Wägelchen war kaum zu bewegen und quietschte fortwährend. Mit dem Gefühl, aus jedem Fenster beobachtet zu werden, durchquerte sie den Hof.

Marcella war dabei, einen ganzen Berg Betttücher zu bügeln, und musterte sie verwundert. »Bist du nicht zu klein für eine solche Arbeit? Das Ding da ist fünfmal so groß wie du.«

»Ich hab zwei Pakete darunter versteckt«, flüsterte Nina.

»Was ist denn drin?«

»Weiß nicht.«

»Warum hast du sie dann mitgenommen?«

»Darum.« Der Inhalt war ihr egal, obgleich sie sicher war, dass etwas zu essen darin war. Ihr eigentliches Ziel war es, den Nonnen eins auszuwischen, denn denen schienen die Pakete ja viel zu bedeuten.

Marcellas Augen leuchteten. »Lass mich mal machen.« Sie schob das Wägelchen in den Abstellraum mit der Schmutzwäsche. »Wo sind sie denn?«

»Ganz unten.«

»Ich bring sie dir heute Nacht, wenn die anderen schlafen.«

Die Augen weit geöffnet, wartete Nina im Dunkel auf Marcella, ihre Arme brav über der Decke neben dem Körper.

Zum Großwerden, das mit der zweiten Schulklasse begann, gehörte auch die abendliche Kontrolle. Es war eine einfache Prozedur: Schwester Ortensia ging zwischen den Betten umher und kontrollierte, ob Kleider und Schürzen auch ordentlich gefaltet über den Fußteilen hingen, die Schuhe gebürstet nebeneinander auf dem Boden standen und vor allem, dass die Kinder auf dem Rücken mit den Händen über der Decke lagen.

War das nicht der Fall, ließ die Nonne ihre Rute durch die Luft sausen und schlug zu, was im Dämmerlicht noch unheimlicher war. Am schlimmsten wurde bestraft, wenn die Arme nicht lagen, wo sie sollten. Damit der Teufel die Mädchen nicht zu etwas Unreinem versuchte, mussten sie unbedingt auf der Bettdecke liegen und nicht darunter. Der nahende Winter war kein Hinderungsgrund, ebenso wenig Ninas schlechte Gesundheit, im letzten Jahr war sie fast ständig erkältet gewesen. Da war der Herrgott wohl unerbittlich, sonst würde er blutige Tränen weinen müssen.

Die Dezembernächte waren eisig, und über der Decke wurden Arme und Schultern nahezu gefühllos. Während der Kontrolle taten die meisten Mädchen so, als schliefen sie fest in der Position, die die Regeln des Waisenhauses vorgaben. Doch sobald sich Schwester Ortensias Schritte im Flur entfernten, mummelten sie sich bis zu den Ohren ein. Einige von ihnen fürchteten jedoch Hölle und Bestrafung so sehr, dass sie frierend und steif bis zum Morgengrauen dort lagen, wie zum Trocknen aufgehängte Stockfische.

Marcella kam erst sehr spät, als die Wehklage der neuen Kinder schon die Luft durchzog und Nina gar nicht mehr daran glaubte. Ein anderes Mädchen, das auch in der Küche arbeitete, folgte Marcella. Sie gingen langsam und nach hinten gebeugt, die Hände schützend auf ihre Bäuche gelegt.

»Das ist Ombretta. Sie hat mir geholfen, das ganze Zeug zu tragen, und ein Geheimnis ist bei ihr gut aufgehoben. Wir sind so spät, weil Schwester Ortensia überhaupt nicht mehr gehen wollte.«

»Macht die auch bei euch Großen eine Kontrolle?«

»Worauf du dich verlassen kannst. Wir müssen sie sogar anhauchen, zum Beweis, dass wir nicht geraucht haben.« Die Nonne war länger als sonst geblieben und hatte in Schränken und unter den Betten herumgewühlt. »Ich glaube, sie hat das hier gesucht.« Marcella hob ihr weit ausgebeultes Nachthemd. Darunter hatte sie eines der Bündel in einem Tuch um ihren Bauch gebunden. Das andere trug Ombretta auf die gleiche Weise. »Machen wir die Dinger auf?«

Die Pakete verströmten einen Duft, der Tote hätte wecken können. Im Dämmerlicht von Mond und Sternen zählten sie sechs Salamis, eine lange Kette getrockneter Würste, ein Rindsnackenstück in Pfeffer und Wacholder, eine große Ventricinawurst, zwei Laibe Pecorino, ein weicherer und ein härterer, dazu vier Gläschen und eine Flasche, deren Etikett sie nicht lesen konnten, drei in Cellophan gewickelte Päckchen, zwei Blechdosen, acht Riegel Schokolade und eine Stange Zigaretten.

»Die haben also auch schlechte Angewohnheiten«, stellte Marcella fest. »Da könnte ich mir glatt sofort eine anstecken.«

»Besser nicht. Nachher riecht man's im ganzen Saal«, wandte Ombretta ein.

»Hast recht, die rauchen wir im Waschraum. Aber das hier will ich mir mal genauer ansehen.« Aus dem Büstenhalter zog sie eine Packung Streichhölzer. Sie strich eines an und beleuchtete die auf dem Bett verstreuten Köstlichkeiten. Keine von ihnen hatte jemals eine solche Menge an Leckerbissen gesehen.

Kaffee, geröstete Gerste und Tee, die Glasflasche enthielt Kirschlikör. Die Schokolade war in grün-goldenes Papier verpackt, das die Schrift PERUGINA zierte – nicht etwa U.S. ARMY FIELD RATION, wie es auf dem Papier der Schokolade stand, die sie an hohen Feiertagen bekamen –, und sie duftete herrlich fein nach Zucker und Kakao. Auch der Duft von Tee, Kaffee und Gerste war nicht vergleichbar mit dem der Päckchen in den Vorratsschränken, die ebenfalls mit Worten einer fremden Sprache bedruckt waren und einen muffigen Geruch verströmten.

Keines der Kinder im Saal schien irgendetwas von ihrem Treiben zu bemerken. Wer schlief, tat dies weiterhin, wer weinte, ebenso.

Berauscht von den zarten Düften, führte Nina immer wieder die Hand an die Nase. »Was machen wir jetzt damit?«

»Das haben wir uns schon überlegt«, erklärte Marcella.

Ombretta zauberte zwei Brotlaibe unter ihrem Nachthemd hervor. »Ist für alles gesorgt.«

»Essen wir die ganzen Sachen auf?«

»Warum nicht? Wegschmeißen oder den Nonnen zurückgeben kommt ja wohl nicht infrage. Mach dir keine Sorgen, denen fehlt es an nichts.« Marcella zog aus ihrem Büstenhalter ein Messer, mit dem sie die Salami schnitt. Die beiden hatten einen ganzen Vorratsschrank dabei.

»Wartet mal«, sagte Nina. »Lasst uns den anderen etwas abgeben.«

Marcella und Ombretta wechselten rasch einen Blick. »In Ordnung, du bist es ja gewesen, die die Sachen geklaut hat.«

»Dann lasst uns halbe-halbe machen. Eine Hälfte für uns hier, die andere Hälfte nehmt ihr mit zu den Großen.«

Damit waren alle mehr als einverstanden.

Sie packten ihren Anteil wieder in die Tücher, den Rest ließen sie auf Ninas Bett liegen und gaben noch einen Laib Brot dazu. »Aber das nehmen wir«, erklärte Marcella und nahm Likör und Zigaretten, »dafür seid ihr noch zu klein.«

»In Ordnung, dafür kriegen wir die ganze Schokolade.«

»Wir nehmen auch Kaffee, Tee und Gerste«, schlug Ombretta vor.

»Dann bleibt uns aber die Marmelade.«

»Gemacht.« Das Nackenstück, die Ventricinawurst und die beiden Käselaibe teilten sie auf.

»Könnt ihr uns auch das Messer dalassen?«

»Klar«, antwortete Marcella, »bei uns im Schlafsaal haben wir alles.«

Eigentlich sollten sie auch den Jungens etwas abgeben, vor allem Carlo, der hatte schließlich in der Sache mit Giordana zu ihr gehalten. Nicht zu vergessen die eingesteckten Prügel, für die ihn selbst ein Riesenberg Süßigkeiten nicht entschädigen könnte. Doch die Jungenschlafsäle lagen im anderen Flügel, dort konnten sie unmöglich hingelangen, ganz zu schweigen von dem Donnerwetter der Nonnen, wenn sie erwischt würden.

Als Marcella und Ombretta mit vollbepackten Tüchern vor den Bäuchen den Schlafsaal der Kleinen verließen, versteckte Nina einen Riegel Schokolade in ihrer Kommode. Bei der passenden Gelegenheit würde sie ihn Carlo geben. Jetzt blieb ihr nur noch, die anderen zum Festmahl zu bitten. Als Erste weckte sie Marianna, die in der Reihe vor ihr schlief. »Kommt alle zu mir, es gibt was zu essen. Sagt es weiter, aber seid leise.«

Die großen Zähne Mariannas leuchteten im Dunkel auf.

In kürzester Zeit war der Saal von Wispern erfüllt. Die Mädchen stellten sich ordentlich und stumm in einem Halbkreis um das Bett auf. Ein wenig abseits von den anderen leckte sich Donatella die Lippen und musterte die Köstlichkeiten, zögerte jedoch, näher zu kommen. Wahrscheinlich hatte sie nicht vergessen, dass Nina ihr vor nicht allzu langer Zeit eine Gabel in die Hand gestoßen hatte.

»Es ist genug da, auch für dich«, ermutigte Nina sie. Wegen der Krümel hatte sie eine Schürze auf das Bett gelegt und war nun dabei, die Leckerbissen in so dünne Scheiben zu schneiden, dass jede etwas bekam.

Die Mädchen streckten ihre gewölbten Hände aus.

»Soll ich dir helfen?«, bot Marianna an.

»Ja, danke, so geht es schneller.«

Da sie kein anderes Besteck hatten, schmierte Marianna Ventricinawurst und Marmelade mit den Fingern aufs Brot, was niemanden zu stören schien.

Eine Zeit lang hörte man nur noch Kauen und Schlucken, Schlürfen und Seufzen, das jedoch mit dem nächtlichen Wehklagen nichts zu tun hatte. Als Letztes verteilten sie die Schokolade, ein Stückchen für jede, und die übrig gebliebenen Stückchen bekamen die Allerkleinsten, da waren sich alle einig.

Als nichts mehr übrig war, kehrte jede zu ihrem Bett zurück, und Nina schüttelte die Schürze am geöffneten Fenster aus. Es war kalt, und im Mondschein glitzerte Eis an den Bäumen. Der Ausblick war ihr nie so schön erschienen. Im Frieden mit sich selbst, den Kameradinnen und dem Rest der Welt kroch sie unter die Decke, vollkommen ausgefüllt von diesem neuen Gefühl. Sie lauschte in den Saal hinein: ein Chor aus Atemzügen, raschelnden Laken, hier und da ein Gähnen, das Flüstern der Kissen unter den kleinen Köpfen. Nur die Wehklage fehlte. In dieser Nacht vergoss keines der Mädchen auch nur eine einzige Träne.

Während Nina auf den Schlaf wartete, fiel ihr ein, dass sie die anderen Mädchen nicht gebeten hatte dichtzuhalten, doch sie machte sich keine Sorgen, keine von ihnen würde etwas weitererzählen. Das wäre ja, wie die eigene Schwester zu verraten.

Sie waren eine Familie, eine Familie aus Salamischeiben und Brotlaiben.

»Weißt du etwas über einen Diebstahl in der Küche?«, fragte Schwester Immacolata wie zufällig, während sie saubere Schürzen zwischen den Betten verteilte.

Da sie Nina nicht angesehen hatte, tat diese, als hätte sie nichts gehört.

»Ich meine dich, weißt du, ob irgendjemand Pakete gestohlen hat?« Dieses Mal blickte sie Nina an.

War Lügen eine lässliche oder eine Todsünde? Nina ging die zehn Gebote durch. In einem kam falsche Aussage vor. War das das Gleiche wie lügen? Um dem Zwiespalt zu entgehen, antwortete sie mit einer Gegenfrage: »Was war denn drin?«

»Ach, nicht so wichtig, jetzt ist es ohnehin zu spät.«

Tagelang hatten die Nonnen die Bündel voller Köstlichkeiten gesucht. Morgens und abends hatten sie die Schlafsäle durchwühlt, Schubladen ausgeleert, Matratzen gehoben, doch von Salamis und Likör keine Spur.

Nicht einmal Verpackungen oder leere Gläschen fanden sich, denn die hatte Marcella am nächsten Morgen noch vor Sonnenaufgang eingesammelt. »Schmeiß ich zum anderen Müll in der Küche«, hatte sie geflüstert und alles in ihrer Schürze versteckt.

Schwester Immacolata fuhr fort, Nina zu mustern. »Ich mache mir auf jeden Fall Sorgen um dich.« Sie habe sich verändert, bemerkte die Nonne, und zwar zum Schlechten. Man könne sehen, dass sie Kummer oder sonst etwas in sich trage, und sie, Schwester Immacolata, wisse nicht, warum. Die Nonne strich ihr eine Strähne aus dem Gesicht und fuhr ihr sanft über die Wange. Nina drehte den Kopf weg. »Auch mir gegenüber. Hast du mich nicht mehr lieb?«

Lieb hatte Nina sie schon, doch sie war misstrauisch. Sie traute niemandem mehr, vor allem den Nonnen nicht, nachdem sie entdeckt hatte, dass die das beste Essen für sich behielten und den Kindern nur das schlechteste gaben.

»Na?«

Vor ihrem inneren Auge erschien das verzweifelte Gesicht Marcellas, die sich am Tag der Besichtigung den verschlissenen Rock glättete.

»Ich hab niemanden lieb. Was sollte das auch ändern?«

Schwester Immacolata wich erschrocken einen Schritt zurück.

Außer den notwendigsten Sätzen wie »zieh dir saubere Unterwäsche an, es ist Zeit zu frühstücken, hast du Hausaufgaben gemacht?« richtete sie in den folgenden Tagen kaum das Wort an Nina. Bis zu einem Samstagabend, als alle Kinder in der Kapelle versammelt waren. Es waren nur noch wenige Tage bis Weihnachten, und sie mussten doppelt so viel beten.

Schwester Immacolata kam mit einem fremden Kind an der Hand näher.

»Kannst du Lucia helfen?«

»Wobei?«

»Sie ist heute Morgen hier angekommen und kennt niemanden.« Sie bat Marianna, die neben Nina saß, aufzustehen und sagte der Neuen, sie solle sich setzen. Sie war etwa so alt wie Nina, hatte dunkelblondes, zu zwei festen Zöpfen geflochtenes Haar. Ihre blassblauen Augen wanderten ängstlich in der Kapelle umher. Ihre helle Haut, heller noch als Béchamel, zitterte weichbuttrig in ebendieser Konsistenz. Sie war nicht pummelig, nein, eher babyspeckig, und hatte noch keine bleibenden Zähne. Vielleicht hatte sie auch sehr viel und gut gegessen, da, wo sie herkam.

»Zeig ihr die Psalmen von heute.«

Nina schnaubte und öffnete die Bibel. »Diese da«, erklärte sie und zeigte auf die Stelle. »Kannst du lesen?«

Lucia nickte, wobei ihre Pausbäckchen bebten.

»Tu alles, was Nina tut«, ermahnte Schwester Immacolata das neue Mädchen noch.

Wieder nickte Lucia und ließ ihre Bäckchen beben.

Als die Nonne gegangen war, musterte Nina das Mädchen aufmerksam. Sie trug keine Schürze, sondern feine Kleidung aus gutem Stoff, demnach kam sie nicht aus einem anderen Waisenhaus, sondern aus einer Familie, war also Waisenkind.

Noch eine, die nachts jammert, dachte Nina, hoffentlich stecken sie die nicht in ein Bett neben meinem. »Weißt du, was die Komplet ist?«

Das Mädchen hob die Schultern.

»Ja oder nein?«

Sie schüttelte den Kopf. Diesmal erzitterte auch ihr zartes Doppelkinn ein wenig. Konnte die nun reden oder nicht?

»Das ist das Abendgebet.«

Als Antwort riss das Mädchen die blauen Augen auf.

Nina legte die geöffnete Bibel auf die Knie.

Lucia lehnte sich an ihre Schulter.

Doch Nina gab ihr sofort einen Stoß. »Was machst du denn da?«

»Sonst kann ich's nicht lesen.« Ihre Stimme war bleich wie ihr Gesicht, doch wenigstens konnte sie sprechen.

Nina gab sich Mühe, ein wenig freundlicher zu sein, und rückte die Bibel etwas zu Lucia hinüber. »Dann lege ich sie so hin. Aber komm mir nicht zu nahe.«

»In Ordnung, danke.«

Wenigstens schien die Neue Respekt zu haben.

Das ganze Abendgebet über bewegte Lucia nur die Lippen und gab keinen Laut von sich, bis zu der Antiphon, die sie viel später als die anderen wiederholte. Während die Oberin die Strophe der Hymne begann, sang Lucia noch *Herr, du Gott meines Heils, zu dir schreie ich am Tag und bei Nacht.*

Die anderen Kinder rundherum fingen an zu kichern und drehten die Köpfe, um zu sehen, wer da mit dem Gesang so hinterherhinkte. Lucia bemerkte das nicht und fuhr fort, die Antiphon zu wiederholen, wenn sie hätte schweigen sollen.

Auch Nina konnte ein Lachen kaum unterdrücken.

»*Zu dir schreie ich am Tag und bei Nacht, du Gott meines Heils, zu dir schreie ich am Tag und bei Nacht*«, wiederholte Lucia.

»Du musst es nur einmal sagen«, erklärte Nina.

Doch Lucia beachtete sie nicht und murmelte weiter: »*Zu dir schreie ich am Tag und bei Nacht, du Gott meines Heils, zu dir schreie ich am Tag und bei Nacht ...*«

Nina schämte sich ein wenig für sie. Die anderen Kinder lachten nun völlig ungehemmt. Wenn sie es schon vom ersten Tag an auf sie absahen, dann war Lucia verloren.

»Was ist los mit dir, du Dummerchen?«, raunzte Donatella, die sich zu ihnen umgewandt hatte. Wut blitzte in Nina auf. Sie selbst hatte jedes Recht, sich über den Gesang der Neuen lustig zu machen, denn Schwester Immacolata hatte sie ihr anvertraut, sie war verantwortlich für das Mädchen. Die anderen aber sollten sie in Ruhe lassen.

»Das Dummerchen bist du selber«, gab sie zurück, »und ihr hört jetzt sofort auf damit, sonst sage ich es Schwester Benedetta.«

»Petze, Petze, Heidenkind«, zischte Donatella.

Da die Komplet nur aus einem Psalm bestand, beteten sie auch den Rosenkranz, begleitet von den freudenreichen Geheimnissen. Und während die Oberin mit Grabesstimme die Ankündigung des Engels, den Besuch Marias bei Elisabeth, die

Geburt Jesu, die Darbringung im Tempel und die Wiederauf-findung Jesu herunterleierte, wurde Lucia immer kleiner.

Nina tat sie leid, was wohl in ihr vorging? »Du kannst dich ruhig anlehnen, wenn du magst«, murmelte sie.

Das ließ sich Lucia nicht zweimal sagen und lehnte gleich ihren Kopf an Ninas Schulter. Kurz darauf spürte Nina etwas Feuchtes auf ihrem Arm. Das neue Mädchen weinte still vor sich hin, und ihre Tränen durchnässten Ninas Ärmel.

Das fand sie ein wenig eklig, hatte jedoch nicht das Herz, von Lucia wegzurücken.

Im Schlafsaal erwartete Nina eine böse Überraschung.

Gleich neben ihrem Bett hatte man ein neues aufgestellt, mit Schürze und Nachthemd darauf, beides noch unbenutzt. Sie würde das Mädchen also auch in der Nacht ertragen müssen. Schwester Immacolata hatte sie auch am Tisch nebeneinandergesetzt. »Bleib an ihrer Seite, bis sie hier im Haus mit allem vertraut ist«, ermahnte sie Nina.

Das ganze Abendessen über hatte sie sich also um die Neue kümmern müssen, ihr Wasser einschenken, die Serviette richten, das Besteck reichen.

Lucia hatte wirklich zwei linke Hände, sie konnte nicht einmal ihr Fleisch klein schneiden.

Als die panierten Samstagsschnitzel auf die Teller verteilt wurden, die so steinhart waren, dass sie für die Zähne der Allerkleinsten jedes Mal eine Herausforderung darstellten, blickte Lucia ihres ratlos an.

»Was ist, magst du kein Fleisch?«

Lucia schlug ihre tränenglitzernden blauen Augen nieder. »Ich kann's nicht schneiden.«

Nina überlegte, ob sie helfen sollte oder nicht. Schon warm war das Schnitzel zäh wie eine Schuhsohle, kalt würde es noch schlimmer sein.

»Pech für dich«, sagte sie schließlich und machte sich über ihr eigenes her.

»Soll ich dir helfen?«, bot Marianna an, die ihnen gegenübersaß und das Geschehen verfolgt hatte.

Ein Leuchten huschte über Lucias Gesicht. »Danke.«

Mit einem Lächeln, das ihre riesigen Zähne entblößte, langte Marianna über den Tisch und schnitt geduldig und sorgfältig das Fleisch in klitzekleine Stücke.

Nina sah aus den Augenwinkeln zu, während sich ihr Magen grimmig zusammenzog. Was ärgerte sie so? Lucias Erbärmlichkeit? Das servile Verhalten Mariannas? Das heute besonders harte Schnitzel? Dass hier einem Kind das Fleisch in Stücke geschnitten wurde, obgleich es schon lange alt genug war, um es selbst zu tun? Wie konnte das sein, und warum konnte sie etwas so Einfaches nicht?

Dafür konnte es nur eine Erklärung geben: Es war immer jemand da gewesen, der es für sie gemacht hatte, sie hatte es schlicht und einfach nicht nötig gehabt. Und jetzt tat es Marianna, sie wollte der Neuen einen Gefallen tun, obgleich ihr eigenes Schnitzel in Kürze wahrscheinlich die Konsistenz eines Ziegels haben würde.

Nina betrachtete Lucias Kleidung genauer. Kragen und Manschetten der blütenweißen Bluse waren spitzenbesetzt und der Pullover aus weicher, dicker Wolle, nicht wie die der Kinder hier drinnen steif und fest. Die Falten ihres Rocks waren gerade und akkurat, auch nachdem sie sich Dutzende Male gesetzt hatte, wieder aufgestanden und niedergekniet war. Wer diesen Rock gebügelt hatte, musste viel Mühe darauf verwendet und ihn sorgfältig gestärkt haben. Und die Schuhe erst: glänzend und mit Schnalle versehen – eine wahre Freude. Wie sie die Gabel hielt und zum Mund führte, ihre gerade Haltung, das alles war von einer vollkommen namenlosen Eleganz.

Als sich Marianna endlich an ihr eigenes steinhart gewordenes Fleisch machte, das sie buchstäblich zerfetzen musste, kam in Nina Genugtuung auf.

Nach dem Abendessen versammelten sich die Kinder wieder in der Kapelle, um die Abendgebete zu sprechen. Lucia kannte weder den Akt der Anbetung noch den Akt der Reue, und Nina musste mit dem Finger unter den jeweiligen Zeilen herfahren, damit sie überhaupt mitkam. Betete etwa niemand da, wo sie vorher gewohnt hatte? Nina musste Lucia auch in den Waschraum begleiten, damit sie sich Gesicht und Füße wusch, ihr die Toiletten zeigen, die Waschbecken, Seife und Handtücher. Wenigstens schaffte sie es, allein Pipi zu machen, das hätte noch gefehlt.

Als sie in den Schlafsaal hinaufgingen, nahm Lucia ihre Hand.

Fast hätte Nina sie weggezogen, doch mit der Berührung machte sich ein bis dahin unbekanntes Gefühl in ihr breit. Es hatte nichts mit dem erzwungenen Handhalten der Feiertagsspaziergänge zu tun, bei denen man neben jemandem gehen musste, den die Nonnen auswählten. Nein, Lucia selbst war es gewesen, die Nina ausgewählt hatte.

Fast freudig stieg Nina die Treppe hinauf, beäugt von den anderen Kindern, die sich über die beiden Händchen haltenden Mädchen wunderten.

Als sie neben ihrem ein neues, offensichtlich für Lucia bestimmtes Bett samt Nachttisch entdeckte, verdrehte sie dennoch die Augen gen Himmel, denn es war leicht auszudenken, wie die Neue in der Nacht klagen würde, zimperlich, wie sie war. Nina deutete auf Schürze und Nachthemd. »Das hier musst du über das Fußteil hängen. Ist für morgen. Das Nachthemd für jetzt.«

»Ich muss mich hier vor allen anderen ausziehen?«

»Wo denn sonst?«

Lucia blickte verschämt umher, da aber niemand sie zu beachten schien, zog sie langsam ihre Kleider aus und legte sie sorgfältig auf den Nachttisch. Nachdem sie mit angeekeltem Gesichtsausdruck das raue Nachthemd angezogen hatte, legte sie sich ins Bett. »Die Laken sind ja ganz hart«, beschwerte sie sich.

Tatsächlich waren sie rau wie Baumrinde, doch Nina begriff nicht, dass man sich darüber wundern konnte. »Na und? Die sind alle so.«

»In meinem früheren Bett aber nicht.«

Beschäftigt, wie Nina gewesen war, ihr alles Mögliche zu erklären, hatte sie nicht daran gedacht, dass sich Lucias Welt, wie die aller anderen Waisen auch, in *vorher* und *nachher* teilte, sie kannte eine Welt außerhalb. Eine Welt aus wolkenweichen Kleidern, Händen, die ihr Fleisch klein schnitten, und anschmiegsamen Laken. In Nina erwachte das dringende Bedürfnis, alles über dieses Vorher zu erfahren, obgleich allein der Gedanke daran ihr das Herz zerriss. »Du gewöhnst dich schon noch dran.«

Das Mädchen mummelte sich unter die Decke, sodass nur noch eine Haarsträhne hervorsah.

»Wie alt bist du?«

Die blassblauen Augen lugten aus dem Bett hervor. »Am dritten Dezember bin ich sieben geworden.«

Dann waren sie also gleich alt, mit nur einem Tag Unterschied. »Dann darfst du nicht so liegen.«

»Wie, so?«

»Du musst die Arme über der Decke haben.«

»Warum?«

»Wegen der Kontrolle und der Unreinheit.«

Lucia stützte die Ellbogen auf. »Was soll das sein?«

»Keine Ahnung. Aber wenn Schwester Ortensia sieht, dass deine Hände unter der Decke stecken, dann bestraft sie dich.«

Lucia konnte kaum die Tränen zurückhalten.

Nina hatte Mitleid mit ihr, stand auf und legte Lucias Arme so, wie es sich gehörte. »Wenn sie weg ist, kannst du die Arme wieder druntertun.«

Einige Minuten später hörte man Schwester Ortensias Sandalen über den Boden schleifen.

Die Kinder bewegten sich nicht und taten, als schliefen sie. Durch die leicht geöffneten Lider beobachtete Nina die Kontrolle.

Mit der Rute in der Hand beugte sich die Nonne über jedes einzelne Bett. Als sie bei Lucia anlangte, strich sie ihr über die Wange. »Armes Kindchen«, murmelte sie. Dann löschte sie das Licht und verließ den Schlafsaal.

Kurz darauf erhob sich die Wehklage.

Nina lauschte zum Nebenbett hinüber: nichts. Die Neue war also gar keine solche Mimose, wie sie gedacht hatte. Als sie sich jedoch auf der Seite einrollte und der Schlaf sie langsam überkam, spürte sie plötzlich etwas an der Schulter.

Stumm war Lucia unter die Decke geschlüpft und hatte sich an ihren Rücken geschmiegt.

Zuerst wollte Nina sie aus dem Bett schubsen, doch die Nähe des verlorenen Mädchens, das mit dieser Handlung offenbarte, wie sehr es ihrer, Ninas, bedurfte, gab ihr das Gefühl, etwas Besonderes zu sein. Lucia hatte sie noch einmal ausgesucht. Nina blieb regungslos liegen und versuchte, ruhig zu atmen. Sie hoffte, Schwester Ortensia würde nicht zu einer weiteren Kontrolle kommen, obwohl das eigentlich nie passierte. Sie freute sich über die wohlige Wärme, die der weiche Körper neben ihr ausstrahlte. Der Atem der Mädchen passte sich einander an, und rasch fielen sie in einen tiefen, tränenlosen Schlaf.

Mitten in der Nacht, als Dunkel und Stille am tiefsten waren, wachte Nina von einem markerschütternden Schrei in ihrem Rücken auf. Lucia stieß einen lang gezogenen Klagelaut aus, wie der Pfiff einer Lokomotive. Dann klammerte sie sich zitternd an Ninas Rücken mit einer Kraft, die man ihr nicht zugetraut hätte. Hände und Arme waren nun nicht mehr von buttriger Konsistenz, sondern hart wie Eisen.

Nina konnte kaum atmen, doch noch bevor sie irgendetwas sagen oder tun konnte, verließ die Spannung Lucia ebenso schnell, wie sie gekommen war. Sie wurde wieder weich und friedlich wie ein Lämmchen und lockerte ihre Umklammerung.

Nina lauschte auf die Geräusche im Saal: Alles schlief, als wäre nichts geschehen. Niemand hatte den Schrei gehört.

Oder hatte Nina das alles nur geträumt?

Lucias Geschichte war sehr traurig.

Eigentlich nicht trauriger als die der anderen Kinder, aber sie war neu im Waisenhaus, und aus irgendeinem Grund ließ sie niemanden gleichgültig, bei den Nonnen angefangen. Sie waren besonders nett zu ihr und sahen ihr die Achtlosigkeit nach, mit der sie sich kleidete und im Speisesaal oder in der Schule erschien, den Widerwillen, die Hausaufgaben zu erledigen, und ihr Betragen bei Tisch. Ließ sie das Gemüse auf dem Teller liegen, wurde sie weder bestraft noch als zimperlich beschimpft, Schwester Assunta gab ihr sogar eine Extraportion Pasta oder Brot. Vielleicht, weil Weihnachten vor der Tür stand und man doch besonders gütig sein musste, auch die Nonnen, oder aber der Heilige Geist hatte einen besonders starken Schutzschild um sie gelegt.

Schwester Immacolata war es, die Nina die Geschichte des neuen Mädchens erzählte.

»Danke, dass du dich so gut um Lucia kümmerst«, sagte sie, als Nina nach der Arbeit aus der Küche kam und die beiden im Flur aufeinandertrafen.

Verwirrt senkte Nina den Kopf. Dass sich jemand bei ihr bedankte, war vollkommen neu. »Bitte.«

»Ich habe gesehen, dass du ihr auch bei den Hausaufgaben hilfst. Das ist sehr nett von dir.«

Im Einmaleins und überhaupt allem, was mit Zahlen zu tun hatte, war Lucia eine wahre Katastrophe, und Nina hatte alle Hände voll zu tun, mit ihr in der kurzen Zeit, die weder für Unterricht noch Gebete oder Küchenarbeit vorgesehen war, die Übungen zu wiederholen. Sie hatte nicht gedacht, dass irgendwer sie beachtete, doch Schwester Immacolata hatte es offensichtlich getan. Nina hatte den Verdacht, dass die Neue ein wenig schwer von Begriff war. »Sie lernt nur sehr langsam«, rutschte ihr heraus. Sofort bereute sie es. Sie hatte Lucia nicht schlechtmachen, sondern nur ihr Bedauern darüber ausdrücken wollen, wie schwer sich das Mädchen mit Mathematik tat, während Nina nach den ersten Schwierigkeiten alles nur so zuflog.

»Das ist wegen ihres Traumas.«

Schon wieder ein neues Wort.

»Was heißt das?«

»Sie hat einen schlimmen Unfall gehabt.« Lucia war mit ihren Eltern und dem wenige Monate alten Bruder im Auto unterwegs gewesen, als ein entgegenkommender Lastwagen auf ihre Spur geriet. Die Mutter und das kleine Kind auf ihrem Arm waren sofort tot, der Vater starb viele Tage später im Krankenhaus. Lucia hatte überlebt, weil sie zwischen Vorder- und Rücksitz gerutscht war, wo der Stoß sie nur gedämpft erwischte. Nach dem Unfall zog sie zu ihrer Tante mütterlicherseits und deren Mann. Das Paar war schon lange verheiratet, aber kinderlos, und die beiden behandelten Lucia wie eine eigene Tochter. Ein ganzes Jahr lang. Hier schwieg Schwester Immacolata plötzlich.

Nina hatte mit schwerem Herzen zugehört. »Und dann?«

»Dann hat die Tante entdeckt, dass sie ein eigenes Kind erwartet, und hat Lucia hierhergebracht.«

Irgendetwas stimmte da nicht. »Warum, war Lucia nicht auch ihr eigenes? Sie war doch ihre Nichte, oder?«

»Das ist schwierig zu erklären. Aber dass Lucia unaufmerksam und zerstreut wirkt, liegt an dem Trauma, das sie bei dem Unfall erlitten hat.« Ein Schatten glitt über das Gesicht der Nonne. »Und weil ihre Tante sie nicht mehr haben wollte.«

Deshalb waren also alle so nett zu ihr. Der Heilige Geist hatte nichts damit zu tun. Die Nonnen hatten Mitleid mit dem armen Mädchen, das zweimal verlassen worden war. Das erste Mal hatte Gott es so gewollt, der Eltern und Bruder zu sich gerufen hatte, irgendwo musste er schließlich neue Engel herbekommen. Das zweite Mal hatten Onkel und Tante es so gewollt. Lucia sollte also mit der bevorzugten Behandlung ein wenig entschädigt werden.

Der Unfall erklärte auch ihre Schreie im Dunkel. Fast jede Nacht wurde Nina von Lucias Jammerlauten geweckt, manchmal klangen sie wie ein pfeifender Zug, manchmal wie ein verwundetes Tier, immer furchterregend. Wenigstens waren sie kurz, denn sie jagten Nina einen Schauder nach dem anderen über den Rücken.

Nach Weihnachten war es von einem Tag auf den anderen mit dem Mitleid vorbei.

Das erste Mal fiel es bei Tisch auf, als Lucia, wie immer, ihre Portion Kohl verweigerte. »Das mag ich nicht«, erklärte sie und schob den Teller weg.

Als Antwort gab Schwester Assunta eine weitere Kelle davon auf ihren Teller. »Das gibt es heute. Sieh zu, dass du aufisst.«

Lucia suchte in den Blicken der Kameradinnen Zuspruch.

Doch die anderen senkten die Köpfe und taten, als schmeckte die nach feuchter Erde riechende Brühe vorzüglich. Allen war klar, dass die Neue von nun an mit ihnen gleichgestellt war und bestraft würde wie alle anderen auch. Hier war es besser, sich nicht einzumischen.

Lucia warf Nina einen blassblauen Blick zu.

»Am besten machst du, was sie gesagt hat.«

Nein, Lucia war ganz und gar nicht schwer von Begriff. Augenblicklich erfasste sie, dass sich ihre Lage nun grundlegend ändern sollte. Sie griff sich die Gabel und aß den Teller voller Kohl bis zum letzten Bissen leer.

Wie durch einen Zauber erwachte auch ihr Zahlenverständnis, und innerhalb weniger Wochen konnte sie sehr gut kopfrechnen, ohne die Zahlen untereinanderschreiben zu müssen, wie die meisten anderen in der Schulklasse. Ebenso lernte sie, sich beim An- und Ausziehen zu beeilen und ihre Kommode in Ordnung zu halten. Alles andere als schwer von Begriff, ganz im Gegenteil war sie äußerst flink, sowohl mit den Händen als auch im Kopf. Und es gefiel ihr nur allzu gut, als Erste Aufsätze oder Rechenaufgaben fertigzubringen, und wenn jemand versuchte, einen Blick auf ihr Heft zu werfen, oder sie nach einer Lösung fragte, dann verdeckte sie rasch ihr Blatt und petzte: »Schwester Lea, Schwester Carmela, die gucken bei mir ab.«

Was sie wie in den ersten zartbesaiteten Tagen nach wie vor tat, war, gleich nach der Kontrolle zu Nina ins Bett zu schlüpfen und sich während ihrer Albträume fest an sie zu klammern. Allerdings hatte sie gelernt, ihre Schreie zu unterdrücken, indem sie in die Bettdecke biss. Heraus kam das leise verbissene Knurren einer Wildkatze, welches rasch verstummte, und gleich darauf schien Lucia wieder aus Butter und Béchamel zu bestehen und schlief tief und fest bis zum nächsten Morgen.

Nina teilte gern das Bett mit ihr. Es schien ihr sogar ein Privileg. Auch wenn sie dieses Wort noch gar nicht kannte, erfüllte seine Bedeutung sie doch mit Stolz. Nur ihr gegenüber gab das Kind mit den hellblauen Augen und den feinen Manieren seine Schwächen zu, und das machte Nina zu einem starken, großen Mädchen voller Mitgefühl. Wie sie Lucia von den nächtlichen Ängsten befreien konnte, wusste Nina nicht, doch sie bemühte sich aus Leibeskräften, ihr alles andere zu erleichtern. Hatte Lucia Küchendienst, übernahm Nina. Schon der Gedanke, dass die blassen weichen Händchen rissig werden sollten, zerriss ihr das Herz. Die doppelte Arbeit machte ihr

nichts aus, die Freude darüber, jemandem Gutes zu tun, ent-
schädigte sie für alles.

Und sie verbrachte wirklich gerne Zeit mit Lucia, die ebenso
neugierig war wie sie selbst und immer noch nach ihrem Leben
vor dem Waisenhaus duftete, ein Duft, der sie zu etwas ganz
Besonderem machte. Manchmal schnupperte Nina an ihr und
studierte ihre Bewegungen, um diese so andere Welt aus kleinen Personengruppen, die alle den gleichen Namen trugen und
durch deren Adern das gleiche Blut floss, besser zu verstehen.

Sie kundschaftete mit ihr das riesige Waisenhaus aus, auf
der ständigen Suche nach Unbekanntem. Wenn sie den Hof
durchquerten, blickte Lucia traurig in den Himmel und warf
den Wolken Handküsse zu.

»Was machst du da?«, fragte Nina beim ersten Mal.

»Ich sag meiner Mutter, meinem Vater und meinem Bruder
im Paradies Hallo. Kannst du sie sehen da oben?«, antwortete
sie und zeigte in den Himmel.

Nina hob den Blick der grauen Fläche entgegen. Es gab
kein Gesicht, an das sie sich hätte erinnern können, und aus-
denken konnte sie sich auch keines. Eine etwas dunklere
Wolke schwebte dort oben, die von der Form entfernt an eine
Tasse erinnerte, doch es war ihr peinlich, Kusshände dorthin
zu werfen. Außerdem wusste sie gar nicht, ob ihre Mutter
lebte oder nicht. Und selbst wenn sie tot war, dann war sie
vielleicht gar nicht im Paradies.

Die glückliche Lucia, die Engel, Heilige und ihre Familie sehen konnte. Halbe Ewigkeiten stand sie da und winkte, den
Kopf in den Nacken gelegt, mit ihrem so schönen Gesicht, der
durchscheinenden Haut und dem langen Seidenhaar. Diesem
Haar verdankte Nina, dass sie nun endlich verstand, was Marcella meinte, wenn sie von Seide sprach.

»Sieh mal, was für eine hübsche Bluse«, hatte sie einmal
gesagt und Nina eine Zeitschrift voller Fotografien gezeigt,

»die ist ganz bestimmt aus Seide.« Die Frau auf dem Foto, die diese Bluse trug, war wunderschön, ihr Haar glänzte, und ihre Kleidung war von ausgesuchter Eleganz.

»Was ist das: Seide?«

»Ein Stoff für Reiche.«

Nina sah genauer hin. Und tatsächlich lächelte die Frau glücklich, nicht wie die Kinder hier, die es unter den Wollumhängen juckte wie sonst noch was.

»Wenn ich hier rauskomme, dann habe ich auch so schöne Sachen«, fuhr Marcella fort. »Die kaufe ich mit dem Geld, das ich dann in der Tabakfabrik verdiene. Oder ich werde Fotoromandiva und bin von niemandem abhängig«, fügte sie nachdenklich hinzu. »Und wenn das alles nicht klappt, dann heirate ich eben einen reichen Mann. In die Tabakfabrik kann ich immer noch gehen. Ich bin doch schön genug, oder?«, fragte sie und hielt die Zeitung neben ihr Gesicht.

Nina blickte erst sie und dann das Foto an. Diese Frau hatte nichts, das Marcella nicht auch gehabt hätte.

Auch Lucia war reizend, aber auf eine andere Art, unauffälliger. Auf den ersten Blick wirkte sie farblos und unscheinbar. Doch nach und nach fiel sie ins Auge, man musste sie einfach ansehen, die vollendete Blässe und die vornehmen Manieren bewundern.

Ja, ihr Haar war ganz sicher aus Seide. Ob sie es von der Mutter oder vom Vater hatte, wem der beiden sah sie wohl ähnlich? Nina wollte sie unbedingt fragen, doch Lucia war noch in den grauen Himmel vertieft, den unergründlichen Blick nach oben gerichtet, und sie traute sich nicht, sie zu stören.

Nina wäre vielleicht nicht ausgesetzt worden, wenn sie auch so seidiges Haar hätte, so glänzend und weich.

Sie hatte nicht vergessen, dass die Signora mit dem Glockenrock den goldgelockten Luigino mitgenommen hatte, nicht sie.

Helles Haar und blaue Augen waren eine Seltenheit. Fast alle Kinder im Waisenhaus hatten dunkles Haar und olivbraune Haut, als wären sie schon sonnenverbrannt auf die Welt gekommen. Mit ihrem feuerroten Schopf und den gelben Katzenaugen stach auch Marcella aus der Menge hervor, doch sie behauptete ja, die meisten Menschen hielten Rothaarige für unheimlich und dämonisch.

Trotz ihres reizenden Aussehens gefiel Lucia niemandem, oder auch genau deswegen. Die anderen Kinder machten einen Bogen um sie, als fürchteten sie eine ansteckende Krankheit, vielleicht waren sie auch einfach eingeschüchtert von ihrer vornehmen Art, die sie im Waisenhaus keineswegs ablegte. Sogar die Nonnen beachteten sie nach den ersten verhätschelten Wochen nicht mehr. Nur Schwester Immacolata strich ihr dann und wann lächelnd über die Wange. Aber das zählte nicht, das tat sie bei allen.

Lucia schien es nichts auszumachen, links liegen gelassen zu werden.

Doch Nina tat alles für sie. Sie war nicht sicher, ob Lucia auch wirklich gerne mit ihr zusammen war, denn es ging nie von ihr aus. Aber sie ließ zu, dass Nina die Hausarbeit für sie erledigte, ihr die besten Bissen überließ und ihr Seidenhaar flocht, ganz, als wäre sie es, die den Gefallen tat, nicht Nina.

Und auf die ein oder andere Weise war es tatsächlich so, denn Nina hatte immer das Gefühl, ihr noch etwas schuldig zu sein, ganz gleich, wie sehr sie sich aufopferte. Lucia, die ein Leben *vorher* hatte, deren blassblaue Augen das Grau des Waisenhauses erleuchteten, war ihr Fenster auf die bunte Welt jenseits der Mauern.

Doch wenn sich Dunkelheit über den Schlafsaal legte, dann schlich Lucia sich zu Nina ins Bett. Und dann war es Nina, die magere, sonnenverbrannte Nina, die plötzlich unentbehrlich war.

Von Lucia lernte sie auch, bessere Manieren an den Tag zu legen. »Wie ungehobelt du bist!«, warf Lucia ihr vor, wenn Nina in der Nase bohrte oder etwas mit den Händen aß. »Hat dir niemand gutes Benehmen beigebracht?« Das sagte sie auch zu den anderen Mädchen.

Nina zog eine Schnute. Sie hatte nie gedacht, dass die Schläge der Nonnen eine Strafe für ein bestimmtes Verhalten waren, sondern immer, dass es den Schwestern eben gerade so passte.

Auch als sie auf den Jungen trafen, der im Krankenflügel alle Türen aufriss, schimpfte Lucia mit Nina.

Nina war mit ihr auf die Krankenstation gegangen, um ihr das isolierte Eckchen zu zeigen, in dem sie mit Keuchhusten krankgelegen hatte. Sie wollte ihr zeigen, dass sie einige Wochen lang einmal etwas Besonderes gewesen war.

Doch Lucia war keineswegs beeindruckt. »Ich hatte zu Hause ein ganzes Zimmer für mich, nicht nur so ein Eckchen.«

Schade, denn Nina war eigentlich mit ihr hinuntergegangen, um sie von einem Ereignis abzulenken, das sich am Nachmittag zugetragen hatte.

Eleonora und Marianna hatten im Hof Mutter gespielt, wobei sie zwei Puppen aus zusammengeknoteten Lappen in den Armen wiegten.

»Wie alt ist Ihr Sohn?«, fragte eine die andere.

»Er ist sechs, in diesem Jahr kommt er in die Schule. Und Ihrer?«

»Es ist ein Mädchen, sie ist erst fünf.«

Kopfschüttelnd beobachtete Lucia sie und deutete mit dem Kinn auf die Puppen. »Wenn sie schon sechs und fünf Jahre alt sind, warum tragt ihr sie dann noch? Ihr könnt ja noch nicht mal so tun, als ob ihr Mütter wärt.«

Verdutzt hielten die beiden inne. »Was?«

»Gebt mal her, ich zeige euch, wie man das macht.«

Eleonora drückte ihre Puppe an sich. »Fass sie bloß nicht an, du Meckerliese.« Damit wandte sie sich ab. »Komm!«, rief sie Marianna zu.

Die stand langsam auf, die Lumpenpuppe baumelte an ihrer Hand.

»Gib her!«, forderte Lucia.

Immerhin war Marianna diejenige, die einmal ihr Fleisch klein geschnitten hatte, sie musste ihr gehorchen. Doch Marianna wich einen Schritt zurück und entblößte in einem verschämten Lächeln ihre übergroßen Zähne. »Wenn ich das mache, dann spielt niemand mehr mit mir«, entschuldigte sie sich und lief davon.

In Lucias Augen blitzte es kurz auf. Sie strich sich etwas Unsichtbares von der Schürze und wandte sich an Nina. »Was soll ich auch mit so einer Lumpenpuppe. Wenn die wüssten, wie schön meine Puppen waren, die hatten richtige Kleider und Lackschühchen. Irgendwann hole ich sie mir wieder.«

Nina wusste nicht, ob sie glauben sollte, dass Lucia so prachtvolle Puppen gehabt hatte oder dass sie die wiederhaben könnte. Sie war nicht einmal sicher, ob es ihr gleich war, dass Eleonora sie »Meckerliese« genannt hatte. Doch es tat Nina leid, dass die anderen Kinder nicht mit Lucia spielen wollten. »Komm, ich zeige dir die Krankenstation«, schlug sie vor, »die ist richtig schön.«

»Interessiert mich nicht.« Lucia rümpfte die Nase. »Außerdem, hast du nicht gehört, was sie gesagt haben: Wenn du meine Freundin bist, dann spielen die anderen nicht mehr mit dir.«

Freundin. Sie waren Freundinnen. Ein neues, ein wunderbares Wort. Eines, das Nina niemals gewagt hätte, als Erste auszusprechen. »Ist mir egal.« Und das war die Wahrheit.

Lucia schnaubte. »Ich brauche niemanden.«

»Aber du weißt nicht, wo die Krankenstation ist. Komm, ich zeig sie dir.«

Noch einmal schnaubte Lucia. »Na gut, wenn es dir so wichtig ist.«

Dicht an die Wände gedrängt, durchquerten sie Säle und Flure. Es war nicht ausdrücklich verboten, sich dort unten aufzuhalten, doch man konnte nie wissen.

Als sie da waren, meckerte Lucia an allem herum, sogar an dem Bett, das Nina wochenlang mit Fieber gehütet hatte. »So ein kleines Bett.«

»Ich hatte Keuchhusten«, erklärte Nina wichtigtuerisch.

»Aha.«

»Ich wäre fast gestorben!«

Nicht einmal das beeindruckte Lucia. »Aber du hast es überlebt.«

Die Krankenstation war also ein Reinfall. »Lass uns zurückgehen, ist schon fast Zeit für die Vesper.«

Als sie im Flur waren, ergab sich ein glücklicher Zufall: Hinter ihnen tauchte plötzlich der Junge auf, der mit gesenktem Kopf alle Türen aufriss. Er war recht aufgebracht und stieß lange schrille Schreie aus.

Fasziniert betrachtete Lucia ihn.

»Hab ich doch gesagt, dass es hier was zu sehen gibt«, flüsterte Nina zufrieden, als hätte sie selbst es organisiert.

Der arme Junge konnte einem leidtun. Er stürzte sich gera

dezu auf die Türen, riss sie auf und lief verzweifelt weiter. Nicht einmal die beiden Mädchen bemerkte er, für ihn gab es nichts außer Türen und seinen rauen Schreien. Ohne an Eifer nachzulassen, fuhr er damit fort, bis schließlich Schwester Benedetta am Ende des Flurs auftauchte. Mit gesenktem Kopf ging sie auf ihn zu, wie um ihn zum Kampf herauszufordern. Als sie aufeinandertrafen, umschlang sie ihn und hob ihn wie eine Strohpuppe hoch.

Mit einem Schlag wich alle Spannung aus seinem Körper, und er ließ sich widerstandslos in das letzte Zimmer bringen.

Schwester Benedetta schloss die Tür doppelt ab. »Was macht ihr beide hier?«, bellte sie, als sie die an die Wand gedrückten Mädchen sah. »Die Vesper beginnt gleich. Ab mit euch in die Kapelle, sonst könnt ihr euch auf etwas gefasst machen!« Damit ging sie davon.

Die Mädchen starrten noch ein wenig auf die Tür, hinter der sich das arme Kind verbarg.

»Hast du gesehen, wie komisch der ist?«, fragte Nina.

»Das sagt man nicht, dass er komisch ist. Du hast ja kein Benimm. Man sagt ›beeinträchtigt‹. Es ist unhöflich, andere zu beleidigen.«

Nina hatte ihn gar nicht beleidigen wollen. Sie kannte nur einfach niemanden sonst, der sich so verhielt. *Beeinträchtigt*, dieses Wort musste sie in ihr Heft schreiben und lernen, es entsprechend zu benutzen.

»Lass uns jetzt gehen, sonst kommen wir zu spät.«

Doch der jähe Schrei einer Frau ließ sie ruckartig stehen bleiben.

»Wer war das?«

»Das kam aus der Krankenstation.«

Lucia zog Nina am Arm. »Komm, wir gehen hin.«

»Aber die Vesper fängt gleich an.«

»Du hast Angst, sei ehrlich.«

Nina wollte nicht als Feigling dastehen und setzte sich in Bewegung. »Na gut, aber nur kurz.«

Auf Zehenspitzen schlichen sie sich zurück. Schoben den Vorhang vor dem Bett zur Seite, warfen einen Blick in die Medikamentenkammer und einen unter den Tisch voller Verbandszeug und Pflaster: nichts.

»Vielleicht war es das Kind von vorhin«, vermutete Nina.

»Ach was, das war eine Frauenstimme.«

Da ertönte ein weiterer Schrei. Als sie suchend die Köpfe drehten, entdeckten sie eine weiße Tür, die in der ebenso weißen Wand nahezu unsichtbar war.

Lucia versuchte, sie zu öffnen. »Abgeschlossen«, stellte sie fest. Dann bückte sie sich und warf einen Blick durch das Schlüsselloch.

»Kannst du was sehen?«

»Nein, es ist alles dunkel.«

Sie legten die Ohren an die Tür. Die Schreie waren leiser geworden und dumpf, als kämen sie aus den tiefsten Tiefen der Hölle.

Beim ersten Glockenschlag fuhren die Mädchen zusammen. Kämen sie zu spät zur Vesper, würde Schwester Ortensia von ihrer Rute Gebrauch machen. Sie schafften es gerade rechtzeitig zum Gloria in die Kapelle. Der Platz von Schwester Immacolata blieb leer, auch beim Abendessen war sie nicht da.

Als sie sich später bettfertig machten, fragte Nina sich immer noch, wo sie wohl sein könnte.

»Was ist denn das?« Lucia stand hinter ihr und lugte in die Schublade, aus der Nina gerade ihr Nachthemd nahm.

Dort lag noch die vom Küchendiebstahl übrige Schokolade. Nina hatte es immer noch nicht geschafft, sie Carlo zu geben.

»Ach, nichts.« Rasch warf sie die Lade wieder zu.

»Wie, nichts?«, gab Lucia zurück. »Das ist Perugina-Schokolade, habe ich genau gesehen. Wo hast du die her?«

»Das ist ein Geheimnis.«

Lucia zog eine Schnute. »Wenn du mir nicht traust, sind wir auch keine Freundinnen.«

»Doch.«

»Nein. Freundinnen erzählen sich alles.«

An diesem Tag ging für Nina doch wirklich alles schief. Sie hatte Lucia in die Krankenstation gebracht, doch es hatte sie kein bisschen interessiert, dann war ihr, ohne es zu wollen, eine Beleidigung herausgerutscht, wegen der Lucia sie zurechtgewiesen hatte. Und jetzt erzählte Lucia ihr, dass sie keine Freundinnen waren, wo Nina doch für sie durchs Feuer gegangen wäre. »Willst du ein Stückchen? Aber du darfst es niemandem verraten.«

»Nein, nein. Es ist ja ein Geheimnis von dir und wer weiß von wem noch. Da möchte ich mich nicht zwischenstellen.«

»Nimm sie. Ich gebe dir die eine Hälfte, die andere kriegt er.«

Plötzlich schien Lucia Feuer und Flamme. »Aha, ein Junge?«

Nina erschrak. Wenn Lucia herausrutschen würde, dass sie mit Jungens gemeinsame Sache machte, dann würde sie schlimm bestraft. »Nein, nein, hab ich nur so gesagt.« Sie öffnete die Lade wieder, wickelte die Schokolade aus und brach sie in der Mitte durch. »Hier, nimm.«

Lucia verzog das Gesicht, als hätte sie in eine Zitrone gebissen. »Ich will sie gar nicht. Aber jetzt hast du sie aufgemacht, da wird sie bald schlecht.«

Verzweifelt betrachtete Nina das mehr schlecht als recht wieder geschlossene Papier.

»Auf jeden Fall gehen jetzt Ameisen dran.«

»Nimm beide Stücke.« Was für eine dumme Zankerei, Nina wollte doch einfach nur nett sein. Ein wenig stimmte es schon, wenn die anderen sagten, Lucia sei eine Meckerliese. »Ich mag sie sowieso nicht«, log Nina. »Bitte, jetzt nimm schon. Sonst wird sie alt, und die Ameisen gehen dran, das hast du selber gesagt.«

Lucia stieß einen ihrer langen Seufzer aus. »Na gut. Aber nur, weil sie sonst schlecht wird.« Und sie steckte sich die zwei Hälften gleichzeitig in den Mund.

»Danke«, murmelte Nina.

Das rote Haar sah auf dem Podium aus wie eine Blutspur.

Nina konnte kaum glauben, dass Marcella es sich hatte abschneiden lassen. In diesem Jahr, 1954, wurde ein Stück aufgeführt, welches vom Leben der Heiligen Klara von Assisi inspiriert war, und Marcella spielte die Heilige.

Nachdem Francesco von Assisi sie überzeugt hatte, Nonne zu werden, griff er zu einer großen Schere und schnitt ihr Haar rappelkurz. Die Mädchen, die die Novizinnen spielten, umringten Marcella.

Nina dachte zuerst, es wäre alles nur gespielt. Doch dann trat eine von ihnen mit der roten Mähne in den Händen ins Rampenlicht, und da hatte auch Nina es einsehen müssen: Marcellas wunderschönes Haar war abgeschnitten. Die ganze Aufführung über konnte Nina an nichts anderes denken. Hatte Marcella keine Angst, dass ihr reicher Freund sie verlassen würde, nun, da sie kahl war?

Ihr Freund war der Mann, der ihr im vorherigen Jahr nach der Aufführung nicht von der Seite gewichen war und der bei einem der Sonntagsspaziergänge auf sie gewartet hatte.

Marcella sprach von nichts anderem mehr: Wie hübsch er doch sei, vornehm, wichtig. Er war Buchhalter in der Tabakfabrik und verdiente so viel, dass er sich ein Auto leisten konnte.

»Einen Lancia Appia«, hatte Marcella Nina anvertraut. »Kein Armeleuteauto wie einen Fiat oder so. Etwas Vornehmeres gibt es nicht.« Wenn sie über ihn sprach, glänzten ihre Katzenaugen. »Sobald ich hier rauskomme, sorgt er dafür, dass ich auch in der Buchhaltung angestellt werde. Die Arbeit ist nicht so anstrengend und auch besser bezahlt als die der Tabakarbeiterinnen.«

»Heiratet er dich denn nicht, sodass du feine Dame werden kannst?«

»Er hat mich noch nicht gefragt. Ist aber nur eine Frage der Zeit, er ist bis über beide Ohren verliebt in mich.«

Einmal, als sie beide für den Küchendienst eingeteilt waren, hatte sie wunderbare Neuigkeiten. »Weißt du, was Franco gesagt hat?«

»Wer ist denn Franco?«

»Mein Freund.«

»Hat er dich endlich gefragt?«

»Fast. Aber hör dir das mal an: Seit Januar gibt es das Fernsehen!«

Das waren ja gleich mehrere Dinge auf einmal. »Was ist denn das Fernsehen?«

»Du hast ja wirklich überhaupt keine Ahnung. Du bist einfach noch zu klein.«

Das stimmte, Nina war noch ein Kind, und tatsächlich verstand sie nicht, dass Marcella sich ihr und nicht den größeren Mädchen anvertraute.

»Fernsehen ist wie Radio«, fuhr sie fort, »nur besser, denn man sieht auch ein Bild.«

»Wie im Kino?«

»Ungefähr, aber viel kleiner, es ist nur eine Kiste. Bis jetzt gibt's das nur im Norden, aber bald in ganz Italien.«

»Und woher weiß dein Freund das?«

Marcella streckte die Brust raus. »Er weiß alles.«

Wie viel Nina lernen könnte, wenn sie mehr Zeit mit Marcella verbrachte! Aber seitdem Lucia da war, war sie immer mit ihr zusammen.

Es sei nämlich so, flüsterte Marcella, dass Franco überall

wichtige Leute kenne und ihr helfen wolle, einen Vorsprechtermin als Ansagerin zu bekommen.

Nina schämte sich zu sehr, um nach der Bedeutung von auch diesem Wort zu fragen.

»Das ist besser, als sich für Fotoromane fotografieren zu lassen, oder etwa nicht?«

Nina nickte verwirrt. Wenn Marcella das glaubte, dann war es wohl so.

»Ich kann es gar nicht abwarten, endlich hier rauszukommen. Dann werde ich Ansagerin, und wenn sie mich nicht nehmen, dann mach ich eben die Fotoromane. Und wenn es auch damit nichts wird, dann werde ich Francos Frau.«

»Und die Tabakfabrik?«

»Das mache ich, wenn alle Stricke reißen, aber ganz bestimmt muss ich darauf nicht zurückgreifen.«

Und jetzt, was würde jetzt aus ihren Träumen vom Schauspielern oder Feine-Dame-Werden, ohne ihre rote Mähne?

Als die Aufführung endete, kamen alle Schauspieler noch einmal auf die Bühne, um sich vom Publikum zu verabschieden.

Nina traute sich nicht zu klatschen und blickte sich suchend nach Franco um. Sie erkannte ihn an dem schiefsitzenden Hut, der sein Gesicht verdeckte, er saß in der ersten Reihe. Offensichtlich machte es ihm nichts aus, dass seine Liebste nun kahl war. Ein Glück!

Dann kam die Überraschung.

Mit einer entschiedenen Bewegung riss sich Marcella den Schleier vom Kopf: Hell leuchtete ihre Haarmähne auf. Wie war das möglich? Als sie die Bühne verließ, lief Nina ihr neugierig entgegen.

»Du Dummerchen«, sagte Marcella lachend, »das war doch nur Wolle, hast du das nicht gesehen? Im Theater und im Kino macht man das immer so, da ist nichts echt. Wenn du nicht so dumm gewesen wärst, dann hättest du das schon während der Proben erfahren.«

Und während sie sich, den Blick fest auf Franco geheftet, für einen Gruß an die Zuschauer wandte, spürte Nina ein verärgertes Grummeln im Magen. Auch sie hätte bei dieser Aufführung mitspielen können, doch sie war »so dumm gewesen«, wie Marcella gesagt hatte, die Rolle Lucia zu überlassen.

Sie hätte die Klara als Kind spielen sollen.

Schwester Assunta hatte sie persönlich gefragt. »Möchtest du in diesem Jahr bei der Aufführung mitspielen?« Schwester Carmela hatte der Nonne gesagt, dass sie eine gute Schülerin sei, die ihre Prüfungen bedächtig ablegte. Die Panne der ersten Aufführung würde sich also nicht wiederholen.

Aufgeregt hatte Nina zugesagt, glücklich, dass die Wahl ein weiteres Mal auf sie gefallen war. Doch als sie Lucia davon erzählte, zog die einen Flunsch.

»Findest du das doof?«

»Als ob mich das interessiert. Ich dachte nur, dass wir Freundinnen wären, und Freundinnen machen alles zusammen.«

Es gebe aber keine anderen Rollen für die Kleinen, erklärte Nina, sonst hätte sie dafür gesorgt, dass Lucia auch eine bekäme.

Die nächsten Tage vergingen, ohne dass Lucia mit Nina sprach, und auch in der Nacht schmiegte sie sich nicht an ihren Rücken.

Nina war so bedrückt, dass sie nicht mehr schlafen konnte, obgleich sie doch ihr Bett für sich allein hatte. »Du kannst meine Rolle haben«, bot sie ihr eines Abends nach der Komplet an.

»Ach, das möchte ich nicht. Das ist doch ungerecht, es ist deine Rolle.«

»Mir wäre es lieber, wenn du die Rolle übernimmst. Ich habe ja schon mal mitgespielt. Jetzt bist du dran.«

»Und Schwester Assunta?«

»Mit der rede ich.«

»Ich weiß nicht.«

»Bitte, die Rolle ist sowieso viel zu lang für mich. Ich habe gar keine Zeit, sie zwischen Hausaufgaben und Küchendienst auswendig zu lernen.«

Lucia stieß einen langen Seufzer aus. »Wenn es dir so wichtig ist, dann mache ich es eben.«

»Danke.«

Schwester Assunta war der Darstellerinnenwechsel vollkommen gleichgültig. »Die eine ist so gut wie die andere. Hauptsache, nicht schwer von Begriff.«

Aber Marcella, die wurde böse. »Die führt dich an der Nase herum«, brummte sie. »Ich habe dich gewarnt, dass du niemanden liebgewinnen sollst.«

»Aber du hast Franco doch auch lieb«, gab Nina zu bedenken.

Marcella verengte ihre gelben Augen zu Schlitzen. »Ich habe niemanden lieb. Franco brauche ich, um ein Ziel zu erreichen.«

Das glaubte sie ja wohl selbst nicht, dass sie ihn nicht liebhatte. Man musste nur zusehen, mit welcher Verzückung sie ihn nun ansah, wie er dort hinten an der Wand lehnte und seine Hutkrempe glättete. Marcella hätte die Luft geküsst, die er atmete, sie hätte die Arme um ihn geschlungen, hier vor allen Leuten, wenn sie nicht die Prügel der Nonnen gefürchtet hätte, die sie dafür bei Brot und Wasser einsperren würden.

»Du sagst ja gar nichts?« Lucia, die immer noch ihr Kostüm, einen Jutesack, trug, zog sie am Arm. Endlich hatte sich ihr Buttergesichtchen ein wenig gerötet, und die blassblauen Augen waren etwas lebendiger.

Als Nina sie so glücklich sah, verschwand jeglicher Unmut darüber, ihr die Rolle überlassen zu haben. »Du warst ganz wunderbar.«

»Danke!« Lucia drückte sie an sich und gab ihr einen schmatzenden Wangenkuss.

Es war gut, dass sie ihr die Rolle gegeben hatte.

Marcella täuschte sich, es war überhaupt nicht schlimm, jemanden liebzugewinnen.

Die Einzigen, die Lucia für ihre Rolle als Heilige Klara als Kind lobten, waren Nina, Schwester Immacolata und Schwester Assunta. Die Gleichgültigkeit der anderen Mädchen kümmerte Lucia nicht. Sie wusste, dass das anfängliche Wohlwollen wegen ihres schweren Schicksals in Feindseligkeit und Abneigung umgeschlagen war.

Und dagegen unternahm sie nichts. Auch Monate nachdem sie angekommen war, hatte sich ihre Überheblichkeit nicht gelegt. Wenn ein Kind etwas tat oder sagte, das ihrer Meinung nach nicht richtig war, grob oder dumm, dann rümpfte sie unverhohlen die Nase. Oder schnaubte verächtlich und verdrehte die Augen gen Himmel, als wollte sie für ein solches Maß an Grob- und Dummheit Gnade erbitten.

Von der Besichtigung erfuhr Lucia, als sie an einem Samstagmorgen beim Bettenmachen dem Geplauder von Eleonora und Marianna lauschte.

»Was ist heute für ein Tag?«

»Der neunundzwanzigste Mai.«

Marianna zählte etwas an den Fingern ab. »Dann kommt in genau einer Woche der Fotograf.«

»Von mir macht er bestimmt kein Bild«, vermutete Eleonora, »ich habe mich seit letztem Jahr nicht sehr verändert.«

Lucias Neugier war geweckt. »Wovon reden die beiden?«

Nina steckte gerade ihr Kissen in einen sauberen Bezug. »Vom Album für die Besucher.«

»Was für ein Album?«

Während Nina die Laken wie mit dem Lineal zog, so wie es

den Nonnen gefiel, erzählte sie Lucia alles über Fotos und Besichtigung. Am ersten Sonntag im Juni wurden die Kinder fotografiert, am darauffolgenden zeigten sie sich den Besuchern.

»Wie bei einer Aufführung?«

»Nein, man muss nichts machen.«

Lucia wirkte enttäuscht. »Und dann?«

»Dann wird irgendwer ausgesucht.«

»Wofür?«

»Um adoptiert zu werden.«

Ruckartig ließ Lucia sich auf Ninas Bett fallen.

»Jetzt muss ich alles neu machen!«, beschwerte sich die.

Doch Lucia beachtete sie gar nicht. »Wird das jedes Jahr gemacht?«

»Ja.«

»Wird man sofort adoptiert?«

»Am Ende des Sommers.«

»Und kann man sich aussuchen, zu wem man geht?«

Die anderen beiden Mädchen, die nun ihrerseits lauschten, brachen in lautes Gelächter aus.

»Was ist denn so komisch?«, wollte Lucia wissen.

Eleonora konnte gar nicht mehr aufhören zu lachen. »Es werden höchstens zwei oder drei Kinder adoptiert. Da gibt es nichts auszusuchen, kannst froh sein, wenn du überhaupt angeguckt wirst.«

»Ich bin seit meiner Geburt hier«, fügte Marianna hinzu, »es ist gar nicht leicht, hier rauszukommen.«

Lucia sprang auf. »Das glaube ich gerne, dass euch niemand will. Du bist hässlich und abgemagert«, sagte sie und zeigte auf Eleonora. Dann stieß sie einen langen Seufzer aus und blickte Marianna an. »Und dich, wer sollte dich schon mit nach Hause nehmen, mit deinen Hasenzähnen?«

Fassungslos beugten sich die zwei Mädchen erneut über ihre Betten.

Ninas Bett war wieder vollkommen zerknittert, und genau in der Mitte wölbte sich eine Ausbuchtung. Eine Katastrophe.

Es blieb ihr nichts anderes übrig, als noch einmal von vorne anzufangen.

Die ersten Junitage waren grauenvoll.

Abgesehen von den Kindern in Marcellas Alter und denen, die noch zu klein waren, hofften alle auf ein und dasselbe: ausgesucht zu werden.

Nina war groß genug, um die allgemeine Unruhe zu bemerken, außerdem sprach Lucia von nichts anderem.

Sie war überzeugt, zu den Auserwählten zu gehören, und verbrachte ihre Tage damit, sich ihre neue Familie auszumalen. Vor allem reich musste sie sein, denn Lucia mochte es gern fein und erlesen, mit einem großen Haus, in welchem man schon ein Zimmer voller Puppen und mit rosafarbenen Vorhängen für sie hergerichtet haben würde. Sie war so froh, das Waisenhaus verlassen zu können, dass sie ein wenig umgänglicher wurde und die anderen Kinder bedauerte, denn die mussten ja dableiben. Am besten machten sie sich erst gar keine Hoffnungen, diese armen Wesen. Wer sollte diese Mädchen schon wollen, grob und dumm, wie sie waren, räudig und derb wie Streunerkatzen? Sie, Lucia, war mit ihren feinen Manieren ja etwas vollkommen anderes.

»Was ist denn eine Streunerkatze?«, wollte Nina wissen.

»Eine, die auf der Straße lebt.«

»Wo denn sonst?«

»Im Haus bei ihren Herrchen, du Dummkopf.«

Das war ja unglaublich. In der Welt da draußen hatten sogar Tiere eine Familie.

Lucia beschrieb ihre Zukunft so genau, dass Nina sie schon in dem neuen Zimmer sehen konnte, gekleidet in weiche Wolle, umsorgt von einem Vater und einer Mutter, die beide nur Augen für das Kind hatten. Es war naheliegend, dass es diesmal Lucia treffen sollte, denn sie gehörte nun wirklich nicht hierher.

»Es tut mir leid, dass du hierbleiben musst«, sagte sie zu Nina, »aber du wirst ja verstehen, dass sie nicht zwei Kinder auf einmal adoptieren können. Nächstes Jahr kommen wir dich holen, das verspreche ich dir.«

Doch als Nina sich vorzustellen versuchte, wie sie selbst in dem Zimmer mit den rosafarbenen Vorhängen wohnte, wollte es ihr nicht gelingen. Die Bedeutung der Besichtigung beschränkte sich allein auf das Ausgesuchtwerden, darüber hinaus reichte ihre Vorstellung nicht. Reichtümer und vornehme Kleidung interessierten sie nicht, sie wollte einfach nur bemerkt werden. Hier und da eine Hand, die ihr, und nur ihr, über die Wange strich, so wie die Frau mit der Musik innen drin, an die sie sich noch erinnerte, als wäre sie nicht vor drei Jahren, sondern gestern da gewesen.

Je näher die Besichtigung rückte, umso höher stieg die Erwartung der Kinder, Nina aber wurde es klamm ums Herz. Fast alle würden ihre Hoffnungen dahingehen sehen, und in den Schlafsälen würde sich der Schmerz in der Nacht ins Unermessliche steigern. Wer sollte all dieses Leid auffangen? Das alles bereitete ihr große Angst.

Am Sonntag, den sechsten Juni war Lucia schon für das Foto bereit, bevor Schwester Ortensia die Kinder rief. An ihr sah der Kittel noch gestärkter, noch abstehender und steifer aus. Das frisch gewaschene Seidenhaar fiel locker über ihre Schultern. Sie hatte darum gebeten, es heute nicht in den üblichen Zöpfen tragen zu müssen, und da es Schwester Immacolata war, die sie gekämmt hatte, war ihr der Wunsch gewährt worden.

Als die Mädchen über den Hof zum Speisesaal gingen, wo Signor Piero sie erwartete, schien sich alles Morgenlicht allein um Lucias Gesicht zu bündeln.

»Nina!« Olmo schwenkte seine Mütze.

Das Herz öffnete sich ihr, und kurz vergaß sie die bedrückende Besichtigung. Er trug keinen Seitenscheitel mehr, sondern das Haar nach vorne gekämmt. Wie ein junger Mann sah er aus.

Wie alt er wohl sein mochte? Nina kannte ihn nun schon so lange, doch außer dem Namen wusste sie nichts über ihn. Sie ging auf ihn zu, um ihn zu fragen. »Ciao. Wie alt bist du eigentlich?«

Verwundert hob er die Brauen. »Im August werde ich zehn. Warum?«

»Nur so. Ich werde im Dezember acht. Dauert noch ein bisschen.«

»Sechs Monate«, stellte er fest.

Auch sie rechnete nun. »Und bei dir zwei.« Jetzt wusste sie, wie alt er war, doch das reichte ihr noch nicht. »In welche Klasse gehst du?«

»In die vierte.«

»Ich in die zweite.« Was konnte sie jetzt noch fragen? »Und wo ist deine Schule?«

»In San Salvo, da wohne ich auch.«

»Ist das weit?«

»Etwa eine Stunde mit dem Auto.«

Sein Vater und er hatten also ein Auto. Mehr wollte sie fürs Erste nicht wissen, sie konnte ja schließlich nicht ewig weiterfragen. Da zog sie jemand am Ärmel.

»Nina!«

Über der Unterhaltung mit Olmo hatte sie Lucia ganz vergessen, die nun neben ihr stand und den Jungen misstrauisch musterte.

»Wer ist das?«

Nina fühlte sich verpflichtet, die beiden einander vorzustellen. »Das ist meine Freundin Lucia, sie ist neu hier.« *Freun-*

din. Das erste Mal nannte sie Lucia vor anderen Leuten so, und sie fand es wunderbar. »Und das ist Olmo, der Sohn vom Fotografen.«

Lucia war mit der Erklärung offenbar zufrieden, denn auf ihrem Gesicht erschien ein breites Lächeln. »Freut mich.« Sie streckte die Hand aus.

Er schüttelte sie und ließ seinen Blick unsicher an ihr herabgleiten. »Ganz meinerseits.«

Die anderen hatten sich inzwischen unter Anleitung von Schwester Ortensia und Schwester Immacolata auf die Bänke gesetzt.

Lucia nahm Ninas Hand. »Komm, wir müssen gehen.«

Olmo ergriff die andere Hand. »Warte kurz.«

Jetzt zog an jeder Hand einer, und Nina wusste nicht, wohin sie sich wenden sollte.

»Ich hab dir was mitgebracht«, verkündete Olmo.

Sofort ließ Lucia die Hand los. »Oh.«

»Warte kurz.« Aus der Hosentasche holte er eine Haarspange mit einem gelben Plastikblümchen darauf hervor. »Hier.«

Ängstlich, das Ding kaputt zu machen, drehte Nina es in der Hand hin und her. Es war wunderschön und so farbig. »Was soll ich damit machen?«

»Damit steckst du die Haarsträhne zurück, die dir immer im Gesicht hängt.« Er hustete. »Dann sieht man deine Augen besser.«

»Was für ein Geschenk!«, stichelte Lucia.

»Das ist sehr hübsch, danke.«

»Schön, dass es dir gefällt.« Olmo ging zurück zu seinem Vater, der gerade Schwester Maria und Schwester Brigida, jede mit einem Säugling auf dem Arm, fotografierte und ihnen Anweisungen gab.

Nina setzte sich auf die Bank und betrachtete das wundervolle Geschenk.

»Schmeiß das Ding weg«, zischte Lucia.

»Warum denn?«

»Weil es schäbig ist.«

Nina wusste nicht einmal genau, was dieses Wort bedeutete. »Mir gefällt es.« Sie strich sich die störrische Strähne aus dem Gesicht und steckte sie mit der Klammer fest.

Nach einer halben Stunde waren sie an der Reihe.

»Heute kann man deine Augen aber gut sehen!«, rief Signor Piero aus, als Nina im Sessel Platz nahm.

Doch die Oberin zog sie am Arm wieder herunter. Mussten heute eigentlich alle an ihr herumzerren? »Für die ist auch noch das Foto vom letzten Jahr gut. Sie weiß es selbst: In einem Jahr gibt's ein Foto, im nächsten nicht. Sie tut nur immer so, als hätte sie es vergessen.«

Wie schade, Nina wäre so gerne mit der Haarspange fotografiert worden.

Lucia schien in ihrem ganzen Leben nichts anderes getan zu haben. Kerzengerade, den Kopf leicht zur Seite geneigt blickte sie ins Objektiv. Das Haar fiel über ihre Schultern wie ein Madonnenumhang auf einem alten Gemälde.

Ja, sie würde ganz sicher ausgesucht.

Nach den erwartungsvollen Wochen war die Enttäuschung ein harter Schlag.

Bei der Besichtigung 1954 wollten die Besucher nur sehr wenige Kinder aus der Nähe betrachten. Und weder Nina noch Lucia waren unter ihnen. Am Ende des Sommers verließ nur ein einziges Mädchen, ein zwölfjähriges Findelkind von unermesslicher Traurigkeit, das Heim.

»Ein unbezahltes Dienstmädchen mehr«, schnaubte Marcella.

Die Verzweiflung Lucias ließ sich nicht in Worte fassen. Sie konnte nicht glauben, dass niemand sie hatte haben wollen. »Wie bitte?«, rief sie. »Das kann nicht sein!«

Und doch war es so.

Sie war fassungslos, in den Nächten blieb sie in ihrem eigenen Bett, schluchzte und warf Nina böse Blicke zu, als wäre die an dem Unglück schuld.

Nina war noch nie so einsam gewesen, und sie war noch verzweifelter als die Freundin, in deren Schmerz sich ihr eigener spiegelte.

Glücklicherweise fing die Schule wieder an und Lucia musste sich zusammenreißen, um wenigstens ein bisschen mitzukommen.

Um sie zu trösten, erzählte Nina ihr von der Frau mit dem Glockenrock, die zu ihrer großen Enttäuschung nicht sie, sondern Luigino ausgesucht hatte.

Das schien Lucia zu interessieren. »Und was hast du gemacht?«

Sie habe viel Zeit am Fenster verbracht und in der Hoffnung, die Frau wiederzusehen, beobachtet, wer das Heim betrat. Doch die Einzigen, die durch das Tor kamen, seien Laufburschen und Lieferanten gewesen. Ach ja, und in einer Nacht, da habe Schwester Immacolata zwei Frauen das Tor geöffnet, eine sehr kräftig, die andere dünn, aber mit einem kugelrunden Bauch.

»Und dann?«

»Keine Ahnung, sie hat sie in den Trakt hier gegenüber geführt.«

Nachdenklich kaute Lucia auf ihrer Unterlippe. »Vielleicht waren sie krank, und sie hat sie in die Krankenstation gebracht?«

»Kann sein.«

»Hast du sie noch mal gesehen?«

»Nein.«

»Das ist ja mysteriös.«

»Was heißt das?«

»Dass es geheimnisvoll ist.«

Wie viele Worte Lucia doch kannte, viel mehr als sie von Schwester Lea und Schwester Carmela in der Schule beigebracht bekamen. Die hatte sie bestimmt aus ihrer Welt *vorher.*

»Ich will ab jetzt auch den Hof beobachten.«

»Können wir doch zusammen.«

»Mal sehen.« Lucia kaute weiter auf ihrer Lippe. »Hat es dich auf andere Gedanken gebracht, am Fenster zu stehen?«

»Nein.«

»Und wie hast du es dann überwunden?«

»Dann bist du gekommen.«

»Nina, Nina!« Lucia war über sie gebeugt und schüttelte sie. »Komm, schnell!«

Schlaftrunken und unmutig ließ Nina sich zum Fenster ziehen. Der Himmel schimmerte perlgrau, bis zum Morgengrauen konnte es nicht mehr lange dauern.

»Sieh mal, da unten.«

Schwester Immacolata öffnete gerade die Tür seitlich des großen Tors. Die kräftige Frau vom letzten Mal und noch eine andere, nicht so kräftige, die jedoch einen riesigen Bauch vor sich hertrug, traten ein.

»Ist die dick«, murmelte Nina.

»Die ist nicht dick, Dummkopf, die ist schwanger.«

»Was?«

Lucia zeigte auf ihren Bauch. »Sie hat ein Kind da drin.«

»Das geht doch gar nicht.«

»Doch! Als meine Mutter meinen kleinen Bruder erwartet hat, sah sie genauso aus.«

Nina wusste nicht, ob sie das glauben sollte. Kinder sollten in den Müttern drinnen sein? War es das, was Marcella meinte, wenn sie sagte, dass Mädchen plötzlich mit dickem Bauch dastehen können? »Ein Kind erwarten«, bedeutete also zu warten, dass es rauskam? Wie war es denn reingekommen? Nina hätte tausend Fragen stellen können, doch Lucia lief aufgeregt vor dem Fenster hin und her, es war ein Wunder, dass die anderen Mädchen bei dem Lärm noch nicht aufgewacht waren.

»Sieh mal!«

Die schwangere Frau blieb nach jedem Schritt stehen und klammerte sich an die anderen beiden.

»Komm, wir gucken, wo sie hingehen«, schlug Lucia vor.

»Wie sollen wir das machen? Wir sind doch hier eingeschlossen.«

»Mist.«

Nach der Kontrolle verschloss Schwester Ortensia das Tor unten doppelt und dreifach. Bis in den letzten Stock herauf hörte man das.

Mit platt gedrückten Nasen blieben die beiden Mädchen bis zum ersten Glockengeläut am Fenster stehen. Schwester Immacolata und die zwei Frauen hatten das Haus nicht wieder verlassen.

Nach den morgendlichen Gebeten erschien Schwester Maria vollkommen aufgelöst mit einem Findelkind auf dem Arm im Flur, die Amme ließ auf sich warten, und der Säugling schrie vor Hunger wie am Spieß.

»Ich wette, das ist das Kind von der Frau von heute Nacht«, flüsterte Lucia, als sie zum Unterricht gingen. »Das ist in der Krankenstation geboren. Erinnerst du dich an die Schreie, die wir hinter dieser weißen Tür gehört haben?«

Dann war die Geschichte von der Drehlade gar nicht wahr? Die Findelkinder kamen aus den Kellern des Waisenhauses? Und auch sie, Nina, war dort auf die Welt gekommen?

Im Unterricht konnte sie an nichts anderes denken, und während Schwester Lea versuchte, ihnen das Multiplizieren beizubringen, tanzten ihr die Zahlen ohne Sinn und Verstand vor Augen.

Glücklicherweise betrat Schwester Assunta das Klassenzimmer und unterbrach so die Stunde. Sie schien sehr besorgt und war auf der Suche nach ihrem Schlüsselbund. Bevor sie das Frühstück zubereitete, nahm sie ihn jeden Morgen vom Gürtel und legte ihn auf das oberste Regalbrett. Als sie ihn heute wieder an sich nehmen wollte, war er verschwunden. »Hast du ihn vielleicht?«, erkundigte sie sich bei Schwester Lea.

»Nein. Frag doch mal Schwester Carmela, sie ist zum Frühstücken gleich nach mir in die Küche gekommen.«

Nina warf Lucia einen langen Blick zu. »Warst du das?«

»Was soll ich denn damit?«

»Die weiße Tür aufmachen.«

»Ich gehe doch nie in die Küche, ich dachte, du hättest den Bund genommen.«

»Nein, diese Woche bin ich für die Waschräume eingeteilt.«

»Wer war es dann?«

Die Schlüsselbunde waren dick, schwer und rasselten wie verrückt. Sie konnten nicht einfach so verschwinden.

Den ganzen Tag über wurde gesucht. Nach dem Mittagessen befahl man den Kindern, das Haus bis in den letzten Winkel zu durchkämmen. Schwester Assunta versprach als Finderlohn einen halben Riegel Schokolade, aber niemand fand den Schlüsselbund.

Die Oberin war verzweifelt. Was, wenn nun ein Schurke die Schlüssel in die Hände bekommen hatte? Mit dem Bund ließ sich jede Tür öffnen, vom großen Tor bis zur kleinen Vorratskammer, ganz zu schweigen vom Büro der Oberin, in dem die milden Gaben für das Waisenhaus lagerten.

Nach dem Abendessen wurden die Schlafsäle durchsucht, Schubladen geleert, Laken heruntergerissen, Matratzen angehoben. Nichts.

Nina konnte gerade noch die Spange mit dem gelben Blümchen in ihren Strumpf stecken.

Der Schlüsselbund wurde am folgenden Montag in der Waschküche zwischen den schmutzigen Tischdecken gefunden. Der Verdacht kam auf, dass sich wohl jemand einen Scherz erlaubt hatte, wahrscheinlicher war jedoch, dass er vom Brett hinunter in die Schmutzwäsche gefallen war.

Einige Tage später fanden Nina und Lucia heraus, was es mit der Geschichte auf sich hatte. Sie standen am Fenster, hoch oben schillerte der Oktobervollmond. Der Himmel leuchtete blau, und es war nahezu taghell. Da hielt ein hellgraues Auto am Bürgersteig vor dem Heim. Eine Frau in braunem Rock und weißer Bluse stieg aus. Um den Kopf trug sie ein gestreiftes Tuch. Sie winkte, bis sich das Auto ganz entfernt hatte, dann öffnete sie die Tür seitlich des großen Tors. Als sie den Hof durchquerte, nahm sie das Tuch ab. Und eine rote Haarflut ergoss sich über ihre Schultern.

»Das ist ja Marcella!«, rief Lucia aus.

»Pst, sei leise!« Ja, sie war es, zweifellos.

Sie hörten, wie die Tür dumpf ins Schloss fiel und sich die klappernden Schritte in Richtung des Schlafsaals für die großen Mädchen entfernten.

»Der im Auto war bestimmt ihr Liebster«, wisperte Lucia. »Und sie hat die Schlüssel gestohlen, um ihn heimlich treffen zu können.«

»Aber Schwester Assunta hat die Schlüssel doch wiederbekommen.«

In einem waren sie sich einig: In der Nacht geschahen viel spannendere Dinge als am Tag. Da traf sich wer mit dem Liebsten, schwangere Frauen verschwanden in unbekannte Gefilde, Säuglinge wurden in die Drehlade gelegt.

Einige Tage vor Weihnachten kam das zuletzt gefundene Findelkind abgestillt ins Waisenhaus zurück. Schwester Maria zeigte es allen Kindern. Die großen Mädchen durften es sogar auf den Arm nehmen. Es hatte Pausbäckchen und schlief wie ein Engel. Anscheinend hatte die Amme gute Milch gehabt, und das Kind würde keine schlimmen Bronchien bekommen.

Nina freute sich für den Säugling.

DIE AUSERWÄHLTE

Nina wurde von Schwester Immacolata geheimnistuerisch zur Oberin bestellt.

Sie fragte sich, ob sie etwas Unrechtes getan hatte und ihr nun eine Strafe drohte. Sie erledigte den Küchendienst sorgfältig, war gut in der Schule, hatte es den Nonnen gegenüber nicht an Respekt fehlen lassen und auch nicht mit anderen Kindern gestritten. Es war ihr ein Rätsel.

»Komm rein, Nina. Wir haben schon auf dich gewartet.« Auf Schwester Immacolatas Gesicht leuchtete ein Lächeln. Das Gesicht der Oberin hingegen war undurchdringlich wie Stein.

Nina betrat den Raum zum ersten Mal. Der Geruch von Wachs und abgestorbenen Blumen hing zum Schneiden dick in der Luft. Vor allem aber staunte Nina über die Dunkelheit. Auf dem Schreibtisch brannte eine matte Leuchte: ein Grablicht. Das Einzige, das man wirklich gut sehen konnte, waren die leuchtend weißen Hauben um die Nonnengesichter.

Die Oberin versank in ihrem Sessel, die Hände über dem Bauch gefaltet. »Setz dich«, ordnete sie an und zeigte auf einen Hocker auf der anderen Seite des Schreibtischs. »Würdest du das Waisenhaus gerne verlassen?«

»Wofür?« Nina dachte, es ginge um irgendwelche überflüssigen Spaziergänge durch die Stadt oder eine besondere Messe im Dom.

Schwester Immacolata trat hinter die Oberin. »Um in einer Familie zu leben.« Im Dämmerlicht sahen die beiden Nonnen aus wie ein Mensch mit zwei Köpfen: Ein Kopf saß normal oben auf dem Hals, der andere steckte im Bauch fest.

Nina war so fasziniert von dem Bild, dass sie gar nicht richtig verstand, was die Schwester soeben gesagt hatte. »Was für eine Familie?«

Die Oberin strich über das Kruzifix, das an einer Kette um ihren Hals hing, und betete monoton die schmerzhaften Geheimnisse herunter. Da gebe es ein Paar, anständige, gottesfürchtige Leute, die vor einigen Monaten unglücklicherweise ihre Tochter verloren hatten. Ein Schicksalsschlag, der sie beide, vor allem die Frau, in vollkommene Verzweiflung gestürzt habe. Der Priester ihrer Gemeinde habe sie an das Waisenhaus verwiesen, und nun wollten sie nicht mehr bis Juni warten. Außerdem hatten sie um eine rasche Abwicklung gebeten, um bloß kein Risiko einzugehen.

Dieses Wort erschreckte Nina. Seit einigen Monaten war sie in der vierten Klasse und kannte schon die Bedeutung zahlreicher Worte. Ein Risiko, das bedeutete Gefahr oder Bedrohung. Was war denn hier los? Sie warf Schwester Immacolata einen ängstlichen Blick zu.

»Sie möchten das Risiko nicht eingehen, dass jemand anders dich vorher adoptiert.«

»Mich?« Riskieren, dass jemand anders sie haben wollte, nachdem jahrelang niemand auch nur das geringste Interesse an ihr gezeigt hatte? Außer der Frau mit dem Glockenrock. Hoffnung erfüllte Ninas Herz. »Ist die Signora blond und war schon vor einigen Jahren hier?«

Die Oberin schüttelte den Kopf. »Nein, sie waren vorher noch nicht hier. Warum sollten sie auch, sie hatten doch ein eigenes Kind.«

»Aber es sind liebenswerte Leute, du wirst dich bei ihnen wohlfühlen«, sagte Schwester Immacolata aufmunternd.

»Noch ist nichts entschieden«, wandte die Oberin ein.

»Nina wurde nicht als Einzige ausgesucht. Vielleicht ist sie gar nicht die Auserwählte.«

Warum habt ihr dann nur mich hergerufen?, hätte Nina am liebsten gefragt. Doch sie schwieg. Das wurde ja alles immer geheimnisvoller.

»Das Paar hat Ninas Bild im Album ausgesucht«, entgegnete Schwester Immacolata. »Ihr seid es gewesen, die geraten hat, noch andere Mädchen dazuzuholen.«

»Ich möchte hier niemanden bevorzugen. Nina könnte hochmütig werden, und das ist die erste der Todsünden.«

»Aber das Paar möchte ein zehnjähriges Mädchen mit dunklen Haaren und ebensolchen Augen. Und als sie das Bild von Nina gesehen haben, wollten sie sie sofort kennenlernen.« Schwester Immacolata bebte am ganzen Körper. Nun wirkte sie nicht wie ein verwundetes Tier, sondern wie eine lauernde Katze vor dem Sprung. »Deshalb wollten wir es dir als Erste mitteilen«, fuhr sie an Nina gewandt sanfter fort, »damit du dich darauf einstellen kannst. Wundere dich also nicht, wenn die Signori hauptsächlich mit dir sprechen wollen. Und versuche, höflich und lieb zu sein.«

Also eine Art kleine Besichtigung. »Und wer sind die anderen?«

»Zehnjährige Mädchen, wie du auch: Eleonora, Marianna und Lucia«, zählte die Oberin auf. »Der Termin ist nächsten Samstag hier im Büro, gleich nach dem Mittagessen.«

»Aber da muss ich spülen«, wandte Nina ein.

»Jemand anders wird deinen Dienst übernehmen. Dass du uns bloß nicht dumm dastehen lässt. Diese anständigen Leute nehmen schon die Fahrt hierher auf sich, da fehlt es gerade noch, wenn du zu spät kommst.«

Schwester Immacolata brachte Nina zur Tür. »Aber erzähle es niemandem«, mahnte sie noch.

Ohne zu merken, wohin sie ihre Füße setzte, ging Nina

durch den Hof. In ihrem Kopf wirbelten die Worte der Nonnen und eine Flut wirrer Gedanken durcheinander: auserwählt, richtiges Alter, Liebkosungen nur für sie allein.

Auf der Schwelle zum Speisesaal blieb sie stehen und betrachtete neugierig die über ihre Teller gebeugten Kinder, fast, als würde sie dieses Bild zum ersten Mal sehen, oder zum letzten. Auf jeden Fall war ihr Blick diesmal ein anderer. Die Perspektive war ungewöhnlich, denn normalerweise saß sie ja mitten unter ihnen. Schon bald würde sie ganz anders ihr Essen einnehmen: an einem für drei gedeckten Tisch. Ein Mann, eine Frau und sie, Nina. Wie würde sie die beiden ansprechen? Durfte man reden? Sagen, was man mochte und was nicht? Gab es Regeln in den Familien? Strafen, Pflichten?

Ihr leerer Platz auf der Bank wirkte wie eine Lücke in einem Gebiss. Doch niemand schien den ausgefallenen Zahn zu bemerken.

Von hier aus sah sie Dinge, die ihr zuvor nie aufgefallen waren. Obgleich sie alle in den gleichen grauen Kittelschürzen steckten, die Jungen Mittelscheitel trugen und das Haar der Mädchen mit einem Band zurückgehalten wurde, hatten die Kinder Mittel und Wege gefunden, sich voneinander zu unterscheiden. Der eine mit ausgefallenen Gesten, die andere mit einer besonderen Art, den Kopf zu neigen, und noch ein anderer schürzte ständig die Lippen. Marianna legte zwischen den Bissen ihre Gabel ab und rieb die Handflächen über den Tisch, vielleicht, um den stetigen Schweißfilm darauf zu trocknen. Eleonora strich sich mit der Serviette über die Stirn, als wollte sie ihre Sommersprossen dort abwischen. Ein Kind fasste sich ständig ins Haar, ein anderes knirschte mit den Zähnen. Carlo zuckte hin und wieder zusammen, als hätte ihn jemand mit einer Nadel gepikst. Gleich mehrere ließen in einem wahnwitzigen Auf und Ab ihre Beine wippen.

Vielleicht war der Grund für die allgemeine Unrast das Bedürfnis, sich voneinander abzuheben. Je mehr man die Kinder zwang, die gleiche Kleidung zu tragen, die gleichen Dinge zu tun, umso größer war ihr Bedürfnis, etwas Besonderes, Eigenes zu entwickeln. Vielleicht wollten sie so ein Stück Identität säen, das sie jenseits der Waisenhausmauern einmal würden ernten können, um zu eigenständigen Persönlichkeiten heranzuwachsen.

Als Lucia hergekommen war, hatte sie sich abgehoben mit ihrem feinen Benehmen, dem glänzenden Haar, mit ihren Befindlichkeiten, die die anderen zwangen, Rücksicht auf sie zu nehmen. Jetzt war alles Licht in ihr erloschen, und sie wirkte wie eine große, fleischige Puppe. Das fehlende Licht war nun das, was sie auszeichnete.

Nina fragte sich, ob sie selbst wohl auch einen Tick hatte. Sie konnte die der anderen sehen, da sie jetzt nicht mehr in, sondern neben der Gruppe stand; einen Fuß im Waisenhaus, den anderen draußen. Um den eigenen Tick zu entdecken, müsste sie sich von außen betrachten können. Aber ja, sie hatte etwas ganz Eigenes, fiel ihr ein, als sie sich an den Tisch setzte. Das von ihrer Kleidung verdeckte kaffeefarbene Muttermal.

»Hier, dein Essen.« Schwester Immacolata stellte eine mit Pasta und Kichererbsen gefüllte Schale vor Nina hin, gekrönt von einer großzügigen Portion geriebenem Käse, zwinkerte ihr zu und ging.

Ob sich das verschwörerische Blinzeln auf den Käse, den sicher niemand sonst bekommen hatte, oder auf das vorherige, geheim zu haltende Gespräch bezog, war nicht erkennbar. Doch es war eine klare Bevorzugung.

Nina hoffte, dass niemand es gesehen hatte, vor allem die Oberin durfte nichts davon erfahren.

Sie tunkte den Löffel ein. Der Duft von Käse und Lorbeer war herrlich, doch im Mund wurde der Geschmack bitter, und der Bissen blieb ihr im Halse stecken. Sie schob ihn mit der Zunge hin und her, fühlte sich falsch, schmutzig und betrügerisch. Es war ihr unerträglich, derart begünstigt zu werden, während alle anderen mit der üblichen faden Brühe vorliebnehmen mussten.

Als Nina ins Bett ging, war sie erfüllt von Unbehagen, ein Wort, dessen Bedeutung sie noch nicht kannte, doch es beschrieb vollkommen ihren Zustand. Das Kopfkissen war ihr fremd, die Laken raschelten unvertraut, der Abdruck auf der Matratze war nicht ihrer. Sie war ein Fremdkörper, gehörte nicht mehr ins Waisenhaus, jedoch auch noch nicht zu dem Paar, das sie kommenden Samstag treffen sollte. Ob sie wirklich Teil dieser Familie werden würde? Hörte man auf das, was Marcella erzählte, dann nein. Wirklich dazugehören, das konnten wohl nur Kinder, die im Säuglingsalter adoptiert wurden. Schicksal der größeren Mädchen war es, kleine Dienstbotinnen zu werden. Jungen über einem bestimmten Alter wurden gar nicht mehr in Betracht gezogen. Und doch war da die Erinnerung an die blonde Frau und ihre duftende zarte Hand. Was hielt das Schicksal für Nina bereit?

Schwester Ortensia machte ihren Kontrollgang und warnte die Mädchen vor einem heraufziehenden Gewitter. Doch sollten sie unbesorgt sein, die Fenster seien fest verschlossen und weder Blitz noch Regen konnten hindurchdringen. Dass sie vor allem die Hände über den Bettdecken hielten: Gott sehe schließlich alles, auch nachts und durch Wolken hindurch, ebenso wie die Madonna, der Unanständigkeiten blutige Tränen in die Augen trieben. Damit löschte sie das Licht.

Das Gewitter kam und wütete furchterregend. Es kündigte sich an mit fernem Wetterleuchten, das durch die Vorhangritzen drang, gefolgt von ohrenbetäubendem Donnergrollen. Kaum war eines verklungen, ertönte schon das nächste. Immer näher kam der Donner, lauter und gewaltiger, bedrohliche Riesen, die gleich durch die Fenster brechen und sich über die Mädchen hermachen würden. Und als das Krachen schließlich kaum noch zu ertragen war, öffnete der Himmel seine Schleusen und ließ wahre Sturzbäche hierniederrauschen. Der Wind peitschte den Regen in Böen gegen die Scheiben, die einem derartigen Toben ganz bestimmt nicht lange standhalten würden.

Im Schlafsaal brachen alle miteinander in Tränen aus, denn Angst unterscheidet nicht zwischen Findelkindern und Waisen.

Anfangs hatten die Größeren noch versucht, den Kleineren Mut zu machen, indem sie wiederholten, was die Schwester gesagt hatte: Fenster und Läden seien geschlossen, es bestehe keine Gefahr. Doch niemand wollte auf sie hören, es wurde weiter gejammert und geweint, bis schließlich auch die Neun- und Zehnjährigen es aufgaben und in den Chor aus Schluchzern einstimmten.

Nina kam der Verdacht, dass Schwester Ortensia sie gar nicht beruhigen, sondern im Gegenteil die Aufmerksamkeit auf das Gewitter hatte lenken wollen, damit die Kinder sich erst recht fürchteten. Etwas Derartiges über Schwester Ortensia zu denken erfüllte Nina mit Scham, es bewies ja nur ihre eigene Bösartigkeit. Ihr war elend zumute, und da sie sich nirgends verkriechen konnte, ging sie zum Fenster, schob den Vorhang beiseite und lehnte die Stirn an die Scheibe. Das Jammern des Winds war nicht so schlimm wie das im Schlafsaal. Nina stand da mit nackten Füßen, Kälteschauer liefen ihr den Rücken hinunter, und sie fragte sich, ob es gerecht sein konnte, dass die anderen Kinder niemals den Trost einer Umarmung erfahren sollten. Dass es ihr nun bald anders gehen würde, tröstete sie nicht. Wie konnte man sich freuen, wenn rundherum alles so unselig war?

Der Hof, der etwas tiefer als die Straße lag, war ein einziges Schlammfeld. Die Blitze tauchten das Gebäude in bläuliches

Licht, sodass es aussah wie ein Geisterschloss, so wenigstens hatte Nina sich die aus den Märchen der Waisenkinder vorgestellt. Wo waren die Dämonen, außer- oder innerhalb der Mauern?

Ganz sicher würde keine Mutter in einer solchen Nacht einen Säugling in die Drehlade legen, und doch blieb Nina am Fenster stehen, bis das Gewitter nachließ und sich der Donner mit dumpfem Grollen entfernte. Erschöpft von Angst und Müdigkeit, hatten die Mädchen aufgehört zu weinen.

Nina lauschte zu dem Bett neben ihrem.

Lucia lag reglos da, sie war die Einzige, die nicht geklagt hatte. Allgemein redete sie nur noch wenig, fast bemerkte man ihre Anwesenheit nicht.

Kurz nach der letzten Besichtigung, am zwölften Juni 1955, war sie nahezu unsichtbar geworden, so grausam war der Tag für sie gewesen. Ein weiteres Mal hatte keiner der Besucher sie eines Blickes gewürdigt, trotz ihrer Porzellanhaut und des Seidenhaars. Sie war nun schon fast neun, zu groß, um noch Mitleid zu erwecken. Eine ganze Woche lang hatte sie Zeter und Mordio geschrien, geschluchzt, hatte Schwester Immacolata, die versuchte, sie zu trösten, ins Gesicht gespuckt und Schwester Benedetta, die sie bestrafen wollte, getreten. Daraufhin hatte die Nonne sie so lange geohrfeigt, bis das Gesicht des Mädchens violett war und ihre Unterlippe blutete. Seitdem war alles Leben aus Lucia gewichen, und sie bewegte sich nur noch willenlos und stumm durch das Waisenhaus. Einzig Schwester Lea und Schwester Carmela gelang es, ihr im Unterricht einige Worte zu entlocken, und auch das nur, indem sie drohten, sonst Schwester Benedetta zu holen.

Ein einziges Mal kam wieder etwas Leben in sie, das war beim Bad vor Beginn des neuen Schuljahres.

Einmal in der Woche stellten sich nach Alter geordnet Mädchen und Jungen in ihrem jeweiligen Trakt für ein zehnminütiges Bad an. Alle zwei Bäder wurde das Wasser gewechselt. Damit die Kinder sich nicht unsittlich berühren konnten, mussten sie Unterhosen und Unterhemden anbehalten. Nach dem Abtrocknen durften sie saubere Unterwäsche anziehen.

An jenem Tag gab es eine Änderung in der Vorgehensweise. Als die Mädchen aus der vierten und fünften Klasse in den Raum mit den Wannen kamen, wies Schwester Ortensia sie an, sich in eine Reihe zu stellen. »Zieht die Unterhosen herunter.« Mit einem Stock schlug sie rhythmisch in ihre Handfläche.

Die Mädchen wunderten sich. Sie sollten sich nackt voreinander zeigen?

»Na los, Beeilung. Ihr seid ja schon groß und müsst gewissen Anstand lernen.«

Keine von ihnen verstand, was Anstand und Unterhosen miteinander zu tun haben sollten, doch sie gehorchten langsam und unsicher.

»Das reicht«, bellte Schwester Ortensia und wies mit dem Stock auf die nun in Höhe der Knie baumelnden Unterhosen. »Gerade hinstellen.«

Alle schnellten hoch.

Nina schämte sich zu Tode. Sie trug die Unterhose seit einer Woche. War sie sauber genug, um einer solchen Prüfung standzuhalten?

Die Nonne fing mit der Kontrolle am anderen Ende der Schlange an. Sie beugte sich hinunter, begutachtete den Zustand der Wäsche, zog eine Grimasse oder nickte. Vor Lucia blieb sie stehen.

»Das ist ja widerlich. Schämst du dich nicht?«

Lucia heftete ihren Blick an die Wand hinter der Nonne.

»Ich meine dich, siehst du die Sauerei nicht?«

Lucias Blick blieb starr.

»Streck die Hände aus.«

Nichts.

»Hände austrecken, habe ich gesagt, Handflächen nach oben.«

Endlich blickte Lucia die Schwester an. »Nein.« Es war nur ein Flüstern, aber alle hörten es.

Schwester Ortensia packte sie am Arm und zwang sie in die Knie. Ohne ein Wort schlug sie auf Lucias Rücken ein, immer und immer wieder, bis das Mädchen anfing zu weinen und um Verzeihung bat. Da schleifte die Nonne sie zur Wanne und stieß sie hinein. »Und nun wasch dich, du Strunze!«

Zitternd blieben die anderen aufgereiht stehen und warteten.

Nach diesem Wutausbruch schien sich Schwester Ortensia beruhigt zu haben und machte keinen Gebrauch mehr von ihrem Stock.

Nina fand das alles erniedrigend. Was suchte sie in den Unterhosen? Und was war so Schlimmes in Lucias gewesen? Und wenn sie nicht sauber genug waren, warum konnten sie die Wäsche dann nicht öfter wechseln? Da musste noch etwas sein, etwas, das mit dem Wort Anstand zu tun hatte, etwas, das sie nicht verstand.

An jenem Abend setzte sich Lucia nach Langem noch einmal zu Nina aufs Bett. »Warum hast du mir nicht geholfen?«

»Wann?«

»Heute. Mit der Nonne.« Ihre normalerweise sanften blauen Augen schienen aus Eisen.

»Was hätte ich denn tun sollen?«

»Wenn ich nicht hier rauskomme, dann sterbe ich.« Sie schlug sich mit der Hand gegen die Brust. »Mein Herz hört auf zu schlagen. Manchmal kann ich schon nicht mehr atmen. Lass uns zusammen abhauen.«

»Wohin?«

»Irgendwohin.« Lucia beugte sich über sie und blickte sie aus zusammengekniffenen Augen an. »Aber du kommst sowieso nicht mit, ich bin dir egal. Du bist gar keine richtige Freundin.«

»Das stimmt nicht.«

»Doch. Du hast mich auch alleingelassen.«

Wie konnte Nina ihr erklären, dass alles so plötzlich gekommen war? Die Schlange vor dem Bad, diese neue Kontrolle, der Stock, der unvorhergesehene Ausbruch von Schwester Ortensia. Nina hätte nur allzu gerne die Schläge für Lucia eingesteckt, hätte sie nur begriffen, was da eigentlich vor sich ging.

»Das stimmt nicht«, wiederholte sie.

»Ist mir egal, mir ist alles egal, auch du.« Ruckartig stand Lucia auf. »Ich werde schon einen Weg hier rausfinden. Und wenn ich dran verrecke.« Sie war zu ihrem Bett gegangen, hatte sich hineingelegt und war dort bis zum nächsten Morgen stumm und reglos liegen geblieben, die Arme auf der Bettdecke.

Nina wusste nicht mehr, wie sie Lucia beschützen oder verteidigen sollte, denn es waren nicht mehr die anderen Kinder, die ihr zusetzten, sie war es selbst. Lucia war überzeugt, von Feinden umgeben zu sein, und hatte sich freiwillig so abgeschottet, dass sie für niemanden mehr erreichbar war.

Und jetzt fühlte Nina sich erst recht nutzlos und schuldig, sie war schließlich eine *Auserwählte* und würde Lucia bald für immer verlassen.

Ein letztes dumpfes Grollen deutete darauf hin, dass sich das Gewitter endgültig verzogen hatte, das Heim war in Sicherheit.

Langsam ließ Nina die Arme unter die Decke gleiten und legte sie um die bis zur Brust angezogenen Knie. Ein Schauder niemals zuvor verspürter Kälte überlief sie. Dann geschah etwas Seltsames: Dicke Tränen rannen ihr aus den Augen, eine nach der anderen, unaufhaltsam. Ihr Kissen war innerhalb kürzester Zeit durchnässt. Wie oft hatte sie in diesen neuneinhalb

Jahren geweint? Vielleicht noch nie. Dumm, wie sie war, weinte sie ausgerechnet heute, dabei hätte sie sich doch freuen sollen, hatte sie doch die Aussicht, von einer Familie, die ihr Foto im Album gesehen hatte, adoptiert zu werden. Und diese Familie wollte genau sie, Nina.

Doch der Schmerz darüber, etwas Bedeutungsvolles verloren zu haben, wog schwerer als die Freude über etwas, das ihr noch fremd war. Denn sie mochte Lucia gern, und sie fühlte sich all den unglückseligen Wesen hier im Waisenhaus verbunden, das hier war ihre Welt, eine andere kannte sie nicht.

Marcella hatte doch recht. »Wenn du nicht verzweifeln willst, dann darfst du nichts und niemanden in dein Herz lassen. Versprichst du mir das?«

Nina hatte bejaht, denn damals gab es niemanden in ihrem Herzen, und das Versprechen schien ihr leicht zu halten. Nun, da sie fürchtete, Lucia für immer zu verlieren, hatte sie den Pakt gebrochen. Und ein Versprechen zu brechen, das war Sünde, deshalb verdiente sie es auch, so zu leiden.

Die nächsten Tage waren von Unruhe und trüben Gedanken gezeichnet.

Etwas, das Schwester Immacolata gesagt hatte, ging Nina nicht mehr aus dem Kopf, sie begriff den Sinn dahinter nicht. »Ich habe eine Frage«, hatte sie die Nonne eines Morgens nach dem Gebet angesprochen.

»Was denn?«

»Warum will das Paar ein zehnjähriges Mädchen mit dunklen Haaren und Augen?«

»Wahrscheinlich sah ihr eigenes Kind so aus.«

»Wenn ich also jünger wäre, rote oder blonde Haare hätte, dann hätten sie mich nicht gewollt?«

Schwester Immacolata ordnete einen Stapel Bücher auf der Kniebank. »Ich weiß nicht. Wichtig ist doch, dass sie dich, und nur dich, ausgesucht haben, oder?«

»Ja, sicher, ich wollte es nur wissen.«

Doch was die Nonne gesagt hatte, war falsch. Sie hatten nicht Nina ausgesucht, sie wollten ein Abbild ihrer verstorbenen Tochter. Ein einziges Mal war Nina, und nur sie, ausgesucht worden: Als Lucia ihre Hand genommen hatte und sie im Gleichschritt die Treppe zum Schlafsaal hochgelaufen waren. Lucia hatte sie als Freundin ausgewählt, und sie, Nina, ließ sie nun einsam zurück.

Im Waisenhaus war ein ständiges Kommen und Gehen von Sünden und Buße. *Ich bekenne Gott dem Allmächtigen und allen Brüdern und Schwestern, dass ich gesündigt habe in Gedanken, Worten und Werken. Durch meine Schuld, meine Schuld, meine übergroße Schuld.* Jede Tat, vor allem, wenn sie Glück oder Freude verhieß, brachte Unheilvolles mit sich: Jesus litt am Kreuz, die Madonna weinte, der Teufel öffnete das Höllentor. Manchmal fühlte sie sich schon schuldig, weil sie auf die Welt gekommen war. Gott war überhaupt nie zufrieden, wenn seine Kinder glücklich waren: Magst du Schokolade? Komm, ich gebe dir noch ein Stückchen. Von wegen. Völlerei war eine Todsünde, ebenso wie Hochmut, Zorn, Habgier und Neid. Außerdem noch zwei weitere, deren Namen Nina in ihr Heft notiert hatte – irgendwann würde sie alt genug sein, ihren Sinn zu verstehen: Wollust und Trägheit.

Sie wollte keine falsche Auserwählte sein, und vor allem wollte sie auf keinen Fall, dass Lucia wegen ihr litt.

Letztendlich war es das Schuldgefühl, das für sie entschied.

Am Samstag nach dem Mittagessen erledigte ein anderes Mädchen Ninas Küchendienst, doch anstatt zur Oberin zu gehen, versteckte Nina sich unter dem Bett.

Dort fand Schwester Immacolata sie. »Was machst du hier? Die Signori sind da.«

»Muss ich hingehen?« Und da die Nonne sie verständnislos anblickte, erklärte Nina klipp und klar, dass sie die Signori nicht sehen wolle. Schon seit Tagen denke sie darüber nach. Sie wolle das Waisenhaus nicht verlassen, nicht bei fremden Leuten wohnen.

Schwester Immacolata hielt das Ganze zunächst für eine Laune und mahnte das Mädchen, sich zusammenzureißen.

Doch Nina blieb zusammengekrümmt unter dem Bett liegen.

Schwester Immacolata packte sie am Fuß und zog sie hervor. »Warum? Verrätst du mir das?«

»Weil es richtig ist.«

»Aber es wird keine anderen Gelegenheiten mehr geben, ist dir das bewusst? Du bist zu … zu …« Die Nonne war so fassungslos, dass ihr die Worte fehlten.

Nina brachte den Satz für die Schwester zu Ende. »Ich bin zu groß, um noch Mitleid zu erregen, ich weiß.« Das hatte sie schon oft von Marcella gehört, und sie hatte selbst erlebt, dass es stimmte.

Schwester Immacolata blieb noch kurz vor ihr knien, den Blick auf den Fußboden geheftet. Schließlich stand sie auf und stolperte betrübt aus dem Schlafsaal.

Nina ging zum Fenster und fragte sich, ob sie einen Fehler begangen hatte.

Nein, sie würde nicht bereuen. Es war immer noch besser, im Waisenhaus zu bleiben, als ein fauler Notbehelf für fremde Leute zu sein.

Lucia, Marianna und Eleonora gingen von Schwester Brigida gefolgt durch den Hof.

Ihre Schritte waren unsicher, und hier und da musste die Nonne sie antreiben, damit sie ein wenig schneller gingen. Vielleicht fürchteten sie eine Strafe oder eine schlechte Nachricht. Waisen von nur einem Elternteil oder Kinder, die sehr kranke Eltern hatten, erfuhren so vom Tod der Eltern: Die Oberin ließ sie zu sich ins Büro rufen, informierte sie über das Unglück, eine andere Nonne bereitete einen stark gezuckerten Tee zu, und am Abend wurde ein Rosenkranz gebetet, mit vielen schmerzhaften Geheimnissen, auch mittwochs oder sonntags.

Doch an jenem Tag wartete eine schöne Überraschung auf sie. Eine von ihnen würde ausgesucht werden, und zwar nicht, weil sie ein fahles Abziehbild eines verstorbenen Kindes war, sondern weil sie, im Gegenteil, ganz anders war.

Nina hoffte, dass die Wahl auf Lucia fallen würde, dann müsste sie weder weglaufen noch sterben, um das Waisenhaus verlassen zu können. Wenn Lucia bleiben müsste, dann würde ihr Herz irgendwann aufhören zu schlagen, denn sie war schon jetzt nur noch ein Schatten ihrer selbst.

Lucia wurde ausgesucht, anders hätte es nicht kommen können.

»Als ob die eine von denen genommen hätten«, sagte sie und zeigte hinüber zu Eleonora und Marianna in der anderen Bettenreihe. Der Triumph hatte sie wieder genauso abfällig und überheblich gemacht, wie sie es zuvor gewesen war.

Aber Nina freute sich, sie so zu sehen; arrogant und bissig: lebendig. Sie verzieh ihr auch, wie hochmütig sie die Zusammenkunft bei der Oberin beschrieben hatte. Das Paar habe bei ihrem Anblick wahre Freudensprünge getan.

Doch sie holten Lucia erst drei Monate später zu sich. Da war es schon fast wieder an der Zeit für die offizielle Besichtigung.

Es war Mai, und der Frühling hatte mit aller Wucht die Welt da draußen erobert. Auf ihre neuen Eltern wartend, saß Lucia auf dem Bett. Sie wollte nichts von ihren Sachen mitnehmen. »Ich will das Zeug nicht«, sagte sie zu Schwester Immacolata, die einen Beutel mitgebracht hatte, um Schuhe und Kleidung einzupacken. »Die könnt ihr den Habenichtsen geben, die hierbleiben.« In ihrem neuen Zuhause erwarte sie ein ganzer Schrank voller neuer Kleider, fein geschnitten, aus Samt, Seide und erlesenem Garn, nicht wie die kratzigen Lumpen vom Waisenhaus. Der Adoptivvater, hatte die Oberin erklärt, sei bei der Post angestellt. Seine Frau habe als Lehrerin gearbeitet, bis die Tochter krank geworden sei, dann habe sie sich vom Beruf zurückgezogen, da der Schicksalsschlag ihr jegliche Kraft geraubt habe. Eine ehrenhafte Familie seien sie. »Nicht im Traum hätten die eine von den beiden ungehobelten Kröten da genommen«, bemerkte Lucia abschließend.

Eleonora und Marianna waren dabei, ihre Betten zu machen. Die behäbigen, monotonen Bewegungen verrieten, dass die Mädchen sie schon tausendfach wiederholt hatten und es immer wieder tun würden. Keine von beiden hatte erwartet, die Auserwählte zu sein, und ganz sicher hatte es sie nicht bekümmert, als die Oberin, nach vielen Wochen, Lucia zu sich rufen ließ, um ihr mitzuteilen, dass sie das Waisenhaus verlassen sollte.

Nina entfuhr ein tiefer Seufzer.

»Ich komme dich besuchen, sobald ich Zeit habe«, versprach Lucia. »Zuerst muss ich mich einleben, das Zimmer einrichten, mich an die neue Schule gewöhnen.«

»Kannst du die vierte nicht hier zu Ende machen?« In einem Monat war das Schuljahr vorbei, warum sollte man da noch die Schule wechseln?

»Ich komme nicht mehr hierher«, stieß Lucia hervor. »Nur, um dich zu besuchen natürlich.«

Nina hatte sich viele Dinge überlegt, die sie sagen wollte, aber nun war ihr Kopf leer.

»Komm, Lucia, deine Eltern warten schon.« Schwester Immacolata war urplötzlich neben ihnen aufgetaucht.

Lucia sprang auf und lief zur Tür.

»Verabschiedest du dich nicht?«

Lucia drehte sich halb um. »Ciao, Ciao«, rief sie und winkte.

Unwillkürlich wollte Nina ihr nachlaufen.

Doch Schwester Immacolata hielt sie zurück. »Bleib hier. Es ist besser, wenn die Signori dich nicht sehen. Es war gar nicht so einfach, sie zu überzeugen, ein anderes Mädchen mitzunehmen.«

Nina wartete, bis sie gegangen waren, dann lief sie zum Fenster und sah hinaus. Sie wollte die Eltern von Lucia sehen, sich ihre Gesichter einprägen, um sie sich alle drei zufrieden und glücklich miteinander vorstellen zu können, in ihrem Zuhause mit den rosafarbenen Vorhängen.

Sie waren schon im Hof, schwarz gekleidet. Gemeinsam mit der Oberin waren sie drei Tintenkleckse, die es mit dem blauen Himmel und der warmen Frühlingssonne aufnahmen.

Lucia und Schwester Immacolata stießen zu ihnen. Weder die Frau noch der Mann blickten das Kind an.

Der Mann und die Nonne wechselten einige Worte. Die Frau stand mit gesenktem Kopf da, die Arme hingen an ihr herunter, an einer Hand baumelte eine schwarze Tasche.

Ein Schwarm Schwalben flog krächzend über den Hof, es waren so viele, dass der Himmel sich einen Moment verdunkelte.

Der Mann gab der Oberin einen Umschlag, dann wandte er sich zum Tor.

Lucia streckte die Hand nach der Frau aus, doch die wich zurück, drückte die Tasche an ihre Brust und folgte dem Mann.

Mit halb erhobener Hand machte Lucia eine Drehung um sich selbst und winkte zu Nina hinauf. Ob sie sie auch sah? Oder sich vorstellte, dass Nina da stand? Dann trippelte sie langsam über den Hof, die Füße wie festgeklebt. Oder als hätte sie etwas vergessen, aber was nur, was, und nun wüsste sie nicht, ob sie umkehren sollte. Oder aber als würde sie jemandem die Möglichkeit geben wollen, sie zurückzurufen. Nach einer halben Unendlichkeit ging sie schließlich durch das Tor und lief hinter dem Mann und der Frau her.

Am späten Sonntagnachmittag dieses vierten Mai 1956 sollte Nina den Ausdruck *blutige Tränen weinen* begreifen. Ihre Augen schmerzten, und das Gesicht brannte. Als sie sich im Waschraum das Gesicht wusch, sah ihr aus dem Spiegel eine Gestalt ohne Gesichtszüge entgegen, die Lippen konturenlos, die Nasenflügel rau, und unter die Augen hatten sich tiefe Schatten gegraben.

»Siehst du, ich hatte recht«, hätte Marcella gesagt, wenn sie hier gewesen wäre. »Hart hättest du dich machen müssen, doch du hast jemanden in dein Herz gelassen.«

Marcella war jedoch nicht da, und Nina konnte sich in Frieden ausweinen.

Sie sollte nie wieder so weinen.

»Beeil dich, wir kommen zu spät zur Messe.«

Marcella stand gelangweilt in der Tür, das schöne Haar unter einem im Nacken verknoteten Tuch versteckt. So versuchte sie, es vor dem Gestank zu schützen, doch der Erfolg war mäßig. Obgleich sie ihr Haar jeden Tag mit Shampoo wusch, saß der Gestank der Tabakblätter darin fest. Zur Messe wollten die beiden Frauen allerdings nicht, Marcella nannte aus Spaß die Versammlungen so, denn die Reden der Gewerkschaftler erinnerten sie an die priesterlichen Predigten, langweilig und nutzlos, wie sie sagte, ohnehin hörte sie nur mit halbem Ohr zu.

Es war nun fast zwölf Jahre her, dass sie das Waisenhaus verlassen hatte, doch an ihr schienen es Hunderte. Sie war nur noch ein Schatten ihrer selbst, sogar das feuerrote Haar war ausgeblichen, trotz intensiver Pflege.

Anfang August 1956 hatte sie, gerade achtzehn Jahre alt, das Heim für immer verlassen. Dafür war sie in ihre beste Kleidung geschlüpft: Sie trug den braunen Rock und die weiße Bluse, außerdem hatte sie ein schäbiges Köfferchen dabei. Im Gegensatz zu Lucia nahm sie alles mit, was sie je besessen hatte. Unter gleißender Sonne hatte sie sich im Hof von Nina verabschiedet.

»Wirst du jetzt Fotoromandiva?«

»Nein.«

»Ansagerin?«

Marcella strich sich den zerknitterten Rock glatt. »Nein. Ich heirate.«

»Dann hat er dich endlich gefragt!« Nina freute sich für sie.

Vor allem hoffte sie, dass der Ehemann ihr bald neue Kleider kaufen würde. Rock und Bluse standen ihr gut, hervorragend sogar, doch sie trug sie seit Jahren, und sie waren zerschlissen und abgenutzt. Außerdem spannte die Kleidung überall, vor allem in der Taille und über der Brust.

»Er kann sich jetzt nicht mehr herausreden«, erklärte Marcella.

»Das freut mich.«

Marcella strich ihr über die Wange, ihre Hand war von der vielen Hausarbeit ganz rau. Aber wenn sie jetzt feine Dame werden würde, dann würde ihre Haut bald weich und glatt wie ein Kinderpopo. »Ich bring dir eine Einladung mit Zuckermandeln.« Dann gab sie Nina einen Schlüsselbund. »Hier, brauche ich nicht mehr. Du kommst damit überall rein, man kann nie wissen, wofür's mal gut ist.« Ihre Stimme war hoch und näselnd, wie bei den Aufführungen. Dann nahm sie den Koffer und ging davon, die Füße ein wenig nach außen gekehrt und die Schultern zurückgeworfen.

Sie hatten kein Abschiedswort gewechselt, Marcella hielt das für nutzlosen Klimbim, da sie ja niemanden mochte, außer ihren Verlobten, der nun ihr Ehemann werden würde.

Nina jedoch war es schwer ums Herz geworden, doch das war kein Vergleich zu dem Abschied von Lucia.

Eine Einladung mit Zuckermandeln bekam sie nie.

Jahre später trafen sie sich zufällig kurz vor Weihnachten in einem Lebensmittelladen. Sie umarmten sich, dass die Knochen knackten, und nun glänzten auch Marcellas Augen. Ein atemberaubender Gestank ging von ihr aus.

Unwillkürlich suchte Nina den Ehering an Marcellas linker Hand, doch sie konnte keinen entdecken. Fragen über Ehe, Zuhause und das Feine-Damen-Dasein lagen ihr schon auf der Zunge, doch sie behielt sie für sich und wartete, dass Marcella die ersten Fragen stellte.

»Ich hätte dich fast nicht erkannt! Doch dann habe ich deine Augen gesehen; das konntest nur du sein.« Sie deutete auf die prall gefüllte Tasche, die an Ninas Arm baumelte. »Das ist aber ein großer Einkauf. Hast du eine Familie gegründet?«

»Nein, das ist alles für die Signori, bei denen ich in Dienst stehe.«

Marcella zwinkerte. »Ein Findelkind mehr, das Dienstbotin wird, wie?«

»Was soll man machen?« Nina seufzte.

Nichts, meinte Marcella, eine Arbeit und ein Bett seien ja schon Glück genug. Vielleicht fühlte sie sich verpflichtet, Nina zu erzählen, was diese eigentlich wissen wollte, denn nun umriss sie mit wenigen Worten ihr Leben nach dem Waisenhaus: Sie hatte nicht geheiratet, war weder Fotoromandiva geworden noch Fernsehansagerin, sondern Tabakarbeiterin. Sie war geworden, was sie nur zur Not hatte werden wollen, ihre letzte Möglichkeit. »Und du?«

Nina konnte ihr Leben mit noch weniger Worten zusammenfassen. Dank der Fürsprache der Oberin hatte sie Unterkunft und Verpflegung bei einer Familie gefunden, deren Hausarbeit sie im Gegenzug erledigte.

»Bezahlen sie dir auch etwas?«

Nina hob die Schultern. »Manchmal geben sie mir ein bisschen. Aber ich habe einen halben Tag in der Woche frei und ein eigenes Zimmer.« Sie erwähnte nicht, dass es sich bei dem Zimmer um eine Abstellkammer unter der Treppe handelte, die aber wenigstens eine abschließbare Tür hatte.

»Warum kommst du nicht auch in die Tabakfabrik?« Der Lohn sei in Ordnung, auch wenn man viele Stunden arbeiten müsse. Und ihre Mitbewohnerin ziehe am Monatsende zurück nach Chieti, es werde also ein Zimmer frei. »Sie heiratet, und der Mann will nicht, dass sie arbeitet.«

Die Vorstellung, eigenes Geld zu verdienen und mit Marcella eine Wohnung zu teilen, fand Nina wundervoll. »Und wenn die mich nicht nehmen?«

»Der, der die Leute einstellt, schuldet mir mehr als einen Gefallen. Und auch, wenn es nicht klappt, eine andere Stelle als Sklavin findest du allemal.«

Als Nina zum Vorstellungsgespräch in die Fabrik kam, war sie tief beeindruckt. Von außen ein riesiges Gebäude, innen ein Labyrinth, in dem man sich allzu leicht verlaufen konnte. Hunderte Treppen erstreckten sich über vier Etagen, außerdem lärmten Lastenaufzüge, die mindestens zwanzig Personen fassten. In den lagerhallengroßen Abteilungen beugten sich Hunderte von Frauen über eine Fülle Tabakblätter, die gezählt, sortiert, gepresst, verpackt und von einem Stockwerk ins andere transportiert werden mussten. Über allem lag ekelerregender Gestank.

Die wenigen Männer in der Fabrik arbeiteten fast alle in dem Trakt, der am weitesten vom Lager entfernt lag, in Büros im obersten Stock, wo der Gestank kaum hineindrang. Dorthin sollte Nina zum Vorstellungsgespräch kommen.

Marcella wollte sie begleiten. »Nach all den Jahren, die ich hier stillschweigend gearbeitet habe, muss er wenigstens das für mich tun.«

Wenn Nina einverstanden sei, schlug der Mann nach dem Gespräch vor, könne sie zu Beginn des Jahres anfangen. Da Marcella ihn darum gebeten habe, könne er wohl kaum Nein sagen, fügte er hinzu. »Damit sind wir dann aber quitt, oder?«, wandte er sich mit einem schmierigen Lächeln an Marcella. »Ich schulde dir nichts mehr.«

Marcella hob nur verächtlich die Schultern.

In den acht Tagen Kündigungsfrist versuchte Nina, sich nicht von dem Gejammer der Signora einwickeln zu lassen. Es sei nicht redlich, so aus dem Nichts heraus, sie hatten Nina doch ins Herz geschlossen wie eine Tochter, ob sie es denn nicht gut habe? Immerhin bekomme Nina doch alle Essenreste und die abgelegten Kleider auch, sodass sie keine Ausgaben habe. Und dann auch noch so kurz vor Weihnachten.

Als Nina nicht darauf einging, wurde die Signora böse: Sie habe es ja gewusst, dass Nina kein anständiges Mädchen sei, aber was könne man schon erwarten von einer, die sogar die eigene Mutter nicht hatte haben wollen? Die Tabakfabrik sei der richtige Ort für sie, mit den anderen liederlichen Weibern, die Tag und Nacht außer Haus verbrachten, anstatt sich um ihre Familien zu kümmern.

Nina hatte mit knapp einundzwanzig Jahren noch nicht vollkommen gelernt, ihren Schuldgefühlen etwas entgegenzusetzen, doch dieses Mal blieb sie standhaft. Am Tag vor Silvester, noch bevor die achttägige Kündigungsfrist abgelaufen war, brachte sie ihr spärliches Hab und Gut zu Marcella ins Cappuccini-Viertel, nur wenige Schritte von der Fabrik entfernt. Sie wollte das Jahr 1968 in Freiheit beginnen.

»Die Miete gibst du mir, wenn du deinen ersten Lohn bekommst, vorher nicht«, sagte Marcella.

Zwischen ihnen lagen nur acht Jahre, doch für kurze Zeit waren sie ein bisschen wie Mutter und Tochter. Marcella versuchte, Nina zum Essen zu bringen, denn die war magerer als ein Zwirnsfaden, sie sorgte sich, dass die Arbeit vielleicht zu anstrengend für Nina war, und in den ersten Wochen übernahm sie sämtliche Hausarbeit. Manchmal nahm sie wieder die näselnde hohe Stimme an. »Wo ist denn mein Schäääätzchen?«, rief sie dann, wie damals bei der Aufführung im Waisenhaus.

Nina brach in Gelächter aus, doch es war ein falsches Lachen. Sie fand dieses Theater todtraurig, begriff jedoch, dass es der Freundin eine Art Ventil war, und wollte es ihr nicht verderben.

Innerhalb weniger Wochen hatte sie sich zu Hause gefühlt in der Wohnung, die sie mit Marcella teilte, und auch in der Tabakfabrik, in der großen Arbeiterinnenfamilie.

Und nun drohte alles zu platzen.

Sie gingen früh zur Versammlung, denn Marcella wollte nachsehen, ob eine grüne Seidenbluse mit Puffärmeln und geraften Armbündchen noch in einem bestimmten Schaufenster hing. Unbedingt wollte sie diese Bluse haben, die jedoch eine halbe Lohntüte verschlingen würde. Kein einziges kostspieliges Kleidungsstück hatte sie sich erlauben können, seitdem sie das Waisenhaus verlassen hatte.

Die Bluse hing noch dort.

»Wenn ich ein bisschen am Essen spare, dann kaufe ich sie mir nächsten Monat.«

»Du bist ja jetzt schon fast durchsichtig.«

Das stimmte. Marcella ermunterte Nina zu essen, doch sie selbst war bloß Haut und Knochen, wie von innen aufgezehrt. So vor dem Schaufenster sah ihr Kleid aus, wie vom Wind hergetragen, ein körperloses Stück Stoff.

»Komm jetzt, wir müssen los. Die Bluse kauft dir sowieso niemand weg.«

Widerwillig löste sich Marcella vom Schaufenster und hakte sich bei Nina unter. »Als ob wir irgendwas verpassen würden, wenn wir ein wenig zu spät kommen. Die sagen ohnehin immer dasselbe, und das Nachsehen haben wir.«

»Und warum wird es dann gemacht?«

»Nur so. Als Erinnerung, dass es uns gibt.«

Für Nina aber waren diese Versammlungen etwas Neues. Ihre Protesterfahrungen beschränkten sich auf die kleinen Revolten im Waisenhaus, von den Nonnen mit Ohrfeigen quittiert und der zusätzlichen Abstrafung, den Rosenkranz zehn Mal zu beten. Ein einziges Mal waren sie erfolgreich gewesen: Als sie für mehr Fleisch gekämpft hatten, doch das war ein Sonderfall.

»Vielleicht beißt es sich aber auch«, überlegte Marcella übergangslos.

»Was?«

»Die Bluse. Ich glaube, Grün steht mir gar nicht. Mit meinen Haaren sehe ich dann aus wie eine Ampel.«

»Ich glaube, sie würde dir gut stehen.«

Marcella seufzte. »So, wie es jetzt gerade aussieht, ist es wahrscheinlich ohnehin besser, wenn ich das Geld spare.«

Vor dem Tor unterhielten sich einige Frauen lebhaft. Jede von ihnen hatte eine Zigarette zwischen den Fingern.

»Von der Herstellung zur Verbraucherin«, murmelte Marcella. Sie hob die Hand und begrüßte die anderen. »Hat's noch nicht angefangen?«

»Doch, aber die erste Viertelstunde sind doch bloß Formalitäten, das spare ich mir«, lachte eine von ihnen. Sie war in etwa so alt wie Nina, doch minderwertiger Tabak hatte ihre Zähne bereits schwarz verfärbt.

Die Frauen drückten nun ihre Zigaretten in einer dafür dort stehenden Tonschale aus und gingen gemeinsam in die Fabrik. Sie wirkten mutlos. Die Obersten der ATI, der italienischen Tabakgesellschaft, würden nur eine Entscheidung treffen, die ihnen entgegenkam, schließlich gehörte ihnen ja die Fabrik. Mochten die Arbeiterinnen schreien, streiken und protestieren, so viel sie wollten, am Ende würden die Besitzer gewinnen.

Nina versuchte sich vorzustellen, wie ein Streik aussehen könnte, sollte es dazu kommen. Doch so weit reichte ihre Fantasie nicht, fantasieren und tagträumen, das hatte sie sich früh abgewöhnt. Die Nonnen hatten Träumereien argwöhnisch betrachtet. Ertappten sie ein Kind beim Träumen, beförderten sie es mit einem Nackenschlag gezielt in die Gegenwart zurück. *Was träumst du hier herum, anstatt dem Unterricht zu folgen, zu beten, deinen Pflichten nachzukommen? Na?*

Träume hatten keinen Platz im Waisenhaus. Je mehr die Kleinen ihnen nachhingen, umso beharrlicher merzten die Nonnen sie aus. Denn Träume hatten die Macht, Leid zu lindern, und das konnten sie nicht zulassen. Dass man sich bloß nicht erwischen ließ beim Lachen oder Tagträumen. Das Leben musste schon leiderfüllt sein, es galt, die Erbsünde abzubüßen, die jedem anhaftete wie ein auf immer um den Hals genagelter Rosenkranz.

Nina würde sich die Reden der Gewerkschaftler aufmerksam anhören, doch am Ende den für sie angenehmsten Weg gehen. Sie wollte nicht kämpfen. Wenn tatsächlich Personal gekürzt werden sollte, hoffte sie, unter denen zu sein, die bleiben konnten, und wenn nicht, dann eben nicht. Sie würde sich eine andere Stelle suchen, ohne Ansprüche zu stellen, ohne sich Träumereien hinzugeben, die nirgendwohin führten. Der letzte Krieg war seit gut zwanzig Jahren vorbei, und es gab Arbeit für jeden, der wollte.

Wenn sie sich mit einem Wort beschreiben müsste, dann wäre dieses Wort *Egoistin*. Sie wusste ja, wie es ausgegangen war, wenn sie an das Wohl der anderen gedacht hatte anstatt an ihr eigenes.

Auch ihr inneres Licht war nunmehr erloschen.

DAS FEHLENDE WORT

Als Marcella das Waisenhaus verließ, litt Nina nicht so sehr wie zuvor bei Lucia, doch fühlte sie sich nun endgültig einsam und verlassen. Weder schickte die eine die angekündigte Einladung samt Zuckermandeln, noch kam die andere wie versprochen zu Besuch.

Jeden Tag hoffte Nina, Lucia wiederzusehen, doch die Freundin blieb fort, verschwunden in der Welt jenseits der Waisenhausmauern. Für das Waisenkind, das Lucias Bett bekam, hatte Nina nur böse Blicke und unfreundliche Worte übrig.

Unmöglich konnte Lucia sie vergessen haben, bestimmt verboten der Mann und die Frau ihr, Nina zu besuchen.

In den Nächten, in denen die Wehklage im Saal besonders herzzerreißend und an Schlaf nicht zu denken war, in denen die von Lucia hinterlassene, nun leere Kuhle in der Matratze tief wie ein Graben schien, stellte Nina sich vor, wie sie Lucia in ihrem neuen schönen Heim besuchte. Dann waren die Adoptiveltern nicht da, und Lucia zeigte ihr das Zimmer mit den rosafarbenen Vorhängen und dem Schrank voller Kleider, und dann würde sie sagen, dass Nina ihr fehlte, dass alles, was sie besaß, wertlos war im Vergleich zu ihrer Freundschaft.

Manchmal wuchsen sich ihre Vorstellungen auch zu schrecklichen Albträumen aus, in denen Lucia sie fortschubste und schrie: »Geh weg! Geh weg!« Dann schreckte Nina schweißgebadet auf.

Doch dank vieler Gebete hatte Gott, oder vielleicht die nachsichtigere Maria, Mitleid und gewährte Nina eine Begegnung mit Lucia.

Es geschah am vierundzwanzigsten Dezember. Nahezu die gesamte Stadt drängte sich zur Messe in der Basilika der Madonna del Ponte.

Links vom Gang waren die letzten fünf Bänke für das Waisenhaus reserviert, und Nonnen, Waisenkinder und Findlinge hatten zu je zwölft in einer Platz genommen. Sie saßen so eng aneinandergedrängt, dass sich ihre Wollumhänge elektrisch aufluden und hellere Funken sprühten als die Altarkerzen.

Die Oberin hatte sie angewiesen, inständig an der Messe teilzunehmen und besonders demütig zu beten. Zum einen waren sie den Blicken der ehrenwerten, frommen Bürger ausgesetzt, die die ein oder andere großzügige Spende in das für das Heim bestimmte Körbchen geben würden, zum anderen war das Jahr 1957 ein besonders unglückliches gewesen, und die Welt schien wahrlich kopfzustehen. Seit die Heimkinder die von Coppi gewonnene Etappe der Tour de France gehört hatten, war es ihnen nicht mehr erlaubt, das Radio einzuschalten, doch die wichtigsten Nachrichten sickerten auch so zu ihnen herein, und zwar durch das Stundengebet. Nach dem Invitatorium und den Fürbitten an Gott und die Gottesmutter und alle Heiligen kamen die Fürbitten für die weniger wichtigen Figuren an die Reihe. So erfuhren die Kinder, was in der Welt vor sich ging: Geburten, Todesfälle, Kriege, ein neuer Priester oder ein Bischofswechsel.

Für die Seele von Arturo Toscanini, meisterhafter Dirigent, aber untreu und sündig:

Erbarme dich, Herr.

Für Memo Benassi, dessen schöne Stimme im Radio Trost spendete:

Erbarme dich, Herr.

Für die Erdölverhandlungen von Enrico Mattei und dem Schah von Persien:

Erbarme dich, Herr.

Hinzu kam das Privatgeschwätz der Nonnen, von den Kindern in Gängen oder Hof aufgeschnappt.

Die Ereignisse, die sie aus der weiten Welt jenseits der Waisenhausmauern am meisten beeindruckten, waren unter anderem: eine Wasserstoffbombe, die die Briten im Mai auf einer Pazifikinsel zündeten, vollkommen verrückt, der Krieg war doch gerade erst seit gut zehn Jahren vorbei, wollten sie etwa gleich noch einen? Der Staatsstreich in San Marino, ausgeführt von den Vertretern des Partito Socialista Indipendente und einigen Leuten der Democrazia Cristiana, ein glücklicher Umstand, denn die kommunistische Regierung im Herzen Italiens war dem ganzen Land ein Dorn im Auge. Der Satellit Sputnik 2, den die Sowjetunion Anfang November ins All schoss, an Bord die unglückselige Hündin Laika, die nur wenige Stunden nach dem Start starb, wofür hielten die sich eigentlich, diese gottlosen Russen, für die Könige des Universums, für Götter?

Außer Jesu Geburt gab es also noch genügend andere Gründe, in der großen Basilika inbrünstig zu beten.

Nina bemühte sich, alle *Amen, Herr, erbarme dich, Christus, erbarme dich* und das *Credo* hingebungsvoll zu flehen und dem ständigen Aufstehen, Knien, Setzen, dem Gegen-die-Brust-Schlagen und Lobliedersingen artig zu folgen. Mit jeder Bewegung lud sich ihr Wollumhang mehr auf, und die elektrischen Schläge erwischten sie einer nach dem anderen knisternd und schmerzhaft. Als sie das Zeichen des Friedens mit Marianna austauschte und deren schweißige Hand drückte, durchfuhr sie ein besonders stechender Schlag. Doch etwas lenkte sie ab. In ihrem Nacken breitete sich Wärme aus, als hätte jemand dort seine Hand hingelegt oder eine Kerze davorgehalten. Doch als sie sich neugierig umdrehte, blickte sie bloß in das bebrillte Gesicht von Schwester Carmela.

»Nina, umdrehen!«

Das Gefühl blieb.

Als die Messe endete, wurden die Kinder, benommen von dichtem Weihrauch und dröhnenden Orgelklängen, zur Krippe am Fuße des Altars geführt, wo sich zwei Spendenkörbe befanden, jeder mit einem Schildchen versehen: *Für die Kirche* und *Für das Waisenhaus.*

»Und dass ihr auch bloß gottesfürchtig niederkniet, die Hände brav gefaltet«, zischte Schwester Benedetta, »damit niemand merkt, was ihr für Rotzlöffel seid.«

Während Nina vor der Heiligen Familie kniete, spürte sie den warmen Druck im Nacken noch stärker. Sie wandte sich um.

In der Schlange, die sich langsam auf die Krippe zubewegte, ging Lucia zwischen dem Mann und der Frau, die sie adoptiert hatten. Heute hielten sie sie an den Händen.

Das freute Nina, denn die Erinnerung an die Freundin, die ihre leere Hand nach der schwarz gekleideten Signora ausstreckte, schmerzte sie immer noch. Unwillkürlich stand sie auf. »Lucia!«

Hunderte Augenpaare richteten sich auf Nina.

Schwester Benedetta packte sie an den Schultern. »Was ist in dich gefahren? Runter mit dir und bete.«

Doch es war zu spät. Lucia starrte sie reglos und bleich an. Sie trug ein helles Wollmäntelchen und einen zur Schleife gebundenen rosafarbenen Schal. In eineinhalb Jahren war sie ein wenig gewachsen, und ihr Buttergesichtchen war nun noch runder. Das im Kerzenlicht goldgesprenkelte Seidenhaar fiel ihr bis auf die Schultern. Sie machte nicht die kleinste Bewegung auf Nina zu, im Gegenteil versuchte sie, sich hinter der Adoptivmutter zu verstecken.

Die Frau folgte dem Blick ihres Kindes, bis sie das verzweifelte Gesicht Ninas erblickte. Abrupt ließ sie Lucias Hand los. Trat aus der Schlange heraus. Der Mann wollte sie zurückhalten, doch sie schüttelte ihn mit einer heftigen Bewegung ab. Sie sah aus wie ein von Wind hergetragener schwarzer Geist. Abgemagert und kalkweiß blieb sie vor Nina stehen. »Wo warst du damals?«

Nina war viel zu durcheinander, um die Frage zu verstehen, sie war nur an ihrer in der Schlange verborgenen Freundin interessiert.

»Warum? Warum nur?«, stammelte die Frau.

Der Mann stand nun hinter ihr. »Giuliana, wir müssen gehen. Lucia friert.«

Untergehakt ließ sich die Frau fortführen.

Doch Nina konnte Lucia nicht so gehen lassen. Sie riss sich von Schwester Benedetta los. »Lucia!«

Die blickte Nina erschreckt an und hob die Hände vors Gesicht, als wollte sie sich schützen.

»Ich bin es, Nina.«

»Geh weg!«

Sie packte Lucia am Handgelenk. »Sieh mich an!«

»Lass mich, du tust mir weh!«

Der Ausruf war in der ganzen Kirche zu hören. Die Gläubigen sahen sich um. »Was ist passiert?«, ertönte eine Stimme.

»Eines von den Waisenhauskindern schlägt ein anderes Kind.«

»Wo?«

»Da vorne, die beiden da: die Bestie mit den Kohleaugen und das Engelchen mit dem Goldhaar.«

»Das ist ja ein Skandal. Was bringen die Nonnen denen denn bei?«

»Und dafür sollen wir auch noch spenden?«

Schwester Immacolata und der Adoptivvater eilten zu den beiden Mädchen und trennten sie.

»Verzeihen Sie«, murmelte die Nonne.

»Das macht nichts, es ist ja nichts passiert«, erwiderte der Mann.

Von dem ganzen Aufruhr blieben Nina zwei Dinge in Erinnerung: Ihr schlimmster Albtraum hatte sich verwirklicht, als hätte ihre Vorstellungskraft über das hinausgesehen, was ein Auge zu sehen vermag, und das Mäntelchen, das Lucia trug. Von Weitem hatte es für Nina wie eine cremefarbene Pracht ausgesehen, doch von Nahem fiel auf, dass es nicht passte. Die Ärmel waren viel zu kurz, und die Manschetten ihrer Bluse schnitten an den Handgelenken so tief in das Fleisch, dass es hervorquoll. Die Mantelknöpfe schienen jeden Moment abzuspringen. Alles, was sie trug, war viel zu klein.

»Komm, Lucia, wir gehen«, rief der Mann.

Lucia nahm leise jammernd seine Hand.

Waisen und Findelkinder wurden schnell zusammengerufen und zum Ausgang gescheucht.

»Wir rechnen später ab«, wandte sich Schwester Benedetta drohend an Nina.

Doch der Heilige Geist, weihnachtlich bestärkt, beschützte Nina, die Abrechnung fand nicht statt. Nonnen und Kinder beschränkten sich darauf, nicht mehr das Wort an sie zu richten, als hätte sie es an Respekt fehlen lassen und jeden Einzelnen von ihnen beleidigt. Bis zum Morgen des siebten Januar 1958.

Die Schule hatte nach den Weihnachtsferien wieder angefangen, und Schwester Lea war dabei, Mengenlehre zu erklären.

Nina konnte sich nur schwer konzentrieren, denn sie war abgelenkt von der Brille der Lehrerin, vor den Ferien hatte sie noch keine gehabt. Viel ernster und älter wirkte Schwester Lea damit. Sie malte gerade ein Diagramm, das die gesamte Tafel ausfüllte, und musste sich dafür teilweise auf die Zehenspitzen stellen. Als Nina damals in die erste Klasse gekommen war, hatte die Nonne noch wunderbar den höchsten Punkt der Tafel erreicht. War sie etwa geschrumpft? Nina fragte sich, ob schlechtere Augen und abnehmende Größe wohl mit Alter zu tun hatten. Wie alt mochte Schwester Lea sein? Verwundert stellte Nina fest, dass alle Kinder im Waisenhaus wuchsen und ständig größere Kleider und Schuhe brauchten, die Nonnen aber unverändert blieben, wie aus der Zeit gefallene schwarz gekleidete Puppen.

Nina versuchte, sich auf die Mengenlehre zu konzentrieren, denn sie wollte ihr Glück nicht gleich verspielen. Sie hatte nämlich die Erlaubnis bekommen, die sechste Klasse zu besuchen, obgleich sie weder Eltern noch Vormund hatte, die Anmeldung und Bücher zahlen würden. Doch Schwester Carmen und Schwester Lea hatten Ninas Leistungen und Wissen so gelobt, dass die Oberin schließlich eine Ausnahme machte. Nina war das einzige Heimkind in der Klasse, alle anderen Mädchen kamen von außerhalb.

Nun blickte Nina auf das Papier, auf dem sie Kreise gezeichnet hatte, um die in einem größeren Kreis enthaltenen Punkte voneinander zu trennen. Aber irgendwie hatte sie sich verzählt, denn einer blieb draußen. Es waren vierzig Punkte: zehn schwarze, zehn rote und die gleiche Menge blauer und gelber. Sie sollten vier unterschiedliche Gruppen im Inneren des großen Kreises bilden. Ein wenig wie im Waisenhaus, wo mehr als sechzig Leute lebten, aufgeteilt in Nonnen und Kinder, und die wiederum in Jungen und Mädchen und noch mal in Waisen und Findelkinder. Glücklicherweise war das Schema im Unterricht einfacher, doch Nina hatte einen gelben Punkt zu viel gemalt und wusste nicht, was sie mit ihm tun sollte. Sie überlegte, ob sie ihn ausradieren sollte, doch das hinterließ bei den Buntstiften immer Flecken, was den Fehler nur noch offensichtlicher gemacht hätte.

Da klopfte es an der Tür.

Schwester Assunta trat ein und entschuldigte sich für die Unterbrechung. »Du, komm mit zur Oberin«, befahl sie dann und zeigte auf Nina.

Nina fürchtete, dass sich mit Ende der Weihnachtsfeiertage auch der Schutzschild des Heiligen Geistes aufgelöst hatte oder dass ihr Glück vielleicht nur von kurzer Dauer gewesen und heute ihr letzter Schultag war. Sie klappte ihr Heft zu und folgte der Nonne.

Im Büro der Oberin saß eine schwarz gekleidete Frau mit dem Rücken zur Tür.

Nina erkannte sie sofort und vermutete ängstlich, dass die Strafe nun ganz besonders hart würde. Lucias Adoptivmutter war sicher gekommen, um Vergeltung zu fordern.

Die Oberin jedoch lächelte. Sie deutete auf den Stuhl neben der Frau. »Setz dich, Nina.« Lucia liege mit einer Erkältung im Bett, erklärte sie, und wünsche sich so sehr, dass Nina zu Besuch komme. »Würdest du das gerne tun?«

Hatte sie richtig gehört? Sie würde nicht nur keine Strafe bekommen, sondern eine Belohnung. »Darf ich wirklich? Jetzt?«

»Ja, wenn du magst.«

Die Frau blickte zwischen Nina und der Oberin hin und her und krallte ihre Finger in den Griff der schwarzen Tasche auf ihrem Schoß.

»In Ordnung.«

»Die Signora bringt dich vor Unterrichtsende zurück.«

»Ja, das werde ich«, versicherte diese und sprang auf. »Komm.« Eine Hand löste sich vom Taschengriff und nahm die von Nina.

Hand in Hand verließen sie das Büro der Oberin, liefen über den Hof, ohne sich loszulassen, schritten Hand in Hand durch das Tor und gingen auch so durch die Straßen.

Es war, als würde Nina alles zum ersten Mal sehen. Da war keine Reihe, in der sie gehen musste, keine Nonnen, die Ermahnungen riefen, sie musste nicht Schritt halten, alles, alles war neu. Auch der Gehsteig, die Mauern, die kahlen Bäume.

Vor allem aber war es Nina selbst, die sich fühlte wie eine andere.

Niemand warf ihr mitleidige Blicke zu, niemand wich vor ihr zurück. Sie war ein ganz normales Kind an der Hand einer ganz normalen Frau. Auch der Wollumhang schien ihr nun viel weicher und wärmte sie durch und durch.

Leichtfüßig lief sie einem Ziel entgegen, anstatt wahllos durch die Straßen zu irren wie bei den Sonntagsspaziergängen. Ganz zu schweigen von der Freude, Lucia wiederzusehen.

Sie gingen wenige Minuten, vielleicht waren es auch Stunden. Jenseits der Waisenhausmauern hatte die Zeit ein anderes Maß.

Schließlich erreichten sie ein dreistöckiges weißes Gebäude mit je drei Reihen von vier Fenstern. Vor den Scheiben hingen Vorhänge; einige blütenweiß, andere gestreift oder geblümt. Hinter welchem wohl die Freundin war, die ihr Wiedersehen ebenso wenig abwarten konnte wie Nina selbst?

Die Signora holte nun aus ihrer Tasche einen Schlüsselbund. Ihre Hände zitterten, und sie brauchte mehrere Anläufe, um den Schlüssel in das Schloss zu führen.

An den Treppenaufgängen nahm Nina unzählige Gerüche wahr. Die meisten waren gut, einige weniger, doch alle erweckten Bilder von dem, was hinter diesen Wänden geschehen mochte.

Vor einer dunklen Holztür blieben sie stehen. Auf dem Messingschild darauf stand *Familie Valenti*. Familie. Auch diese Tür öffnete die Frau nur unbeholfen. Auf dem ganzen Weg hatte sie kein Wort gesagt, sie war bleich, außer Atem und zitterte.

In der Wohnung roch es nicht nach Chlor, sondern nach Holzwachs, Seife und Eintopf. Und es herrschte Stille. Vollkommene Stille.

»Wo ist denn Lucia?«

Statt zu antworten, hängte die Frau Tasche und Mantel an die Garderobe im Eingang. »Willst du mir deinen Umhang geben?« Da Nina reglos stehen blieb, zog die Signora ihn ihr aus, ihre Finger hatten Mühe, den Haken am Hals zu öffnen. Schließlich hängte sie ihn neben ihren Mantel. Unsicher ging sie durch den Flur bis zu einer Glastür, die sie unendlich langsam öffnete. »Komm.«

Nina gehorchte. In der Mitte des Zimmers stand ein langer ovaler Tisch mit sechs Stühlen, die ein heller braun geblümter Stoff bespannte.

»Setz dich.«

»Wohin?«

»Wo du möchtest.«

Nina nahm einen Stuhl von der langen Seite, er wog ungefähr eine Tonne, und setzte sich vorsichtig auf den Rand. Er war dick gepolstert, und der Stoff sah so neu aus, dass sie Angst hatte, ihn zu zerknautschen. Hier am Tisch roch es noch stärker nach Wachs.

»Was kann ich dir anbieten?«

Nina begriff die Frage nicht und hob nur die Schultern.

»Dann mache ich einen Tee.«

Das beruhigte Nina. Endlich etwas, das sie kannte.

Auf Zehenspitzen verschwand die Signora hinter einem grauen Perlenvorhang, der sich leicht klimpernd hinter ihr schloss. Man hörte Geschirr klappern, laufendes Wasser und unterdrücktes Schluchzen.

Nina musterte das Zimmer. Die Bilder an den Wänden zeigten Hügellandschaften und Wälder, darüber wolkenverhangenen dunklen Himmel. Einige Glas- und Keramikstücke waren auf einer Anrichte aufgereiht, unter jedem ein gehäkeltes Deckchen. In einer Ecke neben dem Fenster standen ein brauner Ledersessel und ein Tischchen mit Zeitungen und einem großen Radio darauf. Ein Cordsamtsofa und ein Klavier stan-

den an der Wand gegenüber. An der Decke hing ein Kristall-
leuchter, der leider nicht eingeschaltet war, denn die schweren
beigen Vorhänge ließen kein Licht ein. Das Zimmer war ebenso
düster wie das Büro der Oberin.

Wo war bloß Lucia?

Da kam die Signora zurück, von duftendem Tee angekündigt. Mit einem Tablett in den Händen, auf dem Kekse und
zwei Tassen standen, trat sie durch den klimpernden Perlenvorhang. Aber hätten es nicht drei Tassen sein müssen?

»Wie viel Zucker möchtest du?«

Was sollte sie darauf antworten? Im Waisenhaus bekamen
sie den Tee schon gezuckert, ob es ihnen so schmeckte oder
nicht. Wieder hob Nina nur die Schultern. So langsam schämte
sie sich, ganz offensichtlich hatte sie keine guten Manieren und
wusste auch nicht, wie man sich bei normalen Leuten verhielt,
niemand hatte sie darauf vorbereitet.

»Magst du den Tee lieber süß?«, fragte die Frau lächelnd.

»Ja«, erwiderte Nina aufs Geratewohl.

Die Signora gab drei gehäufte Teelöffel Zucker in den Tee
und rührte lange um, bevor sie Nina die Tasse reichte.

Nina nahm einen kleinen Schluck. Fast wären ihr die Zähne
ausgefallen, so süß war er. Das nächste Mal würde sie um weniger Zucker bitten. Ihr eigener Gedanke erschreckte sie: Woher wollte sie wissen, dass es ein nächstes Mal geben würde?

Die Signora setzte sich an das Kopfende, ohne Nina auch
nur eine Sekunde aus den Augen zu lassen. »Schmeckt dir der
Tee?«

Nina bejahte, doch nur aus Höflichkeit. Der Zucker klebte
an ihrem Gaumen und kratzte im Hals. Nun reichte die Signora ihr auch noch ein Tellerchen mit einem nach Ei und Zitrone duftenden Cremegebäck. Nina wurde ganz flau, sie nahm
einen Bissen, konnte ihn jedoch kaum hinunterbringen, denn
jetzt wurde es noch süßer und klebriger in ihrem Mund.

In ihren eigenen Tee tat die Signora einen halben Löffel Zucker. Vielleicht machten feine Leute das so. »Lucia ist nicht da«, erklärte sie, nachdem sie einen großen Schluck genommen hatte.

Fast verschluckte Nina sich an dem massigen Gebäck. »Wo ist sie denn?«

»In der Schule.«

Jetzt bekam Nina Angst, Angst, dass die Frau sie mit hergenommen hatte, um sie zu bestrafen für das, was in der Kirche geschehen war. Sie ganz besonders hart zu bestrafen, ohne dass die Nonnen es sehen konnten. Panisch sah sie sich nach einer Fluchtmöglichkeit um.

»Ich wollte gerne ein wenig Zeit mit dir verbringen. Bitte sag der Oberin nicht, dass ich gelogen habe.«

Doch anstatt sich zu beruhigen, bekam Nina nur noch mehr Angst. »Nein, ich sage nichts.«

»Versprichst du es mir?«

»Ja, Signora, ich verspreche es.«

Die Frau stieß einen tiefen Seufzer aus. »Nenn mich Giuliana, wie unter Freundinnen.«

Ein wenig zu alt war sie, um Ninas Freundin zu sein, mindestens doppelt so alt wie Marcella, vielleicht sogar noch älter, außerdem hatte sie violette Flecken um die Augen und etwas Düsteres an sich, das ihr Ähnlichkeit mit einem Totenkopf verlieh. Am Ansatz und an den Schläfen wurde ihr Haar schon grau. Doch Nina wollte höflich sein, immerhin hatte diese Frau ihr einen Spaziergang als normales Kind ermöglicht, hatte ihr Tee und Gebäck angeboten. Trotzdem hatte sie Nina traurig gemacht, denn sie hatte behauptet, Nina zu Lucia zu bringen. Die arme Signora, sie musste sehr einsam sein, dass sie einen solchen Trick anwandte, um eine Freundin zu bekommen. »In Ordnung, Signora.«

»In Ordnung, Giuliana«, verbesserte die Frau.

»In Ordnung, Giuliana.«

Und mit einem Mal verwandelte die Frau sich. Das Dunkel verschwand aus ihrem Gesicht, und sie fing an, ohne Punkt und Komma zu reden. Sie erzählte von sich, dass sie in einem Ort in der Nähe geboren sei, in Orsogna, sie sei siebenunddrei-ßig Jahre alt, habe zwei große Geschwister, ihr Mann heiße Antonio und arbeite bei der Post, sie wäre gern Malerin gewor-den, doch in ihrer Familie hielt man das nicht für einen richti-gen Beruf, und so habe sie einen anderen erlernen müssen. Kurze Zeit habe sie als Verkäuferin in einem Kurzwarenladen gearbeitet, doch dann sei sie schwanger geworden und habe aufgehört. Plötzlich schwieg sie und blickte sich verloren um, als wüsste sie nicht, wo sie war und wie sie dort hatte hinkom-men können. Dann lächelte sie Nina schief an. »Möchtest du noch Tee?«

Bloß nicht, Nina hatte schon Mühe genug, ihre Tasse aus-zutrinken. »Nein, nein danke.« Sie nahm einen kleinen Schluck. Über irgendetwas in der Erzählung der Frau war sie gestolpert, doch sie wusste nicht, was es war. Dann erinnerte sie sich. Lucia hatte ihr erzählt, dass die Adoptivmutter Lehrerin gewe-sen war. Die Bilder an den Wänden schienen ihr nun noch trauriger, vielleicht hatte die Signora sie selbst gemalt.

Giuliana sah auf die Uhr und machte ein unglückliches Ge-sicht. »Jetzt muss ich dich wohl zurückbringen.«

Nina war froh darüber. Mit jeder Minute, die verstrich, fühlte sie sich unwohler. »Weiß Lucia, dass ich hier bin?«

Die Signora ergriff ihre Hände. »Nein, nein, sie darf es auf keinen Fall erfahren!« Sie ließ Ninas Hände wieder los und rutschte nervös auf ihrem Stuhl umher. »Das ist unser Ge-heimnis«, wisperte sie dann. »Möchtest du noch auf die Toi-lette, bevor wir gehen?«

Nina musste nicht, doch sie war neugierig auf das Badezim-mer in einer Familienwohnung. »Ja danke.«

Die Signora führte sie zu einer Tür am Ende des Flurs.

Gewöhnt an die riesigen Waschräume im Heim mit den langen Reihen von Waschbecken und Türen, den vielen Wannen, konnte Nina nun kaum glauben, dass dieses Badezimmer so winzig war. Auf der Klomuschel musste sie nur eine Hand ausstrecken und konnte das Bidet berühren, mit nur einem einzigen Schritt war sie am Waschbecken, und dort musste man sich nur umwenden, und schon stand man vor der Wanne. Und es gab eine abschließbare Tür, sodass man seine Bedürfnisse in Ruhe erledigen konnte. Nur um diese Intimität einmal genießen zu können, setzte sie sich auf die Muschel und machte Pipi. Das Toilettenpapier war so weich, dass es ganz sicher aus Seide war. Die Seife duftete nach Lilien, und das Handtuch war flauschig wie eine Wolke, so stellte sich Nina wenigstens Wolken vor.

Der Rückweg, den sie wieder Hand in Hand gingen, kam Nina viel schneller vor als der Hinweg.

Beim Abschied strich Giuliana Nina leicht über das Kinn, das erinnerte das Mädchen an die Frau mit dem Glockenrock, doch deren Liebkosung war zärtlicher gewesen. »Würdest du dich freuen, wenn ich dich noch öfter abholen käme?«

Also hatte sich auch die Signora ein nächstes Mal ausgemalt. »Ja.«

»Aber wir wären nur zu zweit.«

Das hatte Nina sich gedacht, warum auch immer. »In Ordnung.«

»Denk dran: Es ist unser Geheimnis.«

Nina ging wieder in ihre Klasse zurück, wo Schwester Lea sich an der Tafel mit der Mengenlehre abmühte. Ein Blick auf die Uhr neben dem Kruzifix verriet dem Mädchen, dass es eine gute Stunde fort gewesen war. Sie öffnete das Heft und schlug die Seite mit der Aufgabe auf. Der gelbe Punkt war immer noch da: einer zu viel. Er gehörte nicht mehr zum großen Ganzen, konnte aber auch nicht in die kleinen Kreise eingefügt werden. Sooft sie das Heft drehte und wendete, sie konnte keine Stelle für ihn finden.

Der gelbe Punkt war wie sie. Fehl am Platz, überall.

Die Begegnungen mit der Signora wiederholten sich noch einige Male. Nicht oft, doch oft genug, damit Nina die ganze Tragweite ihrer damaligen Handlung begriff. Sie war ausgesucht worden, und diese Gelegenheit hatte sie ausgeschlagen. Ihr lag nicht besonders viel an Signora Giuliana, obgleich diese sich alle Mühe gab, liebevoll war und sie mit Tee, Schokolade und Kuchen verwöhnte. Was Nina zur Verzweiflung trieb, war die Tatsache, dass sie Lucias Glück über das eigene gestellt und zu ihren Gunsten darauf verzichtet hatte, Teil einer Familie, einer Teilmenge zu werden.

Nina hatte sich selbst dazu verdammt, im Waisenhaus zu bleiben, und die Freundin hatte sie vergessen. Schlimmer noch: Sie hatte sie zurückgewiesen, als sie sich ein einziges Mal sahen.

Jetzt wusste Nina, was den Waisenkindern fehlte, wusste, warum sie die nächtliche Wehklage anstimmten.

Die Besuche bei Familie Valenti stimmten sie nicht fröhlich, sondern düster, machten sie zu einer *Egoistin*, ein Ausdruck, den sie in ihr Notizheft schrieb.

Zweimal in der Woche, dienstags und donnerstags, hatte Lucia von vier bis fünf Uhr am Nachmittag Klavierunterricht, danach ging sie mit ihrem Vater zu seinen Eltern. An je einem dieser beiden Tage kam Giuliana zum Waisenhaus, um Nina abzuholen, jedes Mal unter dem Vorwand, sie zu Lucia zu bringen.

Die Oberin fing an, die Sache argwöhnisch zu betrachten, und sprach darüber mit der Signora. »Ich möchte nicht, dass

Nina sich privilegiert fühlt und die anderen Kinder meinen, sie seien weniger wert. Wir behandeln hier im Heim alle gleich.«

Beim nächsten Mal brachte Giuliana einen Umschlag mit. »Für das Waisenhaus«, murmelte sie.

Von da an beanstandete die Oberin ihre Besuche nicht mehr.

Zusätzlich zu Tee und Kuchen fing die Signora an, Nina noch andere Geschenke zu machen, Kleidung zumeist. Einen weichen Wollpullover, einen gestärkten Faltenrock, eine Bluse mit Häkelkragen.

»Lucia ist das zu klein«, erklärte sie, »ich vertue mich immer mit der Größe.« Sie wollte unbedingt, dass Nina alles sofort anprobierte. »Das steht dir aber gut«, hauchte sie mit glänzenden Augen, »du bist so zierlich und schmal. An dir fällt es besonders schön, nicht wie …« Hier brach sie ab und suchte nach den richtigen Worten. »Nicht wie an einem dieser kräftigen, rundlichen Mädchen, die aussehen wie Waschweiber. Es ist doch schade um die Kleider.«

Manchmal sah eine Borte oder ein Saum unter der Schürze hervor, doch der schwere Umhang verdeckte glücklicherweise alles.

Die Kleidung wurde immer im Schlafzimmer anprobiert. »Ich habe etwas für dich«, sagte Giuliana dann und machte eine einladende Handbewegung.

Nina blieb kurz auf der Schwelle stehen und betrachtete neugierig die gegenüberliegende Tür. Die restliche Wohnung bestand aus Eingangsbereich, großem Wohnzimmer, Küche, Bad und Elternschlafzimmer. Hinter dieser Tür musste also Lucias Zimmer sein. Nina wollte, ja musste es unbedingt sehen, das Zimmer, das für sie bestimmt gewesen war, hätte sie die Gelegenheit nicht ausgeschlagen. Doch die Tür war immer geschlossen, und sie traute sich nicht, die Klinke hinunterzudrücken und hineinzuspähen.

In der Hoffnung, Giuliana käme von selbst darauf, fragte sie: »Ist das Lucias Zimmer?«

Die Signora hob die Schultern. »Es ist nicht ihr Zimmer. Sie schläft nur dort.«

Wenn Nina dann wieder zurück im Waisenhaus war, lief sie in den Waschraum und riss sich die neuen Kleider, die sie unter der Heimschürze trug, vom Leib. Dann stopfte sie alles unter ihre Matratze. Mittlerweile hatte sie eine vollständige Garderobe dort unten. Die Kleider interessierten sie nicht, oft gefielen sie ihr nicht einmal, doch sie nahm sie gerne an, denn so würde Lucia sie nicht bekommen. Sie konnte nicht begreifen, dass die Signora ihrer Adoptivtochter alles zu klein kaufte, denn was sie Nina schenkte, waren keine abgelegten Kleider von Lucia, sondern nagelneue, manchmal hing sogar noch das Schildchen daran.

Aus dem gleichen Grund stopfte sie sich mit Gebäck voll, wenn sie es angeboten bekam. Manchmal aß sie zwei, drei Stücke Kuchen oder mehrere Gebäckstücke. Alles hätte sie verschlungen, wenn es nur Lucia nicht bekam.

Das Essen lag Nina schwer im Magen, und sie bekam Schluckauf, Giuliana aber freute sich. »Iss, iss, du bist so mager. Du verbrennst alles und setzt nichts am Bauch oder den Schenkeln an wie andere Mädchen.«

Von den üppigen Süßigkeiten wurde ihr übel, doch sie hatte gelernt, sie wieder loszuwerden: Im Waisenhauswaschraum steckte sie sich einen Finger in den Hals und übergab sich. Das und die neue Kleidung loszuwerden kostete sie viel Zeit, doch glücklicherweise achtete niemand auf sie. Nina war groß genug, um auf sich selbst aufzupassen, und die Nonnen hatten mit den Kleinen genug zu tun. Freundinnen hatte sie nicht.

Nur Schwester Immacolata fragte sie von Zeit zu Zeit aus. »Wie geht es dir, Nina?«

»Gut.«

»Freust du dich, dass du Lucia jetzt wieder öfter siehst?«

»Ja, sehr.«

»Was macht ihr denn zusammen?«

Diese Frage zu beantworten fiel Nina schwer, sie konnte sich nicht vorstellen, wie zwei Mädchen Zeit miteinander verbrachten, ohne zu Hausarbeit oder ständigem Beten gezwungen zu sein. »Wir reden über die Schule, und sie zeigt mir ihre Puppen.« Einmal fügte sie noch etwas hinzu: »Sie spielt mir auf dem Klavier vor.«

Schwester Immacolata schien beeindruckt. »Sie lernt Klavier?«

»Ja, und sie ist sehr gut«, log Nina. Dabei war Signora Giuliana eines Tages herausgerutscht, dass Lucia so gut wie keine Fortschritte mache. Das schien ihr sehr zu missfallen. Doch Nina konnte mittlerweile sehr gut lügen, mochte Jesus ruhig weinen. Da auch die Erwachsenen logen, war es bestimmt nur eine lässliche Sünde.

»Und magst du die Signora?«

»Es geht so.« Das stimmte. Nina war dankbar für die Aufmerksamkeit, die Giuliana ihr schenkte, doch sie mochte sie nicht wirklich.

»Grüß mir Lucia, wenn du sie das nächste Mal siehst.«

»Mache ich.«

Nach einiger Zeit aßen Giuliana und Nina nicht mehr am großen Tisch, sondern in der kleinen Küche hinter dem klimpernden Perlenvorhang. Im Wohnzimmer esse man nur mit Gästen, erklärte Giuliana. »Und du gehörst ja jetzt zu uns.«

In der Küche wurden die Familienmahlzeiten zubereitet und eingenommen. Es roch dort immer nach Essen, und Nina versuchte zu erraten, welche Mahlzeit als Letztes gegessen worden war. Diese verglich sie dann mit den Mahlzeiten im Waisenhaus.

Das Waschbecken und die Resopalmöbel waren blendend weiß.

»Wo sitzt denn Lucia?«, erkundigte sich Nina, als sie die Küche das erste Mal betrat.

»Da«, erwiderte die Signora und zeigte auf einen Stuhl in der Ecke, »aber du setzt dich hierher.« Und sie zog einen Stuhl am Kopfende zurück. »Hier saß Michela immer.« Rasch strich sie sich mit einem Geschirrtuch über die geröteten Augen, dann öffnete sie einen Hängeschrank, sah hinein, nahm aber nichts heraus. Schließlich setzte sie sich neben Nina. »Möchtest du sie kennenlernen?«

»Wen?«

»Michela.«

Nina gab nichts darum, doch für Giuliana schien es sehr wichtig zu sein. »Ja.«

Sie führte Nina bis zum Ende des Flurs und blieb dann vor der Tür rechts vom Bad stehen, vor dem Zimmer, das Lucia nicht gehörte, in dem sie aber schlief, wie die Signora gesagt hatte. Unendlich langsam drückte sie die Klinke hinunter.

Nina hatte ein vollkommen rosafarbenes Zimmer erwartet, doch es war eher ein Garten. Überall waren Blumen: Margeriten auf den Vorhängen, Rosen auf der Steppdecke auf dem Bett, auf dem zierlichen Schirm der schmiedeeisernen Lampe auf dem Nachttisch. Die Regale waren voller Puppen, Schulbücher und Fabeln, Hefte und Stifte lagen sorgfältig geordnet auf dem Schreibtisch, und neben dem Fenster stand ein geblümter Sessel. Der Schrank hatte zwei Türen, von denen eine vollkommen von einem Spiegel eingenommen war, in dem man sich ganz sehen konnte.

Und überall, an den Wänden, in den Regalen und auf dem Bücherbord, waren gerahmte Fotografien, die Signora Giuliana und ihren Mann mit einem dunkelhaarigen Mädchen in ihrer Mitte zeigten. Auf einigen war nur das Mädchen zu sehen, in verschiedenen Altersstufen: als Säugling, als Zweijährige, als Zehnjährige. Auf allen war sie sehr mager, vor allem, als sie schon etwas größer war, und ihre kohlschwarzen Augen schienen den Rahmen zu sprengen. Augen, die einen regelrechten Sog auslösten. Auf einem Foto saß sie in einer Schaukel und lachte über das ganze Gesicht. Der Wind zerwühlte ihr Haar, und eine Strähne fiel ihr in die Stirn.

»Darf ich es anfassen?«

Giuliana verzog den Mund und nickte.

Nina strich auf dem Glas über der Fotografie entlang und malte die Umrisse der Schaukel und des Mädchens nach. Sie sah so fröhlich aus. Ähnlich war sie Nina nicht wirklich, doch die dunklen Locken, die Augen und die gerade Nase ergaben ein ähnliches Bild. Auch die Figur war gleich. Von Weitem hätte man sie für Schwestern halten können. »Das ist Michela?«

»Ja.«

Jetzt verstand Nina auch, warum die Nachbarin der Valentis, die sie zufällig im Hausflur getroffen hatten, so verwundert gewesen war. Nina und Giuliana kamen, als die Nachbarin gerade gehen wollte. Die Frau zuckte zusammen und ließ ihre Tasche fallen. »Aber, aber ...«

»Das ist ein Mädchen, dem ich Zeichenunterricht gebe«, erklärte Giuliana. Sie konnte wirklich gut lügen.

Die Nachbarin lehnte sich an die Wand und versuchte, ihren Atem unter Kontrolle zu bringen. »Verzeihung, ich wollte nicht ... aber das Kind ...«

Noch bevor sie den Satz zu Ende bringen konnte, schob Giuliana Nina sanft zu ihr hin. »Sag Signora Millani schön Guten Tag.«

»Guten Tag, Signora.«

Die Nachbarin lächelte etwas schief. Schließlich hatte sie ihre Tasche genommen und war in Windeseile die Treppe hinuntergehastet.

Nina stellte die Fotografie zurück auf das Regalbrett, las die Titel der Bücher und nahm dann eine Puppe aus dem unteren

Regal. Sie hatte blonde Locken und ein rosafarbenes Kleidchen an, sicher aus Seide. Ihre Augen hatten das gleiche matte Blau wie Lucias. Diese Puppe konnte nicht Michela gehört haben. Bestimmt war sie für Lucia gekauft worden, damit wenigstens eine Sache in diesem Zimmer ihr gehörte.

Nina setzte die Puppe wieder zurück und musterte noch einmal den Raum.

Die Fotos waren unheimlich, von überallher starrten diese Augen, drangen in Nina ein. Das Zimmer war wie ein kleiner Friedhof, ein Friedhof, auf dem in jedem Sarg die gleiche Tote lag.

Eines Abends schrieb Nina ein Wort in ihr Heft, das es bis dahin nicht gegeben hatte.

Der Gedanke dafür war ihr auf dem Rückweg zum Waisenhaus gekommen, an der Hand der ununterbrochen schluchzenden Giuliana.

Als sie zuvor bei den Valentis angekommen waren, hatte die Signora angefangen zu weinen. »Heute sehen wir uns zum letzten Mal.« Niedergeschlagen ließ sie sich in den Sessel fallen. Ihr Mann sei befördert worden, brachte sie schließlich hervor. Vom einfachen Angestellten zum Vizedirektor, doch dafür werde er in das etwa fünfzig Kilometer entfernte Pescara versetzt. Sie hatten überlegt, ob tägliches Hin- und Herfahren möglich sei, doch Zeitaufwand, Benzin, dichter Verkehr und die täglichen Mahlzeiten außer Haus sprachen dagegen. Außerdem würden sie sich alle in Pescara wohlfühlen, habe ihr Mann versichert, Pescara sei eine große Stadt mit schönen Geschäften, Kinos und schicken Restaurants.

Giuliana hatte für diese Art Komfort nichts übrig, was konnte es dort schon geben, das es in Lanciano nicht gab? Außerdem würde Lucia die Schule wechseln und neue Freundinnen finden müssen, wo es für sie doch schon schwer genug gewesen sei, sich nach dem Waisenhaus zurechtzufinden.

Doch der Ehemann sagte, vor allem für das Kind wolle er umziehen. Hier bleibe Lucia doch immer nur das Waisenkind, in einer neuen Stadt aber sei sie schlicht und ergreifend Lucia Valenti, ihre Tochter.

Aber hier habe sie doch alles, Erinnerungen und ihre persönlichen Dinge, hatte Giuliana zu bedenken gegeben.

Das sei nicht wahr, entgegnete der Mann, und das wisse sie sehr wohl.

Nina verstand nicht, warum die Signora ihr das alles erzählte, ebenso wenig den Grund ihrer Auseinandersetzung mit dem Ehemann. Doch sie begriff, dass die Signora sich aussprechen musste. Giuliana war es, die Zimmer und Erinnerungen verlieren würde, nicht Lucia. Den privaten Friedhof würde die Signora nun aufgeben müssen. Die Fotografien von Michela würden keinen Platz haben in der neuen Wohnung, die das Mädchen niemals betreten hatte. Und vielleicht müsste Giuliana nun Fotos der Adoptivtochter aufhängen.

Der ganze Nachmittag war ein stetiger Tränenfluss.

Nina war durcheinander. Es würde für sie nun keine Spaziergänge mehr außerhalb der Waisenhausmauern geben. Und wenn schon. Sie war es ohnehin leid, Essen zu verschlingen, das sie wieder erbrechen, und Kleider anzunehmen, die sie wegschmeißen würde. Doch anderseits würde sie so Lucia nichts mehr wegnehmen können. Ein Jammer.

»Darf ich mich von Michela verabschieden?«, fragte Nina, als sie schon fertig zum Ausgehen im Flur standen.

»Natürlich darfst du, ich danke dir.«

Im Zimmer sah sie noch einmal die Fotografien an und strich über das mit der Schaukel. »Ciao Michela.«

Schluchzend öffnete Giuliana den Schrank. Aus dem obersten Fach holte sie eine große Schachtel. Sie stellte sie aufs Bett und hob unendlich behutsam den Deckel. Sorgfältig gefaltete Kleidung und Wäsche lagen darin, die sie nun auf das Bett kippte. Dann krümmte sie sich weinend darüber. In diesem Moment verlor sie ihre Tochter ein zweites Mal. Dieses Zimmer musste ihr wie ein Heiligtum sein, das die entflogene Seele Michelas bewahrt hatte. Wo sollte sie nun ihr Andenken in Ehren halten?

Die Szene war herzzerreißend, und doch verspürte Nina kein Mitleid für die Signora, bloß ein wenig Bedauern, mehr nicht. Sie dachte viel mehr an Lucia, die endlich ein eigenes Zimmer bekommen würde, eines, das nicht bewohnt war von dem Geist des Kindes, das vor ihr da gewesen war. Nun bot sich die letzte Gelegenheit, ihr etwas wegzunehmen.

Die Puppe mit den blonden Locken lächelte sie starr an.

Nina wartete, bis Giuliana aufstand. »Kann ich die haben?« Sie zeigte auf die Puppe. »Als Andenken an Michela.«

Giuliana riss die Puppe aus dem Regal und drückte sie Nina in die Arme. »Nimm, sie gehört dir. Ich fand sie immer schrecklich.«

Im Treppenhaus trafen sie noch einmal Signora Millani.

»Ciao, mein Kind, was macht der Zeichenunterricht?«

»Gut, sie ist sehr talentiert«, antwortete Giuliana für Nina.

»Ach, wirklich?« Die Nachbarin schien wenig überzeugt. Sie zeigte auf die Puppe. »Wie hübsch. Ist das deine?«

»Natürlich, wem sollte sie sonst gehören?« Giuliana zog Nina zur Treppe. »Wir müssen jetzt gehen. Auf Wiedersehen.«

Auf dem Weg baumelte die Puppe an Ninas Hand, an die andere klammerte sich die schluchzende Giuliana, und Nina dachte über das fehlende Wort nach.

Kinder ohne Eltern wurden *Waisen* oder *Findelkinder* genannt, Worte, die ein klares Bild malten.

Was aber war Giuliana? Welches Wort gab es für eine Mutter oder einen Vater, die ein Kind verloren hatten? Im Waisenhaus wurde so viel über dieses Thema gesprochen, dass sie ein solches Wort auf jeden Fall gekannt hätte, wenn es eines geben würde. Wie konnte es sein, dass niemand ein Wort dafür erdacht hatte?

Als die Waisenhausmauern in Sicht kamen, verbarg Nina die Puppe unter ihrem Umhang.

Giuliana drückte sie so fest an sich, dass sie keine Luft mehr bekam. »Gib auf dich acht. Und denk mal an mich.« Sie drückte die Klingel und ging davon, ehe Schwester Assunta geöffnet hatte.

»Zieh dich schnell um, du bist eingeteilt zum Putzen in den Waschräumen.«

»Ich muss erst noch Hausaufgaben machen.«

»Musst du nicht. Die Oberin meint, du hast schon genug Sonderrechte bekommen. Außerdem müsste man dir noch mehr Bücher kaufen, bevor das Schuljahr vorbei ist. Ab morgen bist du Vollzeit zum Putzen eingeteilt.« Diese Nachricht schien ganz in ihrem Sinne. »Und jetzt beeil dich.«

»Moment noch.« Nina tat, als müsste sie sich die Schuhe zubinden, und wartete, dass Schwester Assunta im Gebäude verschwand.

Ganz sicher hatte Gott, der doch alles wusste und vorhersah, dafür gesorgt, dass die Oberin diese Entscheidung traf, um sie, Nina, dafür zu strafen, dass sie die Puppe hatte haben wollen. Sie war sehr traurig darüber, die Schule so kurz vor dem Ende der sechsten Klasse verlassen zu müssen, doch die Genugtuung, Lucia etwas Besonderes weggenommen zu haben, überwog. Unter dem Umhang holte sie nun die Puppe hervor, riss ihr mit den Zähnen das rosafarbene Seidenkleid herunter und warf sie mit aller Kraft über den Eisenzaun.

Kurz lag die Puppe dort, mit ihren Goldlöckchen und den blauen Augen, wurde dann von einem Lastwagen erfasst und blieb schließlich zerfetzt auf dem Asphalt zurück.

Nachdem Nina am Abend die Toiletten geputzt, eine geschmacklose Suppe gegessen und die Komplet gebetet hatte, nahm sie ihr Heft aus der Schublade.

In wenigen Minuten würde das Licht gelöscht. Sie musste sich beeilen, um das Wort zu finden, nicht nur um den Tag zu beenden, sondern um zu verstehen, was sie erlebt hatte.

Entmuttert, das war das Wort. Ohne ihre Tochter war Giuliana entmuttert.

Wie eine Drehtür war das Leben: Kam man an der falschen Seite heraus, würde man auch dort bleiben.

In einem alten Film, der vor langer Zeit im Heim gezeigt worden war, gingen ein Mann und eine Frau in einem Hotel ein und aus, ohne je aufeinanderzutreffen. Ort und Zeit stimmten, doch da war diese Art gläsernes Karussell, das sie zeitgleich bestiegen: Die Frau verließ das Hotel, während der Mann es betrat. An die restliche Handlung erinnerte Nina sich nicht, doch diese Szene war ihr im Kopf geblieben. Die Frau blieb auf dem Gehsteig stehen, konnte den Mann nicht entdecken und ging wieder hinein, und genau in diesem Moment trat er hinaus und suchte nach ihr. Und so ging es immer weiter.

Doch in Filmen laufen die Dinge ja wie geplant, und nach vielen Drehungen fanden die beiden schließlich zueinander und lachten über die Verwirrung. Wenn aber das wirkliche Leben nicht für ein Hotel, sondern für den Gehsteig bestimmt ist, dann bleibt man dort, und kein glückliches Ende, keine Drehtür holen einen wieder heraus.

An diese Szene hatte Nina am Samstagnachmittag denken müssen, als sie beobachtete, wie Schwester Immacolata sich um Antonella bemühte, eine knapp fünfzehnjährige Waise mütterlicherseits, die erst seit wenigen Monaten im Heim war. Ihr Vater war angestellt bei dem Energiekonzern Enel, und da er oft für lange Zeit an weit entfernte Anlagen geschickt wurde, konnte er sich nicht um seine Tochter kümmern. Anfang dieses Jahres, 1963, war er in ein Tal zwischen Friaul und Veneto beordert worden, wo sich ein großes, von der Enel betriebenes

Staubecken befand. Und nun war vor einigen Tagen, am neunten Oktober, eine Flanke des Bergs Monte Toc in das Staubecken gestürzt, hatte eine riesige Flutwelle verursacht, die über den Staudamm schwappte, die Ufer der darunterliegenden Seen durchbrach, einige Dörfer mit sich riss und das Tal überschwemmte. Tausende starben, zum größten Teil Anwohner, aber auch einige der Arbeiter. Unter ihnen war Antonellas Vater. Man hatte seinen Leichnam noch nicht gefunden, aber es gab wenig Hoffnung.

Sie erfuhren von dem Unglück von einem der größeren Jungen, der die Nachricht im Radio gehört hatte. Im Schlafsaal hatte er ein kleines Transistorradio, das Geschenk eines Verwandten, mit dem die Jungen Fußballspiele verfolgten und Tanzmusik lauschten. Eigentlich war das verboten, doch die Nonnen sagten nichts; so waren die Jungen wenigstens am Sonntagnachmittag friedlich und jubelten bei jedem Tor, anstatt durch das Heim zu ziehen und Angst und Schrecken zu verbreiten. Gerade die größeren Jungen waren getrieben von einer inneren Wut, die sie pöbelnd und roh an den Schwächeren ausließen. Mit etwa vierzehn, wenn die krächzenden Stimmen tiefer wurden und sich Pickel in ihren Gesichtern drängten, glätteten sich die Wogen ein wenig. Dann verkrochen sie sich düster in grimmiges Schweigen, und ihre Augen sprühten Funken, die jede Mauer hätten in Brand setzen können.

Das kleine Radio war zu einer Verbindung zwischen Hof und Welt geworden. Waisen und Findelkinder hatten so erfahren, dass Tony Renis und Emilio Pericoli mit dem Lied *Uno per tutte* das Sanremo-Festival gewonnen hatten. Da sich alle Waisenhausmädchen das Stück während der Sonntagsspaziergänge vorsummten, kannten sie es in- und auswendig. Mit großem Geschrei gewann Inter Mailand am sechsundzwanzigsten Mai die Meisterschaft. Sogar vom Tod Giovannis XXIII. erfuhren sie aus dem Radio, noch bevor die Nonnen es ihnen mitteilten. Er war am Abend des dritten Juni gestorben, ausgerechnet während der Komplet, die die Kinder dem kranken Papst widmen sollten. Trotz ihres egoistischen Herzens hatte Nina dies inständig und gern getan, und als sie im Bett lag, wiederholte sie den Rosenkranz so lange, bis ihr die Augen zufielen. Sie wusste von ihm nur, dass er das Kirchenoberhaupt war, in jedem Raum des Heims hing ein Bild von ihm, doch sie wunderte sich, dass er *der gute Papst* genannt wurde. Gutherzigkeit war doch wohl unerlässlich, um Papst zu werden und Gottes Wort in der Welt zu verbreiten. Doch offensichtlich war es nicht so, denn keiner von denen vor ihm hatte ausreichend christliche Barmherzigkeit an den Tag gelegt, um den Zusatz *gut* zu verdienen. Als sich die Kinder am nächsten Morgen in der Kapelle versammelten, um die Loblieder zu singen, wurde die Nachricht flüsternd von Mund zu Mund getragen, und die Welt erschien Nina nun noch ein wenig schlechter.

Am Ende des Sommers wurde viel über die Rede eines amerikanischen Predigers, Martin Luther King, gesprochen. »Ich habe einen Traum«, begann sie, und unter anderem sagte er, dass »alle Menschen gleich erschaffen« seien. Das war ja nicht so verwunderlich. Doch die größeren Jungen, vor allem diejenigen, die schon groß ins Heim gekommen waren, sagten, dies sei außergewöhnlich, denn King sei schwarz, und wenn sich sogar die Schwarzen erhoben und gleiche Rechte wie die Weißen forderten, dann seien Gleichheit und eine gerechte Gesellschaft nicht mehr fern.

Nina schien das alles sinnlos, doch um niemandem die gute Laune zu verderben, schwieg sie. Es gab ja sogar Unterschiede zwischen Waisen und Findelkindern, wie musste es dann erst zwischen Schwarzen und Weißen aussehen, zwischen Armen und Reichen, zwischen unterschiedlichen Ländern und Religionen? Gleich ganz bestimmt nicht, sonst würden ja wohl kaum Kriege ausbrechen. Politik interessierte sie überhaupt nicht, doch sie folgte dem Geschehen, da sie in einem Jahr das Waisenhaus verlassen würde und wissen wollte, was in der Welt vor sich ging.

Die größte Aufmerksamkeit erregte jedoch die Katastrophe von Vajont am neunten Oktober. Ein Junge hatte davon in den Nachrichten im Radio gehört und erzählte es beim Frühstück. Die Nachricht wurde von Tisch zu Tisch getragen und immer neue sensationelle Einzelheiten dazugedichtet. Aus einer stürzenden Bergflanke wurden drei, fünf, zehn. Die Flutwellen zerstörten ganze Städte, die Berge stürzten in sich zusammen, ein Beben riss die Erde auf und verschlang Millionen von Menschen.

Und plötzlich schluchzte Antonella auf und hörte gar nicht mehr auf zu wimmern, markerschütternd und herzzerreißend. Die Nonnen wandten sich an die Carabinieri, um etwas über den Vater des Mädchens zu erfahren. Und am nächsten Tag teilten sie ihr mit, dass er unter den *Vermissten* sei.

Nina schrieb das Wort sofort in ihr Heft.

Nach wenigen Tagen informierten die Carabinieri Antonella, man habe den Leichnam des Vaters unter meterhohem Schlamm im Tal gefunden, nahezu unkenntlich. Nur dank der Papiere, die er mit etwas Geld und einem Foto seiner Tochter im Portemonnaie mit sich getragen hatte, habe man ihn identifizieren können. Man lasse ihr baldmöglichst die persönlichen Dinge des Vaters zukommen.

Es wurde eine Messe *in memoriam* gelesen, während der das Mädchen ununterbrochen weinte. In der Hoffnung, Antonella ein wenig aufzuheitern, organisierte Schwester Immacolata am darauffolgenden Samstag einen Spaziergang außer der Reihe in die Stadt. Sie wollte Antonella, die etwa gleichaltrigen Cinzia und Patrizia und Nina mitnehmen. Nina war zwar etwas älter und hatte nicht viel mit den jüngeren Mädchen zu tun, doch Schwester Immacolata hatte nicht lockergelassen.

»Vielleicht freundet ihr euch ja an, und du öffnest dich ein wenig.«

Sich öffnen. Wozu? Sogar in Geschichtsbüchern stand, dass Städte zu ihrer Verteidigung auf hohen Gipfeln gebaut werden sollten, mit Gräben und Mauern rundherum. Außerdem war Antonella ihr einerlei, sie war eine Waise wie Dutzende andere im Heim und Millionen andere auf der Welt. Nina verstand nicht, warum ausgerechnet ihr Schicksal so viel Aufsehen erregte. Vielleicht, weil im Radio darüber gesprochen wurde? Waren die Toten berühmt? Doch schließlich gab sie Schwester Immacolata nach.

Es war Mitte Oktober, der Himmel aber von durchdringendem Blau, und es war so warm, dass man hätte meinen können, der Sommer sei zurückgekehrt. Doch laut dem Kalender der Oberin war der einundzwanzigste September längst vorbei, und zwar ohne Wenn und Aber: Es hieß die Wollumhänge anziehen.

Nina hasste sie, nicht nur weil man an ihnen erkannte, dass sie ungewollte Heimkinder waren, sondern weil die Umhänge versinnbildlichten, wie stupide und erbarmungslos die Heimregeln angewandt wurden. Sie schämte sich dafür. Nach wenigen Minuten hatten die Mädchen dann auch hochrote Köpfe.

»Habt ihr Lust auf ein Eis?«, fragte Schwester Immacolata.

Das hatte es noch nie gegeben, und die drei Mädchen jubelten. Nina hob nur die Schultern.

Sie gingen ins Borgo-Viertel, eine Flaniergegend mit zahlreichen Geschäften, in das sie ihre normalen Spaziergänge sonst nie führten. Aber heute war wohl alles ein wenig anders.

Die Frauen in Borgo trugen bunte, leichte Kleidung, einige der Männer hatten ihre Jacken ausgezogen und locker über die Schulter gelegt. Die Leute spazierten zwischen der Via del Popolo und der Piazza Plebiscito hin und her und betrachteten die Schaufenster. Beim Anblick der Nonne und der Waisenkinder, die in ihren dicken Umhängen schwitzten, was das Zeug hielt, wandten sie sich neugierig um. In ihrem ganzen Leben hatte Nina sich noch nicht so geschämt.

Sie betraten eine große Bar mit Eisverkauf. Glücklicherweise war es sehr voll, und niemand beachtete sie, außerdem war es hier drinnen kühl.

»Sucht euch etwas aus«, ermunterte Schwester Immacolata sie.

»Ich will eine Gassosa-Limo!«, rief Cinzia. Wahrscheinlich wusste sie nicht einmal, was das war, aber im Radio hörten sie häufig die Werbung für *Gassosa Peirano*, der die Waisen mit geschlossenen Augen lauschten, sich die ausgetrockneten Lippen leckten und einen paradiesischen Geschmack heraufbeschworen.

Antonella und Patrizia wollten je einen Eisbecher, eine mit Schokoladeneis, die andere mit Erdbeere und Zitrone.

Ein Werbeschild zeigte ein hübsches blondes Mädchen, deren Haar von einem Windstoß auf einer Seite in die Höhe gehoben wurde. In der Hand hielt sie zwei Eis am Stiel, ein helles und ein dunkles. Darüber stand *Die gesunde Erfrischung* und darunter *Mottarello*, eine weitere im Radio beworbene Marke.

Nina, der oft gesagt wurde, sie sei ausgezehrt, war in diesem Moment schweißgebadet unter ihrem Umhang und verspürte verzweifeltes Verlangen nach diesem Eis, das gesund und erfrischend gleichzeitig sein sollte. »Ich möchte das da.«

»Vanille oder Schokolade?«, fragte das Mädchen hinter der Theke lächelnd.

»Vanille.«

Schwester Immacolata nahm einen Organgensaft, zahlte und bahnte sich und den Mädchen den Weg durch die Menge zu einem freien Tisch, als hätte sie in ihrem ganzen Leben nichts anderes getan.

Nina biss in ihr *Mottarello*. Es schmeckte angenehm nach Kondensmilch, aber nicht so süß. Sie erkannte ein Lied von Celentano, das oft im Radio gespielt wurde: *Ciao Amore*. Die Musik kam aus einem leuchtenden Möbelstück aus Glas und Metall. Hin und wieder steckte ein Kunde ein Geldstück in einen Schlitz, drückte einige Tasten, und schon ertönte Musik. Bei jedem Stück leuchtete der Apparat in einer anderen Farbe. Nina konnte gar nicht mehr wegsehen.

Antonella blickte sie neugierig an. »Schön, oder? Das ist eine *Jukebox*, ein amerikanisches Gerät.«

Sie sagte das nicht, um zu zeigen, was sie alles wusste, sondern weil sie gesehen hatte, wie interessiert Nina den Apparat betrachtet hatte. Und doch gab es Nina einen Stich. Vielleicht missfiel ihr, dass die eigene Ahnungslosigkeit so offensichtlich war oder dass das andere Mädchen ein nahes »Vorher« hatte, das ihr noch anhaftete und zu dem sie in wenigen Jahren zurückkehren würde, vielleicht war es auch das Bewusstsein, hier vollkommen fehl am Platz zu sein. Irgendetwas in ihr kochte über, und sie fuhr Antonella zornig an: »Wer hat dich denn gefragt? Kümmere dich um deinen eigenen Kram!«

»Nina!«, mahnte Schwester Immacolata.

Doch die hob nur die Schultern und biss noch einmal in ihr *Mottarello*.

Antonella wurde ganz klein auf ihrem Stuhl. Ihr Schokoladeneis lief in kleinen Rinnsalen aus dem Becher und tropfte auf den weißen Tisch. Sie sah erbärmlich aus.

Das freute Nina, und sie leckte zufrieden ihr eigenes Eis. Doch ihre Freude hielt nicht lange an.

Drei Mädchen in ungefähr ihrem Alter hatten sich an den Nebentisch gesetzt. Sie sahen aus, als kämen sie geradewegs aus einer Modereklame: Eine war schwarzhaarig, eine brünett und eine blond, und sie waren gekleidet und frisiert, als stammten sie aus einem Film. Ihre Bewegungen waren graziös, die

Stimmen glockenklar und das Lachen hell. Sie trugen bunte Kleider, die gerade eben bis an die Knie reichten, und mit geometrischen Mustern verzierte Jäckchen. Die Blonde, die mit dem Rücken zu ihnen saß, hatte die Haare zu einem glänzenden weichen Haarknoten gebunden. Die anderen beiden trugen das Haar offen, zurückgehalten von hübschen Bändern in gleicher Farbe wie ihre Kleider. Irgendwann wurde die Schwarzhaarige auf die Waisenhausmädchen aufmerksam. Sie stieß die Brünette neben sich an und flüsterte ihr etwas ins Ohr. Mit den Händen vor dem Mund versuchten sie gleichzeitig, ein Lachen zu verbergen. Vielleicht aber auch, darauf aufmerksam zu machen. Sie lehnten sich zur Blonden, flüsterten und zeigten auf den Tisch, an dem die Waisenhauskinder saßen. Die Blonde drehte sich nicht um, doch ihre Schultern zuckten in einem Lachen.

Nina senkte den Blick auf ihren bis zum Boden reichenden Faltenrock, den Umhang, den sie angelassen hatte, weil er so steif und unhandlich war, dass sie nicht gewusst hatte, wo sie ihn ablegen sollte. Sie dachte an ihr eigenes verfilztes Haar und tat sich selbst leid. Das Waisenhaus zu verlassen würde nichts ändern. Sie würde niemals Teil dieser anderen Welt sein: ahnungslos, tollpatschig und tumb, wie sie war. Der gelbe Punkt, der nirgendwohin gehörte, das war sie.

Und die anderen Mädchen an ihrem Tisch waren nicht weniger unbeholfen und heruntergekommen; Trampeltiere in ihren von unzähligen Füßen verformten Schuhen. Ganz zu schweigen von Schwester Immacolata, die in etwa so gut in das Lokal passte wie eine schwarze Eule in eine Voliere voller Paradiesvögel.

Antonella rührte in ihrem geschmolzenen Eis und führte seufzend den Löffel zum Mund.

Die drei schicken Mädchen gingen nun zur Jukebox und steckten Geldstücke hinein. Der Apparat erstrahlte in gelbem

Licht, und die unverwechselbare Stimme von Pat Boone erfüllte das Lokal. *Lallalà lalaralalalalà ...* gefolgt von *Speedy Gonzalez*, das sich bei jeder Strophe wiederholte und alle unweigerlich zum Mitwippen brachte. Die drei Mädchen aber wippten nicht nur ein wenig mit, sie ließen die Hände durch die Luft fliegen und zuckten mit den Schultern im Takt. Als hätten sie nie etwas anderes getan, als zu tanzen und sich das Haar zu bürsten.

Da zog Antonella die Nase hoch, einmal, zweimal, das dritte Mal schon etwas lauter. Schließlich brach sie verzweifelt in Tränen aus. Sie hatte fast gar nichts von ihrem mittlerweile geschmolzenen Eis gegessen. Vielleicht hatte die Brühe sie ja an den Schlamm erinnert, unter dem man ihren Vater gefunden hatte. Die anderen beiden Mädchen beugten sich zu ihr hinüber, um sie zu trösten, und Schwester Immacolata zog ein Taschentuch aus dem Ärmel und bemühte sich, die braune Brühe aufzuhalten, die vom Tisch auf den Boden troff. Ein jämmerliches Bild, das die Aufmerksamkeit der anderen Gäste auf sich zog.

Und genau in diesem Moment musste Nina an den Film mit der Drehtür denken. Was hatten sie alle verbrochen, dass sie immerzu auf der Unglücksseite herauskamen? Das beste Beispiel war doch Antonella: Es reichte wohl nicht, dass ihre Mutter vor wenigen Monaten an einer Krankheit gestorben war, nein, jetzt hatte es auch noch ihren Vater dahingerafft. Das Schicksal hatte ihn tausend Kilometer entfernt zu einem Berg getrieben, der bis zum Eintreffen der Katastrophe gänzlich unbekannt gewesen war. Und sie, Nina, welche Schuld hatte sie auf sich geladen, dass sie ungewollt geboren und im Waisenhaus abgeliefert worden war? Auf welcher Seite der Drehtür würde sie nächstes Jahr herauskommen? Zweifellos auf der schlechteren. Die Dinge würden sich nie ändern.

Die Sorglosigkeit der tanzenden Gäste wurde Nina unerträglich. Sie sah sich nach einem Fluchtweg um. Am liebsten hätte sie sofort das Lokal verlassen, doch ganz in ihrer Nähe entdeckte sie eine Tür mit dem Schriftzug *Toilette.* »Ich komme gleich wieder.« Sie warf den Umhang auf ihren Stuhl.

Doch niemand beachtete sie, alle waren damit beschäftigt, Antonella zu trösten.

Kurz darauf betrat Nina einen dunklen, engen Raum mit einem kleinen Waschbecken und einer Tür, hinter der sich wahrscheinlich das Klosett befand. Nie zuvor war sie in einer öffentlichen Toilette gewesen. Erschöpft seufzte sie bei dem Gedanken, wie viele Dinge sie nicht kannte und wie oft sie sich wohl noch lächerlich machen würde. Ganz zu schweigen von der Unmöglichkeit, die Anmut der drei Mädchen an der Jukebox zu erreichen.

Sie ließ Wasser in die hohle Hand laufen, spritzte es sich ins Gesicht und genoss die Kühle auf ihrer Haut.

Da öffnete sich die Tür der Toilette.

»Brauchst du noch lang?«

Nina wandte sich um.

Sie war ein wenig gewachsen, jedoch nicht so viel wie Nina. Mit den geschminkten Lippen und ihrem Haarknoten hätte man sie auch für eine junge Dame halten können, doch wenn man genau hinsah, konnte man unter der üppigen Statur noch das pausbäckige Kind erkennen. Ihr Kleid hatte nun die richtige Größe und fiel perfekt über die ausladende Brust und die runden Hüften. Vielleicht hatte Giuliana sich damit abgefunden, eine füllige Tochter zu haben, oder Lucia suchte ihre Kleider nun selbst aus.

Misstrauisch musterten sie sich.

Nach dem letzten Besuch bei Familie Valenti hatte Nina die Erinnerung an die Freundin aus ihrem Gedächtnis nahezu verbannt. Sie dachte fast überhaupt nicht mehr an sie. Nun, da sie ihr gegenüberstand, erwachten tausend Gefühle – trotz der Überzeugung, ein Herz aus Stein zu haben. Am stärksten wog die Befangenheit. Nina war noch immer mager und fremd in der Welt, Lucia aber war aufgeblüht wie eine Rose im Mai, wunderschön und farbenfroh. »Bist du zurück?«, fragte Nina, denn das Schweigen begann sie zu beunruhigen.

»Von wo?«

»Von Pescara.«

Lucia sah sie schief an. »Was weißt du denn davon?«

Nina wäre am liebsten gestorben.

»Na? Woher weißt du, dass wir nach Pescara gezogen waren?«

»Hab ich nur so gesagt.«

Plötzlich warf Lucia den Kopf in den Nacken und lachte seltsam schrill. Als sie Nina wieder ansah, war ihr Gesicht eine bösartige Grimasse. »Brauchst mir gar nichts zu erzählen, meine Mutter hat mir alles gesagt.« Sie senkte die Stimme. »Auch das mit der Puppe.«

»Mit welcher Puppe?«

»Die, die du mitgenommen hast. Sie hat erzählt, dass du so lange geweint hast, bis sie gar nicht anders konnte, als sie dir zu geben.« Sie zeigte auf das Waschbecken. »Machst du mal Platz?«

Nina sprang ein Stück zur Seite und beobachtete, wie Lucia den Hahn mit einer eleganten Drehung öffnete und das Wasser sanft ihre buttrigen Hände umfloss. Instinktiv versteckte Nina die eigenen, zerfurcht und rau von der vielen Hausarbeit, hinter dem Rücken.

»Wie kommt es, dass Schwester Immacolata mit euch hergekommen ist?«

»Der Vater von einer ist letzte Woche in Vajont gestorben ...«

Doch Lucia hörte gar nicht zu. Rasch ging sie zur Tür und spähte in das Lokal. »Ihr seid ja jetzt fertig, also müsst ihr gehen. Sofort.«

»Aber warum denn?«

»Wir wohnen nun in einem anderen Viertel, wo niemand weiß, dass ich adoptiert bin. Mein Vater ist jetzt Direktor vom Postbüro, die Leute bringen uns Respekt entgegen.« Sie zitterte am ganzen Körper.

Lucia schämte sich für die Waisenkinder, ja, sie schämte sich für ihr schlecht geschnittenes Haar, für die schrecklichen Wollumhänge, die von schlechter Ernährung wächserne Haut. Sie schämte sich für das, was sie selbst gewesen war.

Lucia hatte die gleichen zerschlissenen Kleider getragen, Kartoffeln und Brot gegessen, hatte die Unterhosen bis zu den Knien herabgelassen wegen irgendeines Ticks, den Schwester Ortensia mit Moral und sauberer Unterwäsche hatte, hatte unbegründete und deshalb unendlich demütigende Strafen über sich ergehen lassen müssen. Im Waisenhaus war das die Tagesordnung gewesen, für alle. Nun aber lebte Lucia in einer Familie, und sie schämte sich für ihr früheres Leben. Anstatt sie enger aneinanderzuschmieden, hatten die gemeinsam erlebten Demütigungen einen Keil zwischen sie getrieben.

Jäh löste sich die noch kurz zuvor verspürte Befangenheit in Luft auf.

Lucia distanzierte sich von ihr, weil Nina um ihr vorheriges Leben wusste. Allein ihre Anwesenheit genügte, um in Lucia Erinnerungen aufleben zu lassen, die sie hatte vergessen wollen. Das gemeinsam erlittene Leid hatte nicht ihre Freundschaft gefestigt, sondern Feindseligkeit gesät.

Da sah Schwester Immacolata zur Tür herein. »Hier bist du! Ich habe dich schon gesucht. Wir müssen jetzt gehen.« Sie kam herein. »Wo ich einmal hier bin, kann ich mir gleich die Hände waschen.« Tatsächlich waren sie vollkommen mit Schokoladeneis verschmiert.

Nina rückte zur Seite, sodass nun auch Lucia zu sehen war, die hinter ihr gestanden hatte.

Ruckartig drehte sich die zur Wand, doch sie war nicht schnell genug.

Schwester Immacolata hielt sich am Waschbecken fest. »Aber du bist doch ...« Sie wandte sich an Nina. »Sie ist es doch, oder?«

Lucia bewegte sich nicht.

»Sagst du mir nicht einmal Guten Tag?«

»Lassen Sie nur, sie schämt sich für uns.«

»Ach was. Warum sollte sie denn?« Als Lucia sich noch immer nicht zu ihr umdrehte, berührte die Nonne das Mädchen am Arm. »Lass dich mal ansehen, was bist du groß und hübsch geworden ...«

»Fassen Sie mich nicht an!« Lucia riss ihren Arm weg. »Warum geht ihr nicht einfach und lasst mich in Ruhe?«

Schwester Immacolata schüttelte verwundert den Kopf. »Wie bitte?«

»Gehen wir.« Nina versuchte, die Nonne an ihrem Habit aus dem Raum zu ziehen, doch die hielt sich am Waschbecken fest.

»Nein, sieh mich mal an!«

»Was soll das denn jetzt? Wir müssen Antonella zurückbringen.«

»Genau, geht dahin zurück, wo ihr hergekommen seid, und kommt nie wieder!« Endlich hatte Lucia sich umgedreht, das Gesicht zu einer angeekelten Fratze verzogen. »Das hier ist kein Ort für eine Bettelbande wie euch.«

Knurrend wie ein wildes Tier machte Schwester Immacolata einen Satz nach vorn.

Lucia konnte nicht einmal mehr zur Seite springen. Unerwartet schnell und laut klatschte die Hand auf ihr Gesicht und hinterließ fünf Streifen Schokoladeneis darauf.

»Jetzt können wir gehen.« Mit großen Schritten und im Takt zu *Guarda come dondolo, guarda come dondolo* aus der Jukebox durchmaß Schwester Immacolata das Lokal.

Dieses Erlebnis sollte Ninas kindlicher Naivität endgültig ein Ende setzen. Um sich zu schützen, hatte sie sich bis dahin darauf beschränkt, ihr Herz steinhart werden zu lassen. Doch von nun an würde sie einen unüberwindbaren Schutzwall um sich errichten.

Etwa einen Monat später wurde in Dallas John Fitzgerald Kennedy ermordet, der Präsident der Vereinigten Staaten und Unterstützer jenes King, dessen Rede die politikbesessenen Jungen aus dem Waisenhaus so begeistert hatte. Tagelang wurde über nichts anderes gesprochen. Die Hoffnungen auf Veränderung waren mit seinem Tod zum großen Teil zunichtegemacht.

Nina lauschte dem Geflüster und schüttelte bloß den Kopf über diese armen Narren, die immer wieder ihre Träume begraben mussten. Auch sie würden in der gläsernen Drehtür stets auf dem Gehsteig herauskommen. Genau wie der schwarze Prediger.

Da war ein Herz aus Stein doch die bessere Wahl.

Es war schon seltsam, dass die Tabacchine so ausgesprochen schlecht angesehen waren, denn die Stadt florierte dank ihnen. Bevor es die Tabakmanufaktur gab, hatten alle am Hungertuch genagt. 1927 waren schließlich einige Führungskräfte der ATI, der italienischen Tabakgesellschaft, zur Überzeugung gelangt, die Gegend sei die richtige, um eine *Fattoria* ins Leben zu rufen, einen Betrieb, der sich auf die Verarbeitung von Rohtabak aus der Gegend spezialisieren sollte. Zu Anfang hatten sie vor allem Bauersfrauen eingestellt, die nach allgemeiner Ansicht schwere Arbeit gewohnt waren. Dann fiel jedoch auf, dass auch die Städterinnen keinerlei Mühe scheuten. Mit etwa fünfzehn Jahren wurden sie eingestellt, um die vierzig Jahre später hatten sie das Rentenalter erreicht und verließen die Fabrik.

Die Manufaktur in Lanciano war eine der größten, hier wurden auch Arbeiterinnen eingestellt, die anderswo wegen Personalüberschuss hatten gehen müssen: in Chieti zum Beispiel, wo vor einigen Jahren trotz Streiks und schöner Versprechungen der Führungsetage einhundertfünfzig Arbeiterinnen entlassen worden waren.

Dass die vor dem Krieg entstandene örtliche Industrie den Bach hinunterging, war ein Rätsel, ging es doch für Fabriken und Betriebe dank des Wirtschaftsbooms überall sonst im Land steil bergauf.

Nina hatte das Wort notiert. *Boom*, da dachte man eigentlich an eine Explosion mit Toten und Verletzten, in diesem Fall aber bedeutete das Wort ein Wunder, und zwar ein Wirtschaftswunder im Italien der Nachkriegszeit, das sich auszeichnete durch das erstaunliche finanzielle sowie technologische Wachstum, das auf den harten Wiederaufbau gefolgt war. All das war an Nina vorbeigegangen. Wie hätte sie es auch mitbekommen sollen? Bis auf die von den Jungen häppchenweise im Radio aufgeschnappten Nachrichten, die keiner von ihnen miteinander in Verbindung bringen konnte, drang nichts zu ihnen ins Waisenhaus herein.

Das Mädchen jedoch, das nun auf der anderen Seite des Arbeitstisches saß, schien alles zu wissen. Sie wurde halb spöttisch, halb bewundernd »Professorin« genannt. Es hieß, sie sei die Tochter eines bekannten Anwalts aus Vasto und nehme jeden Morgen den Bus, um zur Fabrik zu kommen. Ihre Familie sei reich, doch sie brauche das Geld, um zu studieren. Der Vater wolle nicht, dass sie zur Universität gehe, der Sohn hingegen sei dort eingeschrieben, damit er bald in die väterliche Kanzlei eintreten könne. So habe das Mädchen beschlossen, sich das Geld allein zu besorgen. Vor ihr auf dem Tisch, neben den angehäuften Tabakblättern, die noch aussortiert werden mussten, lag immer ein Buch, in welchem sie halblaut las. Während der Pause blätterte sie in einer Tageszeitung: dem *Paese Sera*. Es war, als hätte sie tausend Augen, denn sie machte bei der Sortierung nie etwas falsch. Wie Nina war sie dafür zuständig, die Tabakblätter voneinander zu trennen und zu sortieren.

Jede Arbeiterin bekam beim Arbeitsanfang einen Ballen Tabakblätter. Sie wogen ihn und trugen das Gewicht in das Büchlein ein, in das sie am Tagesende auch vermerkten, wie viele Kilo sie verarbeitet hatten: höchstens sechs, die schnellsten unter ihnen, zu denen die Professorin gehörte, schafften sogar acht.

Die Blätter mussten nach Qualität sortiert werden. Die hellen, die besten, waren für die teuren Zigaretten bestimmt, wie Marlboro, roter Tabak war für MS-Zigaretten und der braune –

dunkles, stinkendes Stroh, das Luft und Lunge verpestete – für Alfa-Zigaretten. Die Tabacchine rauchten gewöhnlich die letzteren, vielleicht glaubten sie, es sei nicht recht, die Blätter für sich selbst zu verschwenden, über denen sie Blut und Wasser geschwitzt hatten.

In dem Sortiertisch waren vor jedem Arbeitsplatz drei Löcher eingelassen, in die die Blätter je nach Kategorie sortiert wurden. Am Ende der Schicht kam die Abteilungsleiterin und sammelte alles ein. Manchmal kam sie auch während der Sortierung, und wenn sie einen Fehler bemerkte, gab es Ärger, und zwar nicht zu knapp. Es konnte passieren, dass der ganze Tag nicht bezahlt wurde.

Die Professorin vertat sich nie, ihre Finger glitten so flink über die Tabakblätter wie ihre Augen über die Buchseiten.

»Ich bin eine Fliege«, hatte sie geantwortet, als Marisa sie fragte, wie sie das anstelle. »Fliegen haben eine andere Zeitwahrnehmung als wir, sie sehen die Welt in Zeitlupe, so wie wir die Figuren eines Glockenspiels!«, fügte sie hinzu und riss den Mund zu einem lautlosen Lachen auf. »Anscheinend bin ich auch so etwas wie eine Fliege.« Ihr Flüstern war gerade eben zu hören, denn Plaudereien wurden mit einer Rüge bestraft und vom Lohn abgezogen, sie lenkten nur von der Arbeit ab.

»Wie ist denn das möglich?«, hatte Nina gewispert.

»Für mich oder die Fliegen?«

»Die Fliegen.« Nina konnte kaum glauben, dass ein so unbedeutendes, lästiges Insekt so außergewöhnliche Fähigkeiten haben sollte.

»Wegen der Ommatidien, aus denen sich ihre Augen zusammensetzen.« Das waren bienenwabenähnliche winzige Einzelaugen, durch welche die Fliegen die Welt sahen wie ein Mosaik.

»Danke.« Eigentlich hatte Nina nichts verstanden, doch für mehr Fragen fehlte ihr der Mut. Aber sie war sehr beeindruckt, vor allem von dem Wort *Ommatidien*. Auch *Mosaik* fand sie, besonders in diesem Kontext, außergewöhnlich. Sie zog ihr Heft hervor.

»Das ist aber nicht das Büchlein, in das wir Gewicht und Arbeitsstunden notieren, oder?«, erkundigte die Professorin sich und fuhr fort, Tabakblätter in die Öffnungen im Tisch zu sortieren.

Verwundert hob Nina den Kopf. Wie hatte sie das von ihrem Platz am anderen Ende des Sortiertischs sehen können?

»Hab ich doch gesagt: Ich habe Augen wie eine Fliege.« Wieder lachte sie fröhlich ihr lautloses Lachen mit aufgerissenem Mund.

Vom nächsten Tag an rückten die beiden wie zufällig immer näher zusammen. Nina setzte sich einen Platz weiter nach links, und ebenso tat es die Professorin, bis sie sich genau gegenübersaßen.

»Und wie stehst du dazu, dass eine neue Maschine angeschafft werden soll?«

In der Hoffnung, das Schicksal würde für sie entscheiden, hatte Nina noch nicht darüber nachgedacht. »Ich weiß nicht, einige finden das gut, weil wir dann weniger hart schuften müssen. Andere meinen, dass sie uns die Arbeit wegnimmt.«

Die Professorin hob den Blick vom Buch. »Es ist das übliche Dilemma: Mensch oder Fortschritt?« Sie lächelte. Das tat sie oft. Und da Nina ihr die Antwort schuldig blieb, fügte sie hinzu, dass Technologie an und für sich eine gute Sache sei, doch es hinge eben davon ab, wie man sie nutze. Solange die Maschinen dem Menschen dienten, seien sie eine Bereicherung, doch es könne eben immer das Gegenteil eintreten, nämlich, dass der Mensch Untertan seiner selbst erfundenen Maschinerie werde. »Was schreibst du in das Heft, das du immer dabeihast?«

»Wörter.«

»Was für welche?«

»Welche, die ich zum ersten Mal höre oder die mich besonders beeindrucken.« Noch nie hatte Nina jemandem davon erzählt, und nun kam es ihr einfach so über die Lippen. »Letztens habe ich zum Beispiel *Ommatidien* und *Mosaik* reingeschrieben.«

Wieder lachte die Professorin. »Und was machst du, wenn das Heft voll ist?«

»Hab schon eine ganze Menge solcher Hefte. Das mache ich, seitdem ich schreiben kann.«

Einige Minuten schwiegen sie.

»Stimmt es, dass du hier arbeitest, damit du die Universität bezahlen kannst?«, wollte Nina schließlich wissen.

»Ja. Wird zwar ein bisschen länger dauern, bis ich einen Abschluss habe, aber das macht nichts. Diesen Traum erfülle ich mir.«

Mit der Professorin kannte Nina nun zwei Menschen mit Zukunftsplänen. Der andere war Marcella, deren Träume, Fotoromandiva oder Fernsehansagerin zu werden, jedoch zerplatzt waren. Sie hoffte von ganzem Herzen, die Professorin möge mehr Glück haben, sie arbeitete wirklich hart, ohne Pause, und am Abend ging sie zur Bushaltestelle, gebückt unter der Last ihrer schweren Büchertasche. Bestimmt dauerte die Fahrt ziemlich lang und war obendrein anstrengend. »Wie lange brauchst du denn von hier nach Vasto?«

»Eine Fahrt dauert eine Stunde und fünfzehn Minuten, manchmal auch eineinhalb Stunden.«

»Hast du keine nähere Arbeit gefunden?«

Die Professorin schüttelte den Kopf. »Es geht dabei um Respekt.«

Sie plauderten nun schon eine ganze Weile miteinander. Wenn sie jemand erwischte, dann würde es eine Rüge oder einen Vermerk in der Personalakte setzen. »Respekt wofür?«

»Für meinen Vater.« Er wolle nicht, dass sie studiere, despotisch und altmodisch sei er, erklärte die Professorin, doch eben auch nur Opfer einer streng patriarchalen und seit Generationen gleichen Mentalität. Er halte es für vollkommen unangebracht, dass eine Frau unabhängig sein wolle. Und auf ihre Mutter könne sie auch nicht zählen, für die sei Gesetz, was ihr Ehemann sagte, und die ungehorsame rebellische Tochter eine Schande. Die Professorin fuhr fort, sie wolle dem Vater Hohn und Spott ersparen, deshalb arbeite sie hier, wo niemand sie und ihre Familie kenne. Eine ziemliche Heuchelei, ja, aber so sei es für alle das Beste, und der Vater müsse sein Gesicht nicht verlieren. »Der soziale Druck ist groß«, raunte die Professorin kaum hörbar. »In Vasto kennen uns alle, und die Tratscherei würde überhaupt kein Ende mehr nehmen. Sieh mal, die Tochter vom Anwalt geht auffe Fabrik«, äffte sie den Klatsch nach, »warum erlaubt ihr Vater so was? Die haben doch nicht etwa finanzielle Probleme?« Sie könne sie förmlich sehen, schnaubte sie, eine Meute aus bohrenden Blicken und anklagend erhobenen Fingern. In Lanciano kenne sie niemand, hier sei sie eine namenlose Tabacchina, deren Familienehre es nicht zu retten gelte, und niemand würde über den Vater richten. »So kontrolliert uns die Gesellschaft: mit Klatsch und Tratsch. Die Familien ertragen die üble Nachrede nicht und zwingen die Rebellen, sich anzupassen und auf ihre Träume zu verzichten. Aber ich, ich verzichte nicht auf meine Träume.« Die Professorin riss den Mund auf und lachte ihr lautloses Lachen. »Manchmal räche ich mich und setze mich nach der Arbeit an den Essenstisch, ohne vorher geduscht zu haben. Dann tun alle so, als würden sie meinen Tabakgestank nicht riechen, das solltest du mal sehen!«

Das alles war für Nina sehr schwer vorstellbar, doch sie bewunderte den Mut des Mädchens. »Ich hätte auch gerne studiert«, erklärte sie wie aus dem Nichts heraus. Es war ihr einfach so herausgerutscht, sie wusste nicht einmal, ob es tatsächlich so war. Vielleicht wollte sie nur zeigen, dass auch sie Träume hatte. »Ich hab aber nur die fünf Jahre Grundschule gemacht.« Ein paar Monate lang hatte sie auch die sechste Klasse besucht, doch das zählte nicht.

»Wollten deine Eltern nicht, dass du weiter zur Schule gehst?«

Was sollte sie antworten? Nina überlegte, ob sie einer, deren Namen sie nicht einmal kannte, ihre persönliche Geschichte erzählen sollte.

»Ich hab keine Eltern, bin im Waisenhaus aufgewachsen.« Sie verspürte einen Stich, als wäre soeben eine alte Wunde wieder aufgerissen. »Die meisten der Kinder dort haben nur die Grundschule gemacht, es gab ja niemanden, der für uns Schulgeld und Bücher bezahlt hätte.« Damit die Waisenhauskinder dann auch nicht untätig herumsaßen, mussten sie gleich nach der fünften Klasse einen Beruf erlernen. Die Mädchen nähten und bestickten Tischdecken und Betttücher für die Aussteuer derer, die bald heiraten würden, die Jungen schickte man zu einem Bäcker oder Schreiner in die Lehre. Nina hatte es damals nicht für wichtig gehalten, doch sie erinnerte sich an einige Gespräche der Nonnen darüber, dass gewisse Politiker die Schulpflicht verlängern wollten. Die Schwestern waren entsetzt: So etwas konnten sich auch nur Kommunisten einfallen lassen. Warum sollte jemand lernen und studieren, der ohnehin bloß Maurer, Bedienstete, Mechaniker oder Hausfrau werden würde? Das war doch reine Zeitverschwendung. Und würde außerdem Leuten zu Kopf steigen, deren Platz am unteren Ende der sozialen Leiter war und bleiben würde. Einige Jahre später jedoch, 1962, einigten sich Kommunisten und die Democrazia Cristiana auf eine Verlängerung der Schulpflicht. Da war Nina aber schon sechzehn, zu alt, um noch schulpflichtig zu sein. Der Stich, den sie nun verspürte, bewies aber doch, dass sie wirklich gerne hätte studieren wollen. Ein so heimlich gehegter Traum, dass nicht einmal sie selbst ihn bemerkt hatte. Vielleicht führten die Worte in ihren Heften, die sie füllte, seitdem sie sechs Jahre alt war, zu ihren geheimsten Träumen, waren wie fallen gelassene Kieselsteine, anhand derer sie ihren Weg finden würde wie einst Däumling im Märchen.

Nina hatte keine Geschichte, keine Erinnerungen oder Erzählungen aus der Zeit, in der sie noch nicht da gewesen war. Sie wusste nicht, wer ihre Eltern waren oder warum sie auf der Welt war. Ohne Vergangenheit war es ihr nicht möglich, eine Zukunft zu sehen, sie steckte fest in einer Gegenwart ohne Träume. Einer der Gründe, warum sie damals Lucia den Platz bei den Valentis überlassen hatte, war ihre Unfähigkeit, sich selbst in diesem Familienbild zu sehen, es machte ihr Angst. Ihre Hefte waren das Einzige, das sich durch ihr Leben zog und die Tiefe der Dinge messen konnte, von denen sie ausgeschlossen war.

Der schreiende, Türen aufreißende Junge aus dem Heim fiel ihr wieder ein. Er war einige Jahre älter als sie gewesen, und nach und nach war aus ihm ein Mann mit einem Kindergesicht geworden. Sein starrer Blick und der immer krummere Rücken waren ihr unheimlich. Er schrie und schrie und lief auf und ab, bis irgendwann zwei Nonnen herbeiliefen, denn eine allein konnte ihn nicht mehr bändigen, und ihn fortbrachten.

Aus seiner Verzweiflung sprach die gleiche Frage, die auch Nina sich stellte: Warum bin ich hier?

Als Nina das Waisenhaus damals verließ, mit einer kleinen Tasche unterm Arm, kam er durch den Flur gelaufen.

Eine knappe Woche zuvor war Schwester Filomena gestorben. Plötzlich, aber friedlich, verkündeten die Nonnen, wegen ihres Alters.

Nina hätte nicht sagen können, wie alt sie gewesen war, für sie war die Nonne immer gleich gewesen, so wie auch die anderen Nonnen mit ihren Schleiern und schwarzen Ordenstrachten, die Haar und Körper vollkommen verdeckten. Ihre eingerahmten Gesichter waren unveränderliche Bilder. Gebete und Rosenkränze waren nun wegen Schwester Filomenas Tod einen Monat lang verdoppelt worden, und wenn sie nicht gerade mit Beten beschäftigt waren, machten sich die anderen Nonnen in der Küche zu schaffen, wo Schwester Filomena eine Lücke hinterlassen hatte, die schwer zu schließen war.

Vielleicht hatte an jenem Tag niemand Zeit, hinunter in den Flur neben der Krankenstation zu kommen, und der Junge lief ungehindert bis an den Eisenzaun heran.

Das Tor war geöffnet, Nina dachte, er wolle weglaufen, und trat zur Seite.

Doch der Junge griff nur in das Gitter und schloss das Tor von innen. Nun, da er es fast geschafft hatte, gab er auf. Vielleicht hatte ihm dieses kleine, soeben erlebte Stückchen Freiheit auch erst vor Augen geführt, was er alles versäumte und wie furchtbar sein Leben wirklich war. Das Licht, die Bäume, der Wind, der Lauf unter freiem Himmel, das alles war nicht für ihn bestimmt. Und da es ihm ausnahmslos fremd war, wusste er nicht, was er damit anfangen sollte. Seufzend hatte er seine Hände auf die Augen gelegt und war dann mit baumelndem Kopf wieder nach drinnen gelaufen.

Da kündigte die Glocke das Ende der Schicht an und riss Nina aus ihren Gedanken. Die ganze Zeit über hatte sie stocksteif dagesessen, den Blick starr vor sich gerichtet, die Hände über den Löchern für die Tabakblätter.

Keiner der anderen war etwas aufgefallen, nur der Professorin. »Ist alles in Ordnung?«

»Ja, mir ist nur ein wenig schwindelig.«

»Das sind bestimmt die Tabakdämpfe.«

Nina fasste sich an den Rücken, an die Stelle gleich über dem Hintern. Das Muttermal juckte unter ihrem Kittel und schien Aufmerksamkeit zu verlangen. Vielleicht beschwerte es sich, nicht beachtet worden zu sein. Denn ebenso wie die Hefte hatte es sich durch ihr Leben gezogen, es war das Merkmal, anhand dessen Nina sich ein Bild ihrer Mutter hatte machen können. In Wahrheit hatte das Fleckchen sicher eine andere Funktion, eine ganz spezielle, wie die Ommatidien der Fliegen. Würde sie die Professorin einmal besser kennen, würde sie sie danach fragen. Da fiel ihr auf, dass sie sich noch gar nicht einander vorgestellt hatten. »Ich heiße Nina.«

»Ich Carla. Freut mich.« Und in einem lautlosen Lachen riss die Professorin den Mund auf.

Marcella gehörte zu keiner bestimmten Abteilung, sondern zu den *Maestre*, Arbeiterinnen mit langer Erfahrung, die die anderen anlernten. Für die Schlusskontrollen waren einige wenige Männer zuständig.

Marcellas Stelle war nicht gefährdet, doch die Anschaffung der neuen Pressen bereitete ihr große Sorgen. »Hoffentlich geht alles gut«, wiederholte sie immer wieder.

Sie war stets freundlich, wenn sie zum Sortiertisch kam und kontrollierte, ob die Blätter sorgfältig getrennt wurden, glatt, unbeschädigt und makellos. Wenn sie eine Ungenauigkeit bemerkte, dann erhob sie weder die Stimme, noch ging sie in den vierten Stock, um dort Bericht zu erstatten und sich lieb Kind zu machen, sondern sie krempelte die Ärmel hoch und half auszubügeln, wo sich die andere geirrt hatte. »Siehst du? Die hellen Blätter kommen hier rein, die roten dort und die dunklen da. Drück sie nicht zusammen, dann zerknittern sie, so auf der ausgestreckten Hand musst du sie halten. Hast du verstanden?«

Dann nickte die andere dankbar.

Aber jeden Samstagabend und Sonntagnachmittag nahm Marcella erst ein ausgiebiges Bad, schrubbte sich den Tabakgestank von der Haut, zog dann ihre besten Kleider an und ging zum Tanz. Bei diesen Gelegenheiten wurde sie wieder zu dem wunderschönen Mädchen der früheren Weißen Sonntage, und ihre rote Haarmähne sprühte regelrecht Funken. Sie war sehr mager geworden, doch ihre Haltung war stolz, die Schultern gerade, und die Brust zeigte angriffslustig nach vorn.

Sah man ihr jedoch aufmerksam in die Augen, bemerkte man, dass in ihr etwas zerbrochen war, dass die aufrechte Haltung ihr keinesfalls so leichtfiel, wie die Maske aus der ihr eigenen Schlagfertigkeit und dem grünen Lidschatten glauben machen wollte.

Als Nina ihr Carla vorstellte, freundeten sich die beiden unumwunden an, obgleich sie keinerlei Gemeinsamkeiten hatten. Die eine auffallend und kess, die andere mit dem zum Pferdeschwanz gebundenen, langen braunen Haar vollkommen unscheinbar. Marcella trug außergewöhnliche Kleider und hohe Absätze, Carla flache Schuhe und Kleider, die sackartig an ihrem plumpen Körper herunterfielen. Eine hatte tausend Fragen, die andere tausend Antworten. Gemeinsam war ihnen der herausfordernde Blick, in dem zu lesen war, dass sie sich nichts gefallen ließen.

Marcella hatte schon einiges einstecken müssen, doch ihre Flamme war nicht erloschen.

Carla, die zehn Jahre jünger war, wusste, dass ihre Möglichkeiten unbegrenzt waren, und ging ihrem Leben hocherhobenen Hauptes entgegen.

Nina hatte keine Wünsche, und alles, was über sie selbst und den Moment hinausging, war ihr einerlei. Doch dass sie drei sich so gut verstanden, so verschieden sie auch waren, freute sie sehr.

Karneval rückte näher, und Marcellas Tanzwut kannte keine Grenzen. Im Fiera-Viertel gab es ein Lokal, in dem ein Orchester die aktuellen Hits spielte. Es war ein schlichtes Etablissement, aber einladend, und für Frauen war das erste Getränk gratis. Marcella war die Erste, die kam, und die Letzte, die ging, schweißgebadet und mit leuchtenden Augen.

Nina tanzte nicht gern, hin und wieder begleitete sie Marcella jedoch, um ihr eine Freude zu machen. An einem dieser Abende traf sie auf Lucia.

Ihre Blicke hatten sich schon im großen Saal gekreuzt, doch Lucia tat, als hätte sie sie nicht erkannt. Und Nina hörte irgendwann auf, in ihre Richtung zu spähen. Zufällig verließen sie zur gleichen Zeit das Lokal.

»Hey, dich kenne ich doch!«, rief Marcella. »Du bist Lucia, oder nicht?«

Nun konnte Lucia nicht mehr ausweichen und schob einen ernsten Jungen mit ziemlich viel Pomade im Haar nach vorn. »Ja, ich bin's. Und das ist Luigi, mein Verlobter.«

Der Handschlag des Jungen war wabbelig und kalt. »Freut mich.«

Schon zog Lucia ihn weiter.

»Wart ihr nicht ein Herz und eine Seele?«, wollte Marcella von Nina wissen.

»Lang vorbei.«

Am Sonntag würden sie wieder das Lokal besuchen, diesmal gemeinsam mit Carla, die zugegeben hatte, noch nie ein Tanzlokal betreten zu haben.

»Endlich mal etwas, worüber du nichts weißt!«, freute sich Marcella.

Sie hörten gar nicht mehr auf, darüber zu lachen.

Nina hoffte, erneut auf Lucia zu treffen. Sie wollte ihr zeigen, wen sie nun zur Freundin hatte: ein hochkarätiges Mädchen, gebildet und aus guter Familie.

Sie hatten Carla zum Mittagessen eingeladen und Stunden gebraucht, um sich herzurichten. Marcella behauptete, Carlas Aufmachung sei nicht präsentabel, und bestand darauf, sie herauszuputzen. Sie nutzte die Gelegenheit, ihre nasale Theaterstimme wieder hervorzukramen, und kreischte und krakeelte in einem fort. »Komm, mein Schääätzchen, jetzt macht Marcella mal eine hübsche junge Dame aus dir.«

Carla lachte sich halb tot, hielt aber still wie ein Püppchen. Zum Schluss war sie nicht wiederzuerkennen. Marcella hatte ihr das Haar toupiert, das nun offen über die Schultern fiel, die Spitzen zeigten in einem Schwung nach oben, eine Frisur, die sie aus *Bolero* hatte, einem der zahlreichen Fotoromane, mit denen sie die Wohnung vollstopfte, außerdem hatte sie Carla in ein geblümtes Kleid gesteckt, das ihr etwas Spitzbübisches verlieh.

Als sie das Lokal betraten, war es schon rappelvoll.

Marcella entdeckte einige Bekannte und mischte sich sofort unter die Tanzenden.

Nina und Carla setzten sich an einen kleinen Tisch und bestellten Orangensaft und Limo.

In ohrenbetäubender Lautstärke spielte das Orchester einen großen Hit: *Cuore matto*. Da eine Unterhaltung unmöglich war, nuckelten die beiden an ihren Strohhalmen und betrachteten die Tanzenden. Einige waren wirklich gut, doch die Beste von allen war Marcella. Die Musik fuhr ihr buchstäblich in den Körper und erfüllte ihr ganzes Wesen mit wundervoller Anmut.

Halbkreisförmig waren die Tische in zwei Reihen um die Tanzfläche angeordnet. In der hinteren Reihe saßen Paare oder kleine Gruppen, die die Musik nicht beachteten und sich lachend unterhielten. In der vorderen saßen fast ausschließlich Frauen zu zweit oder dritt an den Tischen, aufmerksam, nahezu regungslos bis auf die Blicke, die ununterbrochen zwischen Publikum, Bühne und Bar hin und her glitten. Mehr als die vordere Stuhlkante nahmen sie nicht ein, jederzeit bereit aufzuspringen, sollte ein junger Mann sie zum Tanz auffordern. Wie bei einer Besichtigung. Nur ging es hier um erwachsene Frauen.

Lucia war weder auf der Tanzfläche noch an einem der Tische. Schade.

Carla trank und lachte, sie schien sich köstlich zu amüsieren. »Ich habe darüber nachgedacht, dass du gerne weiterlernen würdest«, bemerkte sie in einer Orchesterpause. »Warum meldest du dich nicht bei *150 Stunden* an?«

»Wo?«

150 Stunden war ein Lernprogramm für eine Abendschule, ausdrücklich für Menschen, die arbeiteten. »Dir würden auch Freistunden in der Fabrik zustehen.«

In Ninas Innerem regte sich die unsichtbare Wunde. »Es ist alles schon so lange her. Ich kann mich an überhaupt nichts erinnern.«

»Sieben mal neun?«

»Dreiundsechzig.«

»Wer hat '49 vor Christus den Rubikon überschritten?«

»Julius Cäsar.«

»Na siehst du.« Carla schlürfte den letzten Rest ihrer Limo und stellte das Glas mit einem zufriedenen Seufzer ab. »Wenn du willst, kann ich dir helfen.«

Plötzlich kam Marcella wie ein Wirbelwind angefegt, die Stirn schweißbenetzt und ein glückliches Lächeln auf den Lippen. »Warum tanzt ihr nicht?«

»Wir haben über die Zukunft geredet.«

»Meine Güte, hört bloß auf mit den ernsten Gesprächen. Wir sind doch hier, um Spaß zu haben.« Damit zog sie die Mädchen auf die Tanzfläche.

Das Orchester spielte ein amerikanisches Stück: *Black is black*.

Carla schaukelte etwas unbeholfen mit ausgebreiteten Armen hin und her und sang alles mit.

»Kennst du das Lied?«, wunderte sich Marcella.

»Ja, mein Bruder hat die Platte.«

»Und du verstehst alles?«

»Ja.«

Englisch konnte sie also auch. In genau diesem Moment beschloss Nina, sich über das Programm *150 Stunden* genauestens zu informieren.

Nachdem sie noch zu *Stasera mi butto, La banda* und *Sono*

bugiarda getanzt hatten, waren die Mädchen endgültig schweiß-gebadet.

Nun folgten die langsamen Nummern, und nur wenige Paare blieben eng umschlungen auf der Tanzfläche, die anderen setzten sich an die Tische oder die Bar.

»Deine Augen haben ja immer noch diesen unwiderstehlichen Sog.«

Wie ein junger Walter Chiari sah er aus, nur weniger herausfordernd. Er hatte sich nicht verändert, seitdem Nina ihn das letzte Mal im Waisenhaus gesehen hatte, aber sie hatte ihn nicht so hübsch in Erinnerung. Ohne Krawatte, mit leicht geöffnetem weißem Hemd und dunkelgrauem Anzug sah er aus wie frisch aus einem von Marcellas Fotoromanen.

»Ciao Olmo.«

»Wann haben wir uns das letzte Mal gesehen?«

»Am vierzehnten Juni 1964.«

Das stimmte nur halb. Nina erinnerte sich noch gut an die letzte Besichtigung. Einige Monate später, im Dezember, war sie achtzehn geworden und hatte das Waisenhaus auf immer verlassen. Seit sie die Valenti-Familie ausgeschlagen hatte, war sie nicht mehr bereit gewesen, sich den Besuchern zu zeigen. Warum auch? Wie Marcella es vor ihr schon getan hatte, blieb sie am Hofrand stehen, ergriffen von diesem grotesken Schauspiel, das von außen betrachtet noch erbärmlicher war.

Die kleineren Kinder verstanden überhaupt nicht, was es mit all der Betriebsamkeit auf sich hatte, und jammerten in einem fort über Hitze und kratzige Umhänge. Die größeren begriffen, dass etwas Wichtiges im Gange war. Sie hielten sich kerzengerade und lächelten in der ängstlichen Hoffnung, Gefallen hervorzurufen. »Ich bin hier! Ich bin hier!«, hätten sie wohl am liebsten herausgeschrien, doch dafür fehlte es ihnen an Mut. Und so war ihre Hoffnung schmerzhafter, als ein Schlag ins Gesicht es jemals hätte sein können.

Im September, wenn die zukünftigen Eltern die wenigen Auserwählten abholten, zerriss einem die Enttäuschung auf den Gesichtern der anderen buchstäblich das Herz.

Seit Nina sechzehn Jahre alt war und Olmo fast achtzehn, kam dieser immer allein zum Fototermin.

»Wo ist denn dein Vater?«, hatte Nina damals gefragt.

»Ich kümmere mich jetzt um die Fotos für das Album, dann kann mein Vater Hochzeiten machen.« Olmo trat einen Schritt zurück, um Nina besser betrachten zu können. »Du bist groß geworden. Das wird ein schönes Foto.«

»Ich mach nicht mehr mit bei den Besichtigungen.«

»Schade, ich hätte so gerne deine Augen fotografiert, sie haben wirklich einen unwiderstehlichen Sog.«

Nina war innerlich zutiefst dankbar für die Spaziergänge, bei denen die Sonne ihr Gesicht so gebräunt hatte, dass die nun aufkommende Röte nicht zu sehen war.

Im Juni 1964 war Olmo ein Mann von fast zwanzig Jahren gewesen.

Nina hatte ihn unbedingt wiedersehen wollen, was seltsam genug war, da ihr doch eigentlich niemand etwas bedeutete. Aber wenn sie es sich genau überlegte, war es doch Unsinn, sie würde ihn ohnehin das letzte Mal sehen. Also hatte sie es lieber gleich bleiben lassen und die Besichtigung vom Fenster im letzten Stock verfolgt.

»Ich erinnere mich nicht, dich 1964 gesehen zu haben«, erwiderte er. »Ich dachte damals, du wärst schon nicht mehr da.«

»Da warst du wohl zerstreut. Ich habe das Waisenhaus erst im Dezember verlassen.« In die kleine Tasche, mit der sie durch das Tor geschritten war, hatte sie auch die Haarspange mit dem gelben Blümchen gesteckt, aber das sagte sie ihm nicht. »Bist du zum Arbeiten in Lanciano?«

Er deutete mit dem Kopf in die Menge. »Nein, ich bin mit Freunden hier.«

»Gibt es in San Salvo keine Tanzlokale?«

»Die in Lanciano sind besser.«

Nina drehte sich suchend nach Marcella und Carla um, damit Olmo das Lächeln nicht bemerkte, das sie einfach nicht unterdrücken konnte. »Arbeitest du immer noch als Fotograf?«

»Ja. Und du?«

»Ich bin in der Tabakfabrik.«

Das Orchester spielte die ersten Töne eines langsamen Stücks von Nico e i Gabbiani: *Parole.*

»Tanzt du?«

»Ja.«

Er nahm ihre Hand und führte sie auf die Tanzfläche.

Für das Gefühl, berührt zu werden, und zwar nicht von einer Nonne, einem Waisenkind oder einer der Arbeiterinnen, hatte Nina keine Worte. Auch all diejenigen, die sie je in ihre Hefte geschrieben hatte, reichten dafür nicht aus. Ich bin noch nie von einem Mann berührt worden, dachte sie, nicht einmal von den Jungen im Waisenhaus. Selten hatten sie im Heim vielleicht einige Worte gewechselt, doch es war verboten gewesen, sich im Speisesaal oder der Kirche nebeneinanderzusetzen, und schon gar nicht hatte man sich bei den Sonntagsspaziergängen an den Händen halten dürfen. Sie legte ihre Hände auf Olmos Schultern.

Olmo legte den Arm um sie und zog sie ein bisschen an sich.

Der Geruch seines Rasierwassers ließ sie schwindeln, mehr als die Tabakdämpfe.

Anfangs schaukelten sie bloß ein wenig hin und her, doch schließlich fanden sie in eine langsame Drehbewegung hinein, wie die Figürchen einer Spieluhr.

Olmos Körper war kräftig und warm, und Nina lehnte sich an ihn.

Umschlungen warteten sie auf den nächsten Tanz, den nächsten und wieder den nächsten.

Ihre Stirn passte perfekt zwischen seine Schulter und seinen Kiefer, und ihre Wange schmiegte sich an seine Brust. Bis plötzlich die ersten ruppigen Töne von *Arriva la bomba* laut wurden und sie trennten. Der Saal war nahezu leer. Wie viel Zeit war vergangen?

Er brachte sie an den Tisch, wo Carla und Marcella schon dabei waren, ihre Mäntel anzuziehen.

»Gehen wir schon?«, erkundigte Nina sich ein wenig verschämt.

»Der Bus fährt in zwanzig Minuten«, erklärte Carla, »aber ihr müsst nicht mitkommen.«

»Doch, wir bringen dich«, erwiderte Marcella resolut.

»Wohin müssen Sie denn, Signorina?«, erkundigte sich Olmo.

»Nach Vasto.«

»Wenn Sie erlauben, können meine Freunde und ich Sie mitnehmen. Wir müssen nach San Salvo, Vasto liegt auf dem Weg.«

Wie höflich er war! Nina gefiel, dass er sich so liebenswürdig an Carla gewandt und sie gesiezt hatte.

»Dein Gesicht kenn ich doch irgendwoher.« Marcella musterte Olmo aufmerksam.

»Ich dachte, Sie würden sich nicht mehr an mich erinnern. Ich bin der Sohn von Signor Piero.«

»Na klar, der Fotograf. Ein hübscher junger Mann ist aus dir geworden!«

So beschloss Marcella das Du zwischen ihnen allen und machte darüber hinaus eine Verabredung für Karnevalsdonnerstag aus. In etwa zehn Tagen.

Nina zählte schon die Stunden.

IM PUPPENSCHACHT

Wenn Nina daran dachte, wie Lucia sie und Schwester Immacolata in dem Lokal beleidigt hatte, stieg die kalte Wut in ihr hoch. Doch sie war nicht nur wütend, sie fürchtete sich auch vor der Zukunft und war sich der eigenen Unerfahrenheit nur zu bewusst. Sie wusste, wie man Toiletten und Töpfe schrubbte und was die Unterschiede zwischen freudenreichen, schmerzhaften und glorreichen Geheimnissen des Rosenkranzes waren. Das war aber auch schon alles.

Von Schlaflosigkeit geplagt, verbrachte sie viele Stunden am Fenster und blickte in den Hof hinunter. In einer Nacht mit besonders hellem Vollmond erblickte sie zwei Frauen am Tor. Die eine war wieder die Kräftige, die andere hatte einen riesigen Bauch. Es dauerte nicht lange, bis Schwester Immacolata kam und ihnen öffnete.

Nina war sich mittlerweile sicher, was diese nächtlichen Besuche bedeuteten: Ein weiteres Mal würde eine reumütige Mutter ihr Kind hier abgeben. Was wohl die andere Frau damit zu tun hatte? Ein unbändiges Verlangen ergriff sie, die Wahrheit, die ganze Wahrheit herauszufinden, die Nonnen bloßzustellen mit ihren Geschichten über die von Unbekannten in der Drehlade abgelegten Babys. Vielleicht lauerte ja in einem Winkel ihres Herzens die Vorstellung, die schwangere Frau dort unten könnte dieselbe sein, die einst sie, Nina, geboren hatte und der sie nun das kaffeefarbene Muttermal zeigen und sagen würde: *So bin ich geworden, falls du es dich je gefragt hast.*

Ein nahezu körperliches Verlangen drängte sie, ein für alle Mal Klarheit zu schaffen, die Geschichte ihrer Geburt mit

Konturen und Details zu versehen. Von allem Anfang an neu zu beginnen.

Dieser Mutter dort, oder irgendeiner sonst, entgegenschreien: Warum, warum hast du mich nicht gewollt?

Sie hatte noch immer die Schlüssel, die Marcella ihr damals gegeben hatte; gut versteckt warteten sie unter ihrer Matratze darauf, noch einmal hervorgeholt zu werden.

Irgendwann hatte Nina begriffen, was Marcella damals gemacht hatte: Sie hatte die Schlüssel gestohlen und ihrem Freund mit dem Lancia Appia gegeben, und der hatte sie nachmachen lassen. So konnte sie ihn ungehindert nachts treffen oder sich unten in der Vorratskammer, wo die Nonnen Wein und Zigaretten verwahrten, mit Vorräten eindecken. An dem Bund war sicher auch der Schlüssel zur Krankenstation.

Auf Zehenspitzen schlich Nina sich aus dem Schlafsaal.

Sosehr sie sich auch bemühte, im Treppenhaus hallte jedes noch so kleine Geräusch tausendfach wider: ihr Atem, die raschelnden Schritte, ihr hämmerndes Herz.

Nach zahlreichen Versuchen fand sie irgendwann den richtigen Schlüssel für das Tor, drehte ihn im Schloss und blieb erschreckt von dem donnernden Widerhall auf der Schwelle stehen, bereit, die Beine in die Hand zu nehmen, falls jemand vom Lärm aufgescheucht nachsehen kommen würde. Schließlich glitt sie dicht an den Wänden entlang zum gegenüberliegenden Flügel. Sie öffnete eine weitere Tür und lief über den Hof. Der schnellste Weg zur Krankenstation führte über den Hauptgang, doch von dort gingen auch die Treppen ab, die zu den Zimmern der Nonnen und denen für die Neugeborenen führten. Also ging Nina durch die Küche. Spärliches Licht drang von außen herein, doch sie hatte hier schließlich zehn Jahre lang geputzt und kannte die Räume wie ihre Westentasche. Auf dem Feuer kochte ein großer Topf. Ein Luftzug streifte sie plötzlich, die Hintertür war nur angelehnt. Schwester Immacolata und die beiden Frauen mussten dort durchgekommen sein.

Im Gang war es so stockduster, dass Nina sich langsam vorwärtstasten musste. Die Tür zur Krankenstation ließ sich lautlos öffnen. Doch hier war niemand. Wo waren sie hingegangen? Sie stand da im Dunkel und überlegte. Vielleicht war im oberen Stockwerk ein gesondertes Zimmer. Sie stellte sich vor, wie die Nonnen sich dort drinnen an der gebärenden Frau zu schaffen machten und sie hineinplatzte. *Ihr Lügnerinnen!*, würde sie schreien. *Ihr überredet die Mütter dazu herzukommen, ihr zwingt sie, ihre Kinder hierzulassen, nur damit ihr ein paar milde Gaben mehr bekommt!*

Plötzlich ertönte Jammern, dann ein erstickter Schrei. Zweifellos drangen die Klagen hinter der weißen Tür hervor, die sie damals mit Lucia entdeckt hatte. Der kleinste Schlüssel passte. Nun stand Nina in einer Art Gemäuer, es roch modrig und war dunkel. Doch ein Stückchen vor ihren Füßen sickerten fahles Licht und klagendes Stöhnen aus einem großen Loch im Boden hervor. Sie ging näher heran. Eine in blanken Stein gehauene Treppe wand sich hinunter. Jäh verging ihr die Lust, hier irgendwo hineinzuplatzen. Was suchte sie dort unten? Wofür sollte das alles gut sein? Warum sollte sie ausgerechnet Schwester Immacolata eins auswischen, der Einzigen, die ihr ein wenig Aufmerksamkeit geschenkt hatte? Andererseits: Wenn Nina tatsächlich dort unten auf die Welt gekommen war, warum hatte die Nonne es ihr dann nie erzählt? Warum hatte sie Nina nicht gesagt, wer ihre Mutter war, warum hatte sie der Mutter nicht gut zugeredet, ihr Kind zu behalten? Alles wegen ein paar milden Gaben. Schwester Immacolata verdiente es nicht anders.

Einen Fuß vor den anderen setzen. Langsam. War die, die sie geboren hatte, tatsächlich diese Stufen hinuntergegangen, mit ihr im Bauch? Was war in der Frau vorgegangen? Angst,

Erleichterung, Trauer? Und als sie die Stufen wieder hinaufgestiegen war, mit leerem Bauch, hatte sie da ihr Baby vermisst, hatte sie alles bereut?

Die Schreie wurden immer lauter, wie Rauchschwaden wanden sie sich am blanken Stein empor, krochen in die Gänge, schwebten über den Hof, wo sie sich mit der Wehklage der Waisenkinder verflochten. Überall lauerte der Schmerz: oben in den Schlafsälen und auch hier unten, unter der Erde. Die Nonnen hatten recht, die Welt war ein Tränental. Auch Nina trug ihre Schuld. Seit Jahren wusste sie um die schwangeren Frauen, hatte aber nie etwas gesagt. Sie hatte gesehen, wie schwache Kinder ohne Grund misshandelt wurden, und nichts dagegen getan. Es war ihr einzig darum gegangen, hart zu werden, sich zu schützen, doch der heutige Anblick der schwangeren Frau hatte ihren Schutzwall in Sekundenschnelle niedergerissen. Jede Demütigung, die sie in den siebzehn Jahren erlitten hatte, schnitt ihr nun noch einmal ins Herz. Rache würde die einzige Möglichkeit sein, sich von alldem zu befreien. Sie würde das Baby retten, es hinausbringen aus diesem Schacht, einem Schacht, in dem Puppen geboren wurden, die niemand haben wollte.

Sie stieg die letzte Stufe hinab und trat auf die nackte Erde. Feuchtigkeit kroch in ihre löchrigen Pantoffeln und legte sich um ihre Waden. Etwa einen Meter weiter öffnete sich eine von Kerzenschein erhellte Grotte.

Die schwangere Frau lag auf einer Liege und hechelte und schrie wie ein verwundetes Tier. Jung war sie, fast noch ein Kind. Vielleicht war sie sogar jünger als Nina, und in ihren aufgerissenen, zur Decke gerichteten Augen lag die ganze Zerbrechlichkeit ihrer jungen Jahre. Auf einem Tisch hinter ihr standen zwei dampfende Töpfe. Die Frau schrie und rief nach ihrer Mutter, der Madonna, vor allem aber nach Gott.

In Stunden der Verzweiflung konnte wohl niemand anders, als Gott mit Versprechungen aller Art anzuflehen: Opfergaben,

Novenen, Messen *ad majorem gloriam*, Beichten. Im Waisenhaus brachte man den Kindern bei, sich an Gott zu wenden, an die Madonna, die Heiligen, und zwar bei jeder Gelegenheit. Einige Heilige schützten vor Krankheit, andere vor Kriegen, vor Feuer, der Pest. Es gab sogar welche, die für den Schutz von Tieren zuständig waren.

Als Gegenleistung für die Gebete bliebe einem die Hölle erspart.

Doch sah man genau hin, schienen die Gebete nicht besonders viel zu nützen, Nina hatte noch nie erlebt, dass auch nur einer der Heiligen zu Fleisch und Blut geworden wäre, sie umarmt, willkommen geheißen, sich ihrer angenommen und ihr das Gefühl gegeben hätte, dass es wirklich um sie ging.

Die größeren Kinder, vor allem die Jungen, drehten die Gebete manchmal zu Verwünschungen um, machten ihrer Wut in Schmähungen und Beleidigungen Luft. Doch eigentlich waren auch das Gebete, sie trugen nur das Gewand der Blasphemie. Tief im Inneren waren sie geprägt von einem noch tieferen Glauben an Gott und seine Macht, er, der das Schlechte in der Welt vernichtete. Aber wenn er doch solche Wunder vollbringen konnte, warum, warum nur linderte er nicht ihren Schmerz?

Manchmal ruhte Nina nach dem Rosenkranzgebet zufrieden in sich. Doch nur für wenige Minuten, gleich darauf kehrte das Gefühl der Verlassenheit und Ausgeschlossenheit mächtiger als zuvor wieder, und das Waisenhaus, die grauen Schlafsäle und die garstigen Nonnen waren noch immer da. Dann hörte Nina auf zu beten und bewegte nur noch die Lippen. Sie schaukelte im Rhythmus vor und zurück und dachte an etwas vollkommen anderes.

Das Mädchen auf der Liege verdoppelte nun sein Flehen und wand sich hin und her.

Auch Schwester Immacolata schrie nun: »Atmen, pressen, noch etwas, tiefer atmen, gut so.«

Die kräftige Frau betrat plötzlich den von Kerzenlicht erhellten Kreis und stellte sich an das Fußende der Liege.

Für einige Minuten gingen die Schreie wild durcheinander, und man begriff nicht mehr, welche der dreien den anderen Mut machte.

Nina wagte sich ein wenig näher, doch die Rücken von Schwester Immacolata und der kräftigen Frau versperrten ihr die Sicht, allein das schmerzverzerrte Gesicht des Mädchens konnte sie sehen.

Da ertönte in der Höhle jäh das Weinen eines Babys.

Schwester Immacolata und die Frau schrien: »Es ist da, es ist da, ein Junge«, das Baby schrie, das Mädchen, das es soeben geboren hatte, schrie.

Auch Nina schrie. Sie schrie und schrie, mit unglaublicher Kraft, sie, die doch kurzatmig war, so schwach auf der von Keuchhusten angegriffenen Lunge und den Bronchien, so schmächtig wegen Unterernährung, fehlender Muttermilch und Appetitlosigkeit.

Nina schrie am allerlautesten.

»Atme, atme.«

Seit einer ganzen Weile schon redete Schwester Immacolata so auf Nina ein, doch in der hatte sich alles verkrampft, sie bekam schlicht keine Luft. Die beiden saßen auf den untersten Steinstufen im Schacht.

Aus der Grotte drang das Klagen des Mädchens herüber, gefolgt vom sanften Flüstern der Frau. Das Baby hatte aufgehört zu weinen.

Schwester Immacolata legte Nina eine Hand auf die Brust, die andere auf den Rücken und drückte dann so unglaublich kräftig zu, dass die Knochen knackten. Ganz plötzlich ließ sie los. Sofort strömte Luft in Ninas Brustkorb, und schon einen Moment später ging ihr Atem wieder gleichmäßig.

»Besser?«

»Ja.«

Wie dunkel und feucht es dort unten war! Früher war dort sicher ein Brunnenschacht gewesen.

»Wie bist du hereingekommen?«

»Die Tür war offen«, log Nina.

Schwester Immacolata seufzte. »Lügen ist eine Sünde.«

»Weiß ich.«

»Was wolltest du dort?«

»Ich wollte ein Bild haben.«

»Wovon?«

Nina zeigte zur Grotte. »Davon.«

Schwester Immacolata strich sich den Habit glatt. »Seit wann wusstest du es?«

»Seit ein paar Jahren.«

»Wissen es noch mehr von euch?«

»Nur Lucia. Wir haben einmal nachts den Hof beobachtet und gesehen, wie Sie eine Schwangere eingelassen haben.«

»Warum hast du nichts gesagt? Ich hätte dir alles erklärt.«

»Wissen die anderen Nonnen auch davon?«

»Natürlich.«

»Auch die Oberin?«

»Ja, die auch.«

Was sollte dann eigentlich das ganze Theater mit der Unreinheit, warum mit Armen und Schultern im Kalten schlafen, warum baden in Unterwäsche, wenn sich die Nonnen doch unentwegt den Früchten dieser Sünde annahmen? Und warum um alles in der Welt diese unterschwelligen Vorwürfe, wenn aus den Mädchen *Signorine* wurden, wie die größeren es sich untereinander zuflüsterten?

Mit dreizehn Jahren hatte auch Nina einen Packen schamgekrönter blütenreiner Stoffbinden erhalten. Das war kurz vor dem abendlichen Kontrollgang gewesen, am Ende eines Tages, an dem ein Dämon durch ihren Bauch und Rücken getobt war und der Schmerz sie nahezu entzweigerissen hatte. Schließlich hatten sich die Krämpfe in eine messerscharfe Flamme verwandelt, aus der sich ein feuchter Fluss in ihre Unterhose ergoss. Sie sprang auf und blickte starr vor Schreck auf den roten Fleck auf dem Betttuch. In diesem Moment kam Schwester Ortensia mit ihrem Stock herein. Der Blick, den sie auf den Blutfleck warf, war so angeekelt, dass Nina fürchtete, der Stock werde gleich auf sie niedersausen. Doch die Nonne schloss bloß den Schrank mit der Wechselwäsche auf und gab ihr eine saubere Unterhose, einige Stoffrechtecke aus grober Baumwolle und eine Sicherheitsnadel. »Die musst du falten und in der Unterhose feststecken.« Dann brachte sie Nina in den Waschraum, wobei sie die Passage des Levitikus murmelte, die sie für jedes Mädchen mit der ersten Monatsblutung bereithielt: *Wenn eine Frau ihren Blutfluss hat, so soll sie sieben Tage für unrein gelten. Wer sie anrührt, der wird unrein bis zum Abend. Und alles, worauf sie liegt, solange sie ihre Zeit hat, wird unrein, und alles, worauf sie sitzt, wird unrein. Und wer ihr Lager anrührt, der soll seine Kleider waschen und sich mit Wasser abwaschen und unrein sein bis zum Abend. Und wer irgendetwas anrührt, worauf sie gesessen hat, soll seine Kleider waschen und sich mit Wasser abwaschen und unrein sein bis zum Abend.*

Mit der ersten Menstruation betraten die Mädchen eine neue Teilmenge, eine Gemeinschaft, die mit noch vorwurfsvolleren Blicken bedacht wurde als die vorherige. Blut war das Erbe Evas, und der Sündenfall hatte mit Schmerz gebüßt zu werden. Von diesem Moment an konnten sie weitere Früchte der Sünde hervorbringen.

»Aus Mädchen werden Signorine. Und Signorine können plötzlich mit dickem Bauch dastehen«, hatte Marcella gesagt.

Am nächsten Tag hatte Nina in den oberen Schlafsaal ziehen müssen, zu den größeren Mädchen, die ebenso unrein waren wie sie selbst.

Die kräftige Frau kam nun aus der Grotte hervor, das Baby an die Brust gedrückt. Rasch lief sie die Treppe hinauf, ohne die beiden zu beachten.

Nina konnte das Mädchen nicht sehen, doch sie hörte es weinen. »Warum wollen sie uns nicht?«

Schwester Immacolata versuchte, einen weißlichen Klecks von ihrem Ärmel zu kratzen. »Mit euch hat das nichts zu tun. Sie können die ganze Sache einfach nicht bewältigen.« Sie kratzte so fest, dass der Stoff fast riss. »Diese Mädchen kommen hier vollkommen unvorbereitet an, sie wissen nicht, was los ist, was es heißt, ein Kind zur Welt zu bringen. Und wenn sie es begreifen, bekommen sie Angst, aber dann ist es schon zu spät, dann können sie nicht mehr zurück.«

»Ist es, weil sie arm sind?«

»Geld spielt eigentlich keine Rolle. Oft haben die ärmsten Familien die meisten Kinder, und sie empfangen jedes von ihnen mit Freude.«

»Warum denn dann?«

»Ich weiß es nicht. Ich frage nicht nach.«

Die nächste Frage brannte Nina auf der Zunge, seit sie hier saßen. »Bin ich auch hier in diesem Schacht geboren?«

»Nein, ich habe dich in der Drehlade gefunden.«

»Dann weißt du nicht, wer meine Mutter ist?« Ganz spontan duzte sie die Nonne. Noch nie hatte sie sich jemandem so nahe gefühlt.

Schwester Immacolata schien es gar nicht bemerkt zu haben. »Nein, ich weiß nicht, wer sie ist.« Endlich löste sich der Klecks vom Ärmel. »Aber auch, wenn ich es wüsste, ich würde es dir nicht sagen. Frag mich nie wieder danach.« Sie fuhr sich über das Gesicht, ausgezehrt und greis, dabei war sie nicht einmal vierzig Jahre alt. Mit dem Kinn deutete sie auf die Höhle, aus der ein immer schwächerer Lichtschein drang. »Sie ist jünger als du.«

Als hätte das Mädchen verstanden, dass die Nonne über sie sprach, stöhnte sie auf. Es hörte sich an wie die nächtliche Wehklage der kleinen Waisenkinder.

»Ich muss jetzt wieder zu ihr. Und du gehst zurück in den Schlafsaal.« Schwester Immacolata erhob sich. Sie blieb auf der Stufe stehen, als könnte sie nicht mehr weiter oder hätte etwas vergessen. »Denke nicht schlecht über sie und zieh nicht mit den anderen über sie her, mit niemandem.«

»Nein, ich erzähle niemandem davon.«

»Verurteile sie nicht. Urteile niemals über jemanden.«

»Nein.«

»Schwöre es mir.«

»Ich schwöre.«

»Schwör auf etwas, das dir teuer ist, auf etwas Heiliges. Schwör auf die Madonna.«

»Ist das keine Sünde?«

»Schwör! Schwöre auf den heiligen Namen von Maria, nie zu urteilen. Niemals.«

»Ich schwöre auf die Madonna.«

Schwester Immacolata ballte die Hände zu Fäusten und hob sie gen Himmel. Die Ärmel ihrer Kutte rutschten herunter und entblößten ihre Arme, blass und mager wie Schilfrohr. Kurz blieb sie so stehen, dann ließ sie erschöpft die Arme sinken. »Wie kann ich euch beschützen, innerhalb dieser Mauern und außerhalb? Wie kann ich euch nur alle beschützen?« Sie warf Nina einen Blick aus ihren tiefschwarzen Augen zu. »Dieses Mädchen hat ein Kind bekommen, das ihr Sohn und ihr Bruder gleichzeitig ist. Verstehst du? Ihr Bruder.« Sie stieg die letzten Stufen hinab, nach vorn gebeugt, bereit, es mit der ganzen Welt aufzunehmen.

Seitdem der Apparat installiert war, sang Marcella ununterbrochen *Se telefonando*, einen einige Jahre alten Hit von Mina. Ihre Stimme war nicht so schön wie die der Sängerin, doch ebenso durchschlagend.

»Kannst du bitte etwas leiser sein?«, bat Nina, vollkommen erschöpft von der Arbeit.

»Entschuldige, es überkommt mich einfach.« Zärtlich strich Marcella über das Telefon und fing wieder leise an zu singen, kurz darauf schmetterte sie so laut wie zuvor. Seit Jahren schon wünschte sie sich ein Telefon, und vor einigen Monaten hatte sie sich endlich dazu durchgerungen, bei der Telefongesellschaft SIP einen Antrag zu stellen. Als man ihr brieflich das Datum der Installation mitteilte, hatte sie sogar einen Tag freigenommen.

Als Nina am Abend von der Arbeit gekommen war, saß Marcella mit dem geöffneten Telefonbuch auf den Knien auf dem Boden.

»Guck mal, hier.« Sie bedeutete Nina, sich ebenfalls zu setzen, und zeigte mit ihrem rot lackierten Nagel auf eine Zeile der mit Worten und Zahlen vollgeschriebenen Seite. »Da steht mein Name!«

Nina verstand ihre Freude. Marcella gehörte nun zu einer Gruppe, der Gemeinschaft von Telefonnummerbesitzern aus Lanciano, Chieti und allen anderen Orten des Landkreises, die sogar in einem eigenen Verzeichnis aufgelistet waren. Eine sehr ausgedehnte Gruppe, die jedoch durch das Telefonbuch recht sichtbar war. Marcella hatte ihre Nummer allen Bekannten und den anderen Fabrikarbeiterinnen gegeben, obgleich die meisten von ihnen gar kein eigenes Telefon besaßen.

»Jetzt kann uns jeder anrufen!«

»Aber wer will das denn?«, fragte Nina lachend.

»Alle Möglichen!«, erwiderte Marcella und drückte das Verzeichnis an ihre Brust. »Findest du es sehr schade, dass du nicht mit drinstehst? Ich hatte den Antrag gestellt, bevor wir uns wiedergetroffen haben.«

»Nein, nicht schlimm, es ist doch dein Telefon.«

»Nein, es gehört uns. Du kannst es auch benutzen.«

»Dann müssen wir aber die Kosten teilen.«

»In Ordnung.«

Insgeheim fand Nina es schon ein wenig schade, nicht zur Gemeinschaft der Telefonnummerbesitzer zu gehören.

Das Telefon schwieg tagelang, bevor es schließlich eines Abends klingelte, ein-, zwei-, dreimal. Marcella lag in der Badewanne, doch Nina dachte, dass es schon sie sein sollte, die das erste Mal den Hörer abnahm. Sie klopfte. »Das Telefon!«

»Ich hör's, bin ja nicht taub!«

»Dann nimm ab.«

»Bis ich abgetrocknet bin und hier rauskomme, hat's wieder aufgehört.«

Der Apparat klingelte schriller als die Fabriksirene.

»Ich weiß nicht, was ich sagen soll. Außerdem bist du diejenige, die im Telefonbuch steht, das ist bestimmt für dich.«

»Du sagst: *Hallo*. Und wenn es jemand für mich ist, dann sagst du, er soll in zehn Minuten noch mal anrufen. Und jetzt beeil dich!«

Vorsichtig hob Nina zwischen Zeigefinger und Daumen den Hörer ab. »Hallo?«

»Guten Abend, kann ich bitte mit Nina sprechen?«, erkundigte sich eine höfliche Frauenstimme, formvollendet und dialektfrei.

»Wer spricht denn da?«

»Ich bin eine Kollegin von ihr, Carla.«

Der Name sagte Nina etwas, doch sie brachte ihn nicht mit dem vornehmen Ton in Verbindung. »Ich bin dran. Aber was für eine Carla sind Sie denn, bitte?«

»Wir sitzen uns den ganzen Tag gegenüber!«, kam es fröhlich aus dem Hörer.

»Ach, die Professorin! Ich habe dich gar nicht erkannt.«

»Ich dich auch nicht, du hast dich so verschüchtert angehört.«

Sie lachten und fingen an herumzualbern: »Und das hier, das erkennst du aber, oder?« Und es folgte ein lautes »Muh«.

»Eine Kuh!«

»Und das?«, gefolgt von schrillem »Mäh«.

»Ein Schaf!«

Das ging ein wenig so hin und her, bis Nina schließlich einfiel, dass ihre Freundin gerade ziemlich viel Geld loswurde. »Das ist doch ein Ferngespräch!«

»Zahlt sowieso mein Vater.«

Das brachte die beiden wieder zum Lachen.

»Was wolltest du eigentlich?«

»Nur mal Hallo sagen.«

»Oh, danke. Hallo.«

»Hallo. Außerdem wollte ich dir sagen, dass ich Informationen über die *150 Stunden* habe.«

»Und?«

»Du kannst dich sofort für die sechste Klasse anmelden, aber du musst eine Aufnahmeprüfung machen.«

»Was für eine?«

Nichts Besonderes, beruhigte Carla sie, nur einige Fragen, um zu sehen, ob sie die Fundamentalbegriffe auch beherrsche.

Fundamentalbegriffe, hier ging es also schon los mit den komplizierten Worten.

»Mach dir keine Sorgen, ich helfe dir, hab ich doch gesagt. Morgen bringe ich dir meine Bücher aus der Sechsten mit, und dann machen wir ein kleines Lernprogramm.«

»Danke.«

»Kein Problem. Wofür sind Freundinnen denn sonst da?«

Freundinnen. Wie lange schon hörte sie dieses Wort nicht mehr. »Willst du morgen hier schlafen?«

Der berühmte Karnevalsdonnerstag stand an, und sie würden gemeinsam zum Kostümfest gehen.

»Ich will keine Umstände machen. Vielleicht ist ja auch wieder dieser Liebste von dir aus San Salvo da, dann kann er mich wieder mitnehmen.« Carla lachte.

»Dummchen, der ist gar nicht mein Liebster.« Ob man wohl hören konnte, wenn jemand rot wurde? »Außerdem machst du gar keine Umstände.«

»In Ordnung. Wir entscheiden das morgen spontan. Was soll ich eigentlich anziehen?«

»Mach dir darum keine Gedanken. Marcella näht schon seit einer ganzen Woche. Sie hat für uns alle drei Kostüme geschneidert.«

»Dann bis morgen.«

»Gute Nacht, Professorin«, stichelte Nina.

»Pass gut auf, bald wirst du auch so genannt.«

»Na klar.« Nina fragte sich, ob es ein bestimmtes Grußwort gab, um das Telefongespräch zu beenden. »Und jetzt?«

»Jetzt verabschieden wir uns und legen auf.«

»Und wer zuerst?«

Carla brach in Lachen aus. »So einen Quatsch sagen nur Verliebte am Telefon.«

Wie dumm Nina doch war! Zum Glück war am anderen Ende ihre Freundin, sonst wäre sie vor Scham im Boden versunken. »Also dann: Ciao.«

»Ciao.«

Wie aus dem Nichts hatte Nina plötzlich Olmos Gesicht vor dem inneren Auge. Sie fragte sich, ob er wohl auch ein Telefon besaß. Wahrscheinlich schon, bei seinem Beruf. Morgen würden sie ihre Nummern austauschen können.

Jetzt wurde sie schon wieder rot.

»Gefällt er dir nun oder nicht?«

So einfach war das nicht. Sicher, Nina konnte nicht leugnen, dass Olmo wirklich ein hübscher Junge war, höflich und nett. Außerdem versuchte er nicht, wie viele andere Männer, auf Teufel komm raus besonders geistreich zu sein, was nach kurzer Zeit ziemlich lästig sein konnte. Doch Carlas Frage hatte eine andere Bedeutung. »Ja, schon, aber nicht genug.«

»Genug wofür?«

»Du weißt schon.«

Sie kicherten in ihre Kissen, um Marcella nebenan nicht zu wecken.

Die schlief nämlich schon wie ein Stein, hin und wieder ertönte ein tiefes Grunzen von drüben. Vollkommen zerschlagen war das arme Mädchen, hatte sie doch in der letzten Woche nicht mehr als zwei Stunden die Nacht geschlafen, um die Kostüme noch fertig zu nähen. Dafür hatte sie den Futterstoff aus nunmehr zerschlissenen Kleidern benutzt, ihren und denen von Kolleginnen, denen sie keinen Frieden gelassen hatte. Von zwei Filmen hatte Marcella sich inspirieren lassen: Nina und Carla sollten Hexe des Nordens und Hexe des Ostens aus dem *Zauberer von Oz* sein, einem uralten Film. Für sich selbst hatte Marcella das kleine Schwarze nachgenäht, welches Audrey Hepburn in *Frühstück bei Tiffany* trug. Unter Zuhilfenahme von Föhn und Haarspray hatte sie ihr Haar geglättet und stocksteif aufgetürmt wie das Original. Irgendwo hatte sie auch eine lange Zigarettenspitze aufgetrieben und außerdem ihre schrille Divensprache mit den Nasallauten wieder ausgepackt. »Was hat Holly, das iiich nicht habe?«, rief sie ihrem Spiegelbild zu. Und später hatte sie das Lokal ebenso selbstverständlich betreten wie damals bei den Aufführungen die Bühne.

Die drei Kostüme waren wundervoll und sahen ganz genauso aus wie die Originale, Marcella konnte tatsächlich aus Stroh Gold spinnen. Und bei der Schminke ließ sie nicht mit sich reden: »Ich schminke euch keine Warzen oder Haare ins Gesicht, wir müssen doch schön sein, und zwar sehr schön.«

Olmo fiel es gleich auf, als er Nina zum Tanz aufforderte. »Eine so hinreißende Hexe habe ich noch nie gesehen, wenn du erlaubst. Und deine Augen überstrahlen alles.«

Dick schwarz umrandet und mit künstlichen Wimpern versehen, waren Ninas Augen in der Tat durchschlagend wie Scheinwerfer. »Danke.« Innerlich segnete sie das Make-up, das nun ihre aufkommende Röte verbarg. »Aber du hast dich nicht verkleidet.«

»Doch, erkennst du es denn nicht? Ich bin James Dean aus *Denn sie wissen nicht, was sie tun*.« Er trug eine rote Lederjacke über einem weißen T-Shirt und eine Jeans und wirkte ein wenig wie ein amerikanischer Tourist. »Der Film ist schon etwa zehn Jahre alt. Hast du ihn nicht gesehen?«

»Nein«, murmelte Nina und suchte mit der Stirn wieder die Stelle zwischen seiner Schulter und dem Kiefer. Sie hatte den Film nicht gesehen. Sie hatte überhaupt gar nichts gesehen.

Die ganze Zeit tanzten sie zusammen, die langsamen Stücke ebenso wie Twist, und wie! Nina bewegte ausgelassen Hüften und Füße hin und her, als wäre sie mit der Verkleidung in ein anderes Selbst geschlüpft und könnte ihr vorheriges Ich nun mühelos abschütteln. Sie tanzte, lachte und hüpfte fröhlich um Olmo herum, der ebenso fröhlich war und hin und wieder versuchte, die Hexe mit den großen Augen zu fassen zu bekommen.

Nun war ihr, als könnte sie immer noch spüren, wie seine Hand über den Futterstoff strich, der unendlich sanft an ihrer Haut geraschelt hatte.

»Ich werde sowieso nie jemanden in mein Herz lassen, wir brauchen gar nicht darüber zu reden«, erklärte sie jetzt.

»Du musst ihn ja nicht gleich heiraten. Nur so zum Spaß ...«

»Interessiert mich nicht.«

Carla drehte sich mit Mühe auf die Seite, sie passten gerade so eben zu zweit in das kleine Bett. Dabei stieß sie mit dem Ellbogen gegen die Kommode, auf der die Bücher lagen, die sie Nina mitgebracht hatte.

Zuerst hatte Nina sich angesichts der schieren Menge erschreckt. »Das schaffe ich nie.«

»Red keinen Blödsinn, natürlich schaffst du das. Und außerdem helfe ich dir.«

»Aber du fährst doch übermorgen weg.«

Carla würde für etwa drei Wochen nach Rom fahren, um einige Universitätsprüfungen zu absolvieren.

»Dann frage ich dich am Telefon ab.« Ihr Ton hatte keinen Widerspruch zugelassen.

Nina hätte gar nicht gedacht, dass Carla sich auch für Herzensangelegenheiten interessierte. Aber hier lag sie, mit aufgestütztem Ellenbogen am Bettrand, und stellte tausend Fragen.

»Das sagst du nur, weil du noch keinen kennengelernt hast, der dein Herz höherschlagen lässt, keinen, der dich wirklich anzieht.«

Angezogen war sie, und wie! Olmos Körper war ein Magnet, dem sie sich nicht entziehen konnte. Auf keinen Fall durfte sie ihn wiedersehen. Warum nur hatte sie ihm ihre Telefonnummer gegeben?

Während einer längeren Orchesterpause waren sie mit Marcella und Carla an die Bar gegangen. Sie hatten hin und her überlegt, was sie trinken sollten. Nach einer Viertelstunde wussten sie es noch immer nicht. Carla hatte Durst, und Marcella riet zu etwas Alkoholischem, warum auch nicht?

»Darf ich euch auf einen Gin Fizz einladen?«, schlug Olmo vor. Auf Ninas Frage, was das sei, antwortete er, ein amerikanischer Cocktail, der mittlerweile auch Italien erobert habe. »Schauspieler und Sängerinnen trinken nichts anderes mehr.«

Marcella spitzte die Ohren. »Und woher weißt du das?«

Sie erfuhren, dass sich der Junge, der einst Filme und Blitzlichtbirnen gewechselt hatte, mit der Kamera so langsam einen eigenen Namen machte. Während sein Vater weiterhin Hochzeiten und Kommunionen ablichtete, fotografierte Olmo nun für Kino und Mode, eine Welt, in die ihn ein befreundeter Journalist aus Chieti eingeführt hatte. Und in einigen Wochen würde er wieder nach Rom aufbrechen, da in Cinecittà mit dem aufkommenden Frühling die Produktionen wieder ans Laufen kämen und massenhaft VIPs aus Italien und dem Ausland erwartet wurden. Hier in den Abruzzen war er eigentlich nur auf der Durchreise, eine Art Urlaub, denn es war nicht viel los im Jetset, und deshalb besuchte er hier seine Eltern. Auch die beiden ersten Juniwochen würde er wegen der Waisenhausbesichtigungen hier verbringen.

»Hört, hört«, murmelte Marcella. Als das Wort Cinecittà gefallen war, hatte sie die Augen aufgerissen. »Und du bist mit diesen Leuten befreundet?«

Nein, nein, befreundet nicht, er fotografiere sie nur. Hauptsächlich bei Interviews, oder wenn er den Auftrag von einer Zeitschrift bekomme. Er habe sich auf Szenenfotografie spezialisiert und sei regelmäßig bei Filmsets dabei. Auf keinen Fall sei er jedoch einer dieser *Paparazzi*, die den Leuten auflauerten und sie nicht in Frieden ließen.

»Einer dieser was?«, erkundigte sich Nina.

»Ein Paparazzo. Ein Fotograf, der auf Skandale aus ist. Der Begriff kommt aus einem Film, den Fellini vor ein paar Jahren gedreht hat, *Das süße Leben*. Das ist der, der anfängt mit dem Helikopter über Rom, an dem eine Christusstatue hängt ...«

»Ach, der. Ja, kenn ich«, unterbrach Nina ihn. Das stimmte nicht, doch sie war es leid, immer als dumm dazustehen.

Und während Marcella tausend Fragen stellte über diesen oder jenen Schauspieler, und ob es stimmte, dass diese Diva ihren Mann mit jenem Sänger betrog, dachte Nina über einige Dinge nach: Während sie im Waisenhaus Rosenkränze heruntergebetet hatte, waren woanders Filme gedreht worden, in denen Christusstatuen an fliegenden Helikoptern hingen. Olmo gehörte einer anderen Welt an, das hörte man schon daran, wie er redete, und einige seiner Worte würde Nina zu Hause sofort in ihr Heft schreiben. In wenigen Wochen würde er also abreisen, das Beste wäre, ihn sich gleich aus dem Kopf zu schlagen und zu vergessen, wie wundervoll es gewesen war, sich an ihn zu lehnen.

Das Kompliment, dieses *hinreißend* zu Beginn des Abends, war sicher bloß gewohnheitsmäßig dahergesagt oder schlicht gelogen, wo er doch mit den schönsten Frauen der Welt verkehrte: verführerisch, hemmungslos und immer für ein Abenteuer zu haben, jedenfalls laut Marcellas Zeitschriften.

Bitte den Kopf etwas drehen, Kinn anheben, ein wenig mehr, die Augen leicht schließen, bitte lächeln.

Gut so, mein Lieber? Was für ein hübscher junger Mann, dieser Fotograf, ihr Italiener seid doch wirklich alle Latin Lover, aber dieser hier ganz besonders ...

Könnten Sie die Schulter ein wenig entblößen? Nur ein klein wenig, ich helfe Ihnen gern ...

Nina musste diese Bilder aus ihrem Kopf verjagen, etwas wütete in ihr, versetzte ihr Stiche und Tritte. War sie etwa eifersüchtig? Warum? Außer einem gewaschenen Taschentuch, einer gelben Plastikhaarspange und ein paar Tänzen war zwischen Olmo und ihr nie etwas gewesen.

Inzwischen hatte der Kellner die mit Zitronenspiralen dekorierten Gin Fizz serviert.

»Das steigt einem sofort zu Kopf«, stellte Marcella beim ersten Schluck fest.

»Aber nein, ist doch mit Soda aufgefüllt.«

»Außerdem ist Karneval«, bemerkte Carla, »*semel in anno licet insanire.*«

Nina traute sich nicht zu fragen, was das nun wieder bedeutete, doch sie fühlte sich ein weiteres Mal außen vor. Carla konnte Englisch und Latein und tausend Dinge mehr, Olmo verkehrte mit Schauspielern und anderen bekannten Persönlichkeiten, und sogar Marcella hatte Einblick in eine andere Welt, auch wenn der sich bloß aus ihren Zeitschriften und Fotoromanen speiste.

Nur sie, Nina, kam nicht heraus aus diesem unbestimmten Dunkel. Die Kindheit war düstere Vergangenheit, die jeden Tag ein wenig mehr verblasste, und das Leben als Erwachsene war von dichtem Nebel verhangen, durch den man unmöglich die Zukunft sehen konnte.

Sie hatte geglaubt, außerhalb des Waisenhauses wer weiß was für ein Leben vorzufinden, doch es hatte sich überhaupt nichts verändert. Der klingelnde Wecker, die Fabriksirene, der Feierabend bestimmten ihre Zeit. Immer gleiche, aneinandergereihte Tage, wie Rosenkranzgebete, und die schmerzhaften Geheimnisse immer dazwischen. Am schlimmsten waren die Sonntage, da konnte sie sich nicht einmal mit der Arbeit ablenken. Nina war jetzt fast zweiundzwanzig Jahre alt, doch es war, als hätte ihr Leben noch gar nicht angefangen.

Als der Abend seinen Tiefpunkt erreicht hatte, Fröhlichkeit in Beklommenheit umgeschlagen war, verstärkt durch einen vollkommen unpassenden Shake des Orchesters, tauchte Lucia auf.

Sie hielt sich an der Bar fest und schrie dem Barmann irgendetwas ins Ohr. Anstatt eines Karnevalkostüms trug sie ein

A-förmiges hellblaues Kleid mit Knöpfen auf der Vorderseite, die ganz leicht in Höhe der ausladenden Brust auseinanderstrebten. Das glatte Seidenhaar hatte sie zu einem hohen Pferdeschwanz gebunden. Sie sah aus wie einer Modezeitschrift entsprungen.

Als Erste sah Marcella sie. »Sieh mal einer an. Lucia!«

Lucia drehte sich um. »Ach, ihr seid's.« Dann musterte sie das Quartett aufmerksam und verweilte lange mit dem Blick auf Olmo. Schließlich wandte sie sich an Nina. »Ich hatte die ausgelassene Hexe beim Tanz mit James Dean schon gesehen, aber dich nicht erkannt.«

»Dich hingegen erkennt man gut, du hast dich ja gar nicht verkleidet.«

»Ach, nein«, erwiderte Lucia lachend, »das ist so ... so bäurisch.«

»Eher heidnisch als bäurisch, denn das Verkleiden geht auf die Saturnalien zurück«, verbesserte Carla. Dann fügte sie noch etwas über den alten Brauch hinzu, die strengen gesellschaftlichen Hierarchien ins Gegenteil zu kehren, und streckte schließlich die Hand aus: »Ich bin Carla, eine Freundin von Nina.«

Lucia schlug unsicher ein. »Lucia, freut mich.« Dann streckte sie die Hand etwas freudiger Olmo entgegen.

»Wir kennen uns«, bemerkte er.

»Woher denn?«

»Der Sohn des Signor Piero, des Fotografen«, ergriff Marcella das Wort, ließ jedoch die Sache mit Cinecittà unter den Tisch fallen.

Lucia ließ seine Hand gar nicht mehr los, riss die Augen auf und klimperte mit den Wimpern, was das Zeug hielt. »Ach so, jetzt erinnere ich mich. Aber nicht diese alten Schreckensgeschichten, bitte. Kein Waisenhaus, heute wollen wir feiern. Versprochen?«

»Versprochen.«

Inzwischen hatte der Barmann ein Tablett mit Lucias Bestellungen auf der Theke abgestellt. Olmo bot an, es zu ihrem Tisch zu bringen.

Über das ganze Gesicht strahlend bedankte Lucia sich.

Wieder spürte Nina, wie es in ihr wütete. Schon seit Lucia gleich gewusst hatte, wer James Dean war, hatten die Stiche und Tritte wieder eingesetzt. Mit dem Blick folgte sie den beiden bis zu einem Tisch, an dem zwei Mädchen saßen, die eine mit schwarzem Haar, die andere mit braunem, vielleicht waren es dieselben wie einige Jahre zuvor in der Eisdiele. Lucia musste nicht einmal befürchten, dass Olmo das Waisenhaus oder die Besichtigungen erwähnte, sie war ja so gerissen gewesen, ihm zuvor das Versprechen abzuringen, Stillschweigen darüber zu bewahren. Raffiniert und gerissen.

Nina blieb nichts anderes übrig, als zu ihrem Platz zurückzukehren und den Gin Fizz auszutrinken.

Marcella und Carla hatten sich wieder unter die Tanzenden gemischt.

Die Sache an Lucias Tisch zog sich in die Länge. Händeschütteln, Nicken, Augenaufschläge und Lachen nahmen überhaupt kein Ende. Irgendwann packte die Schwarzhaarige Olmos Arm und zog ihn auf die Tanzfläche. Beim nächsten Stück war die Brünette dran und dann, als das Orchester die Töne verlangsamte, Lucia.

Carla und Marcella setzten sich erschöpft wieder.

»Wo ist denn Olmo?«

Nina deutete auf die Tanzfläche. »Da.«

»Stille Wasser sind tief«, stellte Marcella fest.

Als die Engtanznummern schließlich ausklangen, kam Olmo zurück. »Entschuldige bitte.«

»Wofür denn?«

Lucia war ihm gefolgt. »Kann ich mich euch anschließen, wenn ihr Karnevalsdienstag herkommt?«

»Gehst du nicht mit deinem Verlobten?«, erkundigte Marcella sich.

Genau, der Junge mit der Pomade und dem schwachen Händedruck.

»Der wohnt in Ortona und geht unter der Woche nicht aus, weil er immer sehr früh aufstehen muss. Er arbeitet in der Apotheke seiner Familie.«

»Und deine Freundinnen?«

Lucia machte eine wegwerfende Handbewegung in Richtung ihres Tischs. »Die haben sich heute gelangweilt, sagen sie.«

Mit Olmo auf der Tanzfläche hatten sie alles andere als gelangweilt ausgesehen.

»Wenn wir nicht eine zu bäurische Gesellschaft für dich sind …«, murmelte Carla.

Wahrscheinlich hatte nur Nina den Einwurf gehört, doch sie wäre Carla am liebsten um den Hals gefallen.

»Wenn du möchtest, hole ich dich ab«, bot Olmo an.

Ihm hingegen hätte Nina am liebsten einen Tritt gegen das Schienbein versetzt. Musste er eigentlich für alle den Kavalier spielen?

»Das wäre wundervoll«, hauchte Lucia und ließ ihre Wimpern klimpern. »Ich wohne in der Altstadt, in diesen … etwas abseitigen Vierteln wie hier kenne ich mich nicht so gut aus.«

»Hast du ein Telefon?«

»Natürlich.«

»Wir haben auch eins!«, rief Nina.

»Hat jemand einen Stift?«, fragte Olmo.

Carla hatte einen in der Tasche. Sie tauschten alle ihre Nummern aus, Lucia wollte aber nur die von Olmo.

Es war spät geworden, und am nächsten Tag mussten sie arbeiten, denn die Chefetage der Tabakfabrik interessierte sich nicht für Karneval.

»Soll ich dich nach Vasto mitnehmen, Carla?«

»Nein danke. Ich schlafe heute bei Marcella und Nina.«

Lucia hakte sich bei Olmo unter. »Dann kannst du ja mich und meine Freundinnen nach Hause bringen. Wir kennen uns hier nämlich nicht aus.«

Wie sie wohl hergefunden hatten, vielleicht hatte der Heilige Geist ja seine Finger im Spiel?

»Sehr gerne.«

Noch zwei Stunden später spürte Nina den tiefen Stich, an Schlaf war nicht zu denken.

»Dir geht deine Freundin nicht aus dem Kopf, die sich von deinem Liebsten nach Hause hat bringen lassen, stimmt's?«

Entweder konnte Carla Gedanken lesen, oder ihre Niedergeschlagenheit war auch im Dunkel sichtbar.

»Der ist nicht mein Liebster, hab ich doch schon gesagt. Und Lucia ist schon sehr lange nicht mehr meine Freundin.«

Carlas Nähe brachte ihr die Zeit in Erinnerung, als Lucia im Waisenhaus zu ihr ins Bett gekrochen war und sich an ihren Rücken gekuschelt hatte. Damals hatte Nina geglaubt, sie seien unzertrennbar, Gefährtinnen, Bewohnerinnen derselben Teilmenge. Sie hatte noch nichts über Drehtüren gewusst. Nicht gewusst, dass Lucia ins Luxushotel gehörte und sie, Nina, auf die Straße. Kurze Zeit hatten sie sich im selben Karussell gedreht, doch dann hatte das Schicksal wieder alles geradegerückt.

Die Erinnerung schmerzte wie verrückt. Alles tat weh, es stach im Magen, in den Rippen, im Herzen. »Du darfst nichts und niemanden in dein Herz lassen.« Marcella hätte ihr das schon vor ihrem siebenten Geburtstag sagen müssen.

»Kann ich dich etwas fragen?« In Carlas Haar blitzte hier und da der Glitzerpuder auf, den Marcella dort verteilt hatte.

Das Licht der Straßenlaternen fiel in Streifen durch die angelehnten Fensterläden. Das Kissen funkelte, und auf der Bettdecke tanzten tausend Glühwürmchen. Ein wahres Prinzessinnenbett, wie im Märchen.

»Was denn?«

»Es ist eine sehr persönliche Frage.«

»Jetzt schieß schon los.«

Carla stützte sich auf den Ellbogen und holte tief Luft.

Eine farbenfunkelnde kleine Wolke erhob sich und tanzte ausgelassen zwischen den schillernden Lichtstreifen. Ein rotes Pünktchen kreiste um ein etwas dunkleres, das versuchte zu flüchten. Nein, eigentlich tat es nur so und wartete bloß darauf, eingeholt zu werden.

»Bist du noch Jungfrau?«

Das war nun aber wirklich eine sehr persönliche Frage und auch noch so direkt, dass es unmöglich war auszuweichen.

»Ja.«

»Wann hast du das Waisenhaus verlassen?«

»Vor gut drei Jahren.«

»Und in dieser ganzen Zeit hat dir kein Einziger gefallen? Hat dich niemand umworben?« Carla kicherte. »Was für ein blöder Ausdruck, mir fiel gerade kein besserer ein.«

»Nein.«

Carla setzte sich auf und lehnte sich an die Wand, wobei sie einen weiteren Glitzerwirbel entfachte. »Das kann gar nicht sein. Du bist sehr schön, weißt du das eigentlich?«

Die ersten zwei Komplimente, und Nina bekam sie am selben Abend: *hinreißend* und *schön*. Das der Freundin freute sie noch mehr, sie hatte gar nicht gewusst, dass man sich auch unter Frauen Komplimente machen konnte. »Ach, was redest du denn da?«

»Doch, ich meine es ernst. Und deine Augen sind fantastisch.«

Augen, die einen regelrechten Sog auslösen, dachte Nina. Augen, die sie in all den Jahren auf den Boden oder ins Abseits gerichtet hatte.

Hätte sie Marcella nicht getroffen, dann wäre sie niemals in ein Tanzlokal gegangen, und das wäre ein Segen, denn dann hätte sie auch Olmo nicht wiedergesehen. Wie dumm es doch gewesen war, ihm ihre Telefonnummer zu geben, doch als Lucia damit angefangen hatte, hatte sie einfach nicht widerstehen können herauszuschreien, dass auch sie ein Telefon besaß, jawohl; bildete Lucia sich vielleicht ein, die Einzige zu sein?

»Und du?«, wollte Nina wissen.

»Ich was?«

»Bist du Jungfrau?«

»Nein.«

Nun setzte sich auch Nina auf. »Dann bist du verlobt?«

Carla brach in lautes Gelächter aus. »Dafür muss man doch nicht verlobt sein!«

»Du machst es einfach so, mit irgendwem?«

»Nein, nur, wenn mir einer gefällt.«

»Ist das keine Sünde?«

»Nina, du musst dich ein für alle Mal vom Waisenhaus befreien! Sonst trägst du es noch dein ganzes Leben mit dir herum. Du bist draußen, draußen in der Welt.«

Ja, aber nur ganz am Rand. Das letzte bisschen Müdigkeit war nun auch verschwunden. »Und wie ... wie ist es?«

Carla seufzte tief. »Manchmal schön, manchmal vergisst man es auch sofort wieder. Nur selten ist es so, wie man es in Romanen liest oder in Filmen sieht. Kommt drauf an, mit wem man es macht.«

Kurz schwiegen sie, vertieft in den ausgelassenen Tanz der Glitzerpartikel.

»Hast du auch noch nie jemanden geküsst?«

»Nein.«

Carla kniff sie in den Arm. »Mal angefasst?«

»Aua!«, rief Nina und gab Carla einen Klaps auf die Hand.

»Eine kleine Liebkosung?«

»Jetzt hör auf!«

»Mal ein bisschen hier getätschelt?« Carla kniff Nina in die Hüfte.

»Du kannst gleich in der Küche schlafen, wenn du nicht aufhörst!« Nina versuchte, streng zu klingen, aber in Wahrheit war sie selten so vergnügt gewesen.

»Vielleicht am Hals gekrault? Am Bauch? Den Beinen?« Carla hörte gar nicht mehr auf, sie zu kneifen.

»Hör auf, ich bin kitzelig!«

»Und hier? Oder da?«

Nina konnte ihr Lachen nicht mehr unterdrücken. »Du willst also Krieg?« Jetzt war sie es, die kniff, und als Carla in ihr Lachen einstimmte, schlug Nina ihr das Kissen an die Brust.

Carla kreischte fröhlich auf, riss Nina das Kissen aus der Hand und schlug es ihr an die Schulter.

Auf einen Schlag folgte Kreischen, auf Kneifen Lachen. Und um sie herum tanzten glitzernd tausend Lichtpünktchen.

Es mag vielleicht seltsam oder auch etwas traurig sein, die Freude einer Kissenschlacht erst mit über zwanzig zu entdecken, doch Nina bemerkte es nicht, fröhlich und gedankenlos, wie sie in diesem Moment war. Sie sprangen auf dem Bett herum, versuchten, sich gegenseitig zu Fall zu bringen, und lachten sich halb tot.

»Hey! Ihr weckt ja das ganze Haus auf!« Marcella stand plötzlich in der Tür. »Was macht ihr denn da?«

»Wir kämpfen«, kreischte Carla.

Marcella verschwand, kehrte jedoch schon einen Moment später zurück, ein Kissen in den Händen. »Ich bringe Verstärkung!« Sie sprang auf das Bett und schlug unerwartet kräftig das Kissen erst auf die eine, dann auf die andere.

Ein wahrer Sturm glitzernder Punkte erhob sich in tausend Farben.

Wild schlugen sie mit den Kissen um sich, lachten, kreischten, feuerten einander an, *na komm schon, zeig mal, was du kannst, nimm das, gib auf, nun gib schon auf.*

Irgendwann klopfte jemand von der anderen Seite kräftig gegen die Wand. Bestimmt die Nachbarn, die nicht schlafen konnten.

Doch die drei Freundinnen beachteten es gar nicht.

»Meine Schääätzchen! Was seid ihr doch für liiiederliche Schääätzchen!«

»Und? Haben sie dich genommen?«

Ja, hatten sie. Zehn Tage lang hatte Nina nichts anderes getan, als mit Carlas Büchern zu lernen: Geschichte, Geografie und Grammatik, und sie war verwundert, wie viel sie noch aus ihrer Schulzeit wusste. »Aber jetzt muss ich alles aus der Sechsten in wenigen Monaten lernen.«

»Das schaffst du.«

»Wann kommst du und hilfst mir?«

»Ich weiß nicht, hier ist die Hölle los.«

Carla hatte in der Tabakfabrik gekündigt, jedoch mit dem Personalchef ausgemacht, dass man sie nach den Prüfungen wieder einstellen würde. Doch was sie nun in Rom erlebt hatte, von ihr zu Beginn des Gesprächs so kurz umrissen, dass Nina sich alles Mögliche und noch viel mehr vorstellte, hatte ihr einen Strich durch die Rechnung gemacht.

Am Morgen des ersten März sei sie zur medizinischen Fakultät gegangen, wo sie von den Demonstrationen an der Fakultät für Architektur erfahren habe. Die Proteste hatten im Februar begonnen und richteten sich gegen die überfüllten Vorlesungen und den Mangel an Dozenten, von denen die meisten Barone seien, die ihre Aufgabe hauptsächlich als Einkommensquelle betrachteten und sich um ihren Lehrauftrag nicht scherten. Die Studenten wollten es nicht mehr stillschweigend hinnehmen, dass man ihnen wahllos irgendetwas vorsetzte, und seien laut geworden. Ein Vorbild sei sicher die Besetzung der Fakultät für Soziologie in Trient vor zwei Jahren gewesen, eine Fakultät, die insbesondere zukünftige Manager hervorbringen wolle. Und wäre im November desselben Jahres nicht die große Überschwemmung über Florenz hereingebrochen, hätten die Studenten sich nicht aufgemacht, Stadt und Kunstschätze von den Schlammmassen zu befreien, wer weiß, was sie erreicht hätten. Je länger Carla sprach, umso größer wurde die Kluft zwischen Nina und ihr.

Nina hörte ihr ebenso fasziniert zu, wie sie einer Romanhandlung gefolgt wäre. War das alles wirklich geschehen? Wo war sie, Nina, gewesen, während Universitäten besetzt wurden und Städte im Schlamm erstickten? Und als Carla dann noch erklärte, in den Protesten erkenne man den Geist der Gegner des Vietnamkrieges, da kam Nina sich unendlich dumm vor. Nie hatte sie das alles mit dem Lied von Morandi in Verbindung gebracht, welches Marcella ständig beim Putzen laut herausschmetterte, den Besen im Anschlag wie ein Gewehr: *Er reiste um die Welt, sodann, doch endete im Krieg in Vietnam. Kurz ist nun sein langes Haar, die Gitarre bietet er nicht mehr dar, nur ein Instrument mit einer neuen Melodie: das immer gleiche »ratatatatie«.*

Das alles sollte dieses kleine Liedchen in sich bergen? Hatte sie bis jetzt so tief mit ihrem Kopf im Sand gesteckt?

Und wer war dieser *Che*, von dem die Freundin nun sprach, der nicht nur mit seinem Tod im Oktober letzten Jahres, sondern auch mit seinem moralischen Erbe »zwei, drei, viele Vietnam« das Gewissen der Revolutionäre in der ganzen Welt aufgerüttelt hatte?

»Da weht ein Wind von überallher«, rief Carla eindringlich, »von Westen und von Osten, in der Tschechoslowakei, spürst du das nicht?«

»Doch, doch«, erwiderte Nina leise. Aber in Lanciano wehte überhaupt nichts.

Der Direktor der Universität Sapienza, Pietro Agostino D'Avack, hatte eine staatliche Intervention gefordert. Doch was dann in Valle Giulia geschah, hätte sich niemand auch nur ansatzweise vorstellen können. Ein wahres Kriegsszenario.

Carla verschwendete nicht viele Worte darüber, was das Ganze nur noch eindrucksvoller machte. Sie erwähnte die Prügel und Gummiknüppel, die ausgeschlagenen Zähne und zersprungenen Brillen, die Tritte in viele Gesichter. Das beißende Tränengas und wie die Wasserwerfer sie von den Füßen gerissen hatten. Es gab Verletzte auf beiden Seiten; bei den Studenten waren es Hunderte.

Und während das Klick-klick der unzähligen Gettoni-Telefonmünzen ihr Gespräch begleitete, dachte Nina an die eigenen nichtssagenden Tage, in denen ihr größtes Problem war, den Schulstoff der sechsten Klasse aufzuholen.

»Aber wann kommst du denn wieder?«, fragte sie noch einmal. »Du bist schon fast einen Monat dort. Es ist gefährlich.«

Von der Schlacht in Valle Giulia hatte man sogar in Lanciano gehört: Nicht mehr als einige Worte in den Radionachrichten, aber es reichte, damit Nina sich um Carla sorgte. Nina wollte unbedingt ein Fernsehgerät anschaffen, um besser mitzubekommen, was in der Welt geschah. Sie musste das mit Marcella besprechen.

»Ich will nicht weg. Ich habe hier Freunde, die im Krankenhaus liegen, und wir müssen auch noch einen Ort finden, an dem wir Versammlungen abhalten können. Es ist jetzt wichtig, dass ich hier bin.«

»Hast du denn genug Geld?«

»Ja, mach dir keine Sorgen, ich hatte genug zurückgelegt. Und bei euch, wie ist die Lage?«

»Was meinst du damit?«

»Die neuen Pressen, sind die schon da?«

Ja, angekommen und in Betrieb genommen seit einer Woche. Die zuständigen Arbeiterinnen mussten sich noch einarbeiten, doch schon bei halber Geschwindigkeit war offensichtlich, dass die Arbeit von nun an weniger war.

»Hoffentlich geht alles gut«, seufzte Carla. »Und dein Liebster?«

Nina hatte sich damit abgefunden, dass Carla ihn so nannte. »Der ist wieder nach Rom gefahren, vielleicht lauft ihr euch ja über den Weg.«

»Rom ist etwas größer als Lanciano. Habt ihr euch gar nicht mehr gesehen?«

»Nein. Du bist die Letzte, die mit ihm gesprochen hat.«

Das war gelogen. Nach der gemeinsamen Verabredung am Karnevalsdienstag, an dem Olmo Carla anschließend nach Vasto gebracht hatte, hatten sie sich noch einmal getroffen und zuvor einige Male telefoniert.

Nina freute sich über seine Anrufe, doch ihr fiel das Reden schon schwer, wenn sie jemandem gegenüberstand, am Telefon war es noch schlimmer. Ihr Herz pochte laut in das Schweigen hinein, das sie entmutigt zurückließ.

Olmo schlug vor, miteinander auszugehen, aber nur sie beide, allein, und auch nicht zum Tanz, sondern ins Kino oder auf einen Spaziergang.

Nina lehnte immer ab und sagte sich wieder und wieder, sie dürfe niemanden in ihr Herz lassen. Olmo würde in kurzer Zeit wieder in die Welt der Diven und des Jetset zurückkehren, sie musste ihn sich aus dem Kopf schlagen. Der Kostümball am Karnevalsdienstag hatte ihr schon genug zugesetzt: Wie eine rollige Katze hatte sich Lucia an Olmo gedrückt, ihn an sich gezogen und ihm wer weiß was ins Ohr geflüstert. Er schien nichts dagegen zu haben, lächelte nur und tanzte weiter. Der ganze Abend war eine Tortur, alles tat Nina weh. An eine Verlobung mit ihm, den Apennin zwischen ihnen und er auch noch den Versuchungen Roms ausgesetzt – daran wollte sie gar nicht denken.

Nina, du Dummerchen, als hätte Olmo jemals von einer Verlobung gesprochen.

Wenn überhaupt, dann würde es ihm doch nur um ein kurzes Vergnügen gehen, ein Abenteuer, wie die Begegnungen, die Marcella hatte. Manchmal kam sie erst im Morgengrauen nach Hause, das Haar zerzaust und die Schminke verschmiert, nur den Lippenstift hatte sie stets frisch nachgezogen, als schämte sie sich vor Nina und wollte ihrem Urteil entgehen.

Ich habe nichts gemacht, siehst du? Mein Lippenstift ist noch perfekt, wie zu Beginn des Abends. Dabei hatte sie ihn vielleicht eben vor einem Autorückspiegel oder in einem Motel frisch nachgezogen.

Manchmal ging Nina absichtlich aus, obgleich ihr gar nicht danach war. »Am Sonntag gehe ich mit einer Freundin spazieren«, sagte sie dann schon am Wochenanfang.

Marcella ging sofort darauf ein. »Bist du lange weg?«

»Vielleicht so bis um fünf.«

»So kurz?«

»Na ja, sagen wir mal bis sieben.«

»Wie schön, frische Luft tut dir gut.«

An dem fraglichen Tag setzte Nina sich auf eine Bank und blätterte einige Fotoromane von Marcella durch. Wie einfach das Leben darin doch war, wie schön die Schauspieler, nicht nur die Hauptpersonen. In den letzten Wochen hatte Nina die Schulbücher mitgenommen, und die Zeit verging wie im Flug. Zur abgemachten Uhrzeit kam sie durchgefroren und bibbernd wieder nach Hause. Es war ein dummes kleines Theater, was sie da aufführten, klare Worte wären viel einfacher gewesen: Kann ich vielleicht an dem und dem Tag die Wohnung ein paar Stunden für mich haben?

Doch die Scham war zu groß und die Angst vor dem moralischen Urteil noch viel größer. Nina hätte ihr von dem Schwur erzählen sollen, den Schwester Immacolata sie gezwungen hatte, im heiligen Namen Marias abzulegen: *Urteile niemals über andere. Nie.* Doch über den Schacht unter der Krankenstation, wo die Puppen herkamen, konnte sie nicht sprechen.

Marcellas Liebeleien waren so flüchtig, dass sie Nina noch keinen ihrer Liebsten vorgestellt hatte. Es waren namen- und gesichtslose Männer, von deren An- oder Abwesenheit Nina nur aus den Launen Marcellas und den im Badezimmer geschmetterten Liedern schließen konnte. Eine neue Liebesgeschichte wurde von einem Stück Gino Paolis angekündigt: *Wenn du bei mir bist, dann sind im Zimmer keine Wände, sondern Bäume im Gelände* ... Sie sang es mit solcher Inbrunst, dass Nina glaubte, das Dach fortfliegen zu sehen und in einen Himmel zu blicken, der einem allein vom Ansehen das Herz öffnete. Doch sobald die Liebe vorbei war oder die Ehefrau des Mannes dem Techtelmechtel auf die Spur kam, sang Marcella pausenlos ein anderes Lied: ein todtrauriges von Luigi Tenco, einem Sänger, der sich während des Sanremo-Festivals 1967, im letzten Jahr, das Leben genommen hatte. Einige sagten, er habe sich umgebracht, weil er sich nicht für das Finale qualifiziert hatte, andere, er habe es der unglücklichen Liebe zu Danila wegen getan, der Frau, mit der er das Stück zusammen gesungen hatte, wieder andere wisperten von einem Geheimnis, von Schulden, oder dass jemand anders ihm die Kugel in den Kopf geschossen habe, und noch andere behaupteten, weder das eine noch das andere sei wahr. Tenco trage einfach zu viel Schwermut in sich, und wenn man mit düsterem Herzen geboren werde, dann seien selbst die sonnigsten Tage von Dunkelheit erfüllt.

Als sie das Stück im Radio gehört hatten, war Marcella in Tränen ausgebrochen. »Das hat er für mich geschrieben, das hat er für mich geschrieben«, schluchzte sie. Und seitdem schmetterte sie es jedes Mal, wenn eine Affäre zu ihrem Ende fand. *Jeden Tag schau ich, ob die Sonne scheint oder der Regen auf mein Leben weint. Ciao amore, ciao amore, ciao amore ciao.*

Einmal hatte es Marcella so schlimm erwischt, dass sie das Lied wochenlang ununterbrochen gesungen hatte, auch in der Tabakfabrik, während sie zwischen den Sortiertischen umherging und die Arbeiterinnen kontrollierte.

Carla warf Nina einen fragenden Blick zu.

»Sie hat Liebeskummer«, flüsterte Nina.

»Aber das ist doch kein Liebeslied, das ist Gesellschaftskritik.«

Nina hob nur die Schultern.

Marcella hatte für Gesellschaftskritik ganz bestimmt herzlich wenig übrig, für sie zählte nur die sich ständig wiederholende Enttäuschung. Warum sie sich wohl auf verheiratete Männer fixiert hatte, die ohnehin niemals ihre Ehefrauen hätten verlassen können, selbst wenn sie gewollt hätten. Scheidung war etwas, das im weit entfernten Amerika geschah, etwas für Diven und die Reichen aus den Illustrierten. Dabei war Marcella so wunderschön, und wenn sie sich zum Tanz zurechtmachte, sah man ihr die dreißig Jahre keinesfalls an, mehr als ein eingefleischter Junggeselle hing an ihrem Rockzipfel. Aber da war nichts zu machen. Ihr gefielen nur die mit Ehering und dem Blick eines geprügelten Hundes, Männer, die feststeckten in einer Ehe mit bösartigen, habgierigen Frauen, kein Vergleich zu ihr, Marcella, die doch so herzensgut war und sie verstand wie sonst niemand.

Und wieder ging es los mit *dann sind im Zimmer keine Wände* ...

Vielleicht wollte sie sich selbst etwas vormachen, wie damals im Waisenhaus, als sie sich wieder und wieder gesagt hatte, sie habe nichts und niemanden gern, vielleicht glaubte sie auch, es nicht zu verdienen, einen Mann ganz für sich allein zu haben, und ließ sich nur auf eine Liebe ohne Zukunft ein, in die sie, trotz der herausgeschmetterten Liebeslieder, kein Vertrauen steckte. Da sie ja mit niemandem wirklich zusammen war, konnte sie auch nicht verlassen werden.

Und sie, Nina, glaubte sie, eine Liebe zu verdienen, oder war die Angst, verlassen zu werden, stärker als der Wunsch, daran zu glauben?

Angst hatte sie, ja. Und je mehr Mühe Olmo sich gab, umso mehr zog sie sich zurück.

Eines Nachmittags hatte er vor der Tabakfabrik auf sie gewartet.

»Was machst du denn hier?«

»Vielleicht habe ich ja so mehr Glück als am Telefon. Hast du Lust auf einen Kaffee?«

Nina fühlte sich verpflichtet anzunehmen.

Während sie untergehakt rasch in Richtung Zentrum gingen, kam frischer Wind auf, der von ihrer Seite zu ihm hinüberblies. Nina dachte an den Tabakgestank und wechselte mit einer Entschuldigung die Seiten. Aber in der Bar gab es keine windgeschützte Seite und keine, aus der Wind kam, und es war unmöglich, den Gestank nicht zu bemerken. Die Leute um sie herum rückten auch tatsächlich alle weg.

Olmo tat, als merkte er nichts, lehnte sich zu ihr hinüber und fragte, was sie haben wolle.

»Einen Kaffee.«

»Nur einen Kaffee? Willst du vielleicht auch ein Stück Gebäck? Oder ein Gläschen Wermut?«

»Nein, nein. Lass uns schnell wieder gehen.«

Würde es immer so sein? Dass sie sich ihres Gestanks wegen schämte und er so tat, als bemerkte er ihn nicht? Ganz zu schweigen von den wenigen gemeinsamen Interessen. Mit Waisenhäusern und Tabakmanufakturen waren ihre Themen erschöpft. Er war gewöhnt an Schön- und Berühmtheiten, und

Nina wusste gerade einmal, wie lang ihre eigene Nase war. Eine einzige Schmach. Nein, danke, darauf verzichtete sie gern.

»Lass uns das nächste Mal herkommen, wenn du etwas mehr Zeit hast«, schlug Olmo vor. »Es ist meine Schuld, ich habe dich einfach abgeholt, ohne vorher Bescheid zu sagen.«

»Es wird kein nächstes Mal geben.«

»Doch, ich bin noch zwei Wochen bei meinen Eltern.«

»Wir dürfen uns nicht mehr sehen.«

»Warum denn nicht?«

»Weil ich verlobt bin.«

Plötzlich wurde Olmo sehr ernst. »Und wo soll dieser Verlobte sein?«

»Er wohnt in einer anderen Stadt.«

Olmo neigte den Kopf, als würde er den richtigen Winkel für ein Foto suchen.

Nina versuchte, undurchdringlich zu bleiben.

»Ich beneide ihn sehr«, sagte Olmo und lächelte schief.

Nichts sagen, Nina, nicht bewegen, nicht atmen.

Dann wurde der Kaffee serviert, sie kippten ihn viel zu heiß hinunter und brachen auf, als säßen sie auf heißen Kohlen.

»Ich bringe dich nach Hause.«

»Nein, das musst du nicht. Ich wohne ganz in der Nähe.«

Marcella erzählte ihr danach, sie habe ihn zweimal im Tanzlokal gesehen. »Mit Lucia, die beiden haben kein langsames Lied ausgelassen.«

Schön für ihn. Lucia roch sicher gut.

Bei der Vorstellung, wie sich die beiden im Takt der Musik eng aneinanderschmiegten, weinte sie bitterlich, doch sie war der festen Überzeugung, das Richtige getan zu haben. Erst war es ihr vorgekommen wie eine schreckliche Tragödie, aber verglichen mit dem, was Carla erzählte, war es doch bloß eine dumme Nichtigkeit, die es nicht wert war, erwähnt zu werden.

Das Klickern der Gettoni brachte sie in die Gegenwart zurück. »Lass uns auflegen, du hast schon viel zu viel ausgegeben.«

»Ich rufe dich in ein paar Tagen noch mal an. Ich will über alles in der Fabrik Bescheid wissen.«

»Hier passiert doch überhaupt nichts. Pass du lieber gut auf dich auf.«

An diesem Abend kam Marcella nach der Arbeit sehr viel später als sonst nach Hause, das Gesicht wie versteinert. »Ersilia sagt, dass die Geschäftsführung die Leute von der Gewerkschaft vorgeladen hat.«

»Wann?«

»In drei Tagen.«

Nina dachte an die Frauen, die für die Pressung zuständig waren, und an das Lächeln, mit welchem sie die Maschinen bedacht hatten, die ihre Arbeit ohne die geringste Anstrengung im Bruchteil eines Augenblicks erledigten.

»Hoffentlich geht alles gut«, bemerkte Marcella. Dann ließ sie sich ein Bad ein.

Kurz darauf trällerte sie das Lied, das jedes ihrer Wannenbäder begleitete: *Blau, blau, blau, tausend blaue Blasen blubbern immer wieder, fliegen um mich 'rum und schweben auf und nieder, so blau, so blau, so blau …*

Die Tabakpflanzen wurden gehegt und gepflegt wie kleine Kinder. Vielleicht sogar etwas mehr.

Im Februar und März mussten sie im Gewächshaus unter Vlies ausgesät werden, dann wurden die Pflänzchen in die Felder gesetzt. Anfang August erfolgte die Ernte, und der Tabak wurde in gut gelüftete Trockenschuppen unter die Dächer gehängt.

Es waren Frauen, die diese Arbeit erledigten, vielleicht, weil sie das Kümmern gewohnt waren.

Die Jüngsten und Beweglichsten kletterten hoch in die Balken und ließen von dort Schnüre mit einer Schlaufe am Ende hinunter. Die Kolleginnen unten knoteten ein Stöckchen daran, um das sie den Faden wie um eine Häkelnadel wickelten. Sorgfältig und geduldig fädelten sie bis zu zwanzig Kilogramm Tabak daran auf. Die wurden dann hinaufgezogen, aber schön langsam, kein Blatt durfte zerknittern oder reißen, und die Rippen mussten intakt bleiben. Dann hingen sie da wie umgedrehte Weihnachtsbäume. Nun ging es ans Trocknen, währenddessen brannten Feuer aus gutem Holz unter Blechplatten, auf die die Arbeiterinnen, denen Hitze am wenigsten ausmachte, Wasser zum Verdampfen gossen, damit die Blätter nicht verbrannten. Schritt der Herbst voran, waren die feuchten Nebel ausreichend.

Einmal getrocknet, wurden die Pflanzen heruntergelassen und auf Tische gelegt, wo man die Blätter nach Qualität sortierte und stapelte. Dann begann die Fermentation, aus der die sogenannten Buschel hervorgingen, Buschel wie kleine Babys, doch Babys waren es nicht, obgleich die Frauen sie ebenso liebevoll behandelten.

Die Buschel bestanden aus fünf zusammengerollten Tabakblättern und wurden in luftdicht verschlossene beheizte Kammern gehängt, wo Wasserdampf sie ausreichend geschmeidig hielt. Von dort kamen sie zum Trocknen in erwärmte Metallkammern. Schließlich brachte man sie in Tücher eingeschlagen in die nächste Abteilung, wo sie mit äußerster Sorgfalt in Fässer gelegt wurden. Dabei war höchste Vorsicht geboten, denn die Buschel konnten zerbröseln und alles zu Staub zerfallen. Es brauchte Sorgfalt, keine Kraft, und die Frauen sangen leise bei der Arbeit, zum einen, damit sie sich in den langen einsamen Stunden nicht so allein fühlten, zum anderen, um sich wach zu halten und zu konzentrieren. Und wie sie so sangen und mit den Buscheln hantierten, hatte es tatsächlich den Anschein, als wären es Kinder, die in den Schlaf gesungen werden mussten. Wenn alles fertig war, streckten die Frauen sich ganz vorsichtig darauf aus, um die Blätter gut zu glätten. Die anschließende Pressung komprimierte alles makellos.

Endlich konnte der Tabak nun in die Manufaktur gebracht werden, wo die Vorbereitung erfolgte, die folgendermaßen ablief: Die Blätter wurden getrennt, sortiert, per Hand in dafür bestimmten Behältern gesäubert und einer chemischen Behandlung unterzogen. Die Gesundheit der Arbeiterinnen in diesen Abteilungen war besonders anfällig, und es wurde gemunkelt, der Grund für die gehäuften Fälle von Tuberkulose bei den Frauen und Bronchitis bei den nebenan untergebrachten Kindern seien das viele Sitzen und die zahlreichen benutzten Lösungsmittel. Vor vielen Jahren hatte es Proteste gegeben, und die Arbeiterinnen forderten eine Kontrolle seitens der Gesundheitsbehörden. Eine vom Finanzministerium geförderte Untersuchung hatte jedoch die Zweifel beseitigt: Der schlechte Gesundheitszustand der Tabacchine und ihrer Kinder sei keine

Folge der Arbeitsbedingungen, sondern der schlechten Wohnverhältnisse, der hygienischen Zustände und der Unterernährung.

Nachdem die Blätter gesäubert und mit Lösungsmitteln behandelt waren, wurden sie entrippt, also von der mittleren Rippe befreit.

Es gab auch eine Abteilung, die für Zigarren zuständig war, dort wurden die größten und stabilsten Blätter mit den zerbrochenen vermischt und geschickt aufgerollt. Jeder Arbeitsschritt erfolgte unter dem wachsamen Auge der Maestre und dem unerbittlichen der Männer, die die letzten Kontrollen durchführten und den Tabak vor und nach der Zigarrenanfertigung wogen. Wenn etwas verschwendet wurde, gab es Ärger. Die Zigarrenarbeiterinnen erhielten Stücklohn, bekamen also für mehr hergestellte Zigarren auch mehr Lohn, doch die bei der Arbeit abfallenden Blätter steckten sie ein.

Den größten Teil des Tabaks bekam das Monopol ATI, aber der extrafeine wurde an Ausländer verkauft.

Die Geräusche in den Gebäuden ähnelten denen in einer Kirche: Geflüster, Gemurmel, Hände, die über Tabakblätter raschelten wie über Rosenkranzperlen.

In den ersten Monaten in der Fabrik mussten die Tabacchine nicht nur das Handwerk lernen, sondern vor allem, sich der Disziplin anzupassen. Nina war das nicht schwergefallen, sie war Hierarchien und wahllose Bestrafungen aus dem Waisenhaus gewohnt.

Die Maßregelungen in der Lehrzeit hatten eine erzieherische Funktion und bestanden aus Verweisen, Tadeln und daraus folgenden Lohnabzügen, die akribisch verzeichnet wurden. Arbeiterinnen ohne Vermerke gab es kaum. Eigentlich hatte jede der Tabacchine zu viele angesammelt, um noch große Töne spucken zu können, die rebellischsten unter ihnen mussten sich vorsehen, und die wenigen, die nicht bei der

Arbeit Schritt hielten, wurden nach der Probezeit nicht übernommen. Allgemein waren Solidarität unter Kolleginnen und gegenseitiges Zurseitespringen nicht gerne gesehen, ebenso wenig, wenn jemand Fehler von Anfängerinnen oder Nachzüglerinnen ausbügelte.

Doch was die Geschäftsführung wirklich zur Weißglut trieb, das war Streik. Nach drei Stunden Versammlung war das Wort auch tatsächlich noch nicht ausgesprochen worden.

»Es ist die Rede von vierhundert Entlassungen«, erklärte Nicola.

»Wie viele? Man versteht kein Wort!«, beschwerte sich eine Frau vom anderen Ende des Raums.

»Vierhundert«, schrie Ersilia.

Langes Schweigen trat ein, in dem die Arbeiterinnen das Ausmaß dieser Zahl erst einmal sacken ließen.

»Aber das ist ja mehr als die Hälfte«, rief irgendwann eine von ihnen.

»Sehr viel mehr«, stellte Carla fest, »ein gutes Drittel würde bleiben, mehr nicht.«

Gleich nach Ostern war Carla wieder zur Arbeit gekommen, am sechzehnten April, einen Monat würde sie bleiben, das hatte sie abgesprochen. Man sah ihr an, dass es ihr unter den Nägeln brannte, sie konnte es gar nicht abwarten, nach Rom zurückzukehren. Außerdem lohne sich die Arbeit nun auch finanziell nicht mehr, meinte sie. Die Arbeiterinnen hatten eine Lohnkürzung von vierzig Prozent akzeptiert, um den Kündigungen zu entgehen. Weniger, dafür für alle, sagten sie.

»Was willst du denn in Rom?«, hatte Nina sich erkundigt. »Bleib hier, dort drehen doch alle durch. Nachher wirst du auch noch verprügelt.«

»Du kannst dir nicht vorstellen, was das für ein Gefühl ist«, erwiderte Carla, »als wärst du in der Mitte der Welt. Auch in Frankreich, England und Amerika wird demonstriert, wir lassen uns nicht mehr aufhalten. Bahnbrechende Änderungen stehen bevor, und ich will dabei sein.«

»Aber wofür denn? Was würde es für dich ändern? Mach deinen Uniabschluss und dann was auch immer du willst. Lohnt es sich, das alles aufs Spiel zu setzen?«

Carla blickte Nina an, als würde sie sie nicht kennen, nicht wiedererkennen. »So etwas macht man nicht nur für sich, sondern auch für die anderen. Für die, die noch kommen.«

Die *anderen*, was für ein seltsames Wort. Wer waren diese anderen? Und was hatten sie getan für sie, für Nina? »Ich verstehe dich nicht.«

»Denk doch mal an gestern Abend. Hätte mir auch egal sein können, aber ich habe dir geholfen.«

Nina tat sich schwer mit Naturwissenschaften – Maßeinheiten, Volumen und Masse, feste, flüssige und gasförmige Aggregatzustände. Ein Zahlendurcheinander, in dem sie sich nicht zurechtfand. Ganz zu schweigen von Englisch: Wenn sie laut las, erschreckte sie der Klang der anderen Sprache, als wäre da eine fremde Stimme im Zimmer. Die *150 Stunden* waren beileibe keine Kleinigkeit. Carla hatte angeboten, ihr zu helfen, und war nach der Arbeit mitgekommen zu Nina, wo sie auch übernachten würde. Bis zum Morgengrauen hatten sie am Küchentisch Formeln gelernt und englische Konversation geübt. *How do you do? Fine, thank you. What's your name? My name is Nina. How old are you? I'm nearly twenty-two years old.* Eine ganz andere Nacht als die mit der Kissenschlacht, doch sie hatten die gleiche tiefe Verbundenheit verspürt und außerdem literweise Kaffee in sich hineingekippt. Als die beiden schließlich ins Bett gingen, waren sie munter wie Fische im Wasser.

»Schläfst du schon?«, erkundigte Carla sich nach kurzer Zeit.

»Nein.«

»Ich auch nicht.«

Kurz schwiegen sie, warteten, dass sich doch noch Müdigkeit einstellen würde.

»Kann ich dich etwas fragen?«

Nina dachte, Carla wolle wieder über Herzensangelegenheiten sprechen. »Was denn?«

»Fragst du dich manchmal, wer deine Eltern sind?«

Carla hatte wirklich ein Talent, Fragen zu stellen, die unter die Haut gingen.

»Nicht mehr. Als ich klein war, habe ich mir oft meine Mutter vorgestellt.«

»Und?«

»Sie trank Kaffee. Hielt in einer Hand die Tasse, in der anderen die Untertasse.«

Carla stützte sich auf den Ellbogen. »Und was noch?«

»Das war's.« Nina hatte ihre ganze Kindheit über versucht, dieser Mutter ein Gesicht zu geben, doch es war ihr nicht gelungen. Sie hatte immer nur einen verschwommenen Fleck gesehen, unscharfe Gesichtszüge in gleißendem Licht.

»Und dein Vater?«

Vater? »Hab ich nie drüber nachgedacht.«

Es musste ja einen geben, an den Klapperstorch glaubte sie schon lange nicht mehr. Doch sie war der geltenden Meinung aufgesessen, Geburten seien einzig und allein Frauensache, sie machten alles allein, nur zur Besamung brauchte es einen Mann. Doch nun fiel ihr auf, dass in ihren spärlichen Familieneinblicken auch die Väter eine Rolle gespielt hatten. Sie erinnerte sich an das freundliche Lächeln des Mannes der Frau mit dem Glockenrock und wie aufmerksam er sich an die Kleinen im Waisenhaus gewandt hatte, seine schützende kräftige Hand, die er um die von Luigino schloss. Sie dachte daran, wie Giuliana vor dem Umzug nach Pescara erzählt hatte, sie habe versucht, ihren Mann umzustimmen, doch der habe erwidert,

Lucia werde in der neuen Umgebung endlich zu ihrem Kind, während sie in Lanciano immer eine Waise bliebe. Er war derjenige gewesen, der seine Rolle ernst nahm, ernster als Giuliana die ihre. Und sie dachte an Signor Piero und das unsichtbare, aber starke Band zwischen Olmo und ihm, den ununterbrochenen Dialog ihrer Blicke, der Worte unnötig machte, *gib mal den Film, wechsle die Blitzlichtbirne, setz dich, wenn du müde bist, nein, nein, es geht mir gut, ich bin nicht müde, ich will bei dir bleiben, Papà.*

Dann war da noch der dämonenhafte Vater des Mädchens aus dem Puppenschacht, dessen Kind gleichzeitig Sohn und Bruder war. Oft waren die Väter unsichtbar, doch sie trugen ihren Teil dazu bei, wenn die Frauen in den Schacht hinabstiegen.

Es gab also auch Väter, doch Nina hatte weder in der Realität noch in ihrer Fantasie einen. Ob er wusste, dass er eine Tochter hatte? Ob er an sie dachte? Ob ihre Mutter an sie dachte? Ob sie noch lebten, ein Paar waren, überhaupt jemals eines gewesen waren? Oder war alles nur ein Missgeschick gewesen, und sie hatten das Kind schnell loswerden müssen, um damit abzuschließen?

»Ich habe nie an einen Vater gedacht, und mittlerweile denke ich auch nicht mehr oft an meine Mutter. Ich bin auch nicht besser als sie.«

»Eine Familie besteht ja nicht nur aus einem Nachnamen oder demselben Blut. Sie wächst nach und nach zu einer Einheit. Und dafür muss man zusammen sein.«

»Waren wir nicht.«

Durch die Fensterläden fiel das fahle Licht der Morgendämmerung, diesmal jedoch ohne über das Bett tanzende Glitzerpartikel.

»Sieh es mal so«, meinte Carla und lehnte sich an das Kopfteil, »du kannst sie dir vorstellen, wie du magst. Wunderschön, reich oder arm, aus einem anderen Land, König und Königin im Exil.«

Wie im Märchen, in dem das Kindermädchen ein kleines Floß fertigte und das Neugeborene dem Fluss übergab, damit es seinen Verfolgern entkam.

»Ich hab nicht so viel Fantasie. Mehr als meine Mutter mit einer Tasse Kaffee in der Hand kann ich mir nicht vorstellen.«

»Warum eigentlich Kaffee?«

Es würde keinen besseren Moment geben, Carla von dem kaffeefarbenen Muttermal zu erzählen. Sie hatte lange damit gewartet, weil sie sich schämte und weil sie befürchtete, diese zarte Verbindung zu ihren Ursprüngen – die einzige, die sie hatte – könne Schaden nehmen.

Als sie das erste Mal ein kleines Taschengeld bekommen hatte von der Signora, bei der sie Hausmädchen gewesen war, war Nina in eine Bar gegangen, um einen Kaffee zu trinken. Im Waisenhaus hatten sie immer nur Muckefuck bekommen, und auch die Signora gab ihr keinen richtigen, denn sie meinte, das mache sie nur nervös. Gespannt näherte Nina sich der Theke, sie fürchtete, ihr Geld könne nicht reichen. Auf der Preisliste sah sie dann, dass ein Kaffee fünfzig Lire kostete. Erleichtert seufzte sie, denn die Signora hatte ihr dreihundert gegeben. Sie bestellte einen Kaffee, den sie mit geschlossenen Augen in kleinen Schlucken trank, während sie darauf wartete, dass sich irgendwelche Bilder aus der Vergangenheit einstellten: ein Frauengesicht, ein Rücken mit einem Muttermal, einem kaffeefarbenen, so wie ihr eigenes. Doch nichts davon geschah, ihr wurde bloß ein wenig übel von dem ungewohnten starken Aroma, und den Rest des Nachmittags litt sie unter großem Durst.

Nun würde Carla ihr verraten können, ob es einen Zusammenhang gab zwischen dem Mal auf ihrer Haut und der Frau, die sie auf die Welt gebracht hatte. Nina drehte sich auf die

Seite und schaltete die Nachttischlampe an. Sie zog das Nachthemd bis über die Hüften hoch. »Siehst du das Muttermal?«

»Wo?«

»Unten rechts.«

»Ach, da.«

»Das hat meine Mutter mir vererbt.«

Carla brach in Gelächter aus. »Aber das ist doch bloß alter Volksglaube und hat mit der Wirklichkeit nichts zu tun.«

Ein plötzlicher Schauder lief Nina den Rücken hinunter, und rasch zog sie das Nachthemd wieder nach unten. »Heißt das nicht, dass meine Mutter in der Schwangerschaft Lust auf Kaffee hatte?«

»Aber nein!« Es sei einfach nur eine häufig vorkommende Missbildung der Haut, kleine Wucherungen pigmentproduzierender Zellen, die sich schon im Embryonalstatus bildeten, wenn das Kind noch im Bauch der Mutter stecke. Die verbreitetsten seien tatsächlich die kaffee- oder milchkaffeefarbenen. Es gebe auch rote und rosafarbene, die hießen Feuermale. »Solche Muttermale haben überhaupt nichts mit den Gelüsten während einer Schwangerschaft zu tun.«

»Aber Schwester Immacolata hat gesagt ...« Der Satz blieb Nina im Hals stecken. Jäh hatte man ihr entrissen, worauf ihr Bild der Mutter fußte, nämlich die Lust auf Kaffee. Kaffee, den sie am liebsten im Stehen einnahm, aufrecht und vornehm, die Untertasse in der einen Hand und den Henkel des Tässchens zwischen Zeigefinger und Daumen der anderen Hand. Und nun blieb Nina nicht einmal mehr das, mit einem Schlag war sie nicht mehr bloß Findelkind, nun war sie auch Waise.

In der Umkleide der Manufaktur hatte sie immer wieder die älteren Arbeiterinnen beim Umziehen nach einem kaffeefarbenen Muttermal abgesucht, ohne jemals eines zu finden.

Auch im Puppenschacht, wohin sie in ihrem letzten Jahr im Waisenhaus noch einige Male hinabgestiegen war, hatte sie gehofft und gebangt, ein kaffeefarbenes Muttermal auf einem der von Wehen schmerzgekrümmten Frauenkörper zu entdecken.

Schwester Immacolata war es gewesen, die sie gebeten hatte, abermals hinabzusteigen. Eines Nachts hatte sie plötzlich an Ninas Bett gestanden.

»Nina, du musst mitkommen.«

»Wohin?«

»Nach unten.«

Nach unten, das konnte nur der Puppenschacht sein.

»Wir brauchen dich«, erklärte die Schwester ihr auf dem Gang. »Es gibt Probleme bei der Geburt.«

»Was ist mit den anderen Nonnen, können die nicht helfen?«

»Nein. Sie wissen davon, wollen aber nichts damit zu tun haben.« Dann klärte sie Nina auf, was unten vor sich ging: Das Kind hatte sich nicht gedreht, es bestand die Gefahr, dass es mit den Füßen zuerst herauskommen und ersticken würde. Die Frau war erst im letzten Moment gekommen, hatte sich mühselig ins Waisenhaus geschleppt, nachdem ihr die Fruchtblase geplatzt war. Es blieb keine Zeit mehr, sie ins Krankenhaus zu bringen. »Die Hebamme tut, was sie kann.« Die Hebamme war es auch, die zwischen Schwester Immacolata und den Müttern, die ihre Kinder nicht behalten wollten, vermittelte. »Wenn es schon so weit ist, ist es besser, die Mädchen kommen hierher, wir haben wenigstens eine Krankenstation.« Wenn die Frauen merkten, dass die Geburt kurz bevorstand, gaben sie der Hebamme Bescheid und kamen mit ihr zusammen in der Nacht zum Waisenhaus. Manchmal dauerten die Wehen ganze Tage. Vor der weißen Tür blieb Schwester Immacolata stehen. »Schaffst du das?«

Nina war sich nicht sicher, aber jetzt konnte sie nicht mehr zurück. »Ja.«

»Es kann ziemlich hart werden.«

»Ich schaff das schon.«

Unten war die Hebamme dabei, der auf der Liege gebetteten Frau den Bauch zu streicheln.

»Hat es sich gedreht?«, erkundigte sich Schwester Immacolata.

»Nein. Aber wir haben jetzt keine Zeit mehr. Ich versuche, es zu drehen.«

Nina sollte die Gebärende festhalten, eine Frau undefinierbaren Alters, vielleicht zwanzig, vielleicht dreißig oder auch vierzig, ihr Gesicht war schmerzverzerrt, sie trug eine Art Unterkleid, das mit Flecken übersät war. Nina umklammerte ihre Schultern.

Die Frau riss sich mit einem Ruck nach vorne los. Das Unterkleid verrutschte und entblößte einen riesigen blauen Fleck.

»Halt sie unten«, schrie Schwester Immacolata.

Dass die Nonne sie so haltlos anschrie, bestürzte Nina am meisten. Sie umklammerte die Frau wieder und lehnte sich mit ihrem ganzen Gewicht auf sie.

Die Frau war schweißüberströmt, und Ninas Hände rutschten an ihr ab.

Sie suchte ein kaffeebraunes Mal, fand aber keines. Dafür zahlreiche blaue Flecken in unterschiedlichen Größen, auf dem ganzen Körper. Verschämt wandte sie den Blick ab, aber nicht schnell genug, sie sah noch das verzweifelte Gesicht Schwester Immacolatas, die die Knie der Frau auseinanderhielt. Auf dem der Hebamme war ein Spritzer Blut.

Nina konzentrierte sich wieder auf die Frau.

Die hatte inzwischen angefangen zu schreien und zu zucken, als wüteten hundert Ochsen in ihr.

»Wir müssen sie umdrehen«, keuchte die Hebamme.

Mühevoll halfen sie ihr auf alle viere. »Und jetzt pressen, pressen!«

Ninas Gesicht war nun genau vor dem der Gebärenden.

»Halt sie fest!«

Nina packte die Arme, doch die Frau entwand sich ihrem Griff, flink wie eine Natter. Es hätte ein Wunder gebraucht, sie zu beruhigen, oder vielleicht würde es ein Wiegenlied tun, eines der Lieder, mit denen die Großen die Kleinen in den Schlaf sangen. Die Augen der Frau waren leer, doch sicher waren sie einmal gewesen wie die der Findelkinder mit diesem gierigen, brennenden Ausdruck darin, der verzweifelten Suche nach einem Blick, der nicht durch sie hindurchging.

Was konnte Nina in dieser Düsternis tun? Sie kannte keine Wiegenlieder, und ein Gebet schien ihr nicht angebracht.

Schließlich nahm sie das Gesicht der Frau zwischen die Hände. Die wich zurück. Nina packte ihren Nacken und zog sie mit einem Ruck an sich. Die Frau gab eine Art Knurren von sich und versuchte, Nina zu beißen. Auf allen vieren sah sie nun tatsächlich aus wie ein angriffsbereiter, tollwütiger Hund.

Da strich Nina ihr über das verschwitzte Gesicht. Über die eine Wange, die andere, über die Stirn, die Augenlider, streichelte sie unter dem Kinn. Vielleicht war Ninas Berührung nicht so magisch wie die der Frau mit dem Glockenrock, doch sie verfehlte ihre Wirkung nicht. Die Gesichtszüge der Frau entspannten sich, und sie streckte sich erschöpft der liebkosenden Hand entgegen.

Verzweifelt überlegte Nina, was sie sagen könnte, irgendetwas, aber ihr fiel bloß ein Lied von Rita Pavone ein, welches sie im Transistorradio gehört und auswendig gelernt hatte, weil es die anderen Mädchen bei den Spaziergängen unermüdlich trällerten. Weiter strich sie über das Gesicht der Frau und kam dann ganz nahe an sie heran. *Es gibt niemanden wie dich, du bist einzig auf der Welt.*

Die Frau hielt still, den Mund leicht geöffnet, eher erstaunt als schmerzverzerrt.

So viel Trauer in den Augen.

Mit einem schrecklichen Klagen lehnte die Gebärende ihre Stirn an Ninas Schulter.

Es gibt niemanden wie dich, so scheu und einsam, wenn du Angst hast vor der Welt, dann bleib bei mir.

Der Rücken der Frau zuckte. Ihr Körper war wie zweigeteilt. Von der Hüfte herab war sie in den Händen von Schwester Immacolata und der Hebamme, die sich in ihrem Leib zu schaffen machten. Doch Kopf und Herz waren in diesem Lied, in den an sie gerichteten Worten der Liebe.

Ich will dir helfen, amore, amor, sang Nina. *Es gibt niemanden wie dich, und deshalb lieb ich dich, auf Zehenspitzen betret ich deine geheimsten Träume.* Nina wusste nicht, was sie sonst tun sollte, sie wiederholte das Lied unzählige Male, den Kopf der Frau zwischen Schulter und Kiefer, bis diese schließlich auf die Seite fiel, den gläsernen Blick ins Leere gerichtet.

Die Hebamme legte ein dunkles, verschmiertes Baby auf den Leib der Mutter.

Während Schwester Immacolata die beiden mit einem Tuch bedeckte, dachte Nina, wie erleichternd es gewesen wäre, hätte die Frau auf ihrem Körper ein Muttermal gehabt. Dann hätte sie um ihre Mutter weinen, sie ein für alle Mal beerdigen und endlich nach vorne blicken können.

Wieder in der Küche schrubbten sie sich im großen Waschbecken die Hände rot, dann kochte Schwester Immacolata einen Tee. Die Hebamme fragte, ob sie wohl bitte ein Glas Wein bekomme, sie wisse, der Tag sei noch nicht angebrochen, doch der liebe Gott verstehe ganz sicher, dass dies keine schlechte Angewohnheit, sondern Notwendigkeit sei.

Die anderen Male, die Nina hinunter in den Schacht gestiegen war, hatten kein so tragisches Ende genommen. Da war sie nur mit heißem Wasser und sauberen Handtüchern zwischen Küche und Schacht hin und her gelaufen und hatte den Gebärenden die Stirn gehalten, wenn sie sich übergeben mussten.

Als Carla ihr aber nun eine logische Erklärung gab für das, was sie für eine Spur zu ihrer Mutter gehalten hatte, erschienen vor ihrem inneren Auge plötzlich die Frau und ihr dunkles Kind, und sie seufzte laut auf.

Carla umarmte sie so sanft, als hätte sie Angst, ihr wehzutun. »Es tut mir leid. Hätte ich doch nichts gesagt, manchmal ist Unwissenheit der einzige Schutz, der uns bleibt.«

Für Nina war dieser Moment sehr besonders gewesen, weshalb sie nun den von Carla gezogenen Vergleich vollkommen unpassend fand.

»Was hat das denn damit zu tun?«

Carlas Gesicht wurde hart. »Wenn es nach dir ginge, dann hätte es mir egal sein können, was mit deinen Prüfungen ist. Ich war nicht verpflichtet, eine Nacht durchzumachen, um mit dir Mathe und Englisch zu pauken.«

»Wir haben aber doch auch über viele andere Dinge gesprochen, du weißt, was ich meine, ich habe dir etwas anvertraut, das ich niemandem sonst erzählt habe.«

»Aber du wusstest auch, was ich in den letzten Wochen in Rom durchgemacht habe, wie anstrengend das war und wie müde ich war. Und trotzdem bin ich bei dir gewesen.«

Warf sie ihre Hilfe Nina jetzt etwa vor? »Aber wir sind doch Freundinnen!« Nina senkte die Stimme, damit niemand sie hören konnte. »Was bedeuten mir diese Frauen hier schon? Warum sollten sie mir so wichtig sein wie du oder Marcella? Wir sind Freundinnen«, wiederholte sie.

»Dann versuch, jedem ein Freundschaftsgefühl entgegenzubringen.«

Carla hatte gut reden. Sie spielte hier ein bisschen Tabacchina, doch wenn sie nach Hause kam und ihren Kittel abstreifte, dann war sie in einer anderen Welt. Obgleich sie arbeiten musste, um die Universität zu bezahlen, hatte sie doch in vielerlei Hinsicht ihre Schäfchen im Trockenen. Ein Zuhause, eine wohlhabende, angesehene Familie, die alles für sie tun würde. Keine der Tabacchine konnte das von sich behaupten. Aber sie war nicht wütend auf Carla. Carla glaubte sicher an das, was sie tat, doch von Not hatte sie nicht die geringste Ahnung.

Inzwischen war die Diskussion um sie herum hitziger geworden.

»Reicht es denen nicht, dass sie unseren Lohn so gut wie halbiert haben?«, warf jetzt eine der älteren Arbeiterinnen ein.

Schon seit Stunden diskutierten sie hin und her, doch keine von ihnen traute sich, die Versammlung zu verlassen, vielleicht hofften sie auf eine gute Nachricht in letzter Minute, wahrscheinlicher aber war, dass sie einfach keine Kraft mehr hatten.

»Und ich hab geglaubt, dass ihr uns einen halben freien Tag einbringt«, murmelte eine erschöpft aussehende ältere Frau, die neben den Bänken stand.

Bald würde die arbeitsintensivste Zeit beginnen, und da wurde von den Tabacchine verlangt, sieben Tage die Woche zu arbeiten.

»Demnächst kannst du so viel frei machen, wie's dir passt«, schnappte eine der jungen Arbeiterinnen aus derselben Ecke.

Die Erste wandte sich ihr ruckartig zu. »Wer sagt denn, dass ich diejenige bin, die zu Hause bleiben muss? Mach du das doch, hast ja nicht mal Familie. Ihr nehmt uns den Lohn weg, uns, wo wir doch Kinder haben, die wir satt kriegen müssen. Ihr wollt doch nur von zu Hause weg und euch vergnügen, aber ich, ich brauch die Arbeit!«

Jetzt sprang die Junge auf. »Was weißt du denn davon, ob ich Arbeit brauche oder nicht? Hab ich dich vielleicht gezwungen, Kinder zu kriegen? Hättest früher dran denken sollen, dass man die satt kriegen muss.«

Ein ungeheurer Ruck ging nun durch den ausgemergelten Körper der anderen, im Nu war sie bei der Jüngeren und warf sich ihr entgegen. »Wasch dir den Mund aus, bevor du über meine Kinder redest!« Die anderen hatten Mühe, sie zu trennen.

»Hört auf!«, schrie Ersilia. Sie wartete kurz, dass sich der Tumult auflöste, und ging dann zu den immer noch keuchenden Frauen. »Wir müssen zusammenhalten. Wenn wir hier aufeinander losgehen, dann erreichen wir überhaupt nichts!«

Etwas verlegen senkten die beiden die Köpfe, beäugten sich jedoch weiterhin feindselig. Sie sahen aus wie Waisenhauskinder nach einem Streit, die mit Backpfeifen und anderen Bestrafungen von den Nonnen gezwungen wurden, sich zu vertragen.

In solcher Stimmung wurde die Versammlung am dreizehnten Mai 1968 beendet. Etwa dreißig Frauen hatten gut sechshundert vertreten, hatten einander misstrauisch beäugt, wie streitsüchtige Hunde, die um einen noch nicht vollkommen abgenagten Knochen auf der Straße kämpfen.

Der Zusammenhalt sei wichtig, hatte Ersilia geschrien. Doch sobald es ans Eingemachte ging, spuckten sie Gift und Galle, jede nur auf den eigenen Vorteil bedacht.

Dann bring allen ein freundschaftliches Gefühl entgegen.

Es war leicht, an die Bedürfnisse der anderen zu denken, wenn man selbst nichts brauchte.

Allen ein freundschaftliches Gefühl entgegenbringen.

Das konnte auch nur Carla sagen. Sie, die aus einer anderen Welt kam.

DER ANFANG

»Wie, du hast dich noch nicht entschieden?«

»Ich muss es mir noch überlegen. Warum bist du dir eigentlich so sicher?«

Marcella warf Nina einen funkelnden Blick zu. »Weil es richtig ist, darum.«

Nina aber war hin- und hergerissen. Sie verstand den Standpunkt der Gewerkschaftlerinnen, zusammengefasst etwa »Gemeinsam sind wir stark«, doch sie verstand auch, dass einige Tabacchine dafür waren, weiterzuarbeiten und nicht zu streiken. Momentan war der Lohn gekürzt, sie hatten sich einverstanden erklärt, weniger zu verdienen, um Arbeitsplätze zu erhalten, aber wie lange würden sie so durchhalten? Der halbe Lohn reiche nicht aus, um die Familien zu ernähren. Wenn die anderen bereit seien, auf den Lohn ganzer Tage zu verzichten: Bitte schön, Sie nicht. Außerdem zeige ein so bemühtes Verhalten, wie viel ihnen an der Manufaktur liege, sie machten einen guten Eindruck bei der Geschäftsführung, die sich im Moment der Entscheidung, wer zu entlassen sei, daran erinnern werde.

»Und wenn wir dann weniger sind, kriegen wir auch wieder den vollen Lohn.« Damit schlossen sie ihre Argumentation ab, und wer konnte ihnen Unrecht geben?

Nina stand ratlos zwischen den Fronten und fand schon die ganze Woche keinen Schlaf.

Schließlich nahm sie am achtundzwanzigsten Mai an der Demonstration teil, eher um des lieben Friedens willen als aus Überzeugung.

Sie fand einen Streik unklug, die Geschäftsführung würde ja doch tun, was sie wollte. Eigentlich ging sie nur mit, da sie sonst Marcella nicht mehr in die Augen hätte blicken können, für die schien das Ganze eine Frage von Leben und Tod zu sein, und sie richtete schon seit Tagen nicht mehr das Wort an Nina. Mit Carla wollte sie auch nicht darüber sprechen, die sah überall nur noch die große Weltrevolution.

»Lasst euch bloß nicht erpressen!«, rief sie am Telefon. »Die Arbeiter gegeneinander auszuspielen, das ist ein altbewährtes System, um sie zu schwächen. Seht euch doch mal an, was in England passiert, in Amerika. Die französischen Studenten haben recht: *Ce n'est pas qu'au début!* Das ist erst der Anfang!«

Den Tabacchine war es herzlich egal, was in diesem oder jenem Land geschah, ihnen ging es um die Arbeit an sich und was sie mit sich brachte: Sie konnten Nahrungsmittel einkaufen, Schuhe für die Kinder, Schulbücher, Licht- und Gasrechnungen zahlen, sie konnten die noch offenen Rechnungen der Drogerie begleichen, die Zigaretten der Ehemänner besorgen, Wein für das Passatella-Spiel, den Einsatz bei den Bocciaspielen, ein Stück Stoff erwerben oder manchmal sogar ein neues Kleid, natürlich nur eines im Jahr, und das ausschließlich für einen hohen Feiertag.

Die Demonstration sei nur der Anfang, hatte Ersilia angekündigt, der richtige Streik beginne morgen, am neunundzwanzigsten Mai. Ein Anfang, wie die Franzosen sagten.

Ausschlaggebend war zu guter Letzt eine simple Rechnung gewesen: Innerhalb der Teilmenge der Arbeiterinnen war die der Streikerinnen sehr viel größer und lauter als die der Streikbrecherinnen, die meistens still waren und ihre Arbeit mit gesenktem Haupt verrichteten. Nina würde sich also weniger Ärger und weniger Anfeindungen einhandeln, wenn sie mitstreikte.

Marcella hingegen hatte sich von Kopf bis Fuß der Demonstrationsorganisation verschrieben, und zwar wortwörtlich. Als sie am Tag zuvor die Arbeit beendet hatte, war sie offensichtlich in großer Eile gewesen.

»Gehen wir nicht zusammen nach Hause?«, erkundigte sich Nina.

»Ich muss noch was erledigen, die schließen gleich.«

Zwei Stunden später lüftete sie das Geheimnis.

Sie kam nach Hause, ein Tuch um den Kopf geschlungen.

»Versprichst du, dass du nicht lachst?«, fragte sie.

»Worüber denn?«

»Versprich es!«

»Ja, schon gut. Ich versprech's.«

Marcella nahm das Tuch ab.

Nina konnte weder lachen noch Luft holen. Sie starrte Marcella bloß an und konnte nicht glauben, was sie da sah. Die feuerrote Lockenmähne war verschwunden. Stattdessen war da nun eine Art rotgoldener Pagenschnitt, glatt, mit einem Scheitel auf der einen Seite und auf der anderen einem Pony, der die halbe Stirn verdeckte. Hinten erreichte das Haar knapp den Nacken, von der Seite hätte man sie fast für einen Mann halten können.

Marcella brach schließlich das Schweigen. »Sehe ich nicht aus wie Twiggy?«

»Wie wer?«

Eigentlich sei sie zum Frisör gegangen, um sich das Haar nur ein wenig nachschneiden zu lassen, doch dann habe sie dieses Mädchen auf der Titelseite einer schicken Modezeitschrift gesehen, der *Vogue*. Innen drin habe eine ganze Reportage gestanden über sie, die, obgleich noch so jung, doch sehr viel mehr sei als nur ein Fotomodell, nämlich Stilikone, Muse etlicher Künstler, die bildgewordene Revolution des Hausfrauen- und Verlobtenklischees, so habe es im Artikel gestanden.

Zuerst sei ihr aufgefallen, wie dünn dieses Mädchen war, gleich darauf jedoch, dass sie, Marcella, auch nicht mehr auf den Rippen hatte. Sie freue sich, dass ein so dünnes Mädchen, ebenso dünn wie sie selbst, für so vieles stehe, sogar für die Revolution. Man habe ihre Augenfarbe auf den Fotos nicht gut erkennen können, wahrscheinlich blau, doch die zarte Nase und der Schwung der Lippen sei den ihren wirklich ähnlich. Schließlich habe sie die Zeitschrift mit dem Modell darauf neben ihr Gesicht gehalten und sich im Spiegel betrachtet. Mit dem gleichen Haarschnitt würde sie dem Mädchen noch ähnlicher sehen.

»Genau das brauche ich, um den Protestzug anzuführen!«, erklärte sie Nina, die gebannt zugehört hatte.

Als ob es zwischen Marcella und der Tabakfabrik noch um etwas viel Intimeres und Persönlicheres gehen würde als die Entlassungen. Sie schien da noch eine Rechnung offen zu haben und schritt mit den Erwartungen und dem Kampfgeist der damaligen Waisenhausaufführungen hocherhobenen Hauptes in den Kampf.

Am Morgen des achtundzwanzigsten Mai stand sie in erster Reihe, das Spruchbanner der Gewerkschaft in die Höhe gereckt.

Nina hatte sich in der Mitte des Zuges verkrochen, der festen Überzeugung, dies hier könne nur eine schlechte Kopie der dummen, in Zweierreihen begangenen Sonntagsspaziergänge werden. Doch als die Menge immer weiter anwuchs, bis sie schließlich weder Anfang noch Ende sehen konnte, da fing alles in ihr an zu kribbeln, ein unbekanntes Gefühl überkam sie, überschwänglich und trunken. Sie blickte hierhin und dorthin, versuchte, sich alles einzuprägen, um es Carla zu erzählen. Eine solche Demonstration würde es ganz bestimmt nicht einmal in Rom geben. Wo kamen all diese Menschen her? Den Arbeiterinnen hatten sich eine Menge anderer Leute angeschlossen: Angestellte anderer Fabriken, Studenten. Tausende und Abertausende: Zehntausend, sagten die Organisatoren, die im Zug mitliefen.

Einige der Leute standen am Straßenrand und klatschten, als wäre dies eine Prozession der Schutzheiligen, angeführt von Priestern und Frauen, die unter Tränen den Rosenkranz beteten, und nicht ein Protestzug, den lauthals in Megafone rufende Gewerkschaftler dirigierten.

Unter den Leuten an der Straße waren auch solche, die es keinesfalls mit den Arbeiterinnen hielten und wütend in Richtung der Tabacchine schrien: »Ihr verrückten Weiber! Geht nach Hause! Ihr Verrückten! Huren!«

Die meisten dieser Leute waren Frauen mit Kindern auf dem Arm, denen sie die Augen zuhielten, als wäre der Anblick zu skandalös für sie. Dass sie selbst Worte wie »Huren« schrien, fanden sie wohl nicht so schlimm.

Nach kurzer Zeit hatten die schimpfenden Frauen einen kleinen Zug gebildet, der neben dem großen herging, die Masse war allerdings überhaupt nicht zu vergleichen. Hier waren es zehntausend, dort gerade einmal hundert, doch diese machten einen ohrenbetäubenden Lärm. Ihr rhythmisch gebrülltes *Verrückte* und *Huren* hörte man mindestens bis San Vito.

Da erhob sich ein Raunen, schlängelte sich wispernd durch den großen Zug, bis sich schließlich ein von Marcella angeführter Trupp Tabacchine daraus löste, neben die schimpfenden Frauen postierte und anfing zu singen.

Ob sie sich wohl auf eine solche Situation vorbereitet, mit solchen Beschimpfungen gerechnet hatten? In jedem Fall hatten sie ein vulgäres Kneipenlied für ihre Zwecke umgedichtet. Die Version der Tabacchine allerdings war kein bisschen vulgär, im Gegenteil sprach großer Stolz daraus.

Kennt ihr uns noch nicht? Dann schaut uns ins Gesicht! Wir streiken frohen Mutes, an der Spitze des Angriffszuges. Komm schon her, Blondinchen, komm schon her zu mir.

Fasziniert lauschte Nina. Niemals hätte sie den Mut gehabt, sich dem Chor anzuschließen, doch sie wäre gern gefragt worden. Nicht einmal Marcella hatte ihr gegenüber den Chor erwähnt, dabei wohnten sie doch zusammen. Anderseits hatte Nina ja auch bis zum letzten Moment gezögert, überhaupt mitzustreiken; dass man sie ausgeschlossen hatte, war also nur ihre eigene Schuld.

In kurzer Zeit gewannen die Tabacchine die Oberhand. Die keifenden Frauen waren das Schreien leid und verschwanden mit ihren weinenden Kindern auf dem Arm.

Lachend kehrten die Arbeiterinnen an ihre Plätze zurück, glücklich, als hätten sie einen Punkt gegen die Fabrik eingeheimst.

Der Tag war herrlich, die Sonne schien, und der Himmel war blau, ein leichter Wind wehte vom Meer herauf, die Luft war salzig und frisch. Sie liefen schon seit einiger Zeit durch die Stadt, doch Nina war kein bisschen erschöpft, im Gegenteil war ihr zum Lachen zumute, sie schritt fröhlich aus und lächelte vor sich hin. Schließlich hatte sie keine Lust mehr, im hinteren Zug mitzulaufen, und versuchte, die erste Reihe zu erreichen. Bald sah sie Marcellas rotgoldenes Haar aufleuchten. »Da bin ich.«

Marcella lachte. »Das wurde auch Zeit.«

Nina zeigte auf das Transparent. »Ich löse dich ab.«

Marcella machte ihr Platz. »Wir nehmen es zusammen. Je mehr wir sind, umso besser.«

Von ihrem neuen Platz aus konnte Nina vieles beobachten, das sie in der Zugmitte nicht hatte sehen können. Hier und dort standen Mannschaftswagen von der Polizei. Unter den Zuschauern waren einzelne Polizisten und betrachteten besorgt den Zug. Die Geschäfte hatten die Rollgitter herabgelassen, dabei war es mitten am Tag.

»Die sind ja alle zu.« Nina deutete auf die Läden.

»Die haben mehr Angst als wir. Wenn wir keinen Lohn kriegen, dann können sie dichtmachen.«

Obgleich die Händler sich die Nasen zuhielten, sobald eine der Tabacchine eintrat, und sich die Mäuler über sie und ihre forsche Art zerrissen, trugen sie sie doch auf Händen. Die Tabacchine waren die Einzigen, die man, ohne zu murren, anschreiben ließ, denn man konnte sich darauf verlassen, dass sie sofort ihre Schuld beglichen, sobald der Lohn kam. Vierhundertfünfzig Tabacchine ohne Lohn, das waren vierhundertfünfzig Familien ohne Einkommen, im Durchschnitt Vater, Mutter und zwei Kinder und mindestens noch ein Greis dabei, und man musste kein Mathegenie sein, um sich auszurechnen, dass etwa zweitausend Leute nicht mehr einkaufen, Kredite und Mieten zahlen würden. Da würde mehr als ein Geschäft dran glauben müssen, und sie litten doch schon daran, dass die Arbeiterinnen nicht mehr die knapp tausenddreihundert von früher waren.

Am Nachmittag war die Demonstration mit Kundgebungen auf einer Tribüne am Corso Trento e Trieste zu Ende gegangen. Zahlreiche Parolen, gute Reden, viel Jubel.

Die Zehntausend verliefen sich, nur die Tabacchine blieben. Etwas fehlte noch. Gewohnt, mit den Händen zu arbeiten, gaben sie sich mit Worten allein nicht zufrieden.

»Und jetzt? Das war ja wohl noch nicht alles«, bemerkte Marisa. Sie hatte ihr kleinstes Kind in einem Tragetuch dabei. Zwischendurch hatte sie den Zug verlassen und war hinter einer Hecke verschwunden, um zu stillen. Dieser Tag musste für sie wie Urlaub sein: keine Arbeit, kein betrunkener Mann, keine Haushaltspflichten. Ihre Wangen waren fröhlich von der Sonne gerötet, und sie sah gleich viel jünger aus.

»Was willst du noch machen?«, erkundigte sich Ersilia.

»Morgen geht es erst richtig los, da fangen wir mit dem unbegrenzten Streik an.« Sie waren übereingekommen, so lange zu streiken, bis die Verhandlungen mit der Geschäftsführung zugunsten der Arbeiterinnen abgeschlossen würden. »Geht nach

Hause. Wer will, kommt morgen früh vor die Fabrik, damit die Streikbrecherinnen nicht reinkommen.«

»Die sind schon da!«, sagte eine andere in der Nähe. Es war die junge Tabacchina, die bei der Versammlung vor einigen Tagen in Streit geraten war. »Ist euch gar nicht aufgefallen, dass viele fehlen?«

Ersilia ließ ihren Blick über die Gesichter vor ihr gleiten. »Nein, wir sind alle da, auch die von der CISL.« Das war der christlich ausgerichtete Gewerkschaftsbund.

Nicht alle der Gewerkschaftler waren einverstanden gewesen, wie der Streik durchgeführt werden sollte, und Ersilia hatte sich bis um elf Uhr am vorherigen Abend um Kopf und Kragen geredet, bis sie endlich eine Einigung fanden. Doch ihrem Gefühl folgend, war sie am nächsten Morgen zur Manufaktur gegangen. An den Sortiertischen saßen die Arbeiterinnen, die der CISL angehörten. Da schrie Ersilia noch einmal heraus, warum es sich zu streiken lohne, und zwar so laut, dass es in allen Abteilungen zu hören war. Die Tabacchine hatten daraufhin ihre Plätze verlassen und sich auf den Weg zur Demonstration gemacht.

»Es fehlen einige von denen, die fürs Pressen zuständig sind«, erklärte die Junge.

»Von denen?« Ersilia konnte es kaum fassen. »Die profitieren doch am meisten von den Verhandlungen.«

»Sind aber erpicht darauf, einen guten Eindruck zu machen, die tun so, als wären sie unersetzbar«, gab Marisa zu bedenken.

Marcella schwenkte das Transparent, das sie noch immer in den Händen hielt. »Lasst uns zur Fabrik gehen!«

»Wir reißen den Streikbrecherinnen die Haare aus und machen Klobürsten draus!«, schrie eine Frau von der Breite eines Schranks, die Fäuste in den Himmel gereckt.

Also machten sie auf dem Absatz kehrt und marschierten zur Viale Cappuccini. Ein nicht aufzuhaltender Zug.

Die Polizisten vor dem Tor versuchten es. Einer von ihnen, der aussah wie der Chef, tat einen Schritt auf sie zu. »Hier darf keiner rein.«

»Wer sagt das?« Ersilia stemmte die Hände in die Hüften und baute sich vor ihm auf.

»Die Besitzer sagen das, und wir auch«, gab der Polizist zurück und deutete auf seine Kollegen.

»Aber wir haben alles Recht der Welt, zu unseren Arbeitsplätzen zu kommen.«

»Das habt ihr mit eurem unbegrenzten Streik verspielt.«

»Auch der Streik ist unser Recht!«

So ging es einige Zeit zwischen Gewerkschaftlerin und Polizist hin und her. Die anderen wurden langsam ungeduldig.

»Warum lassen die uns nicht rein? Wer hat die überhaupt gerufen?«, wollte Marisa wissen.

»Die Besitzer bestimmt. Die wollen die Streikbrecherinnen drinnen schützen«, vermutete Marcella.

»Dann holen wir sie eben raus!« Marisa bahnte sich einen Weg durch die Menge und stellte sich vor dem Polizisten auf. »Wir gehen da rein, ihr könnt ruhig versuchen, uns aufzuhalten. Wir sind Hunderte, ihr ein Dutzend. Wir werden ja sehen, wer hier die Oberhand hat.«

Der Polizist legte eine Hand auf den weißen Pistolenhalter an seinem Gürtel. »Geht nach Haus, Signore, es ist besser so.«

»Und wenn nicht, was macht ihr dann?« Marisa war nicht mehr aufzuhalten. Etwas in ihr war in Bewegung geraten und drängte nun mit aller Macht heraus. Sie hob den schlafenden Kleinen im Tragetuch hoch. »Ihr würdet auf Frauen und Kinder schießen?«

Der Polizist wandte sich zu seinen Kollegen um. Die senkten beschämt die Blicke.

Eine bessere Gelegenheit würde sich nicht mehr bieten, Absperrung und Polizistenreihen zu durchbrechen. Die Tabacchine reckten die Fäuste, schrien leidenschaftlich auf und drängten zum Tor.

Rasch wichen die Polizisten zur Seite.

Während die Tabacchine im Stechschritt den Hof überquerten, stimmten sie ein neues Lied an: *Wenn der Lohn sich mehrt, dann ist die Arbeitsfreude unversehrt. Für unsere Zukunft sorgen wir, die Streikbrecherinnen gehören weg von hier.* Ihr großes Repertoire speiste sich aus vielen Jahren Streiks und Lohnforderungen.

Nina wäre am liebsten nach Hause gegangen. In einigen Wochen würde die Prüfung für die *150 Stunden* stattfinden, und sie musste noch Englisch und Naturwissenschaften lernen, doch sie ließ sich vom Strom mit in die Fabrik tragen. Während sie in der Menge hin und her taumelte, fiel ihr hinter den dunkelblauen Polizistenuniformen ein heller Fleck auf.

Lucia ließ den Blick über die Piazza gleiten. Ein weißes Band hielt ihr Haar zurück, und sie trug ein quer gestreiftes, ausgestelltes Kleid.

Nina blickte sie an wie etwas, das vollkommen fehl am Platz ist, störend wie ein Weinfleck auf einem weißen Tischtuch.

Sie beschleunigte ihren Gang und schloss zu Marcella auf, die schon das Tor durchschritten hatte und lauter sang als alle anderen.

Die Streikbrecherinnen versuchten so gut es ging, sich zu verkriechen.

Es brach den streikenden Tabacchine das Herz, sie von ihren Arbeitsplätzen zu zerren und aus dem Tor zu schubsen, wo die Ehemänner sie erwarteten.

Nichts fürchteten die Männer mehr als Lohnausfall. Das Risiko, entlassen zu werden, interessierte sie nicht: Die ATI wird schon wissen, was sie tut, meinten sie mit einer von Generation zu Generation weitergegebenen Schicksalsergebenheit, heute auf jeden Fall haben wir etwas zu essen, und einen Liter Wein in der Osteria auch. Sie legten ihre Hoffnungen in die göttliche Vorsehung, warfen ihren Frauen jedoch düstere, böse Blicke zu. »Zu nichts bist du gut! Dumme Liese! Wir rechnen später ab!«, raunten sie und zogen ihre Frauen am Arm davon.

Es war erschütternd, die Frauen so gehen zu sehen. Die Ehemänner wirkten wie Hundebesitzer, die sofort und brutal an der Leine zerren, wenn der Hund stehen bleibt, um zu schnuppern oder sein Geschäft zu verrichten. Und die Frauen ertrugen die Demütigung mit eingezogenem Schwanz, mehr noch als die Anfeindungen der Kolleginnen fürchteten sie das, was sie zu Hause erwartete.

Die Fabrik musste Tag und Nacht besetzt werden, und es wurden verschiedene Schichten organisiert. Sie brauchten etwa zehn Arbeiterinnen je Abteilung. Alle stellten sich zur Verfügung. Es wurde gemunkelt, die ATI wolle mit weiteren Maschinen den Arbeitsprozess mechanisieren und das Tempo beschleunigen. Wenn niemand in der Fabrik wäre, hätten sie die Gelegenheit genutzt, um diese zu installieren.

Die Nachtschicht richtete sich anfangs mit einigen über Tabakballen geworfenen Decken ein. Doch als die Tage vergingen, brachten sie Kissen mit, Pantoffeln und ein Frühstück, das sie gleich dort einnahmen, ohne erst nach Hause zu müssen. Die Tagesbesatzung gewöhnte es sich an, ihre Henkelmänner so üppig zu füllen, dass es für Mittag- und Abendessen reichte, falls mal die ein oder andere zu spät zur Ablösung kommen würde. Nach kurzer Zeit verbrachten alle mehr Zeit dort, als die abgesprochenen Schichten vorsahen. Sie kamen früher und gingen später, als wüssten sie nichts mehr mit ihrer Zeit außerhalb der Fabrikmauern anzufangen.

Außerdem wollten sie alles über die Verhandlungsentwicklungen wissen, die sich zum größten Teil in Rom abspielten, weniger im vierten Stock, von wo Ersilia beständig herunterstieg und alle Abteilungen auf den neusten Stand brachte.

Auch Nina fühlte sich fehl am Platz, wenn sie nicht in der Fabrik war. Anfangs hatte sie geglaubt, dies sei eine gute Gelegenheit, um zu lernen, doch sie konnte an nichts anderes denken und wartete ungeduldig, dass Marcella zwischendurch nach Hause kam, um ihre Kleider zu wechseln oder ein Bad zu nehmen. »Und? Was ist passiert? Gibt es Neuigkeiten?«

Keine guten, erklärte Marcella, doch sie hielten durch, unbegrenzter Streik, das war die Losung.

Schließlich bat Nina darum, in die Schichten miteinbezogen zu werden, und brachte die Bücher von ihrer Kommode zu den Sortiertischen der Manufaktur.

Hin und wieder brachte eine Kollegin ihr ein Stück Obst oder ein Glas Wasser. »Hier, Professorin«, sagten sie, »wenn du so weitermachst, verhungerst du noch.«

Professorin. Bei einem Telefongespräch erzählte sie Carla davon, und sie lachten herzlich darüber.

»Warum denn auch nicht?«, meinte die Freundin. »Setz dir
bloß keine Grenzen. Sonst hast du die ganzen Hefte umsonst
vollgeschrieben.«

Carla wollte sie überreden, die nächsten beiden Jahre in einem zu machen, um rascher den Mittelschulabschluss zu bekommen.

»Aber wofür denn?«

»Du bist ein Jahr früher fertig«, erklärte Carla.

»Was habe ich denn davon?«

»Das wirst du noch sehen.«

Carla schien ziemlich viel von Ninas Zukunft zu erwarten,
während sie selbst sich mehr gar nicht vorstellen konnte, als
den Arbeitsplatz in der Tabakfabrik zu behalten.

Einige Tage lang hatte ein Parlamentarier aus den Abruzzen, Remo Gaspari, ihnen mit seinen Versprechungen große
Hoffnungen gemacht. Ein hohes Tier, nahezu allmächtig, wenn
der nicht ein paar Hundert Arbeitsplätze würde retten können,
dann ginge es doch nicht mit rechten Dingen zu. Momentan
war er Unterstaatssekretär in der dritten Regierung, die von
Aldo Moro geführt wurde, doch die Legislaturperiode ging ihrem Ende zu. Wenn er bei der bevorstehenden Wahl Stimmen
bekommen wollte, musste er handeln.

Nina fand, dass Politik überhaupt nichts mit den Menschen
zu tun hatte.

Carla hingegen zählte darauf. »Lass dich bloß nicht entmu-
tigen«, riet sie Nina. »Genau das wollen sie erreichen. Mit den
Wahlen kann sich alles ändern, und das auch dank der Bewegung!«

»Was für eine Bewegung?«

»Die Studenten- und Arbeiterbewegung!« Ob Nina denn
keine Zeitung lese? Kein Radio höre, kein Fernsehen schaue?
Vor einigen Tagen sei in Turin ein Protestzug von Studenten
durch das Arbeiterviertel marschiert und von der Polizei ange-

griffen worden. In Pisa habe der Prozess angefangen gegen die Studenten, die am Bahnhof demonstriert hatten, und im nahen Florenz wurden auf der Piazza Duomo öffentliche Seminare durchgeführt über die Universitätsreform, den Arbeiterkampf, das kulturelle Erbe Gramscis. Und in Rom, da, wo sich Carla gerade aufhielt, war die Stimmung kriegslüstern aufgeheizt. Nachdem die Studenten beschlossen hatten, sich an den nächtlichen Solidaritätsdemonstrationen für Frankreich zu beteiligen, hatte der Rektor den Einsatz der Polizei gefordert. In den besetzten Fakultäten befanden sich unzählige Polizisten in Zivil. Kämpfe mit den Faschisten waren an der Tagesordnung. Es gab viele Verletzte, einige schwer. Die Polizei nahm die Kämpfe zum Vorwand, die Universität mit unglaublichem Militär- und Waffenaufgebot einzukesseln. Und in Neapel war es ganz ähnlich: Die Solidaritätsdemonstration mit Frankreich hatte als riesiger Zug die ganze Stadt durchquert. Nicht zu vergessen der Arbeitskampf, die Streiks. Es war ja nur logisch, dass die IV. Legislatur schon vier unterschiedliche Regierungen gesehen hatte. Wie sollte es möglich sein, einen solchen Aufruhr zu verwalten? Sogar die Minister mussten doch einsehen, dass man nicht jedes Mal einen Polizeieinsatz fordern konnte!»Und ihr tragt mit der Fabrikbesetzung dazu bei! Wir, denn ich bin ja auch eine Tabacchina und nur vorübergehend an der Uni!«, rief Carla begeistert.»Die Revolution kommt auch nach Lanciano, wirst sehen! Du Glückliche kannst ja auch schon wählen, ich werde erst im August einundzwanzig.«

Nina hätte ihr am liebsten gesagt, dass die Tabacchine ausschließlich an ihren Arbeitsplätzen interessiert waren und die Revolution ihnen sonst wo vorbeiging. Sie sehnten ihr vorheriges Leben herbei. Doch sie wollte Carla nicht enttäuschen und beschränkte sich darauf, hier und da etwas Einsilbiges zu murmeln, sodass Carla sich noch mehr ereifern konnte. Es erinnerte Nina an das Lied von Tenco, das Marcella sang, wenn die Niedergeschlagenheit am größten war und Frohsinn ein weit entfernter Streif am Horizont: *Es wird sich ändern, du wirst sehen, vielleicht nicht morgen, doch eines Tages, du wirst sehen ...*

Auch über dieses Lied gab es unterschiedliche Meinungen. Marcella war überzeugt, dass es sich um eine zu Ende gegangene Liebe handelte, die jedoch wieder aufblühen würde. Carla hingegen meinte, es sei eine Anklage, die Worte eines enttäuschten Arbeiters, warum nur führe Marcella alles auf Herzensangelegenheiten zurück?

»Warum denn nicht? Ist doch das Wichtigste«, gab die andere zurück.

Dann lachte Carla, schüttelte den Kopf und sagte, eigentlich habe Marcella ja recht.

Nina wusste nicht, zu wem sie halten sollte. Noch bis vor einem Jahr hätte sie das Stück auch für ein Liebeslied gehalten, doch seitdem Carla sie mit ebenso leidenschaftlichen wie unverständlichen Reden überhäufte, wusste sie überhaupt nichts mehr. »Du Glückliche kannst schon wählen«, sagte Carla, doch Nina hatte noch keine Meinung diesbezüglich. Wem sollte sie ihre Stimme geben? Und außerdem, was würde sich schon ändern für Leute, die wie sie im Abseits standen?

Überzeugt, bloß ihre Zeit zu verschwenden, ging sie am neunzehnten Mai morgens zum Wahllokal. Doch als sie die von Carabinieri bewachte Schule betrat, dieselbe, in der sie die Prüfung für die *150 Stunden* ablegen würde, und den Stimmzählern ihren Wahlschein gab, entdeckte sie, dass im mit Ministerium- und Gemeindestempel versehenen Register ihr Name stand, nicht abgekürzt und mit Nachnamen, Geburtsdatum und Wohnort. Sie gehörte also dazu, zu dieser Teilmenge, zu den anderen Menschen in diesem mit Regierungssiegeln versehenen Buch. Nina nahm den Stift und machte ihr Kreuz mit der gleichen Entschlossenheit, mit der sie das erste Wort in ein Heft geschrieben hatte.

Fünfzehn Tage nach der Wahl, am vierten Juni, rief Gaspari den Präfekten von Chieti an, um einen Kompromiss vorzuschlagen: Man solle die vierhundert entlassenen Tabacchine im Herbst wieder einstellen, doch nur für einige Wochen. Die Tabacchine waren wie vor den Kopf geschlagen. Wie bitte? Dieser Minister kam doch auch aus den Abruzzen, oder etwa nicht? Hatte er nicht damit geworben, seine Landsleute zu beschützen? Am fünften Juni würde die V. Legislaturperiode beginnen, und Remo Gaspari würde seinen Posten als Untersekretär beibehalten, wie die meisten Minister, deren Ämter zu Ende gingen. Die Stellen der Tabacchine hingegen waren immer unsicherer, und es blieb ihnen nichts übrig, als die Verhandlungen wieder von Neuem zu beginnen. Das armselige Versprechen einer begrenzten Anstellung war vollkommen wertlos.

Das Ganze schien eine wahre Odyssee. Jedes Mal, da Ithaka am Horizont erschien, tauchte ein neues Hindernis auf, das schwieriger zu überwinden war als das vorherige. Carla hatte Nina das Buch geschenkt, sie fand es schwierig zu lesen und kam nur seitenweise langsam vorwärts, verstieg sich in den Versen, die sie immer wieder lesen musste, und doch konnte sie nicht davon lassen. Sie verstand nicht, warum Odysseus sich von allem ablenken ließ, anstatt nach Hause zurückzukehren, wo Frau und Kinder auf ihn warteten. War er der Abenteuer nicht müde nach zehn Jahren Krieg? Ebenso lange hatte er für die Seefahrt benötigt, die nur einige Tage hätte dauern müssen. Was suchte er denn noch? Er war verrückt, verantwortungslos und forderte gewissenlos Götter und Ungeheuer heraus. Warum etwa verklebte er sich vor der Insel der Sirenen nicht die Ohren mit Wachs, wie Kirke es ihm geraten hatte? Er war ja förmlich auf Ärger aus.

»Weil Odysseus zutiefst menschlich ist«, hatte Carla sie aufgeklärt, »und ein menschliches Wesen kann gar nicht anders, als das eigene Schicksal herauszufordern, es muss suchen, entdecken, überwinden. Sonst könnte man sich ja auch unter einen Baum setzen und auf sein Ende warten.« Odysseus kämpfe gegen die Schicksalsergebenheit.

Auch dieses Wort fand seinen Platz in Ninas Heft. *SCHICKSALSERGEBENHEIT.* In Großbuchstaben, als ob es die Antwort auf eine längst vergessene Frage wäre.

Am fünften Juni sah Nina sie morgens wieder.

Sie hatte das Naturwissenschaftsbuch zu Hause vergessen, in dem sie wenig erfolgreich am vorherigen Abend gelernt hatte. Sie sagte den Kolleginnen, dass sie für eine halbe Stunde wegmüsse. Nur schnell ein Buch holen, sie komme gleich wieder.

»Geh schon, Professorin, wir halten die Stellung«, versicherten ihr die Tabacchine.

Lucia stand auf der anderen Straßenseite. Sie beobachtete das Tor, das von Tabacchine auf der einen, von ein paar Polizisten auf der anderen Seite bewacht wurde. Sie war unordentlich und nichtssagend gekleidet. Das Haar hatte seinen Glanz verloren und war nachlässig zusammengebunden. Als Nina den Hof überquerte, kam Lucia ihr entgegen.

»Kennst du die?«, erkundigte sich eine Kollegin. »Die steht da fast jeden Tag.«

Auch Nina hatte von den großen Fenstern ihrer Abteilung aus die Gestalt auf dem Gehsteig bemerkt, hatte sie aber wegen der großen Entfernung nicht erkannt. Oder nicht erkennen wollen. »Nein.« Hocherhobenen Hauptes ging sie durch das Tor und wandte sich in Richtung nach Hause.

Lucia folgte ihr mit wenigen Metern Abstand.

So gingen sie die ganze Viale Cappuccini hinunter. Verlangsamte Nina die Schritte, so tat Lucia es ihr nach, beschleunigte Nina, so ging auch Lucia schneller.

Plötzlich blieb Nina stehen. Sie wandte sich um.

Einige Momente standen sie sich schweigend gegenüber.

Nina fand sie sehr gealtert. Ihre Wangen waren voll, hatten jedoch die zarte Buttrigkeit aus Kindertagen verloren. Die ausladende Brust war in eine aus dem Rock hängende graue Bluse gezwängt. Das Blau ihrer Augen war fahl und ausdruckslos, in ihrem Blick lag etwas Bittendes, doch sie brachte kein Wort über die Lippen.

Nina schwieg.

Schließlich machte Lucia einen Schritt auf sie zu. Sie öffnete den Mund, schloss ihn jedoch gleich wieder. Schaukelte ein wenig vor und zurück. Dann hob sie die Hand und zeigte auf Nina. Mutlos ließ sie die Hand wieder sinken. Senkte den Kopf. Hob ihn wieder. Hilflos und ungelenk lief sie schließlich dorthin zurück, wo sie hergekommen war.

Nina legte den Kopf in den Nacken. Die Sonne hatte ihren höchsten Punkt noch nicht erreicht, brannte aber schon unbarmherzig. Ein brütend heißer Tag kündigte sich an, in der Fabrik würde Gluthitze herrschen. Ein Tag, den man auf einer Wiese liegend verbringen sollte, oder am nahe liegenden Meer, von dem es sich nur träumen ließ.

Als Hitze in ihr aufstieg und sich zwischen den Brüsten ein Rinnsal Schweiß bildete, beschloss sie, in die Fabrik zurückzugehen.

Erhitzt und verwirrt kam sie mit hängenden Schultern wieder.

»Wolltest du nicht ein Buch holen?«, wunderten sich die Kolleginnen.

Nina blickte auf ihre leeren Hände. Sie hatte ganz vergessen, warum sie hinausgegangen war.

Am selben Tag kamen die Verhandlungen zum Erliegen. Die Besitzer schalteten auf stur: Entweder die Arbeiterinnen akzeptierten die Personalkürzungen, oder die Fabrik würde ganz geschlossen. Die Gewerkschaftler blieben dabei: Sie würden streiken, bis der Erhalt der Arbeitsplätze zugesagt werde. Hinzu kam das Gerücht, die Tabakfabrik ziehe nach Vasto – auf Bestreben von Gaspari. Nachdem er seine Stimmen bekommen habe, seien die Abruzzen ihm wohl einerlei, blafften die Tabacchine, er habe ausschließlich die Gegend im Blick, aus der er selbst stamme, dort sei er anscheinend ein paar Gefallen schuldig.

Die Nachricht des Verhandlungsstillstands und der Fabrikverlegung verbreitete sich wie ein Lauffeuer in der Stadt. Eine halbe Stunde darauf erschienen die Streikbrecherinnen vor der Manufaktur.

»Was wollt ihr?«, erkundigten sich die Tabacchine am Tor.

»Wir wollen bei der Besetzung mitmachen.«

Die Hoffnung, bei der Leitung einen guten Eindruck zu schinden, hatte sich erübrigt, sowohl im Falle der Schließung als auch der Verlegung nach Vasto. Da war der Streik doch die bessere Lösung.

Am späten Nachmittag berichtete Ersilia, dass die Gewerkschaftler eine zweite Demonstration für den elften Juni angesetzt hatten.

»Dann bereiten wir alles Nötige vor«, kündigten die Tabacchine an.

In den darauffolgenden Tagen nähten sie Banner und überlegten sich, was sie bei der Demonstration singen könnten. Dieses Mal lernte auch Nina die Parolen. Es erinnerte sie an Schwester Leas Chorproben, aber hier war mehr Leidenschaft im Spiel. Besonders gefiel ihr ein Leitspruch, der etwas einfach war, dafür mit so viel rhythmischer Inbrunst skandiert, dass der ganze Körper unweigerlich mitging: *Tabacchine, euer Mut war immer da, Tabacchine, denkt an das Leid, das war, im Kampf stehen wir zusammen, stark sind wir wie Flammen!* Doch es reichte Nina nicht, nur mitzusingen, sie wollte mehr tun, ein eigenes Transparent haben, auf das sie die französische Parole schreiben würde, die Carla immerzu am Telefon wiederholte: *Das ist erst der Anfang, der Kampf geht weiter!* Sie fragte Marcella, ob sie ein Laken von zu Hause haben könne.

»Es sind genauso gut meine wie deine. Wofür brauchst du es denn?«

»Ich will für die Demonstration morgen ein Spruchbanner machen.«

Da fiel Marcella Nina um den Hals. »Gut so! Nimm ruhig alle. Laken können wir auch neue kaufen, aber wenn der Arbeitsplatz einmal weg ist, gibt's keinen Ersatz.«

Neben dem Tor stand eine kleine Menschenmenge. Zu den wachhabenden Tabacchine hatten sich Polizisten gestellt, einfache Bürger, Verwandte, die die kleinen Kinder zum Stillen brachten. Seitdem der Streik begonnen hatte, behielten die Mütter ihre Kinder nicht mehr bei sich, in der Fabrik herrschte eine viel zu große Unruhe, und die Polizeiwagen vor dem Eingang hatten etwas Bedrohliches. Also hatten sie feste Stillzeiten ausgemacht: Um 10:00, um 12:00 und um 16:30. In der Nacht stillten sie gar nicht, dann schmerzten eben die prall gefüllten Brüste, und die Kinder weinten. Sollten sich doch die Väter kümmern! Die Tabacchine konnten sie in der Nacht nicht in der Manufaktur behalten, da störten die Kleinen alle, die versuchten, ein wenig zu schlafen.

Nina suchte nach einem hellblauen Augenpaar. Stattdessen fand sie ein aufmerksames schwarzes.

»Du hast auf dich warten lassen«, stellte Olmo fest und hakte sich unter, »ich bin schon seit dem Morgengrauen hier, aber ich habe dich nicht reinkommen sehen.«

»Ich hab hier geschlafen.« Mit einer kleinen Bewegung entzog sie ihm ihren Arm. »Was machst du denn hier?«

»Die Fotos im Waisenhaus. Hast du die schon vergessen?«

»Warum, was ist denn heute?«

»Montag, und gestern war der zweite Sonntag des Monats.«

In der Manufaktur orientierte sich der Kalender an den Verhandlungen, nicht mehr an Feier- oder Werktagen, und sie hatte nicht an die Besichtigung im Waisenhaus gedacht. »Und, wie ist es gelaufen? Hat jemand ein neues Zuhause gefunden? Wie ging es den Kindern?«

Olmo stieß einen tiefen Seufzer aus. »Ich habe nur traurige Augen gesehen. Und keine haben einen Sog ausgelöst wie deine.«

Das nahm Nina als Kompliment, und sie freute sich darüber, doch ihr Groll ihm gegenüber war noch nicht ganz verschwunden. »Wie geht es Schwester Immacolata?«

»Sie ist sehr mager und ausgezehrt geworden. Fast greis. Dabei dürfte sie nicht viel älter als vierzig sein, oder?«

»Mehr oder weniger.« Nina hätte ihn fragen wollen, ob die Nonne immer noch etwas von einem verwundeten Tier hatte, ob sie noch immer den Kopf nach vorn streckte, als müsste sie sich gegen den Wind stemmen, doch die Erinnerungen und Olmos plötzliches Auftauchen hatten sie schon genug verwirrt.

Schweigend liefen sie ein Stück nebeneinanderher. Der Wind trug den süßlichen Duft blühender Linden zu ihnen herüber, in dem Kummer und Enttäuschung nur noch anwuchsen.

»Wann fährst du wieder nach Rom?«

»Weiß ich noch nicht.«

»Aber die Besichtigung ist jetzt vorbei, oder?«

»Ein befreundeter Journalist, Bruno La Barba, verfolgt den Streik und hat mich gebeten, einige Fotos zu schießen. Die Zeitungen schreiben über euch. Im Moment nur die lokalen, aber bald wird sich auch die internationale Presse dafür interessieren.« Er tippte auf den Fotoapparat, der vor seiner Brust baumelte. »Ihr werdet noch berühmt.«

Nina meinte fast, Carla sprechen zu hören: der Geist der Revolution, überall, die Welt im Umbruch! Und Marcella würde sich freuen, in die Zeitung zu kommen, das war zwar kein Fotoroman und sie nur eine von Hunderten, aber immerhin.

»Dir gefallen wohl blonde Jungs, wie?«, fragte Olmo etwas widerwillig nach kurzer Zeit.

»Was?«

»Also, fast hätte ich dir das mit deinem Verlobten nicht abgenommen, aber dann habe ich mit Lucia geredet.« Er habe sie gefragt, ob sie wohl diesen Liebsten kenne, denn er, Olmo, wolle nicht wirklich daran glauben. Doch Lucia habe bestätigt, doch, doch, dieser Verlobte sei wirklich und wahrhaftig, und wie, Nina sei ganz hin und weg. Schon vor einigen Monaten habe die Freundin ihn ihr vorgestellt, ein anständiger Kerl, sehr hübsch, mit blondem Haar und grünen Augen, fast wie ein Schauspieler, er besitze einen Eisenwarenladen in San Vito.

»Da habe ich mich dann den Tatsachen gebeugt«, schloss Olmo mit einem schiefen Lächeln, »deine beste Freundin hat es schließlich gesagt, da musste ich's wohl glauben.«

»Stimmt.« Abgesehen von den ersten Monaten im Waisenhaus, in denen Lucia sich so schwergetan hatte, war sie schon immer raffiniert gewesen.

»Bist du wirklich verliebt?«

»Wir heiraten nächstes Jahr.« Das war Nina so herausgerutscht. Sie stellte sich vor, wie sie ein weißes Kleid trug und Marcella sich gerührt die Tränen aus den Augen wischte. Doch der Mann neben ihr vor dem Altar war nicht blond.

»Aha.«

Sie waren bei Nina angelangt, ohne dass sie es gemerkt hatte. Sie hatte keine Ahnung, wie spät es war, ob kalt oder warm, Tag oder Nacht, oder warum sie eigentlich hierhergelaufen waren. Ein einziger Gedanke kreiste in ihrem Kopf: Olmo hatte sich über ihre Verlobung bei Lucia erkundigt. »Habt ihr euch angefreundet?« Das war eine dumme Frage, doch irgendwo musste sie ja anfangen.

»Nicht wirklich, nach Karneval sind wir ein paarmal zusammen ausgegangen.«

»Und jetzt?«

»Wir sehen uns nicht mehr.«

»Warum?«

»Hat sich nicht mehr ergeben. Außerdem waren wir so verblieben, dass wir das nicht mehr wollten.« Er stockte, sein Blick wanderte zu den süßlichen Linden.

Dass ihr was nicht mehr wolltet, was? Aber das fragte Nina nicht. »Weil sie auch verlobt ist?«

Olmo blickte wieder zu ihr. »Meinst du den Apotheker aus Ortona?«

»Ja, den.«

»Den habe ich auch kennengelernt. Er kam einmal mit zum Tanzen, hat sich aber überhaupt nicht wohlgefühlt. Ziemlich ernster Typ, ein wenig langweilig, hat nicht zu ihr gepasst.« Er hob die Schultern. »Geht mich ja nichts an.«

Aber du passt zu ihr?

»Ihre Verlobung hat nichts damit zu tun«, fuhr Olmo fort, »ich wollte das einfach nicht mehr, und sie auch nicht.«

Sie wollten das nicht mehr. Beide. Was wollten sie denn nicht mehr? Warum redete er um den heißen Brei herum? Am liebsten hätte sie die Worte aus ihm herausgeprügelt.

»Ist deiner auch so?«

»Mein was?«

»Dein Verlobter. Ist er eher ernst oder gesellig?«

»Normal.« Sie musste jetzt hier weg. Olmos Nähe nahm ihr den Atem. »Also, ich hab noch ziemlich viel zu tun«, erklärte sie fast brüsk.

»In Ordnung, dann sehen wir uns morgen auf der Demonstration.« Er nahm den Fotoapparat und peilte sie an. »Und übermorgen seid ihr auf dem Titel.«

Nina wich zurück und hielt sich die Hände vor das Gesicht.

»Wag es bloß nicht.«

»Nur eins!«

»Nein, ich will nicht.«

»Du siehst aber wirklich umwerfend aus.«

»Nicht fotografieren!«, kreischte sie.

»Entschuldige, ich wollte dir nicht zu nahe treten.« Entmutigt und betrübt senkte er die Kamera. »Erinnert dich das an die Besichtigungen?«

Nein, das war es nicht, sie wusste es selbst nicht. Hastig lief sie ins Haus und ließ ihn einfach auf dem Gehweg stehen. Sie nahm zwei, drei Stufen auf einmal, als wäre ihr der Teufel auf den Fersen. Als sie in ihrem Zimmer war, lugte sie durch die Schlitze der Fensterläden.

Olmo stand noch da, vielleicht wartete er auf sie. Schließlich hängte er sich die Kamera wieder um und ging in die entgegengesetzte Richtung davon, aus der sie gekommen waren.

Schweißgebadet warf Nina sich aufs Bett. Sie hatte das Gefühl, die ganze Zeit die Luft angehalten zu haben. Nun atmete sie tief ein und aus, ein und aus.

Wo war sie gewesen, während die Welt sich weitergedreht

hatte, Menschen zusammenkamen, sich wieder verließen, als Olmo und Lucia über sie gesprochen hatten, Freunde und noch viel mehr geworden waren und schließlich beschlossen hatten, dass sie das nicht mehr wollten? Wie hatte das alles nur an Nina vorbeigehen können? Das Bett schwankte. Sie hatte nicht einmal gefrühstückt. Hatte sie am vorherigen Abend etwas gegessen? Vielleicht. Wenn sich ihr Magen beruhigt hätte, würde sie etwas essen; in die Fabrik hatte sie nichts mitgenommen. Als ihr die Tabakfabrik einfiel, sprang sie auf. Warum war sie überhaupt hier? Ach, genau, Laken für das Banner. Sie stellte es sich ganz vorn am Protestzug vor, strahlend weiß mit schwarzer Schrift: DAS IST ERST DER ANFANG.

Es begann wie ein Festtag.

Fahnen, Gesang, ein Tamburin schlug im Takt der Schritte. Die Menschenmenge war riesig, fast ebenso groß wie die vom letzten Mal. Etwa achttausend Demonstranten schätzten die Organisatoren. Zu den Tabacchine, den Studenten, Arbeitern und unterstützenden Stadtbewohnern kamen noch Hunderte Eisenbahner hinzu.

Doch für Nina war das Wichtigste, dass Carla da war.

Sie war zur Fabrik gekommen, kurz bevor sich der Zug aufgebaut hatte, und würde am Nachmittag wieder abreisen. »Ich war die ganze Nacht im Zug unterwegs, und morgen früh muss ich auf jeden Fall zurück in Rom sein, aber ich wollte hier heute unbedingt mitlaufen«, hatte sie erklärt und war Nina um den Hals gefallen. »Ist das nicht wunderbar? Hast du nicht das Gefühl, in der Mitte der Welt zu sein?«

Die Welt, das war zu groß und unbestimmt für Nina, doch sie hatte das Gefühl, genau am richtigen Ort zu sein. Nicht mehr eine verwischte Gestalt am Rande, sondern eine klar umrissene lebhafte Figur, ganz vorne in der Mitte.

Carla sang ein Loblied auf Ninas Banner. »DAS IST ERST DER ANFANG! Sehr gut. Was für eine schöne Parole.«

Das war sie wirklich. Die Verheißung unbegrenzter Möglichkeiten.

Auch der Fabrikdirektor, Antonio Rocca, kam in den Hof und hielt eine kleine Rede. Er könne am Protestzug nicht teilnehmen, doch im Geiste sei er dabei, erklärte er. Er hatte eine etwas barsche Art, doch ein gutes Herz. Mit einem Griff in die eigenen Taschen hatte er sogar schon einigen Tabacchine ausgeholfen, die der Lohnausfall an den Rand der Verzweiflung getrieben hatte. Schade, dass seine Stimme bei den Verhandlungen keinen Pfifferling wert war. Alles wurde in Rom von der Geschäftsführung der ATI entschieden.

Ersilia hatte wieder und wieder gesagt, Rocca sei der beste Direktor, der jemals die Fabrik geführt habe. Vor einigen Jahren habe es einen gegeben, der die Arbeiterinnen als Privateigentum betrachtete, oft sei er handgreiflich geworden, die ein oder andere habe mit ihm ins Bett steigen müssen, um nicht gefeuert zu werden, es habe sogar uneheliche Kinder gegeben. Damals habe es hier durchs Dach geregnet. Die Mischung aus Wasser, Tabakdämpfen, Staub und Schimmel habe zu ungesunder, stinkender Luft geführt. Alles sei verboten gewesen; sie durften kein Bonbon in den Mund nehmen und nicht einmal die Toilette aufsuchen. Als die Leute vom Gesundheitsamt die üblichen Röntgenaufnahmen von den Arbeiterinnen machten, sei herausgekommen, dass über fünfundzwanzig Prozent an Tuberkulose litten. Ein Verbrechen, spuckte Ersilia wütend aus. Ein Verbrechen. Glücklicherweise seien diese Zeiten vorüber, und für Arbeit bekomme man nun Anerkennung und werde nicht versklavt. Doch jetzt, jetzt mussten sie alles dafür tun, dass es so bleiben würde.

Sie strömten hinaus auf die Straße. Es war schön, das Gesicht in den blauen Himmel zu strecken und begleitet von Gesang und Trommelschlägen durch die Stadt zu laufen. Immer mehr Demonstranten reihten sich ein, die Leute klatschten, jubelten und feuerten die Tabacchine an: »Ihr schafft das! Wir halten zu euch!«

Die vierzehn Tage Streik ohne Lohn waren nicht unbemerkt an den örtlichen Ladenkassen vorbeigegangen, und niemand wagte es diesmal, »Verrückte«, »Huren«, oder »Geht nach

Hause« zu schreien. Im Gegenteil. Als hätten sie sich abgesprochen, zogen die Händler beim Auftauchen des Protestzugs allesamt die Rollgitter vor ihren Läden herunter. Bäng! Pardauz!, krachten die Gitter auf den Boden. Ein wahrer Triumphzug.

Große Freude herrschte, sogar die blitzblanken Uniformen der Polizisten und Carabinieri hatten etwas Festliches.

Auf dem Corso Trento e Trieste drängten sich die Menschen so dicht, dass keine Stecknadel mehr zu Boden hätte fallen können.

»Twiggy! Guck mal rüber!«

Nina, Marcella und Carla drehten sich um.

Olmo versuchte, sich einen Weg durch die Menge zu bahnen.

»Du hast mich erkannt«, freute sich Marcella.

»Von Weitem siehst du wirklich aus wie Twiggy, aber von Nahem bist du hübscher.«

Marcella lachte und drückte ihm einen schmatzenden Kuss auf die Wange. »Was machst du hier?«

Er zeigte auf einen etwa vierzigjährigen Mann hinter sich. »Ich bin mit meinem Freund hier, einem Journalisten. Er will über die Demonstration berichten und braucht Fotos.«

Der Mann streckte die Hand aus. »Freut mich, ich bin Bruno La Barba.«

Die drei Tabacchine gaben ihm nacheinander die Hand und stellten sich vor.

»Würdet ihr mir ein Interview geben?«

»Auf jeden Fall!«, begeisterte sich Marcella. »Wir haben nichts zu verbergen.«

»Gut, dann kann ich euch über Olmo kontaktieren?«

»Gerne.«

La Barba verließ den Zug Richtung Gehweg. »Ich versuche mal, zur Bühne zu kommen«, rief er Olmo zu.

»Ich komme auch gleich.« Olmo wandte sich an Nina.

»Dann sehen wir uns später.«

»Wieso? Wir finden uns in diesem Gewimmel hier ohnehin nicht wieder.«

»Ich werde dich schon finden«, entgegnete er. Dann gab er Marcella und Carla die Hand. »Es hat mich gefreut, euch mal wiederzusehen. Bis später.«

»Willst du kein Foto von Twiggy schießen?«, fragte Marcella lachend.

»Na klar. Streck mal die Arme in die Höhe.«

Das ließ Marcella sich nicht zweimal sagen, schwungvoll hob sie die Fäuste gen Himmel.

Kurz darauf wurde Olmo von der Menge verschluckt.

An der Kreuzung mit der Viale Salita della Posta kam der Zug zum Stehen. Einige der Tabacchine standen schimpfend vor einem Laden.

»Macht zu!«, riefen sie. »Es soll alles geschlossen sein, in der ganzen Stadt!«

Polizisten versuchten, sie zurück in den Zug zu drängen.

»Lasst uns in Ruhe! Wir haben alles Recht der Welt zu protestieren!«, schrie Marisa wutentbrannt.

»Was ist denn los?«, erkundigte sich Carla.

»Die da wollen nicht schließen!«, erwiderte Marisa und zeigte auf ein Schaufenster.

Vor dem Posteingang unter dem Säulenvorbau, der mit zwei Stufen zur Straße führte, stand ein undurchdringlicher Carabiniere.

Eine neugierige Menschenmenge hatte sich gebildet. Der Zug war stehen geblieben, und die Passanten konnten nun verwundert zusehen, wie sich Arbeiterinnen und Polizisten mit Blicken maßen. Die später hinzugekommenen Leute fragten andere, was denn los sei. Der Postdirektor, wurde ihnen erklärt, wolle nicht schließen, und die Tabacchine machten nun ihrem Ärger Luft, nannten ihn Feigling und Streikbrecher.

Doch wenn eine Nachricht von Mund zu Mund geht, dichtet jeder noch ein kleines bisschen hinzu oder lässt etwas aus, was er für unpassend hält, und so war es auch jetzt. Einige sagten also nicht nur, dass es ein geöffnetes Geschäft gebe und die Frauen davor protestierten, sie dichteten Handgreiflichkeiten seitens der Polizei hinzu, Drohungen, Ohrfeigen und den ein oder anderen Schlagstock, der auf einen Rücken niedergesaust sei.

Nein, nein, widersprachen andere, die Tabacchine seien diejenigen, die sich wie toll gebärdeten, die armen Wachleute anspuckten und ihnen gegen die Schienbeine traten. Was sollten die Polizisten da tun, sich auch noch bedanken, oder was?

Unter den Demonstrierenden jedoch herrschte Einigkeit über die richtige Version: Der Postdirektor sei Faschist und Streikbrecher, einer, der nach oben buckelte. Abschaum. Und man würde es ihm noch heimzahlen, und wie.

Nina erinnerte sich an sein ernstes Gesicht, den Schmerz darin, und wie umsichtig er Frau und Adoptivtochter in der Weihnachtsnacht den Blicken der tratschenden Kirchgänger entzogen hatte, wie besorgt er um Lucia gewesen war. Er konnte kein so schlechter Mensch sein, wie die Tabacchine behaupteten. »Aber er kann doch gar nichts dafür«, versuchte Nina ihn zu verteidigen. »Vielleicht führt er bloß die Befehle seiner Vorgesetzten aus, um seine Arbeit nicht zu verlieren.«

»Er muss ja nicht gehorchen!«, eiferten sich die anderen wutentbrannt. »Unsere Arbeitsplätze sind schließlich auch in Gefahr!«

Inzwischen waren einige Arbeiter und Eisenbahner angerückt, um die Tabacchine von den Polizisten zu befreien. Gerangel entstand, rundherum wurden Rufe laut, die Menge brodelte.

Im Nu machte die Nachricht über das Handgemenge vor der Post die Runde, und der ganze Protestzug strömte dorthin. Die anwesenden Polizisten, die hundertmal weniger waren als die Demonstranten, forderten Verstärkung an. Kurz darauf bahnten sich ein Streifenwagen und ein Einsatzwagen der Carabinieri mit heulenden Sirenen den Weg durch die Menge. Aber auch so waren die Einsatzkräfte in erheblicher Unterzahl. Die Einzigen, die dem Tumult zu entkommen versuchten, waren Mütter mit ihren Kindern auf den Armen. Einige flüchteten in das Postgebäude, andere in Hauseingänge. Den meisten halfen die Ehemänner, die sich unter die Demonstranten gemischt hatten und nun ihre Frauen schützend in Sicherheit brachten.

Polizisten und Carabinieri taten ihr Möglichstes, um die aufgebrachtesten Protestierenden, die mit erhobenen Fäusten und Beleidigungen schreiend in Richtung Post drängten, zu beruhigen. »Ruhe! Ruhe!«, riefen sie. Andere reagierten weniger verständnisvoll, fuchtelten mit den Schlagstöcken oder griffen nach ihren Pistolen. Doch man sah, wie unangenehm es ihnen war. Nicht wenige von ihnen waren Söhne, Väter, Ehemänner oder Brüder von Demonstranten. Die Zugezogenen unter ihnen hatten hier Freundschaften geschlossen, zahlreiche waren sogar mit einer Tabacchina verlobt. Die Stadt zählte gut fünfundzwanzigtausend Einwohner, an der Demonstration nahmen fast zehntausend Menschen teil. Mehr oder weniger waren sie alle miteinander verwandt. Was von den einen gefordert wurde, kam auch den anderen zugute. Und so fuhren Schlagstöcke durch die Luft, ohne auf jemanden niederzusausen, und Pistolen blieben gesichert in ihren Halftern stecken.

Sehr wahrscheinlich waren auch Demonstranten von außerhalb gekommen, oder es waren welche dabei, die im Waisenhaus aufgewachsen, die einsam und schutzlos waren und nichts zu verlieren hatten. Sie setzten sich über jegliche Vorsicht und

Skrupel hinweg und fingen an, Steine in Richtung Post, der Streikbrecherhöhle, zu werfen. Nun blieb den Polizisten keine andere Wahl, als jegliche Verwandtschaftsgrade fahren zu lassen, denn hier gehörte das öffentliche Gemeinwohl verteidigt. Die ersten Stöcke sausten auf Körper herab, und der ein oder andere Schuss wurde in die Luft abgegeben, um die Menge zu zerstreuen. Mitnichten. Die Schläge bewirkten nur, dass endgültig die Hölle losbrach. Die Menge drängte zur Post und versuchte, die Blockade der bewaffneten Polizisten zu durchbrechen. Diese strömten dicht zusammen, um dem Druck standzuhalten. Einige der Demonstranten wurden zurückgeworfen, als hätten sie versucht, eine Gummiwand einzurennen, und die hinter ihnen stürzten.

Carla wurde von einer Welle zu Boden gerissen. Ein Mann trampelte mit seinen schweren Arbeitsstiefeln über sie und hinterließ eindrucksvolle Abdrücke auf ihrem Rücken.

Nina und Marcella warfen ihre Spruchbänder hin und bahnten sich einen Weg zu ihr. »Alles in Ordnung?«

»Ja, danke.«

Bei dem Sturz war ihre Brille kaputtgegangen, wie Spinnweben durchzogen die Sprünge die Gläser. Zum Glück war nichts Schlimmeres passiert, nur eine kleine Scherbe steckte in ihrer blutigen Wange.

Marcella zog sie mit den Fingernägeln heraus. »Tut es weh? Wir können mit dir zum Notarzt gehen.«

»Für nichts auf der Welt bewege ich mich hier weg.« Carla grinste mit ihrer gesprungenen Brille auf der Nase, als hätte sie eine Ehrung erhalten. »In den letzten Wochen habe ich Schlimmeres erlebt.«

»Ich nicht«, stellte Marcella seufzend fest, »so was wie hier konnte ich mir bis jetzt nicht mal vorstellen.«

Um sie herum schien Krieg zu herrschen. Leute stürzten und kamen in dem Durcheinander nicht mehr auf die Beine, die Polizisten hatten ihre Scheu verloren und prügelten wahllos auf jeden ein, der ihnen unterkam, und einige besonders wütende Demonstranten bewarfen wiederum die Polizisten mit allem, was ihnen in die Finger geriet.

Nina blickte zum Säulenvorbau. Ein älterer Signore stieg auf seinen Stock gestützt die Stufen zur Post hinauf, ohne sich von dem Tumult beirren zu lassen.

Der Polizist vor dem Eingang hatte vielleicht nicht bemerkt, dass der Signore alt und vollkommen harmlos war, oder er hatte jeglichen Sinn für die Realität verloren. Auf jeden Fall versetzte er dem Greis einen Fußtritt, der diesen böse stürzen ließ.

Wütendes Gebrüll erhob sich.

Für Nina war es, als hätte sie diesen Tritt abbekommen. Vergessen war ihr Glaube an das Gute im Postdirektor, sie dachte nur daran, dass er ihr Vater hätte werden können, doch er war der von Lucia geworden, von dem Mädchen, das von ihr, Nina, verteidigt und beschützt worden war, das sie zu ihrer Freundin gemacht hatte, als alle anderen Lucia wegen ihrer Arroganz und der tiefen Boshaftigkeit ablehnten. Lucia, für die sie die Hausaufgaben gemacht hatte, die Küchenarbeiten und die Betten, für die sie die Toiletten geputzt und für die sie immer auf das Beste verzichtet hatte: auf Schokolade und darauf, eine Familie und ein Stückchen Welt ihr Eigen nennen zu können. Und mit ihrer feigen Lüge über einen Verlobten von Nina hatte sie sogar vor Olmo nicht haltgemacht. Nina hatte es kaum glauben können, dass Lucia sie so für ihre Zwecke benutzte. Und das Schlimmste war, dass man es ihr nicht einmal vorwerfen konnte. Denn Nina hatte ihr aus freien Stücken das Wenige gegeben, das sie besaß, nur für ein paar armselige Krümel Aufmerksamkeit. Ein *ex voto*. Eine Gnade.

»Lasst uns das Schaufenster einschmeißen!«, schrie Marisa ganz in der Nähe. Ihr flammend rotes Hemd unter dem Arbeitskittel leuchtete wie ein revolutionäres Versprechen.

Hunderte von Händen suchten nach irgendetwas zum Werfen: Steine, Schuhe, Ziegel.

Die Polizisten hielten schützend die Arme vor ihre Gesichter, doch schließlich reichte es ihnen, und sie griffen nach den von den Demonstranten geworfenen Steinen und warfen sie zurück in die Menge. Steine flogen in die eine wie die andere Richtung und verdunkelten den Himmel, bis endlich das Klirren von berstendem Glas ertönte.

»Geschafft!«, schrie jemand.

»Noch nicht, da ist bloß ein Sprung drin!«

Quer durch das Schaufenster verlief ein Riss, aber zerbrochen war es noch nicht.

Nina wollte es in tausend Scherben zerspringen sehen. Sie hob eine Handvoll Steine auf.

»Was machst du denn da?« Marcella zog sie am Arm. »Bist du verrückt? Lass das sein.«

Doch Nina riss sich los und warf den ersten Stein. Als sie ihm hinterherblickte, begriff sie, dass sie nicht nur das Schaufenster treffen wollte, sondern auch die Frau, von der sie in der Nacht des zweiten Dezember 1946 in die Drehlade gelegt worden war, falls sie Nina nicht sogar im Puppenschacht zur Welt gebracht hatte. Und da ihr nun nicht einmal mehr die Illusion des Muttermals blieb, kannte ihre Wut keine Grenzen mehr, und sie warf einen weiteren Stein. Den dritten warf sie für das unbezwingbare Dunkel in den Schlafsälen, für die Angst, die sich in dieser Schwärze um die Kinderherzen legte. Was hätte es schon gekostet, in den Räumen oder wenigstens den Fluren ein kleines Licht brennen zu lassen? Sogar bei den Statuen brannten kleine Lichter und Dutzende von Kerzen. Statuen, leblose Stein- oder Holzblöcke, hatten sie etwa mehr Geborgenheit verdient als Kinder, die mutterseelenallein waren? Einen weiteren Stein warf sie für die demütigenden Spaziergänge. Und den größten schleuderte sie für die rauen kratzigen

Wollumhänge. Dafür hätte sie am liebsten eine ganze Ladung Steine geworfen. Der darauffolgende Stein flog für die Kontrollen und den krankhaften Umgang mit allem, das irgendwie mit Körpern zu tun hatte, die Herumschnüffelei in den heruntergelassenen Unterhosen, dafür, dass alles zu Schuld wurde, das auch nur im Entferntesten mit Leben zu tun hatte, mit Körperflüssigkeiten, Bedürfnissen, Wünschen. Sie schleuderte Steine für den Fraß, den man sie wie eine Strafe gezwungen hatte hinunterzuwürgen, anstatt ihr gute, gesunde Nahrung zu geben. Für die Backpfeifen von Schwester Ortensia, für die Tritte, die Carlo ins Gesicht bekommen hatte. An Munition mangelte es nicht, für jeden geworfenen Stein fand sie zehn neue. Einige Steine trafen sie selbst an Kopf und Brust, aber es war ihr egal, sie schleuderte weiter, schnell und präzise. Gründe hatte sie mehr als genug, und sie rechnete mit jeder Ungerechtigkeit ab, die sie oder eines der anderen Kinder erlitten hatte. Die schlimmen und weniger schlimmen Demütigungen, Mariannas Hasenzähne, wegen denen die anderen sie ausgelacht hatten, ihre schwitzigen Hände und Eleonoras Angewohnheit, sich über die Sommersprossen zu reiben. Die Verzweiflung des Jungen, der die Türen aufriss. Achtzehn Jahre schrecklicher Bilder, die ihre schlimmsten Träume bevölkerten. All die ans Kreuz genagelten, dornengekrönten Jesusse, die schmerzerfüllten Heiligen, tausendmal und mehr gepeinigt, die blutenden Madonnen. Und vor allem die kleinen Körper im Puppenschacht, schuldig geboren, denen Erbsünde und Scham schon vom ersten Atemzug an anhafteten. Eine unaufhaltsame Wiederholung. Sie warf auch Steine für Schwester Immacolata, die mehr als alle anderen die Finger im Spiel dieser zukunfts- und vergangenheitslosen Kinder hatte. Die Zukunft, die nahm man ihnen schon vor dem ersten Atemzug. Bei den Müttern war das bereits erledigt; sie hofften auf überhaupt nichts mehr. Mit einem markerschütternden Schrei warf sie einen Stein für die

Frau, die in ihren Armen gestorben war. Und auch für Olmo warf sie einen, für ihn und dieses dumme gelbe Haarspängchen, wegen dem sie sich eingebildet hatte, etwas zu bedeuten. Und auch einen für sich selbst, die sie so feige ihr Glück ziehen ließ, aus Angst, es wieder zu verlieren. Denn dies war das Schicksal derer, die aus dem Puppenschacht kamen: die Überzeugung, wertlos zu sein, kein Recht auf das Schöne zu haben. Eine Handvoll Steinchen flog für die dummen Worte in ihren Heften, mit denen sie sich eine Scheinwelt aufgebaut hatte.

Endlich barst das Schaufenster in tausend Stücke.

Sie wusste nicht, inwieweit das auch ihr Verdienst war, denn die Steine waren aus Hunderten von Händen geflogen, auch aus kräftigeren als ihren, aber das springende Glas erfüllte sie mit Frieden.

Wie viel Zeit war vergangen? Sicher Stunden, denn die Sonne hatte ihren höchsten Punkt verlassen, und es herrschte eine Gluthitze. Sie hielt nach Marcella und Carla Ausschau. Einander in den Armen haltend, standen sie ganz hinten unter dem Säulenvorbau. Die Armen. Die eine hatte sich eine neue Frisur verpassen lassen, als ginge es auf ein vielversprechendes Fest, die andere war die ganze Nacht im Zug gereist, nur damit man auf ihr herumtrampelte und ihre Brille zersprang. Zu ihrem tiefen Frieden gesellte sich ein Gefühl der Leere und Trostlosigkeit. Sinnlosigkeit.

Es stank nach verbranntem Gummi.

Parkende Autos waren umgestürzt worden, auch ein Posttransporter, und der stand in Flammen.

»Weg hier! Der explodiert gleich!«

Plötzlich erhob sich beißender Qualm, stinkend und bleigrau.

Nina bekam kaum Luft. Jeder Atemzug brannte wie Feuer. So etwas hatte sie noch nie erlebt, nicht einmal, als sie Keuchhusten gehabt hatte. Die Augen brannten so stark, dass sie sie kaum aufhalten konnte. Sie wurde hin und her geschubst.

Die Leute konnten nicht fliehen, Panik brach aus. Umgeben vom beißenden Nebel riefen sie einander zu, die Hände schützend vor den Gesichtern, *wo bist du, ich höre dich, kann dich aber nicht sehen, hier, hier wo, ich hab Angst, Hilfe, helft mir doch.*

Jemand packte Ninas Schultern. Sie schrie auf.

»Keine Angst, ich bin's.«

Sie drehte sich zu Olmos Stimme um.

»Versuch, Nase und Mund mit dem Kleid zu bedecken, und mach die Augen zu. Die haben Tränengas geworfen.«

»Was?«

»Erklär ich dir später. Wo sind Marcella und Carla?«

»Eben waren sie noch unter dem Säulenvorbau.«

Er zog sie am Handgelenk. »Da sind sie. Halt dich an mir fest.«

Mit Schieben und Schubsen bahnten sie sich einen Weg durch das Gedränge, in dem Nina jegliches Zeitgefühl verlor.

»Nina!«, schrie Marcella.

»Wo ist Carla?«

»Hier bin ich.«

»Bleibt hier und lasst die Augen zu«, sagte Olmo. »Ich komme sofort wieder.«

»Wo gehst du denn hin?«

»Wasser holen.«

»Geh nicht!« Nina versuchte, ihn festzuhalten, doch er war schon weg.

»Was ist denn passiert?«, keuchte Marcella.

»Ich hab keine Ahnung. Das Letzte, was ich gesehen habe, war der brennende Posttransporter.«

»Verdammt! Mit der kaputten Brille hab ich überhaupt nichts gesehen«, beschwerte sich Carla.

»Da bist du nicht die Einzige. Außer Rauch sieht jetzt niemand mehr etwas.«

Kurze Zeit standen sie da Arm in Arm und hielten die Tränen zurück, damit die Augen nicht noch mehr brannten.

»Dreht euch mal um.« Olmo war endlich zurück. Mit einem nassen Stoffstück wischte er sanft über Ninas Gesicht.

»Besser?«

Sie öffnete die Augen einen Schlitzbreit. Es brannte noch immer, aber viel weniger. Sie sah alles verschwommen, vor allem am Rand des Sichtfelds.

»Was war das?«

»Eine Einsatztruppe aus Foggia ist gekommen.« Bruno La Barba stand neben ihnen, Stofftücher in der einen Hand, eine Flasche in der anderen. Er tränkte die Lappen mit Wasser und gab sie Olmo, der damit die Gesichter von Carla und Marcella abwischte. »Offensichtlich hatten sie hier nicht genug Polizei.«

Oder sie hatten Verstärkung von außerhalb geholt, weil die Einsatzkräfte aus Lanciano nicht brutal genug vorgingen, um dem Protest Einhalt zu bieten.

»Aber ich hab alles gesehen«, knurrte La Barba. »Alles. Sie haben die Frauen geschlagen und die Männer unter Anwendung von Gewalt verhaftet.« Zu Dutzenden hatten sie Demonstranten mitgenommen, und unzählige Verletzte, einige davon anscheinend schwer, lagen noch auf dem Asphalt.

»Konntest du ein paar Fotos schießen, Olmo?«

»Ja, keine Sorge. Alles hier drin.« Er beugte sich zu Nina. »Ich hab auch drin, wie du die Steine geschmissen hast. Hätte gar nicht gedacht, dass du so rebellisch bist«, flüsterte er ihr ins Ohr.

»Du warst da?«

»Ja, die ganze Zeit.«

Sie stellten sich in einen freien Hauseingang.

Langsam leerte sich die Straße. Weniger als hundert Leute blieben übrig, einige standen an den Mauern, andere saßen verwirrt auf Stufen, sahen sich um, als erinnerten sie sich nicht, warum sie eigentlich hier waren. Eine Frau irrte über die Straße, die Arme ausgestreckt wie eine Schlafwandlerin. Aus einer Wunde an der Stirn tropfte Blut auf ihre Brust. Obgleich sie etwas weiter weg war und ihr Gesicht voller Blut, erkannte Nina Marisa. Ihr Arbeitskittel war ihr abhandengekommen, und das nun zerrissene rote Hemd hatte sein Versprechen nicht eingelöst. Von der anderen Straßenseite lief ein Mann auf sie zu. Er bedeckte ihr blutiges Gesicht mit Küssen und zog sie fort. An jenem Tag war sie ihrem Mann wichtiger als die Flasche.

»Wo können wir euch hinbringen?«, erkundigte sich Olmo.

»Nina und ich gehen in die Fabrik«, erwiderte Marcella für sie beide.

Und damit war Nina einverstanden. Woanders hätte sie nicht sein wollen.

»Ich nehme den Zug nach Rom«, erklärte Carla.

»In deinem Zustand? Soll ich dich nicht lieber nach Vasto bringen?«

»Nein, danke, Olmo. Ich will zu meinen Kameraden zurück.«

Weder Tür noch Schaufenster waren der Post geblieben, nur ein glitzerndes Scherbenmeer davor. Der umgekippte Transporter sah aus wie ein verendendes Insekt, die Räder wie Gliedmaßen in den Himmel gereckt. Einige Blutlachen schillerten auf dem Boden, und über allem schwebte der beißende Giftgeruch von Tränengas.

Ein zusammengeknülltes Laken lag in einer Ecke, weiß und verdreckt. An der einen Seite waren einige Buchstaben zu erkennen. Mit ein wenig Mühe konnte man das Wort ANFANG lesen.

WARTEN

Was war eigentlich so aufwühlend im Dunkel? Die Nacht war ein stetiger Chor aus Seufzern, Flüstern und tabaksballenerstickten Wehklagen.

Es begann gleich nachdem die Dämmerung einsetzte: Wispern und Flüstern erhoben sich von überall.

Tag für Tag, Nacht für Nacht bündelten sich die gemurmelten Hoffnungen und Sehnsüchte über den Schlafstätten, bis die Wände der Tabaksmanufaktur sie nicht mehr zu halten vermochten, dann schwebte das Raunen in die Flure hinaus, in die Gänge und Treppenhäuser, wo es sich zu einem flirrenden Nebel verdichtete.

Es brauchte schon ein hartes Herz, damit es einen nicht zerriss.

Doch wohin entschwand dieser Nebel? Schon im ersten Morgengrauen war er fort, verscheucht vom Duft des Kaffees, der in den Kannen brodelte, von den Stimmen der Tabacchine. Am Abend jedoch kehrte er noch dichter zurück.

Wäre Nina schon als Kind mit all den Worten vertraut gewesen, die sie nun kannte, hätte sie die Unruhe rundherum beschreiben können. Vielleicht war die hier nicht die gleiche, die in den Waisenhausschlafsälen geherrscht hatte, doch die vielen auf dem Boden gebetteten Frauenkörper erinnerten sie an das Waisenhaus und die Wehklage der Mädchen. Die einen wie die anderen zermürbt in Tatenlosigkeit.

Wieder und wieder hatten sie geschworen, unbegrenzt zu streiken, doch erst jetzt wurde ihnen klar, was das eigentlich bedeutete: Sie durften nicht aufhören, nie. Ein vorgegebener

Zeitraum wäre viel besser gewesen, auch ein langer, sehr langer; ein Jahr, zwei Jahre, zehn. Dann hätten sie wenigstens gewusst, worauf sie sich einließen, dann wäre ein Ende greifbar gewesen. Unbegrenzt jedoch, das verdammte sie zum Warten. Der Gestank zermürbte sie zusätzlich. Waren sie während der Arbeit daran gewöhnt, hatte sich nun der üble Geruch der angehäuften und sich selbst überlassenen faulenden Ballen ins Unermessliche gesteigert. Hin und wieder stieg eine von ihnen in das Lager hinunter, stand seufzend da vor dieser himmelschreienden Verschwendung. Herzzerreißend. Nicht nur der Tabak faulte hier; es faulten auch ihre darauf verwendete Zeit, die Mühen, das Wissen, der Lohn. Nach einigen Minuten kehrten sie wieder nach oben zurück und berichteten den anderen, in welchem Zustand sich alles befand, fast, als ginge es um einen geliebten Menschen.

Die Demonstration hatte sie ausgezehrt.

Aus den Zeitungen und den Berichten ihrer Familien, die sich am Tor versammelten, hatten sie erfahren, was bei ihrer Schlacht herausgekommen war: Siebzig Verletzte, vor allem aus der Zivilbevölkerung, einige jedoch auch unter den Einsatzkräften, mehr als hundert Demonstranten verhaftet, gering die Hoffnungen für sie, glimpflich davonzukommen, dafür waren die entstandenen Schäden zu groß, vor allem der abgebrannte Transporter und das eingeschlagene Schaufenster. Entlang des Protestzugs waren zahlreiche Gebäude beschädigt worden, Fenster zu Bruch gegangen, Gärten und Beete zerstört.

Ersilia war verzweifelt. »Was haben wir uns abgemüht, Kopf und Kragen für unsere Sache riskiert, und wegen ein paar Krawallmachern sind wir jetzt die Bösen.«

Nach ihrem Wutausbruch hatte Nina begriffen, wie dumm ihr Verhalten gewesen war. Aber etwas in ihr, etwas, von dessen Existenz sie nichts geahnt hatte, war stolz darauf. Das Bild von sich selbst, wie sie Steine warf, gab ihr Mut, dieser Moment war ein Neuanfang.

Drei Tage nach der Demonstration hatte sie den Test für das *150-Stunden*-Programm gemacht. Sie hatte wer weiß was erwartet, und dann war es nur eine kurze mündliche Prüfung gewesen, in der die Hauptfächer zusammengefasst abgefragt wurden. Einige Fragen in Italienisch, eine in Mengenlehre, eine Multiplikation, *wie heißt du, wie alt bist du, wo wohnst du* auf Englisch.

Bei der Aufgabe in Mengenlehre war ihr der einsame gelbe Punkt wieder eingefallen. Was mache ich eigentlich hier?, hatte sie sich gefragt. Einen Moment lang war sie ratlos, doch dann fiel ihr die Lösung ein. Ihre Noten waren hervorragend.

Carla lobte sie über den grünen Klee hinaus. Am selben Abend noch hatte sie in der Fabrik angerufen.

Nina hörte, wie ihr Name durch die Räume hallte. Sie erschrak und lief der Kollegin entgegen. »Ich bin das, was ist denn passiert?«

»Jemand ist am Telefon für dich, im vierten Stock.«

»Für mich?«

»Ja, beeil dich, und dass das bloß nicht wieder vorkommt.«

Mit klopfendem Herzen rannte Nina die Stufen hoch. »Hallo?«

»Ich bin's. Wie war die Prüfung?«, übertönte Carla die durchrauschenden Telefonmünzen.

»Warum hast du mich hier angerufen? Ich hab mich zu Tode erschreckt.«

»Sonst hätte ich dich nicht erreicht, du bist ja nie zu Hause.«

»Aber das Telefon brauchen wir doch für die Verhandlungen!«

»Mitten in der Nacht?« Carla berichtete über die Besetzung der Universität, die Versammlungen. Sie hatte sich eine neue Brille machen lassen, aber die Scherbe in ihrer Wange würde eine Narbe hinterlassen. Das erzählte sie, als habe sie eine Medaille bekommen. Und wie ging es Nina? Was war mit dem Streik? Und die Prüfung der *150 Stunden*? Als Carla das Ergebnis erfuhr, stieß sie einen Freudenschrei aus, der den Hörer fast entzweigerissen hätte. »Versprich mir, dass du die nächsten zwei Jahre in einem machst. Versprich es.«

»Ich verspreche, darüber nachzudenken.«

»Das ist ja schon mal etwas. Ist Olmo noch da?«

»Nein, der ist wieder in Rom.«

Er war am Tag ihrer Prüfung gefahren.

Als sie zur Tabakfabrik zurückgekommen war, hatte er da am Tor gestanden und nach ihr gefragt. Er müsse sofort abreisen, erklärte er ihr, die Arbeit an einigen Filmen habe begonnen und man brauche ihn für die Interview- und Szenenfotos. Nina konnte kaum das Verlangen unterdrücken, ihm von der bestandenen Prüfung zu erzählen, von dem Punkt, der zu seiner Teilmenge gefunden hatte. Sie hätte ihm gerne anvertraut, dass eine gelbe Haarspange als Glücksbringer in ihrer Tasche steckte und dass sie sich über sein Kommen freute. Sie konnte es gar nicht abwarten, ihm das und noch viel mehr zu erzählen, denn die neue Nina fürchtete sich nicht so sehr davor, jemanden liebzugewinnen. Doch noch bevor sie die Worte fand, schweifte sein Blick ins Leere, und er sagte, dass sie sich höchstwahrscheinlich nicht mehr wiedersehen würden. Es gebe nun keinen Grund mehr für ihn, nach Lanciano zurückzukommen, und die Fotos für die Besichtigung würde künftig ein Kollege aus der Gegend machen. Er drückte ihr einen eiligen Kuss auf die Wange und gratulierte ihr noch zur bevorstehenden Hochzeit.

Der neuen Nina – wie auch schon der alten – blieb die Erinnerung an eine ganz besondere Berührung und der Schmerz darüber, etwas verloren zu haben, noch bevor sie es wirklich zu fassen bekommen hatte. Der Kuss brannte an ihrer Wange wie ein Biss.

Eine Woche später lag sie saft- und kraftlos auf dem Strohlager und versuchte noch immer, den Kuss zu vergessen.

Es war die Mittsommernacht, ein Wort, so schön wie ein lauer Sommerwind. Die Dämmerung hatte gerade eingesetzt, und der abnehmende Mond stand als Sichel ganz oben im Fenster. Einige Kerzen spendeten dämmriges Licht. Die Frauen hatten sich in Gruppen aufgeteilt: nach Freundinnen, Alter, Abteilung und Verwandtschaft.

Nina gegenüber saß eine Mutter mit ihrer Tochter. Die beiden waren unzertrennlich, wo die eine war, war auch die andere. Sie aßen aus derselben Schüssel, lachten und seufzten miteinander. Sie trugen den gleichen Haarknoten, hatten die gleichen Augen, und auch die Form ihrer Gesichter war gleich. Das Mädchen musste um die fünfzehn Jahre alt sein, die Mutter um die vierzig.

Hin und wieder warf die Tochter Nina einen Blick zu und lächelte.

Dann wandte Nina sich rasch ab, verschämt über ihre Neugier. Noch nie hatte sie etwas so Schönes gesehen.

An diesem Abend teilten sich die beiden, auf demselben Tabaksballen zusammengekauert, eine Flasche Wasser. Ein Schluck, ein Lachen, ein weiterer Schluck und ein kurzer Wortwechsel. Und so weiter.

»Seht mal, was wir bekommen haben, ist genug für alle da!« Eine der Frauen, die für den Transport zuständig waren, groß, muskulös und stark wie ein Bulle, schleppte ein paar große Beutel herein.

Gleich nach der Demonstration hatten die Leute aus der Gegend angefangen, Geschenke in die Fabrik zu bringen. Einige kamen mit Essen und Trinken, andere brachten Laken und Kissen. Die Christliche Arbeitnehmervereinigung hatte Dutzende von Decken geschickt. Ein wahrer Solidaritätswettkampf, der die Tabacchine immer wieder rührte und dazu anspornte durchzuhalten, nicht nur für sich, sondern für die ganze Stadt.

»Was ist es denn?«, erkundigte sich neugierig eine der Frauen.

»Gebäck, und zwar Cellipieni!«

»Wer schickt die?«

»Die Bäckerei vom Ende der Straße.«

»Normale oder die mit Rotwein?«

»Beides!«

»Köstlich, gib mir sofort eins!«

Die große Frau stellte zwei der Taschen ab. Herzerwärmender Most- und Zuckerduft erhoben sich daraus, dass es eine Freude war. »Die hier sind für euch. Den Rest bring ich nach oben.«

»Ich verteile«, bot Nina an.

Marcella stand auf, um ihr zu helfen.

In jeder Tasche waren Hunderte von Gebäckstücken. Der Teig bestand aus Mehl, Olivenöl und Wein, und die Füllung – eine Masse aus Traubenmarmelade, Kakao, Mandeln, Zimt und Zitrone – quoll daraus hervor. Die Hörnchenform erinnerte an die schmale Mondsichel am Himmel, und Nina fand, dass nichts auf der Welt den Sommer schöner hätte willkommen heißen können.

»Was für ein Duft«, seufzten die Frauen und schnupperten an ihren Händen, sobald Nina diese mit Gebäck gefüllt hatte.

Auch Mutter und Tochter bekamen ihren Teil. Von Nahem sahen sie sich noch ähnlicher.

»Danke«, sagte die Frau.

»Danke ... Nina«, fügte die Tochter mit einem breiten Lächeln hinzu, das eine Reihe strahlend weißer Zähne entblößte.

Nina warf ihr einen verwunderten Blick zu, nicht, weil das Mädchen ihren Namen kannte, eher, weil sie so freundlich lächelte.

»Es ist schon einige Jahre her«, erklärte das Mädchen, »mindestens fünf.«

Vor fünf Jahren war Nina noch im Waisenhaus gewesen und das Mädchen ein Kind. Sie konnten sich unmöglich kennen, denn das Mädchen war ja offensichtlich weder Waise noch Findelkind.

»Weißt du nicht mehr?«

»Nein, tut mir leid.«

Das Mädchen krümmte sich zusammen und fuchtelte mit den Armen. Dann machte sie den Mund auf und zu und tat, als müsste sie spucken. »Ich sterbe!«, rief sie. »Ich ertrinke!« Schließlich sprang sie auf. »Wenn du nicht da gewesen wärst, dann wäre ich wirklich gestorben.«

In Nina überschlugen sich die Erinnerungen, bis schließlich eine von ihnen klare Konturen annahm. Ein flirrend heißer Strand, warmes, niedriges Wasser, ganz in der Nähe breitete sich ein Fischergalgen wie ein großer Vogel mit ausgebreiteten Flügeln über dem Meer aus. Zwei Gruppen Kinder, Jungen und Mädchen von einem breiten Graben im Sand getrennt, brieten in der Sonne unter den misstrauischen Blicken der Nonnen, die Einzigen, die unter einem Sonnenschirm Schutz fanden.

Einem undurchsichtigen Zufallsprinzip folgend, fuhren die Waisenhauskinder alle vier oder fünf Jahre eine Woche ans Meer bei Francavilla in die Ferienkolonie San Polo, die aus drei aneinandergeklatschten grauen Steinklötzen bestand. Innen hingen noch Schilder aus den Dreißigerjahren, als dies noch die Kolonie der Faschistischen Frauen, Fasci Femminili, aus Chieti gewesen war.

Nina meinte, zweimal dort gewesen zu sein, Schwester Immacolata hatte gesagt, sie sei auch ein drittes Mal da gewesen, aber daran erinnerte Nina sich nicht, vielleicht war es einfach zu lange her. Die Tage unterschieden sich nicht besonders von denen im Heim; Gebete, Rosenkränze. Aber die Mahlzeiten wurden an langen Tafeln im Freien eingenommen, und immer war Sand im Essen, der dann an den Zähnen knirschte bis zur nächsten Mahlzeit.

Die Kinder mussten in der Gluthitze unendliche Stunden ausharren, nebeneinander auf rauen Laken ausgestreckt, still und bewegungslos, denn sonst könne die Sonne nicht die gewünschte Wirkung entfalten, sagten die Nonnen.

Am Tag waren zwei Bäder erlaubt, eines gegen elf Uhr dreißig und eines um siebzehn Uhr, nachdem Frühstück und Mittagessen ordentlich verdaut waren und auch bloß keine Gefahr bestand, sich eine Verstopfung zuzuziehen. Zwanzig Minuten lang konnten sich die Kinder im Wasser austoben, erst die Jungen, dann die Mädchen, aber nur nahe dem Ufer, in Reichweite von Händen und Stimmen Schwester Ortensias und Schwester Benedettas, die Ermahnungen hierhin und dorthin riefen und den Ausgelassensten unter ihnen saftige Strafen in Aussicht stellten.

Mit Ninas Atem ging es tatsächlich besser in jenen Tagen am Meer, salzhaltige Luft und Wärme taten der Lunge gut, ansonsten konnte sie es kaum abwarten, wieder ins Waisenhaus zurückzukehren. Sie war die Letzte, die ins Wasser ging, und die Erste, die wieder herauskam, doch sie blieb am Ufer stehen, den Blick zum Horizont gerichtet, und fragte sich, was wohl auf der anderen Seite der See sein mochte.

Am letzten Tag gingen ihr tausend Gedanken durch den Kopf, die im Kommen und Gehen der Wellen, von hüpfenden Kinderbeinchen unterbrochen, zur Ruhe kamen.

Ein etwa zehnjähriges Mädchen fiel Nina auf, das sie noch nie gesehen zu haben glaubte. Sie musste neu sein und war allem gegenüber so teilnahmslos, dass man sie gar nicht wahrnahm, weder im Waisenhaus noch hier in der Kolonie. Stocksteif stand sie da, den Blick zu Boden gerichtet, vielleicht auf die Füße im Wasser, als gäbe es nichts anderes, das es zu betrachten lohnte, oder als habe sie kein Recht darauf, ihren Blick auf etwas anderes zu richten. Niemand beachtete sie. Hin und wieder bekam sie von den umhertollenden anderen einen Schubs ab oder einen Wasserspritzer. Doch sie reagierte gar nicht darauf, hob nicht einmal den Kopf, rührte sich nicht. Mit hängenden Armen stand sie da in ihrer ausgeleierten Badehose, die ihr fast bis unter die Achseln reichte und um die Oberschenkel schlotterte. Hatte man ihr nichts Passendes geben können? Andererseits trugen alle Kinder Badesachen aus zerschlissenem und aus der Form geratenem Nylonstoff in falscher Größe. Die dünnen Kinder hatten große an, und die wenigen pummeligen viel zu kleine, die in ihr Fleisch schnitten und rote Striemen darauf hinterließen. Vielleicht, damit die einen wie die anderen sich ihrer Körper schämten, die mageren ihrer vorstehenden Knochen, die pummeligen ihres überflüssigen Fleischs.

Vor Jahren hatten sie am Strand noch Hemdchen und kurze Hosen tragen müssen, doch mittlerweile hatten sogar die Nonnen begriffen, dass neue Zeiten angebrochen waren, und Anfang der Sechzigerjahre das Tragen von Badebekleidung erlaubt. Allerdings nur von unschöner und abgenutzter: ein wahres Trauerspiel.

Plötzlich wurde die See rauer. Die Nonnen schrien den Mädchen zu, aus dem Wasser zu kommen, die Jungen hatten sich schon wieder angekleidet, es war Zeit zum Mittagessen.

Große wie kleine Kinder gehorchten, einige murmelten unmutig.

Schwester Ortensia zählte durch. »Eine fehlt.«

»Nein, wir sind alle da.«

Nina begriff sofort, dass nur das neue Mädchen fehlen konnte. Sie suchte mit dem Blick den Strand ab, forschte zwischen den Sonnenschirmen und sah schließlich auch über die Küstenstraße hinter ihnen. Dann blickte sie dorthin, wo das

Mädchen kurz zuvor gestanden hatte. In den Wellen meinte sie eine Hand zu sehen, dann einen Kopf. Ohne nachzudenken und vollkommen angekleidet, lief sie ins Wasser. Nachdem sie wenige Schritte hindurchgewatet war, hatte sie das Kind erreicht. Das Wasser ging ihr gerade einmal bis zu den Oberschenkeln, wie konnte das Mädchen hier in Not geraten sein? Die Kleine rang nach Luft und fuchtelte mit den Armen. Dabei hätte sie sich einfach nur hinstellen müssen, mehr nicht. Nina zog sie an den Schultern hoch. »Alles in Ordnung?«

Hustend fasste sich das Mädchen an den Hals.

Nina schlug ihr mit der flachen Hand auf den Rücken.

Das Mädchen spuckte Schaum, schloss dann die Augen und fuchtelte weiter mit den Armen. »Hilfe! Helft mir!«

»Ganz ruhig, du bist in Sicherheit.«

»Hilfe! Hilfe! Ich ertrinke!« Sie hörte gar nicht mehr auf zu schreien.

Nina schüttelte sie. »Hör auf! Du bist in Sicherheit. Mach mal die Augen auf!«

Das Mädchen öffnete die Augen und verstummte sofort, als wäre sie aus einem Albtraum aufgewacht und wüsste nicht, wo sie war.

»Geht's jetzt?«

»Entschuldige,« murmelte das Kind unter Aufstoßen. Dann nickte sie und zog eine Grimasse, die vielleicht ein Lächeln sein wollte. »Ja, danke.«

»Wie bist du denn hingefallen?«

»Was meinst du damit?« Das Mädchen blickte sie verwundert an.

»Das Wasser ist hier ganz niedrig, wie konntest du fast ertrinken?«

»Ich weiß auch nicht.« Sie hob die mageren Schultern. »Vielleicht hat mich jemand geschubst, und ich bin mit dem Gesicht zuerst hingefallen.« Nach einigen tiefen Atemzügen schien sie sich zu beruhigen. »Danke, dass du mich gerettet hast. Wie heißt du?«

»Nina. Komm, wir gehen, es ist schon spät.«

Nina nahm das Mädchen bei der Hand und brachte es ans Ufer, wo Schwester Ortensia, Schwester Benedetta und alle Kinder noch standen und gespannt die Szene beobachtet hatten.

»Wer ist denn das?«, fragte ein Mädchen, das etwa gleich alt war wie die Neue.

»Ich heiße Paola«, antwortete das Kind. »Im Heim schlafe ich neben dir.« Und da die andere sie vollkommen verständnislos anblickte, erklärte sie: »Ich bin erst seit einigen Monaten da.«

Von diesem Tag an sah Nina Paola immer mit anderen Kindern, nie mehr allein. Endlich hatten die anderen sie wahrgenommen. Nina hatte sogar überlegt, ob Paola das alles inszeniert hatte, um bemerkt zu werden, obschon sie dabei riskiert hatte, tatsächlich zu ertrinken, wenn ihr niemand zu Hilfe gekommen wäre.

Nun blickte Nina das junge Mädchen ihr gegenüber an und suchte in ihrem Gesicht das Waisenkind aus der Kolonie. »Bist du Paola?«

Da lächelte das Mädchen noch breiter. »Ja, genau.«

»Du hast dich in den fünf Jahren ziemlich verändert.«

»Du nicht so sehr. Und deine Augen hätte ich überall wiedererkannt.«

Nina zeigte auf die Mutter hinter ihr. »Ich dachte, du wärst ...« Die Worte blieben ihr im Halse stecken. Was sollte sie sagen? Ich dachte, du wärst ein Findelkind, eine Waise?

Paola beendete den Satz für sie. »Ich bin im Jahr nach der Kolonie adoptiert worden. Da warst du schon nicht mehr im Waisenhaus.«

Wieder blickte Nina nach der Mutter. »Ihr seht euch so ähnlich!«

Mutter und Tochter lachten, die Frau strich dem Mädchen über die Wange. »Das war wohl Schicksal. Je mehr Zeit vergeht, umso ähnlicher werden wir uns.«

Nina war verwirrt. »Wie alt war Paola denn, als sie adoptiert wurde?«

»Elf. Ich hatte schon zwei Jungens, einer acht und einer fünf, aber ich wollte so gern ein Mädchen, und im Heim gab es so viele Kinder, die ein Zuhause brauchten.«

Aber dann war es ja gar nicht wahr, was die Heimkinder sich erzählt hatten: Dass nur ganz kleine Kinder genommen wurden, niemals größere, und wenn, dann nur Mädchen, die als Dienstmägde schuften mussten, und dass Drehtüren sie immer an der gleichen Seite ausspucken würden.

Zuerst war Paola unsichtbar gewesen und dann so ins Auge gefallen, dass man sie ausgewählt und mitgenommen hatte.

»Nina! Wer von euch ist Nina?« Eine der Frauen aus der Kontrollabteilung stand in der Tür.

»Ich!« Sie stellte sich darauf ein, Ärger zu bekommen, wahrscheinlich war Carla wieder am Telefon.

»Vorne ist eine, die dich sprechen will.«

Jene Mittsommernacht war bevölkert von Geistern aus der Vergangenheit.

Bläuliches Mondlicht überzog die Welt und tauchte alles in glimmende Unwirklichkeit.

Am Tor wartete Lucia, eine aufgequollene farblose Gestalt, gekleidet in Abgelegtes anderer. Sie trug einen sackartigen Kittel, und ihr verschrecktes, dickliches Gesicht war nicht mehr als ein grauer Fleck in der nächtlichen Bläue. Nichts war mehr übrig von dem selbstbewussten, eleganten Mädchen aus der Bar oder dem Tanzlokal. Es war, als hätte die Zeit sich zurückgedreht, und Nina stand wieder vor dem unbeholfenen und einsamen Mädchen, das Schwester Immacolata ihr einst anvertraut hatte.

»Was willst du?«

»Mit dir reden.«

»Ich hab keine Zeit. Wir machen hier keine Ferien, sondern besetzen die Fabrik.«

»Nur kurz.«

Die wachhabenden Tabacchine blickten, Cellipieni kauend, neugierig zu ihnen herüber.

»In Ordnung, aber ich muss gleich zurück, mein Turnus fängt an.« Das war gelogen. Die Tabacchine waren alle die ganze Zeit über in der Fabrik, sie mussten sich nicht mehr ablösen. Aber Nina wollte den Unterschied zwischen ihr und Lucia klarstellen: Sie musste sich um ernste Dinge kümmern, während Lucia ihre Zeit verplempern konnte. Dieser Unterschied erfüllte Nina mit Stolz und gab ihr Kraft.

Die Arbeiterinnen, die nicht in der Manufaktur waren, hatten sich an strategischen Punkten in der Stadt verteilt: an wichtigen Verkehrsknoten, am Bahnhof, vor der Stadtverwaltung. Vor zwei Tagen waren Ersilia und einige kämpferische andere zum Bürgermeister gegangen. Der Fabrikdirektor, Antonio Rocca, war zur Unterstützung mitgekommen.

Die Zusammenkunft war jedoch nicht gelaufen, wie sie sich erhofft hatten, im Gegenteil schien sich der Bürgermeister an dem ganzen Tumult und der unerwünschten Aufmerksamkeit zu stören. Er wirkte, als könnte er es gar nicht erwarten, dass man die Fabrik abbaute und woandershin verfrachtete, sodass endlich wieder Ruhe in seiner Stadt einkehren würde. Einige der Frauen hatten sich geweigert, das Rathaus wieder zu verlassen, und es bis zum nächsten Tag besetzt.

Die Zeitungen berichteten über nichts anderes mehr als den Kampf der Tabacchine, für die sie respekt- und achtungsvolle Worte übrighatten. Mutig seien sie, hartnäckig und stark.

Die Mondsichel schien Nina zuzulächeln, und sie war erfüllt von dem Gefühl, endlich irgendwohin zu gehören und darüber hinaus auch noch dem Mädchen überlegen zu sein, das da neben ihr herstolperte und bei jedem Schritt keuchte. Lucia tat ihr leid.

Sie liefen in Richtung Vorstadt. Die über den Tag angestaute Wärme stieg sanft vom Boden auf, Blumenduft hing in der Luft, und einige Grillen besangen die soeben begonnene Jahreszeit. Unter anderen Umständen wäre dies ein wunderbarer Abend gewesen.

Mit einem Mal blieb Nina stehen. »Was hast du mir denn zu sagen?«

Lucia stockte. »Sollen wir hier sprechen?«

»Hier oder woanders, ist doch egal.« Nina blickte sich nach einer Sitzgelegenheit um. Zwar hatte sie behauptet, in Eile zu sein, doch sie war sicher, dass dieses Gespräch ziemlich lang werden würde.

Ein baufälliges Mäuerchen stand zwischen Straße und einem unkrautbestandenen Feld, wo die letzten Glühwürmchen leuchteten.

»Lass uns dorthin gehen.«

Mit großem Abstand zueinander setzten sie sich.

»Ich bin schwanger.« Nicht mehr als ein Flüstern.

Nina glaubte, sich verhört zu haben. »Was?«

»Ich bin schwanger!«

Diesmal hallte der Satz durch die Luft, mischte sich mit dem Ruf eines Kuckucks. Der Vogel war eigentlich spät dran, normalerweise rief das Männchen zwischen April und Mai seine Gefährtin und warnte gleichzeitig die Rivalen, sich auch ja fernzuhalten.

Nina erinnerte sich, dass der Kuckuck ein Brutparasit war. Er legte seine Eier in die Nester anderer Vögel, die dann seine Jungen versorgten. Woher sie das wusste und warum es ihr ausgerechnet jetzt einfiel, konnte sie nicht sagen. Vielleicht hatte Schwester Immacolata ihr in der Keuchhustenzeit davon erzählt. Jetzt gerade schien es ihr nichts Interessanteres zu geben als den Kuckuck. Sie musste sich gedanklich an irgendetwas festklammern: Nestbau, Grillen, Mondsicheln, nur der soeben gehörte Satz durfte nicht in ihr Bewusstsein sickern.

»Sagst du gar nichts dazu?«

»Was soll ich denn sagen?«

Lucia fing an zu weinen. Erst ganz leise, dann stieß sie gedämpfte Schluchzer aus, in denen Nina das Kind wiedererkannte, das sich in den Waisenhausnächten an ihren Rücken geschmiegt hatte. Eine ganze Weile weinte Lucia. Der Kuckuck hatte inzwischen aufgehört zu rufen.

»Von Olmo.«

»Was?«

»Ich bin schwanger von Olmo.«

»Aber du warst doch verlobt.«

»Von ihm kann's nicht sein. Passt zeitlich nicht.«

Zeitlich? Nina lauschte in die nächtliche Stille nach einem Vogelruf, nach Grillenzirpen, nach einem fernen Geräusch, irgendetwas, um nicht hören zu müssen, was Lucia da erzählte. Doch die Welt schwieg.

Deshalb also war sie so aufgequollen.

»Wann kommt es denn?«

»Bin fast am Ende vom dritten Monat.«

Nina zählte an den Fingern ab: Es würde im Dezember geboren werden, wie sie. »Weiß Olmo Bescheid?«

»Nein.«

»Und dein Verlobter?«

»Der auch nicht.«

»Seid ihr nicht mehr zusammen?«

»Doch.«

Nina verstand immer weniger. »Und warum erzählst du mir das? Vielleicht solltest du besser mit deinem Apotheker darüber reden.«

Lucia zuckte zusammen. »Nein, bloß nicht. Der darf nichts davon wissen, niemand darf das!«

Nina wäre fast in Lachen ausgebrochen. »Früher oder später wird es den anderen schon auffallen, meinst du nicht?«

»Darüber will ich ja mit dir reden.« Mit dem Ärmel ihres Kittels wischte sie sich die Nase. Ein glänzender Streifen blieb auf dem Stoff zurück.

Wo war nur das wohlerzogene Kind mit der gezierten Art geblieben? Wo hatte sie dieses proletenhafte Benehmen her? Vielleicht war das hier gar nicht Lucia, sondern nur eine Hülle mit ihren Formen, in der ein ganz anderes Mädchen steckte, und dieses war mit Olmo ins Bett gegangen und nun schwanger. Nina klammerte sich an diese Hoffnung.

»Ich will dieses Kind nicht.«

»Das fällt dir zu spät ein.«

»Nein, es ist noch nicht zu spät. Der dritte Monat ist noch nicht vorbei, hab ich doch gesagt.« Mit einer groben Bewegung strich Lucia über ihren Bauch. Unter dem Stoff deutete sich eine Rundung an. »Du kennst doch so viele Frauen, junge und alte. Bestimmt haben einige von denen Erfahrung damit …«

»Womit?«

»Mit bestimmten Dingen.«

Was redete sie da für verworrenes Zeug? Langsam verlor Nina die Geduld. »Jetzt komm mal zur Sache, ich muss gleich zurück.«

»Also, ich bin sicher, dass eine von denen in der Fabrik weiß, wie man so was loswird.« Noch einmal fuhr sie sich unwirsch über den Bauch.

Als Marcella damals zum Vorstellungsgespräch mitgekommen war und der Buchhalter sagte, nun seien sie aber quitt und er schulde ihr nichts mehr, da war sie sich genauso über den Bauch gefahren. Vollkommen anders als die zarte Berührung an ihrem Unterleib, als sie das Waisenhaus verlassen und angekündigt hatte, ihr Verlobter habe nun gar keine andere Wahl, als sie zu heiraten.

Nina schämte sich ihrer an Dummheit grenzenden Naivität. Zehn Jahre und Lucias Geständnis hatte es gebraucht, damit sie begriff, was Marcella damals passiert war.

»Gefällt dir Olmo?«

Lucia zog die Nase hoch. »Ja.«

»Hast du ihn gern?«

»Weiß nicht.«

»Warum sagst du ihm nicht alles? Vielleicht will er ja das Kind behalten.«

»Aber mich will er nicht.«

»Wie kannst du denn so was sagen, du hast doch ein Kind mit ihm gemacht.«

»Weil ich es eben weiß!«, rief Lucia. »Das hat er mir beim ersten Mal gesagt.«

»Bei welchem ersten Mal?«

Lucia stöhnte entnervt auf. »Das hast du ja wohl kapiert!« In Nina schlug unbändige Wut hoch, die gleiche, die sie dazu gebracht hatte, Steine in ein Fenster zu schmeißen. Sie hätte das Mäuerchen, auf dem sie saßen, abreißen und in den Himmel schleudern können. »Und warum hast du dann was mit ihm angefangen?«

»Weil du mir alles weggenommen hast! Alles!«

Die Antwort hatte die Wirkung einer Ohrfeige. Nina war unfähig, etwas zu erwidern. Eine Mischung aus Schluchzern und unbändigem Lachen stieg in ihr hoch. Sie, Nina, hatte ihr alles weggenommen? Das war ja vollkommen verrückt.

»Warum guckst du mich so an? Es stimmt doch!« Gestikulierend sprang Lucia auf. »Alles hast du mir weggenommen!«

»Was redest du denn da, du Lügnerin!« Auch Nina sprang nun auf.

Eine vor der anderen standen sie da und funkelten sich an. Die Mondsichel war inzwischen auf die andere Seite des Himmels gewandert.

Als Erste beruhigte sich Lucia. Sie fasste sich an die Stirn. »Mir ist schwindelig.«

Auch Ninas Wut flaute ab. Sie dachte daran, wie sich Lucia wohl fühlte in ihrem Zustand, welche Ausreden es wohl gebraucht hatte, zu dieser Stunde das Haus zu verlassen, und wie sie ihren Stolz geschluckt haben musste, um Nina um Hilfe zu bitten. »Komm, setzen wir uns. Willst du dich bei mir anlehnen?«

»Danke, geht schon.«

Ein klappriger Fiat 600 kroch über die Straße. Als er kurz vor ihnen war, schaltete er das Fernlicht ein, wie um sie besser sehen zu können.

»Was will der?«

»Der glaubt, wir sind Horizontale«, vermutete Nina.

»Was?«

Diesen Begriff hatte Nina in der Fabrik aufgeschnappt. »Prostituierte.«

Der Wagen wurde noch langsamer, schließlich kurbelte der Mann darin das Fenster hinunter.

Sofort kochte in Nina die Wut wieder hoch. Was sollte das? Konnten zwei Frauen nicht einmal unbehelligt einige Worte miteinander wechseln? Zu ihren Füßen lag ein Stein. Nina hob ihn auf und tat, als wollte sie ihn auf das Auto schleudern.

Der Wagen stotterte und nahm schließlich Geschwindigkeit auf.

Der Mann streckte den Kopf aus dem Fenster. »Ihr Huren!«

Jetzt schmiss Nina den Stein wirklich, jedoch absichtlich am Wagen vorbei. »Idiot!«

Sie sahen dem Auto hinterher, bis von den Rücklichtern nur noch zwei winzige rote Punkte zu sehen waren.

»Ich meinte das vorhin ernst. Du hast mir alles weggenommen.« Lucia fuhr sich über ihr schweiß- und rotzbedecktes Gesicht. Von ihren guten Manieren war nunmehr nichts übrig geblieben.

»Ich hab doch nie irgendetwas gehabt.«

Kopfschüttelnd entgegnete Lucia: »Du warst blind vor Bitterkeit, und das bist du noch immer. Deshalb hast du selbst das nicht mal gemerkt.« Mit einer groben Geste strich sie ihr Kleid glatt.

»Wovon hab ich nichts gemerkt?«

Der Liebling von Schwester Immacolata sei sie gewesen und von dieser beschützt worden vor den anderen Nonnen. Die anderen Kinder hatten sie gemocht. Marianna und Eleonora wären für sie durchs Feuer gegangen, ob sie das nicht bemerkt habe? Immer sei sie die Klassenbeste gewesen, auch wenn jemand anders bessere Noten verdient hatte. Sie selbst habe doch von der Sonderbehandlung auf der Krankenstation erzählt, von dem monatelangen Verwöhntwerden. Kein anderes Kind habe eine solche Behandlung bekommen. Glaubte sie vielleicht, sie sei die Einzige mit einer schlimmen Krankheit gewesen?

»Aber ich bin im Waisenhaus geblieben, und du wurdest adoptiert«, gab Nina zu bedenken.

Lucia warf ihr einen schmerzerfüllten Blick zu. »Dieser Platz hätte deiner sein sollen, das wissen wir ja wohl beide.« Immer wieder strich sie ihr Kleid glatt und erzählte dabei, dass die Adoption eine Strafe gewesen sei. Gleich als sie das erste Mal die Wohnung der Valentis betreten habe, sei offensichtlich gewesen, dass sie nur ein billiger Ersatz war. Das Paar habe Nina gewollt, Nina, die der verstorbenen Tochter so ähnlich war. Furchtbare Jahre seien es gewesen, umgeben von den Fotos Michelas, immerzu beobachtet von ihren schwarzen toten Augen, die sie stetig daran erinnerten, dass sie hier nichts zu suchen hatte. Die Adoptivmutter sei nie herzlich zu ihr gewesen, habe sie nie in den Arm genommen, sie nie gelobt. Was Lucia auch tat, es war nie genug, erfüllte nie die Erwartungen. Nicht einmal ihre Geburtstage hatten sie gefeiert, und Weihnachtsgeschenke habe es auch nicht gegeben. Einmal im Jahr machte Giuliana einen kleinen Kuchen, sammelte alle Fotos in der Wohnung ein und nahm sie mit in ihr Zimmer, wo sie hinter verschlossener Tür weinte. »Auch die blonde Puppe hast du mir weggenommen, das Einzige, das mir gehörte in dieser sonst so schwarzen Wohnung.« Sie senkte die Stimme zu einem Flüstern. »Es stimmt nicht, dass Giuliana mir alles gesagt hat, ich hab es von der Nachbarin erfahren, die hat mir alles erzählt. Wann du kamst und wieder gingst.« Aber eigentlich sei das gar nicht nötig gewesen, denn irgendwann habe sie selbst bemerkt, dass Giuliana sich verändert hatte, sich hin und wieder ein Lächeln auf ihre Lippen schlich oder sie bei der

Hausarbeit summte. Dann lächelte der Ehemann und seufzte erleichtert. Manchmal entdeckte Lucia das Papier einer Konditorei im Müll, obgleich kein Gebäck im Haus war. Kleidungsstücke verschwanden aus ihrem Schrank. Erst war es ihr gleich, denn Giuliana kaufte sie immer eine Größe zu klein und tat jedes Mal verwundert, wenn sie nicht passten. Lucia glaubte, dass sie die Kleidung wie auch das Gebäck an arme Kinder verschenkte. Bis sie eines Tages auf ihrem Bett ein gelocktes schwarzes Haar entdeckte. Und alles begriff. Giulianas gute Laune war Nina zu verdanken gewesen.

Als Lucia ihr das alles entgegenschleuderte, dachte Nina anfangs noch, wie absurd es doch war, eine vollkommene Verzerrung der Realität. Doch nach und nach sah sie sich mit Lucias Augen und bemerkte, dass etwas Wahres in dieser Figur steckte, die Lucia von ihr zeichnete. »Ich habe auf eine Familie verzichtet, damit du sie bekommst«, rechtfertigte sie sich nun aufgebracht.

»Nein. Du hast dich für das entschieden, was besser für dich passte, ganz egoistisch. So hast du es immer gemacht. Wenn du etwas nicht mehr brauchst, dann schmeißt du es weg. So hast du es mit Schwester Immacolata gemacht, die du nicht mehr an dich herangelassen hast, mit Marcella, als ich ins Waisenhaus kam, und mich bist du losgeworden, indem du dafür gesorgt hast, dass ich fortkomme. Denk mal drüber nach, dann wirst du mir recht geben. Mit Olmo hast du es auch so gemacht. Du hast ihn weggeworfen, und ich hab ihn eingesammelt, so, wie ich es auch mit den Valentis getan habe. Scheint mein Schicksal zu sein, hinter dir herzuräumen.«

War es wirklich so? Die von Lucia beschriebene Nina war eine schreckliche Person. »Aber du hast ihm erzählt, ich hätte einen blonden Verlobten.«

»Du hast damit angefangen, ich hab die Geschichte nur ausgeschmückt.«

»Und warum musstest du mit ihm schlafen?«

Lucia atmete tief die laue Luft ein und stieß sie mit einem stockenden Seufzer wieder aus, als steckte ihr etwas im Hals. »Man macht viele Dummheiten, bloß, um gemocht zu werden. Es gibt Leute, die setzen Himmel und Hölle in Bewegung, nur für ein wenig Aufmerksamkeit. Am Anfang wollte Olmo mich nur sehen, um über dich zu reden, jeder Vorwand war ihm recht: Nina hier, Nina da. Dann sind wir uns etwas nähergekommen, und ich war gerne mit ihm zusammen. Wir hätten Freunde sein können, aber ich hatte Angst, dass das zwischen Mann und Frau nicht möglich ist. Ich bin mit ihm ins Bett gegangen, um ihn an mich zu binden. Aber er war es sofort leid, denn ich war schließlich nicht du.« Sie fasste sich auf Brusthöhe an ihr Kleid und zog so kräftig daran, als wollte sie es zerreißen. »Und jetzt bin ich schwanger mit einem Kind, das ich nicht will, das niemand will.«

Nina wollte in die Tabakfabrik zurück, sich in eine Ecke verkriechen und in Ruhe über alles nachdenken, was Lucia gesagt hatte, aber sie konnte sie jetzt nicht allein lassen. Aus irgendeinem Grund fühlte sie sich verantwortlich für sie. »Kannst du deinem Verlobten nicht sagen, dass es seins ist?«

»Der ist Apotheker.«

»Na und?«

»Er kennt sich mit so was aus und weiß alles über fruchtbare Tage und so weiter. Wir schlafen schon seit Monaten nicht mehr zusammen. Ich will's nicht mehr.« Ein weiterer stockender Seufzer entfuhr ihr. »Eigentlich hab ich's nie so richtig gewollt.«

»Warum hast du dich denn mit ihm verlobt?«

Lucia hob die Schultern. »Meine Familie mochte ihn. Und ich wollte sie wenigstens einmal zufriedenstellen. Aber er ist ein herzensguter Mensch und verdient nicht, an der Nase herumgeführt zu werden.«

»Dann rede mit Olmo. Der wird bestimmt seine Pflicht erfüllen.«

»Seine Pflicht.« Lucia stieß etwas aus, das ein Lachen hätte sein können. »Du redest wie die Nonnen, im Kopf bist du dem Waisenhaus noch nicht entkommen. Aber selbst wenn er würde? Das wäre ja keine Ehe, das wäre Erpressung. Und ich würde weiter ein Leben leben, das nicht meines ist, so wie in den letzten zwölf Jahren.« Wieder strich sie sich über das Kleid. »Ich widere mich selbst an. Und alles andere widert mich auch an.«

Nina fand nicht den Mut zu fragen, was *alles andere* sei, ob sie auch die Verlobung meinte, Olmo, Nina, das Kind in ihr. In den Augen der Frauen, die hinunter in den Schacht gestiegen waren, hatte sie schon alles gesehen.

»Hilfst du mir?«

»Weiß nicht.«

»Du weißt nicht, ob du willst oder ob du kannst?«

»Ich kann ja nicht einfach gleich in der Fabrik fragen, ob eine … so eine ist.« Sie kannte das Wort dafür: Engelmacherin. Es stand in einem ihrer Hefte.

»Bitte, versuche es. Bitte.«

Nina stieß einen Seufzer aus, der aus den tiefsten Tiefen der Erde zu kommen schien. »In Ordnung. Komm in zwei Tagen zur Fabrik.« Grußlos stand sie auf und ging. Mehr hatte sie nicht zu sagen.

In der Fabrik herrschte festliche Stimmung. Zusätzlich zum Gebäck hatte jemand Wein gebracht, und die normalerweise angespannten Gesichter lächelten endlich fröhlich.

Marcella stand am Fenster. »Kommt mal alle her!«

Vom Fenster aus konnte man die Felder sehen. Die Mondsichel war ein Stück heruntergewandert und würde bald verschwinden, aber am kobaltblauen Himmel blinkten eine Millionen Silberstücke. Und unten leuchteten golden die Glühwürmchen. Ein Reichtum, der für alle da war.

Das Einfachste wäre gewesen, Marcella um Rat zu bitten, doch das konnte Nina nicht tun. Wie lange es wohl gedauert haben mochte, bis Marcella ihre eigene Geschichte überwunden hatte, wenn überhaupt? Sie hatte es nicht verdient, dass Nina nun in alten Wunden herumstocherte. Aber wer konnte ihr helfen? Einige der Frauen standen nun vor dem Fenster und freuten sich an dem schönen Anblick.

»Der ist aber wirklich schön groß!«, rief eine der Frauen.

»Was denn?«, fragte eine andere.

»Der Vogelpiepmatz!«

Schallendes Gelächter brach aus.

Das Spielchen schien schon länger so zu gehen. *Cellipieni* stand für »Ucelli ripieni«, gefüllte Vögelchen, und die Frauen hatten in Ninas Abwesenheit wohl einige Witze über die Piepmätze zum Essen und die ihrer Männer gerissen.

»Meiner ist größer!«, rief eine andere.

»Ich hab nicht so viel Glück, wie auch sonst im Leben«, brummelte noch eine andere.

»Kannst meinen Mann geliehen haben. Hab sowieso keine Lust mehr auf ihn.«

Und wieder erscholl lautes Gelächter.

»Ist doch egal, wie groß er ist, viel wichtiger ist die Konsistenz.«

Die Frauen konnten sich kaum halten vor Lachen.

Nur Marcella lachte nicht mit, obgleich sie doch sonst für jeden Scherz zu haben war. Sie hielt sich dicht am Fenster, vielleicht wollte sie für sich sein. Irgendwann breitete sie die Arme aus und wiegte sich in den Hüften, als spielte in ihrem Kopf eine Musik für sie ganz allein. Mager wie sie war und mit ihrem modischen Haarschnitt sah sie tatsächlich aus wie ein Titelbildmädchen. Leise fing sie an, ein Lied zu summen.

Ihr Lieblingslied von Mina. Es erzählte die Geschichte eines sittenlosen Mädchens. Als das Lied vor zwei Jahren gerade neu herausgekommen war, stand Nina noch bei der Familie in Dienst und hatte es einmal beim Wischen gesummt. Die Signora hatte ihr auf den Mund geschlagen und ihr geraten, dieses Lied nie wieder zu singen, in ihrem Haus sei dergleichen nicht erwünscht. Nina hatte den Schlag still hingenommen, ohne zu begreifen, was an dem Lied so schlimm sein sollte.

Marcella hatte es ihr erklärt, als sie eines Abends mit Carla zusammen kochten. Das Lied handelte von zwei Leuten, die, gleich nachdem sie sich kennengelernt hatten, miteinander schliefen. Das Mädchen bereute es, aber nur, weil er sich in sie verliebte, sie aber nicht in ihn. Dieses eine Mal war Carla mit Marcellas Interpretation einverstanden gewesen.

Und nun wollte Nina unbedingt dieses Lied hören. »Marcella, sing, bitte!«

»Nein, das ist mir peinlich.«

»Warum? Wir sind doch hier unter uns.«

»Bitte, sing«, bat nun auch Paola.

»Marcella, bitte!« Im Nu hatten sich alle um sie herum versammelt.

»Na gut, wenn ihr unbedingt wollt ...« Sie warf den Kopf zurück und holte tief Luft. *Die Nacht am Meer, als wir uns kennenlernten ...*

Eine etwas dünnere Stimme fiel mit ein. *Im Dunkel fanden deine Hände die meinen ...*

Weitere Stimmen fielen ein. *Viel zu rasch wuchs unsere Liebe.*

Begeistert sangen nun alle den Refrain mit. *Könnt' ich dir am Telefon Addio sagen, riefe ich dich an. Wenn ich wüsst', dass du nicht leidest, könnt' ich dich wiedersehen ...*

Jede von ihnen kannte das Lied in- und auswendig, waren sie, die Tabacchine, doch ebenso sittenlos, sie, die mehr Zeit außer Haus als bei ihren Familien verbrachten. Und nun trug man sie auf Händen, denn wenn sie scheitern würden, dann würde die ganze Stadt mit untergehen. Vor zwei Monaten aber waren sie noch der unangefochtene Stadtskandal gewesen.

Doch ich kann dir nicht sagen: Nun ist Schluss, wenn ich dich dabei ansehen muss ...

Der schiefe Gesang drang von Raum zu Raum. Ein Auflehnen, das nicht mehr für die Öffentlichkeit bestimmt war, sondern für sie selbst, für jede von ihnen. Er schwebte treppab, schwang sich durch die Lastenaufzüge in die oberen Stockwerke hinauf, nahm Stimme um Stimme auf, hallte über den Hof, wo die wachhabenden Tabacchine mit einstimmten. Jede Einzelne sang aus vollem Halse, und Cellipieni und Montepulciano gaben den Rhythmus vor.

Auch die Mondsichel sang, die Glühwürmchen und das berauschende Schillern der Mittsommernacht.

Nina stimmte als Letzte in den Gesang ein. Nicht weil sie sich fremd unter den anderen gefühlt hätte, sondern um noch ein wenig den sich verflechtenden Stimmen zu lauschen, diesen Chor in ihr Herz zu lassen. Und dann hielt sie nichts mehr zurück.

Unsere Liebe überwältigte uns, doch war vorbei schon nach Tagen, warum so schnell, kann ich dir nicht sagen.

Warum solltest du ihr helfen?, zischte eine böse Stimme in Ninas Kopf, sie manipuliert dich nur, wie sie es schon als Kind getan hat. Sie nimmt dich und knetet dich durch, nur um dir dann die Form zu geben, die ihr gefällt, sie gibt die Karten und klaut dir dann den ganzen Satz. Soll sie es doch allein lösen, ihr Problem. Ist ja nicht deine Schuld, dass sie schwanger ist.

Aber, meldete sich eine andere, bedachtere Stimme zu Wort, Lucia hat dich nie zu irgendetwas gezwungen. Du warst diejenige, die sich angeboten, sich *geopfert* hat.

Was für ein schreckliches System man ihr da eingetrichtert hatte und wie es die Gefühle verzerrte. Niemand ist geboren, um zu leiden, Pein und Entbehrungen zu ertragen. Das Versprechen auf eine Belohnung im ewigen Leben lindert keinen Schmerz. Der Mensch versucht also, so viel wie möglich gleich für sich herauszuholen, eine umgehende Anerkennung oder einen persönlichen Vorteil.

Als sie *sich für Lucia geopfert* hatte, war Nina sich wichtig und überlegen vorgekommen. Wie ein Rad schlagender Pfau. Güte hatte nichts damit zu tun, dafür Stolz und Hochmut.

Etwas grundlegend Falsches lag in dieser Erziehung. Du bekommst nur, wenn du gibst: Wenn du brav bist, kommst du ins Paradies, wenn du böse bist, in die Hölle. Wenn du gehorchst, wirst du belohnt. Wie sollte man so zu einem eigenen Bewusstsein über Recht und Unrecht finden?

Schon als kleines Kind hatte sie sich diese Frage gestellt: Was ist richtig, was ist falsch? Jetzt konnte sie es herausfinden.

Sollte sie Lucia helfen, zu Ende zu bringen, was sie sich zu tun entschlossen hatte, oder lieber nicht? Was sagte ihr Gewissen? Immerhin ging es hier um eine Todsünde, und Nina würde helfen, sie auszuführen. Sie würde sogar weitere Frauen mit hineinziehen, deren Gewissen belasten und ihre Seelen der Hölle preisgeben. Sie hätte Marcella ins Vertrauen ziehen können, doch ihr fehlte das Herz, sie an das durchgemachte Leid zu erinnern. Marcella hatte ihr nie etwas darüber erzählt, ein Zeichen, dass sie nicht reden, nicht über sich urteilen lassen wollte. Es gibt Menschen, die müssen sich aussprechen, andere flüchten sich ins Vergessen.

Nein, sie konnte Lucia bei dieser Sache nicht helfen. Sollte sie jemand anderen fragen.

Während Nina im Dunkel eine noch schmalere Mondsichel als die in der vorherigen Nacht betrachtete, fragte sie sich, ob ihr Gewissen nicht nur ein Vorwand sei oder es sich vielleicht nur aus Rache rege. Die Hölle hatte nichts damit zu tun. Es ging um etwas anderes.

Gönnte sie Lucia diesen unglückseligen Zustand? Ja.

Hielt sie das, was Lucia zustieß, für eine Art persönliche Rache? Ja, unbedingt.

Würde Lucias Leid Ninas Leben schöner machen? Praktisch gesehen, nicht.

War ihr Lucias Pein ein Trost? Vielleicht auf kurze Sicht, aber auf lange? Wie würde ihr Rachebedürfnis in einem Monat, einem Jahr, in zehn Jahren aussehen?

Wie einfach doch das Leben im Heim gewesen war. Von aller Verantwortung befreit. Die Grenze zwischen Gut und Böse war klar und deutlich gezogen. Entweder stehst du auf dieser Seite oder auf der anderen.

Aber in der wirklichen Welt waren Gut und Böse miteinander verflochten. Eine tatsächliche Gerechtigkeit war für die erbärmlichen Menschen zu groß, überstieg ihre Vorstellungskraft. Sie brauchten Gott oder einen Richter, der an ihrer statt entschied, was richtig war.

Wenn Nina Lucia nicht half, wäre sie kurzzeitig befriedigt, müsste sich aber langzeitig mit Schuldgefühlen herumschlagen. Im entgegengesetzten Fall wäre sie nicht gerächt, hätte aber in Zukunft ein reines Gewissen.

Unter dem Geplauder der Tabacchine glaubte sie, den Kuckucksruf wieder zu hören, den Brutparasiten. Es gab einen Grund, dass er anderen Vögeln die Versorgung seiner Jungen überließ. Der Kuckuck ändert mit der Zeit seine Nahrungsaufnahme, und was er als erwachsener Vogel isst und ausspuckt, ist für die Jungvögel giftig.

Auch bei Tieren gab es also Eltern, die Gift in sich trugen. Was hätten sie da anderes tun sollen?

Straßen sind lebendig. Sie ändern sich, altern und bekommen ein neues Gesicht. Falten erscheinen im Asphalt, Risse in den Mauern daneben, ein wenig frische Farbe hier, dort ein geranienbunter Balkon, der gestern noch nicht da gewesen war. Sie werden jünger.

Gemütsverfassungen ändern sich mit der Umgebung. Eine baufällige Mauer, Dreck auf dem Gehweg verbreiten Schwermut, ein gepflegter Garten Freude. Sonst wäre das Reisen ja nutzlos. Kilometer um Kilometer, Hunderte, Tausende von Kilometern, nur damit alles innen drin gleich bleibt. Ebenso kann man sich um sich selbst drehen.

Nina lief nachts im Frühsommer den Weg zurück, den sie im beginnenden Winter vor vier Jahren unter fahler Sonne entlanggekommen war. Sie hatte sich geschworen, ihn nie wieder zu gehen. Nun fühlte sie sich wie ein umgekrempelter alter Mantel.

Sie hatte die Fabrik verlassen und war zu Hause vorbeigegangen, um etwas zu holen, das nun schwer in ihrer Rocktasche lag.

Von der anderen Seite des Tors aus gesehen, war das Gebäude viel weniger bedrohlich. Wie tote Augen starrten die Fenster links und in der Mitte, wo die Schlafsäle der Mädchen und Jungen lagen. Die Scheiben waren geschlossen und die immer noch grauen schweren Vorhänge zugezogen. Kein Köpfchen lugte in den Hof hinaus oder in den Himmel, und über den Dächern hing keine seufzende Wehklage. Ein Fremder würde ein vollkommen normales Gebäude sehen, gesichts und farblos.

Die Schwermut macht vieles unsichtbar.

Der Mond stand schon tief und würde in Kürze hinter den Hügeln verschwinden, die Stadt und Meer voneinander trennten. Beeil dich, beeil dich, schien er Nina zuzurufen, gleich gehe ich unter, und dann wird es dunkel. Eine Sichel, schmal wie ein Zwirnsfaden, war noch übrig, eine geöffnete Klammer, die am Himmel hing und jeden Moment herunterfallen konnte.

Dann geh doch, dachte Nina, ich brauche kein Licht.

Der Mond schien sie gehört zu haben und stieg vom blauen Himmelsgewölbe auf einen Gipfel herab. Einen Moment später war er fort.

Ungewöhnlich hell war die Nacht. Die Sterne standen tief und waren riesig, das Himmelszelt schimmerte saphirblau. Wo hatte sich all diese Schönheit verborgen, als sie noch Kind gewesen war? Warum hatte sie nicht den Trost der Schönheit erfahren dürfen?

Sie legte den Kopf in den Nacken, um sich die Sternenkonstellation einzuprägen, die Konstellation ihrer zweiten Geburt.

Nina berührte den Schlüsselbund in der Tasche. Eigentlich hätte sie auch läuten oder tagsüber kommen können, doch sie wollte nicht von den anderen Nonnen gesehen werden. Die hätten Fragen gestellt, und Nina wollte nicht lügen. Sie war hier, um die Grenze zwischen Sünde und Ungerechtigkeit herauszufinden.

Der eckige Schlüssel war für das Seitentürchen am Tor. Lautlos öffnete es sich, wahrscheinlich war das Schloss frisch geölt. Im Hof hing der Duft der letzten verblühten Rosen, deren Blätter sich über die – wie immer – zu kurz geschnittenen Sträucher verteilten. Um die kleinen Geister nicht aufzuschrecken, überquerte sie ihn auf Zehenspitzen. Die drängten sich in ihrer üblichen Ecke und warteten auf ein Wunder: das Wunder, von den Besuchern wahrgenommen zu werden. Die Hälse gereckt, die Blicke betrübt, kratzige Umhänge am Leib. Unter ihnen stand ein kleines, dünnes Mädchen mit dunklem Haar und schlimmem Husten. Als wäre sie nie fortgegangen, nie dort gewesen.

Beim dritten Versuch passte der Schlüssel in der Tür zu dem Flügel, in dessen Keller die Krankenstation lag, im Erdgeschoss die Küche und in den restlichen beiden Stockwerken die Zimmer der Nonnen. Noch bevor sie eintrat, wusste Nina, dass alles genauso sein würde, wie sie es verlassen hatte. Die Spülbecken, die Regale an den Wänden, der große Tisch.

Sie blieb stehen und holte tief Luft, unentschlossen, ob sie nach oben oder unten gehen sollte.

Schließlich wandte sie sich nach oben in der Hoffnung, Schwester Immacolata im Bett vorzufinden, heute Nacht würde sie den Anblick eines Mädchens im Puppenschacht nicht ertragen. Vor dem ersten Zimmer blieb sie stehen. Es war bestimmt noch ihres, von hier aus hatte man den besten Blick auf das Tor, und das Zimmer lag gleich neben der Treppe, sodass sie bei einem seltsamen Geräusch sofort loslaufen, zügig eine schwangere Frau in Empfang nehmen konnte, rasch in der Krankenstation bei den Kindern war. Ihre Gestalt stets in Eile und nach vorn gebeugt, als müsste sie sich gegen den Wind stemmen. Ihr Körper der eines verwundeten Tiers.

Nina öffnete die Tür.

An den Fenstern waren keine Vorhänge, und der Himmel stürzte geradezu in das Zimmer.

Schwester Immacolata schlief auf der Seite, die aneinandergelegten Hände zwischen Wange und Kissen. Es war sehr heiß, und die Decke lag sorgfältig gefaltet über dem Bettende. Sie trug ein strahlend weißes Nachthemd mit langen Ärmeln, das im Sternenlicht schimmerte. Ihre Knie waren angezogen und die Füße übereinandergelegt. Winzig wie Kinderfüße, die Sandalen mussten ihr viel zu groß sein.

Was Nina jedoch wirklich ergriff, war ihr Haar. Sie hatte Schwester Immacolata immer mit Haube gesehen und geglaubt, sie habe kein Haar. Aber hier war es: lang, schwarz, ja, tiefschwarz, nur an den Schläfen ein wenig grau gesprenkelt, zu einem Zopf geflochten, der ihr ein gutes Stück den Rücken hinunterreichte.

Wie dünn sie war! Ihre Schultern waren so knochig, sie hätten den Stoff zerreißen können.

An der Wand hing ein dunkles Holzkreuz. Die restliche Einrichtung bestand aus einem kleinen Holzschrank, einem Tisch und einer Kommode, auf der ein halb gefülltes Wasserglas stand und der Rosenkranz spiralförmig zusammengelegt war, das Kreuz in der Mitte. Neben dem Bett stand eine Kniebank, auf der eine Bibel lag. Nina wollte wissen, wo die Nonne als Letztes gelesen hatte. Das Lesebändchen lag beim ersten Brief des Paulus an die Korinther. Schwester Immacolata hatte oft auswendig daraus zitiert, aber offensichtlich wurde sie es nicht leid, ihn immer wieder zu lesen.

Und wenn ich in den Sprachen der Menschen und Engel redete, hätte aber die Liebe nicht, wäre ich dröhnendes Erz oder eine lärmende Pauke. Und wenn ich prophetisch reden könnte und alle Geheimnisse wüsste und alle Erkenntnis hätte, wenn ich alle Glaubenskraft besäße und Berge damit versetzen könnte, hätte aber die Liebe nicht, wäre ich nichts. Und wenn ich meine ganze Habe verschenkte und wenn ich meinen Leib dem Feuer übergäbe, hätte aber die Liebe nicht, nützte es mir nichts.

Von allen Heiligen Schriften beeindruckte diese Nina am meisten, denn Paulus von Tarsus war, bevor er konvertierte, Sünder und Christenverfolger gewesen, vielleicht sogar Mörder.

Sie legte das Buch zurück an seinen Platz und setzte sich auf den Bettrand zwischen die spitzen Ellbogen und Knie der Nonne.

Wie viele Kinder hatten in diesen Armen gelegen? Wie viele Tränen hatten diese rauen Hände getrocknet, über wie viele Wangen hatten sie zärtlich gestrichen? Von den verfütterten Suppenlöffeln ganz zu schweigen, den geflochtenen Zöpfen, zugeknöpften Kitteln und gebundenen Schuhen, den versorgten Wunden, erteilten Ermahnungen und Segnungen. Erst durch Lucias Vorwürfe hatte Nina begriffen, dass sie eine ordentliche Portion davon abbekommen hatte, mehr als die anderen. Doch sie war so voller Wut gewesen, dass sie es nicht bemerkt hatte, überzeugt, dass ihr dies alles zustehe. Und genug war es ja ohnehin nie.

Es gab keine Erinnerung, in der Schwester Immacolata nicht zugegen war, manchmal stand sie vielleicht etwas abseits, war verschwommen, aber sie war immer da.

Der Heilige Paulus hatte Barmherzigkeit und Vergebung gelernt, indem er zum Schwert gegriffen hatte, aber die Nonne, aus welcher unerschöpflichen Quelle nahm sie ihre Wärme, ihre Geborgenheit?

Am liebsten hätte Nina ihr über das Haar gestrichen, welches die Schwester seit mehr als zwanzig Jahren niemandem als dem Herrn, dessen Braut jede Nonne war, zeigen durfte, ganz zu schweigen davon, es von jemandem berühren zu lassen. Und davor? Hatte der kleinen Immacolata einst jemand über den Kopf gestrichen? Hatte jemand sie umarmt, beschützt, liebgehabt? War sie ein mit Freuden erwartetes Kind gewesen? Geliebt? Mutig? Oder hatte sie Angst vor dem Dunkel gehabt? Und wenn ja, hatte dann jemand für sie die schwarzen Schatten verjagt?

Nina lebte nun weniger als einen Kilometer entfernt vom Waisenhaus, und doch hatte sie Schwester Immacolata nie besucht. Wie alle anderen: Jeder, der einmal das Tor durchschritten hatte, versuchte, das Vergangene aus dem Gedächtnis zu tilgen, wie eine Schande.

Wahrscheinlich war es Sünde, was sie nun tat, aber es kümmerte sie nicht. Nina strich Schwester Immacolata über das Haar, von den grau gesprenkelten Schläfen bis zur Zopfspitze. Dann fuhr sie zart über Wangen und Arme der Nonne. Eine Berührung aus ganzem Herzen. *Ich bin da, ich bin da. Wenn du mich brauchst und wenn die Welt untergehen sollte, ich bin da. Ich gebe dir einen winzigen Teil zurück von dem, was du mir gegeben hast. Dass unsere Schuld vergeben werde, wie auch wir vergeben unseren Schuldigern.*

Schwester Immacolata runzelte leicht die Stirn. Eine Hand glitt unter ihrer Wange hervor und blieb nach oben geöffnet liegen.

Nina legte ihre Hand darauf.

Der schmächtige Oberkörper in dem weißen Nachthemd zog sich krampfhaft zusammen. Eine Träne quoll unter dem Lid hervor und lief an der Nase herunter, hielt kurz in einer Mulde inne, floss dann weiter über die Oberlippe und fiel schließlich auf das Kissen.

Nina drückte fest ihre Hand und beugte sich über sie. »Schwester Immacolata.«

»Was ist, Nina?«

»Wir brauchen dich.«

Als sie zwei Abende später den Weg noch einmal entlanglief, war kein Mond mehr da.

In der Nacht zuvor war die Sichel schmal wie Engelshaar gewesen, und nun schlief der Mond auf der anderen Himmelseite, wo er in zwei Tagen wieder auftauchen würde, die Sichel nun in die andere Richtung weisend.

Nina ging langsam, damit Lucia mit ihrer großen Umhängetasche, die ihr bei jedem Schritt über die Schulter rutschte, Schritt halten konnte. Zu Hause hatte sie erzählt, sie fahre mit einer Freundin aus San Vito, bei der sie auch übernachten würde, ans Meer, und hatte das Haus früh am Morgen verlassen. Die Tasche war Teil ihrer Inszenierung. Den ganzen Tag war sie unterwegs gewesen, und jetzt war Nina nicht sicher, ob sie einfach müde war oder die Ankunft so weit wie möglich hinauszögern wollte.

»Sollen wir mal stehen bleiben?«

»Nein, lass uns weitergehen.«

»Wir müssen uns nicht beeilen, wir haben die ganze Nacht Zeit.«

»Trotzdem. Ich will keine Pause machen.«

Was ihr wohl im Kopf herumging? Nina war so auf sich selbst konzentriert gewesen, dass sie überhaupt nichts gefragt hatte. Vielleicht hatte Lucia es sich anders überlegt und wusste nicht, wie sie es sagen sollte. Nina erinnerte sich, wie Lucia ihr die ganze Viale Cappuccini hinterhergelaufen und sie dann weggegangen war, ohne irgendetwas zu sagen. »Hast du's dir anders überlegt? Niemand zwingt dich zu irgendwas.«

»Nein, ich bin mir ganz sicher.«

Am vorherigen Abend war Lucia zur Fabrik gekommen. Schweigend waren die beiden in Richtung Vorstadt geschlendert, bis sie das Mäuerchen erreicht hatten. Diesmal setzten sie sich mit etwas weniger Abstand zueinander.

Nina sagte, sie habe jemanden gefunden, und Lucia fiel ihr schluchzend um den Hals.

Es war ein seltsames Gefühl, Lucia nach so vielen Jahren, und auch noch schwanger von Olmo, so nahe zu spüren. Steif und mit hängenden Armen ließ Nina es über sich ergehen. Doch dann begriff sie, wie gemein ihr Verhalten war. Wenn sie nicht einmal eine Umarmung erwidern konnte, wozu war es dann gut gewesen, ihr Gefühl, einsam und fremd in der Welt zu sein, unter dem sie seit ihrer Geburt gelitten hatte?

»Hilft uns eine von den Tabacchine?«, erkundigte sich Lucia.

»Nein. Schwester Immacolata.«

Lucia schüttelte ungläubig den Kopf. »Wer?«

»Sie erwartet uns morgen Abend.«

»Ausgerechnet Schwester Immacolata? Weiß sie, dass es um mich geht?«

»Natürlich.«

Verwirrt und fassungslos fasste sich Lucia an den Kopf. »Ich schäme mich. Was denkt sie jetzt wohl von mir?«

»Nichts, sie denkt überhaupt nichts von dir, mach dir keine Sorgen.«

In der Nacht zuvor hatte Schwester Immacolata Nina mit schmerzerfülltem Blick gelauscht, die Arme um ihren Bauch geschlungen, als wäre sie die Schwangere. Sie hatte keine Fragen gestellt, wollte nur das Allernötigste wissen: Wie weit die Schwangerschaft sei, ob sie Blut verloren habe, wie ihr Gesundheitszustand war. Schließlich sagte sie, es gelte, keine Zeit zu verlieren, da die Entscheidung ja bereits gefallen sei.

Nina konnte es kaum glauben. Sie hatte sich darauf eingestellt, bitten und betteln zu müssen, auf eine Predigt über Gewissen und Hölle, doch ihr wurde ganz schlicht angeboten, was
sie brauchte. »Du hilfst uns einfach so? Willst du gar nicht versuchen, sie davon abzubringen?«

Schwester Immacolata nahm Ninas Hand. »Alles, was ich
oder irgendwer sonst sagen könnte, hat Lucia schon tausendmal abgewogen. Sie hat sich alle Fragen gestellt und die passenden Antworten gegeben. Ich habe nicht vor, sie damit weiter zu
quälen.«

»Aber es ist doch eine Todsünde, oder?«

»Ja, und Lucia weiß das. Über die Hölle hat sie schon nachgedacht.«

»Aber du machst dich zur Komplizin und begehst die Todsünde mit.«

»Ja, es ist eine Straftat und eine Sünde. Wir stellen uns gegen die göttlichen Gesetze und gegen die der Menschen
ebenso. Und ich bin bereit, die Folgen zu tragen.« Sie nahm die
Bibel von der Kniebank. »Ich muss mir überlegen, ob ich Gott
oder Lucia Unrecht zufüge.« Sie blätterte zum Neuen Testa-
ment. »Der Heilige Johannes schreibt, dass der Heilige Geist
Gott Beistand und Trost gewährt. Aber euch Kinder, euch einsame Kreaturen, wer beschützt euch?«

Die Frage blieb zwischen ihnen stehen wie etwas Greifbares, sie galt nicht nur für Nina und Lucia. Schwester Immacolata musste sie sich unzählige Male gestellt haben, jedes Mal
mit größerer Verzweiflung, zerrissen zwischen Erlaubtem und
Gerechtigkeit.

Sie schloss das Buch und gab Nina die Adresse der Hebamme.
Die Frau, die im Puppenschacht den Kindern auf die Welt half,
wusste auch, wie man das Gegenteil tat. »Geh sofort zu ihr, in
meinem Namen. Wenn sie nicht da ist, warte auf sie, und sag
ihr, sie soll übermorgen Nacht um drei Uhr herkommen.«

»Ins Waisenhaus?« Nina konnte es kaum fassen.

»Ja, nach unten, du weißt doch, wo. Ich werde auch dahin kommen. Wir müssen für Lucia da sein, sie wird jemanden brauchen, der ihr nahesteht.« Sie drückte Nina an ihre knochige Brust. Durch das Nachthemd konnte man ihre Rippen zählen. »Du hast immer auf sie aufgepasst, ich wusste es doch.«

Im Osten wurde es schon hell, doch bevor Nina in die Fabrik zurückging, lief sie zur Hebamme. Die Frau war noch genauso wie damals, kräftig und breitschultrig, alterslos. Nina sah in ihrem Blick, dass sie sie erkannt hatte, doch sie hörte nur zu und stellte keine Fragen, außer einer. »Geht es um dich?«

»Nein, eine Freundin von mir.«

»Dann sag ihr, sie soll vorher nichts essen und trinken. Vielleicht muss sie sich übergeben. Wir sehen uns übermorgen.«

Am Abend darauf, auf dem Mäuerchen, hatte Nina Lucia alles ausgerichtet.

»Als ob ich essen könnte«, erwiderte Lucia nur. Dann seufzte sie tief. »Was für eine Schande. Eine Schande.«

Nina redete ihr gut zu. Es hatte keinen Sinn, sich vor Schwester Immacolata zu schämen. *Denke nicht schlecht über sie und zieh nicht mit den anderen über sie her, mit niemandem. Verurteile sie nicht. Urteile niemals über jemanden. Schwöre es mir. Schwöre auf den heiligen Namen von Maria, nie zu urteilen. Niemals.*

Fast hätte sie Lucia jetzt noch einmal gefragt, ob sie sich auch wirklich sicher war, doch sie verkniff es sich. Schwester Immacolata hatte recht: Lucia hatte schon genug gelitten.

Schon als Kind hatte Nina gewusst, dass es nichts nützt, sich zu quälen. Buße, Züchtigung, Novenen und Geißelung, *meine Schuld, meine Schuld, meine übergroße Schuld*, all diese Qual von Fleisch und Geist führte zu nichts als Schwermut, und die schlug irgendwann in Bösartigkeit um, erst sich selbst gegenüber, dann den anderen. Keine unglückliche Seele, die mit dem eigenen Leiden beschäftigt ist, kann das Gute erkennen. Und tut es deshalb auch nicht.

Seltsame Gedanken in einer solchen Situation.

Nina nahm Lucias Hand und drückte sie, bis sie am Tor waren.

Leise öffnete sie die Seitentür.

»Warum hast du die Schlüssel?«

»Weißt du noch, als die von Schwester Assunta weg waren?«

»Sag bloß, du bist dahintergekommen.«

»Marcella hatte sie von ihrem Liebsten nachmachen lassen.«

Lucia grinste und zeigte auf die Fenster an der linken Seite.

»Wir haben sie immer von da oben beobachtet.«

»Guck mal genau hin, da stehen jetzt auch zwei kleine Mädchen und lassen uns nicht aus den Augen.«

»Echt?« Lucia erschrak.

»Ach was, war nur ein Witz.« Doch sie überquerte den Hof mit gesenktem Kopf, um nicht dem Blick der an der Mauer versammelten Kinder standhalten zu müssen. Auch Lucia blickte dorthin, und kurz glaubte Nina, die Waisen tatsächlich zu sehen. »Komm.« Sie lotste Lucia entschieden durch das Dunkel im Eingang, in der Küche und den Gängen, die zur Waschküche führten. Sie brauchte ihre Augen nicht, die Füße fanden den Weg von allein. Gesegnet sei die Erinnerung des Körpers.

»Bleiben wir nicht hier?«

Sie hatten die Krankenstation erreicht, und Nina drückte die Klinke der weißen Tür herunter. »Nein, komm.«

Lucia schauderte. »Heute Nacht werden wohl alle Geheimnisse gelüftet.«

Sie traten in das Gemäuer und hielten sich dicht an der kalten feuchten Mauer. Von der Steintreppe leuchtete es golden herauf.

»Lehn dich an mich, die Steine sind rutschig.«

»Wo gehen wir hin?«

»Nach unten.«

»Du weißt, wohin diese Treppe führt?«

»Ja.«

»Dann bist du ohne mich hier gewesen«, murmelte Lucia etwas vorwurfsvoll.

»Ich war noch acht Jahre hier, nachdem du weggegangen bist.«

Aneinandergeklammert stiegen sie die Stufen hinab, wie sie als Kinder die nächtlichen Schatten durchquert hatten.

Schwester Immacolata und die Hebamme waren schon da.

Unten angekommen blieb Lucia stehen. Ihr Blick wanderte über die von einem weißen Laken bedeckte Liege, den Tisch mit dem Kerzenleuchter darauf, über die dampfenden Schüsseln und eine schwarze Ledertasche am Boden. Über die niedrige Decke, die dunklen Wände. Ein weiteres Mal schien sie ihre Entscheidung zu überdenken, was dafür- und dagegensprach, ihre Gründe und was daraus folgte. Dann glitt ihr Blick zu Schwester Immacolata, und ihre Lippen deuteten ein Lächeln an.

Die Nonne ging auf sie zu und schloss sie schweigend einen langen Moment in die Arme.

Ruhe legte sich über den Schacht.

Dann führte Schwester Immacolata Lucia zur Liege. Die Hebamme half ihr, sich hinzulegen, und erklärte in einfachen Worten, was nun geschehen, wie lange es dauern und wie schmerzhaft es sein würde.

»Möchtest du die restliche Nacht über hierbleiben?«, fragte Schwester Immacolata.

Nina blickte auf die große Umhängetasche, die auf dem Boden stand, und erinnerte sich, dass Lucia zu Hause gesagt hatte, sie verbringe die Nacht woanders. »Nein, sie bleibt bei mir.« Darüber hatten sie nicht gesprochen, doch es schien ihr richtig.

Lucia warf ihr einen dankbaren Blick zu.

Schwester Immacolata half ihr, das Kleid über die Hüfte zu ziehen, streifte ihr die Unterhose ab und legte ihr ein nach Bleichmittel riechendes weißes Laken auf die Brust.

Verwundert, dass sie den Geruch nicht als störend, sondern tröstlich empfand, holte Nina tief Luft.

Lucia ließ ihre Arme neben den Körper gleiten, die Handflächen nach oben gerichtet, wie früher bei der Kontrolle.

In Nina stieg eine Welle der Zärtlichkeit für diese einsamen Hände hoch, diese Hände, auf die nach den Schlägen wegen der schmutzigen Unterhose die Ruten der Nonnen immer häufiger niedergesaust waren. Sie ging zur Liege, nahm eine Hand in die ihre und überlegte, was sie noch tun könnte, um Lucia Trost zu spenden.

Die Hebamme stellte den Kerzenleuchter an das Fußende der Liege.

Schwester Immacolata fuhr Lucia über das Haar. Es sei noch genauso schön wie damals, als Kind, sagte sie und fragte, wie sie ihr Haar so zum Glänzen bringen könne.

Nina fand das vollkommen aberwitzig, was redete sie in einem solchen Moment von glänzendem Haar?

Doch Lucia hob zu einer langen Erklärung an, in der Essig und ein ganz klein wenig Honig eine Rolle spielten.

Wie viel Essig, wie viel Honig, wollte Schwester Immacolata wissen.

Einen Fingerbreit Essig in einem Glas Wasser und einen halben Teelöffel Honig.

Die Hebamme nahm aus der dampfenden Schüssel einige metallene Instrumente. Das Kerzenlicht spiegelte sich darin, und Nina wandte ihren Blick rasch wieder Lucia zu.

Lucia hatte nur Augen für Schwester Immacolata, der sie erklärte, wie gut einmal im Monat eine Spülung mit einem Aufguss aus Rosmarin tue.

Mit Rosmarin? Tatsächlich?

Ja, Rosmarinaufguss sei ein bewährtes Heilmittel für die Haarspitzen.

Die Hebamme hob das Laken.

Schwester Immacolata beugte sich über Lucia, sodass weder sie noch Nina sehen konnten, was hinter ihr vor sich ging.

Das müsse Lucia genauer erklären, das mit dem Rosmarinaufguss, sagte sie. Aber erst einmal müsse sie tief einatmen.

Lucia holte Luft, riss die Augen auf und biss sich auf die Lippe, als würde sie einen Schrei unterdrücken.

»Und jetzt langsam ausatmen«, wies Schwester Immacolata sie an, »und erkläre mir das mit dem Rosmarin.«

Lucia atmete aus und hob dann eine Hand mit ausgestreckten Fingern. Fünf, fünf Zweige Rosmarin für fünf Minuten in einem Liter Wasser kochen.

Und noch einmal Luft holen, ganz tief, ob man es heiß benutze?

Lucia holte Luft und atmete wieder aus. Nein, es müsse abkühlen.

Atmen, ganz abkühlen?

Lucias Oberkörper hob und senkte sich. Je kälter das Wasser, umso glänzender werde das Haar.

Die Hebamme steckte mit dem Kopf unter dem Laken und wies Lucia nun an, die Fersen in die Liege zu stemmen und den Unterleib zu heben.

Lucia zog die Knie an.

Ob das alles sei, wollte Schwester Immacolata wissen. Essig, Honig und Rosmarinaufguss einmal im Monat?

Mit verzerrtem Gesicht, als verspüre sie schlimme Schmerzen, bejahte Lucia.

Nina wünschte, dass es noch viel mehr Mittelchen für glänzendes Haar gebe, über die man reden könne. Und Locken?, erkundigte sie sich. Was sie für weicheres Haar tun könne, manchmal könne sie es nicht einmal durchkämmen.

Lucia wandte sich ihr rasch zu, auf dem Gesicht Schmerz und Dankbarkeit. Vor dem Waschen, da müsse sie Olivenöl hineintun.

Öl? Sei sie da sicher? Solches, das man auch zum Kochen nehme?

Genau das, ja. Zwei Löffel seien ausreichend, es müsse gut verteilt und dann ein Handtuch um den Kopf geschlungen werden.

Wie lange?

Mindestens zwei Stunden. Besser sei es aber, die ganze Nacht.

Die Hebamme ließ die Instrumente in die Schüssel fallen, aus der es immer noch dampfte. »Wir sind fertig«, sagte sie.

Wie alte Freundinnen tranken sie in der großen Heimküche Tee.

Schwester Immacolata fragte nicht viel über die Jahre nach dem Waisenhaus, doch sie wollte alles über ihre Zukunftspläne und Träume wissen.

Lucia gab zu, keine zu haben, oder eigentlich, dass sie nun neue schmieden müsse.

Als Nina erzählte, dass sie sich Sorgen mache wegen der Tabakfabrik, versprach die Nonne, ihre Rosenkranzgebete, die sie den Streikenden schon widmete, zu verdoppeln.

»Du weißt von unserem Streik?«, wunderte sich Nina.

»Natürlich, er steht bei meinen Gebeten an erster Stelle.«

Mit dem Versprechen, sich bald wiederzusehen, verabschiedeten sie sich.

Die Sonne stand schon hoch und wärmte, als sie gegen sechs Uhr am Morgen nach Hause kamen. Lucia lehnte sich an die Wand neben der Garderobe und fing an zu weinen.

Nina stand da im winzigen Eingang und starrte auf das Telefon. Sie hoffte, es würde läuten und sie aus dieser Situation, in der sie nicht wusste, was sie sagen oder tun konnte, befreien. Aber niemand rief an. »Soll ich dir die Wohnung zeigen?«

Lucia wischte sich die letzten Tränen aus dem Gesicht. »Ja, gerne.«

Nina führte sie in den kleinen Raum, der mit Sofa und Esstisch gleich mehrere Funktionen erfüllte, die angrenzende Kochnische, Marcellas ordentliches und sauberes Zimmer mit dem Doppelbett und den akkuraten Stapeln von Fotoromanen auf dem Nachttisch, ihr eigenes Zimmer mit dem Einzelbett und dem erst vor Kurzem angeschafften Schreibtisch und schließlich das Bad. »Ich gebe dir saubere Handtücher«, kündigte sie an, stützte sich an der Badewanne ab und öffnete das Schränkchen unter dem Waschbecken.

»Danke.«

Kurz standen sie sich gegenüber, fast wie zwei Fremde im Aufzug.

»Du willst dich bestimmt gleich hinlegen.«

»Nein, ich will nicht schlafen. Hast du Lust, noch ein wenig zu plaudern?«

»Ja.«

Sie gingen ins Wohnzimmer zurück. Ihre in der Heimküche wiedergefundene Nähe zueinander war mit der aufgehenden Sonne verschwunden, und an ihre Stelle war undurchdringliche Verlegenheit voller Argwohn getreten.

»Willst du einen Kaffee?«

»Ja, wenn du auch einen trinkst.«

Nina hatte ihn bitter nötig. Und hungrig war sie auch. Sie gingen in die Kochnische.

Als die Espressokanne fertig auf dem Herd stand, öffnete Nina auf der Suche nach etwas Essbarem den Kühlschrank. Gelbliches Licht erfüllte die gähnende Leere. Ganz oben lag ein Stückchen Käse, und ganz unten stand eine Plastikschüssel voller Kirschen. In der Tür eine halb leere Milchflasche. »Entschuldige«, seufzte Nina, »es ist fast überhaupt nichts da. Wir sind gerade eigentlich immer in der Fabrik.«

»Mir reicht ein Kaffee.« Lucia setzte sich und seufzte. »Wie läuft es denn?«

»Wir können nur abwarten und hoffen.«

»Entschuldige, dass ich noch gar nicht gefragt habe. Ich hatte anderes im Kopf.«

»Verstehe ich gut.«

»Wusstest du, dass das Schaufenster von der Post einge-
schmissen wurde?«

Fast hätte Nina die Tassen fallen gelassen. »Echt?«

»Mein Vater war ganz schön wütend und hat Zeter und
Mordio geschrien. Dass das gewalttätige Krawallmacher wären, verantwortungslos und kriminell. Aber am nächsten Tag
hatte er sich schon wieder beruhigt. Wenn er selbst Angst um
seinen Arbeitsplatz haben müsste, Angst, die Familie nicht
mehr ernähren zu können, dann hätte er vielleicht Schlimmeres getan, hat er gesagt.«

In einem Schrank fand Nina eine Schachtel mit einigen vertrockneten Cellipieni. Bestimmt waren die in der Fabrik übrig
geblieben, und Marcella hatte sie mit nach Hause genommen,
als sie gekommen war, um sich umzuziehen. Auch ein Stück
Brot fand sich noch. Sie stellte alles auf den Tisch.

Die Espressokanne fing an zu gurgeln und verströmte einen
wundervollen Duft. »Hier, der Kaffee.«

»Danke.«

Um nicht reden zu müssen, nahmen sie nur kleine Schlucke
und tranken lange an ihrem Kaffee. Doch irgendwann waren
die Tassen leer. Sie stellten sie im gleichen Moment auf den
Untertellern ab.

»Du hast ein eigenes Zuhause, eine Arbeit, kannst in deiner
Küche Kaffee anbieten«, stellte Lucia fest. »Bestimmt bist du
stolz auf dich.«

Nina wollte schon die Schultern heben, als wäre das alles
nichts Besonderes, doch dann hielt sie inne. Sie verglich die
zehnjährige Nina mit der, die heute an ihrem eigenen Küchentisch saß. »Ich gehe zur Abendschule«, sagte sie. Und noch
während sie es aussprach, erschien ihr diese Tatsache vollkommen großartig.

Lucia riss die Augen auf. »Willst du einen Abschluss machen?«

»Erst mal mache ich den Hauptschulabschluss, dann sehe ich weiter. Carla sagt, ich soll mir keine Grenzen setzen.«

»Wer ist denn Carla?«

»Du hast sie im Tanzlokal kennengelernt.«

»Ach, die Besserwisserin.«

Nina lachte. »In der Fabrik nennen sie alle die Professorin.«

»Seid ihr gut miteinander befreundet?«

Nina dachte nach. Ohne Carla hätte es keine *150 Stunden* gegeben, keinen Neuanfang. »Ja, sehr.«

Die Antwort hätte auf eine neue Frage hinauslaufen können: Freundinnen, so wie wir es waren? Oder auf einen Vergleich: Ist sie dir wichtiger als ich? Aber Lucia schwieg.

Um nicht wieder verlegene Stille aufkommen zu lassen, stellte Nina sich wieder an den Herd. »Willst du noch einen Kaffee?«

»Gerne, wenn du nicht zu müde bist.«

»Nein, gar nicht. Ich habe auch Hunger.«

»Ich auch.«

Gemeinsam brachen sie in Gelächter aus, einfach so. Gelächter, das hier und jetzt auch fehl am Platz hätte sein können, und gerade deshalb war es so schön. Über zwei Stunden blieben sie dort sitzen, aßen das bisschen, was es gab, schnitten Käse und Brot hauchdünn, um mehr davon zu haben, knabberten die klebrigen Cellipieni, hängten sich Kirschen an die Ohren und lachten sich halb tot. Es galt, zweiundzwanzig Jahre Trübsinn aufzuholen.

»Jetzt würde ich mich gerne mal hinlegen«, verkündete Lucia irgendwann. Sie war sehr blass, und die Kirschen, die an ihren Ohren baumelten, sahen plötzlich aus wie vier Blutstropfen auf ihrem kalkweißen Gesicht.

Nina begriff, warum sie als Kind Lucias Wangen mit Béchamel verglichen hatte. Nicht so sehr wegen Farbe und Beschaffenheit, vielmehr wegen etwas unterschwellig Bebendem darin, das Zittern eines Puddings, der nicht fest werden kann, da er beständig von hier nach da geräumt wird. Nina hatte im Waisenhaus genug Zeit gehabt, hart zu werden, Lucia aber war zu oft von einem Ort zum nächsten geschubst worden, als dass es ihr gelungen wäre. Eine unreif gepflückte Frucht, runzlig, bevor sie reifen konnte.

»Wo willst du schlafen? In Marcellas Zimmer ist es bequemer, die hat ein größeres Bett als ich.«

»Ist mir egal.«

»Mir auch.«

Lucia nahm die über die Ohren gehängten Kirschen ab und legte sie auf den Tisch. »Verzeihst du mir?«

»Was denn?«

»Alles.«

»Sicher, wenn du mir alles andere verzeihst.«

Sie schliefen nicht eine an den Rücken der anderen geschmiegt, sondern einander zugewandt, Sonnenlicht drang durch die Ritzen der Fensterläden und lag warm auf ihren Gesichtern. Obgleich sie todmüde waren, konnten sie lange nicht einschlafen, all die Kaffees hatten sie zu sehr aufgeputscht. Es gab so viel zu erzählen, so vieles nachzuholen. Irgendwann gestand Lucia, dass sie bald heiraten würde, Mitte September.

»Wen denn?«, wunderte sich Nina.

»Den Apotheker.«

»Aber du hast doch gesagt, dass er dir gar nicht gefällt!«

»Was soll ich machen? Die Hochzeit absagen? Das wäre ein Schock für alle, meine Eltern würden sich zu Tode schämen. Ich bin nicht so mutig wie du.«

»Du heiratest, um andere glücklich zu machen?«

Lucia stieß einen ihrer unendlich langen Seufzer aus. Sie könne nicht mehr zurück, erklärte sie, das Datum stehe schon fest, die Kirche sei reserviert. Die Eltern ihres Verlobten hatten im Zentrum von Ortona eine Wohnung für sie gekauft, gleich bei der Apotheke. Und sie habe schon die ganze Aussteuer: Laken, Handtücher, Töpfe, ein zwölfteiliges Geschirrservice mit passenden Gläsern, bestickte Leinentischtücher: eine wahre Freude, und davon einen ganzen Schrank voll. Das Brautkleid, mit einem schneeweißen knielangen Glockenrock aus Tüll, sei ihr auf den Leib geschneidert. Nina müsse sie bald besuchen, dann würde sie ihr alles zeigen. Plötzlich hielt Lucia inne. »Vielleicht ist es besser, wenn du nicht kommst.«

»Warum?«

»Meine Mutter würde einen Schlag kriegen.« Ganz sicher würde sie in Nina die verstorbene Tochter wiedersehen, nun im Brautalter, und verfiele wieder dem Glauben, das falsche Mädchen adoptiert und die ganze Aussteuer nun verschwendet zu haben. Lucia und ihre Mutter hatten alles gemeinsam ausgesucht, Giuliana habe sie in die Geschäfte begleitet und sei herzlich gewesen, nicht wirklich mütterlich, aber doch herzlich. Und das war für Lucia wundervoll, sie hatte gewünscht, dass es immer so weitergehen würde. »Ich will das nicht verlieren. Kannst du das verstehen?« Sie strich sich eine goldglänzende Strähne aus der Stirn. Im Sonnenlicht wurde ihr Haar wieder ganz seiden.

Nina verspürte einen Stich in der Magengegend. Sie wollte nicht glauben, dass Lucia einfach so aufgab. Das ganze Gerede über ein Leben, das nicht ihres hatte sein sollen, darüber, hinter anderen herzuräumen, und jetzt heiratete sie einen, den sie nicht liebte, nur um ein bisschen Wärme von der Adoptivmutter und einen Stapel bestickter Handtücher zu bekommen? *Schwöre es mir. Schwöre auf den heiligen Namen von Maria, und urteile nie. Niemals. Ich schwöre auf die Madonna.* Vor ihrem inneren Auge erschien der bittende, verzweifelte Blick, mit dem Schwester Immacolata ihr dieses Versprechen abgerungen hatte. Nicht zu urteilen, das galt es auch in diesem Fall, über den zu richten nur auf den ersten Blick harmlos zu sein schien. Wer war Nina, dass sie sich anmaßte zu wissen, was Lucia brauchte und was nicht, was sie glücklich machte? Sie stellte sich Lucia als Apothekersfrau in ihrer neuen Wohnung vor, wie sie zwischen den teuren Möbelstücken umherging, über die Seidenkleider im Schrank strich, wie sie im Wohnzimmer Kaffee aus feinen Porzellantässchen an einem Tisch servierte, der sicher nicht aus Kunststoff war, sondern aus schönem Holz und bienenwächsern glänzte. Lucia, das buttrige

Béchamelkind, gekleidet in feine Wolle und glänzende Schuhe, vollkommen deplatziert im armseligen grauen Waisenhaus, Lucia, an der noch ihr vorheriges Leben haftete, ihre Familie, in der schöne Dinge so wichtig waren wie die Liebe, die sie einander entgegengebracht hatten. Vielleicht war ihr Reichtum und die damit einhergehende Sicherheit ihre Art zu sagen: Ich bin für dich da. Nach sechzehn Jahren Wanderschaft kehrte sie nun endlich zu ihrem Ausgangspunkt zurück. Lucia hatte ihre Zerbrechlichkeit offenbart, um Nina daran wachsen zu lassen.

»Ich komme dich besuchen, wenn du verheiratet bist, dann kannst du mir Tee aus dem schönen Service anbieten.«

»Ja! Das wird wunderbar«, hauchte Lucia mit vor Müdigkeit kleinen Augen. »Ich hoffe, du gründest auch bald eine Familie.«

Familie. Ein Begriff, der sich für Nina auf eine Kaffeetasse beschränkte, die in tausend Stücke zersprungen war, als Carla sie über Muttermale aufgeklärt hatte. Tausendmal hatte Nina sich gefragt, warum die Mutter sie nicht gewollt hatte, was falsch an ihr, Nina, war. Aber an diesem lichtdurchfluteten Junimorgen, während Lucia erschöpft in den Schlaf glitt und ihr Atem tief und regelmäßig wurde, begriff Nina, dass es ihr nicht mehr wichtig war. Was auch immer es für Gründe gegeben haben mochte: Für die Frau, die ihre Mutter war, waren sie schlüssig gewesen, und nichts würde daran etwas ändern. Nina wünschte ihr aus ganzem Herzen, es nie bereut, sich nicht mit Gewissensbissen gequält zu haben, sich nicht jedes Mal, wenn sie ein Mädchen mit dunklen Augen und schwarzem Haar sah, zu fragen: »Ist sie das? Wie alt ist sie jetzt?« Nicht ihr Leben daran verschwendet zu haben, was hätte sein können und nicht war. Wenn wir uns eines Tages treffen sollten, wandte sie sich in Gedanken an die Frau, dann werde ich dich nicht »Warum?« fragen, denn dann würde ich über dich urteilen, und ich habe auf den heiligen Namen Marias geschworen, dies nicht zu tun, nicht zu urteilen, niemals.

Nach nahezu zweiundzwanzig Jahren hatte sie sich selbst zur Welt gebracht, war sich selbst Vater und Mutter zugleich, hatte eingesammelt, was ihr zwischen die Finger geraten war: Punkte ohne Teilmenge, nächtliche Wehklagen, Keuchhusten, Glockenrockzärtlichkeiten, gestohlene Ventricinawurst und Schokolade, in einem Jahr Fotos und im nächsten nicht, die halsstarrige Fürsorge Schwester Immacolatas, Marcellas Herz mit der harten Schale und dem weichen Kern, die tabakgetränkte Haut der Kolleginnen, der von Carla herbeigesehnte Neuanfang, das erste Kreuz auf einem Wahlschein, Steinwürfe auf ein Schaufenster, der von Sternen und Glühwürmchen erhellte Gesang in der Tabakfabrik. Die Puppen im Schacht, die in ihren Armen gestorbene Frau, von blauen Flecken übersät, die sie schon vorher das Leben gekostet hatten. All diese Puzzleteilchen hatte sie in ihrem fruchtbaren, flach gebliebenen Unterleib zu einem Ganzen ausgebrütet. Die Worte in ihren Heften. Um einen Ton singen zu können, muss man ihn in Gedanken hören, hatte Schwester Lea gesagt; um sich eine Zukunft vorstellen zu können, braucht es Worte, sie zu beschreiben. Der Mutter hatte es an Worten gefehlt.

Wenige Stunden später wachte Nina auf, Unruhe trieb sie aus dem Bett. Sie konnte es gar nicht abwarten, wieder in der Fabrik zu sein.

»Gehst du?«, fragte Lucia, als Nina, nachdem sie geduscht hatte, wieder ins Zimmer kam.

»Ja, die Kolleginnen warten auf mich. Du kannst ruhig hierbleiben. Was hast du deinen Eltern gesagt, wann du wiederkommst?«

»Nichts Bestimmtes. Heute oder morgen.«

»Dann bleib doch noch diese Nacht.«

Lucia streckte sich lächelnd. »Danke. Kommst du heute Abend wieder?«

»Wenn du möchtest, ja.«

»Dann mache ich etwas zu essen.«

»Aber es ist doch gar nichts da.«

»Ich gehe nachher einkaufen.«

»Dann lasse ich dir die Schlüssel da.« Nina legte den Bund auf den Nachttisch.

»Erwarte aber bloß nicht zu viel. Ich hab noch nie gekocht.«

»Niemand hat jemals nur für mich Essen gemacht.«

Nina erreichte die Fabrik schweißgebadet. Am Tor stand niemand Wache, und sie fürchtete schon, die Polizei habe alles geräumt. Zwei Stufen auf einmal nehmend lief sie die Treppen hinauf. Überall im Treppenhaus hallten die Schreie der Tabacchine. So laut, dass Nina dachte, irgendetwas Schlimmes sei geschehen. Mit klopfendem Herzen blickte sie schließlich in die große Halle. Hunderte von Frauen, die Fäuste gen Himmel gereckt, schrien wild durcheinander.

Marcella lief ihr entgegen. »Nina! Nina!« Sie lachte und weinte gleichzeitig und drückte Nina so fest an sich, dass diese nach Atem ringen musste. »Nina, wir haben gewonnen!«

»Was?«

»Eben haben die aus Rom angerufen. Die Tabakmanufaktur bleibt in Lanciano, und niemand wird gekündigt!«

»Deshalb also hast du gefragt, ob das Wort noch etwas anderes bedeutet.« Carla faltete die Zeitung zusammen.

»Ich hab mich gefragt, was diese Frage sollte, und wollte sicher sein, sie richtig verstanden zu haben.«

Die Freundin brach in schallendes Gelächter aus. »Aber du hast sie verstanden, und wie.«

An einem Abend Anfang Juli, als Nina und Marcella gerade beim Abendessen saßen, hatte das Telefon geläutet. Die Fenster waren geöffnet, von der Straße drangen die Schreie der spielenden Kinder herein und die Stimmen der Mütter, die zum Essen riefen.

»Wer kann das sein, um diese Uhrzeit?«, wunderte sich Marcella müde. Normalerweise stürzte sie gleich zum Apparat, doch nach vierzig Tagen Unterbrechung hatte die Arbeit doppelt so hart wieder angefangen, und sie war den ganzen Tag von einem Stock in den anderen gerannt. Nun war sie zu Tode erschöpft.

»Bleib sitzen, ich geh schon.«

»Guten Abend, spreche ich mit Marcella oder Nina?«, erkundigte sich eine Männerstimme.

»Hier ist Nina, wer ist denn da?«

»Bruno La Barba, ich habe die Nummer von Olmo.«

Als sie den Namen hörte, drehte sich ihr der Magen um. »Worum geht es?«

Er rufe wegen des Interviews an, sie hatten auf der Demonstration darüber gesprochen. Er habe zahlreiche Artikel über den Streik geschrieben, aber die Geschichte von außen betrachtet sei natürlich etwas ganz anderes als von jemandem, der mittendrin stecke. Morgen komme er nach Lanciano, ob sie sich vielleicht auf einen Kaffee und ein paar Worte treffen könnten?

»Kommt Olmo auch?« Sofort bereute Nina die Frage.

»Nein, er ist schon weg. Wollen Sie seine Nummer aus Rom?«

»Nein, ist nicht so wichtig.«

Sie verabredeten sich für den nächsten Abend in einer Bar nahe der Tabakfabrik.

Nina fragte Marcella, ob sie nicht mitkommen wolle, so würden es zwei Stimmen von mittendrin sein.

Doch die erwiderte nur: »Hör mir bloß auf, ich stecke bis über beide Ohren in Arbeit.«

La Barba wartete an einem Tisch im Außenbereich. »Danke, dass Sie es einrichten konnten«, sagte er und rückte Nina einen Stuhl zurecht. Er hatte eine ganze Liste Fragen vorbereitet, deren Antworten Streik und Fabrikbesetzung chronologisch erläutern sollten.

»Vielleicht sollten Sie mit Ersilia sprechen, die ist unsere gewerkschaftliche Vertreterin. Sie weiß über jede Einzelheit Bescheid.«

»Ich will weder die Meinung einer Führungskraft noch die einer Gewerkschaftlerin hören, die haben tausend Gelegenheiten, sie herauszuposaunen. Ich will die Stimme einer ganz normalen Arbeiterin, ihre Sicht der Dinge.« Er holte ein Notizheft hervor und fing an, seine Fragen zu stellen.

Auch die Sortiererinnen mussten in diesen Tagen hart arbeiten, zuerst hatten sie sich die vor dem Streik gelagerten Blätter vorgenommen. Der größte Teil war nicht mehr zu gebrauchen, einige Blätter jedoch noch zu retten. Zehn Stunden lang hatte Nina im Gestank verbracht, der durch die lange Fermentation noch schlimmer geworden war, hatte mit brennenden Augen die Farben der durch Oxidierung verdorbenen Äderung zu unterscheiden versucht. Die Worte des Journalisten gingen ihr zum einen Ohr hinein und zum anderen wieder heraus.

»Sie sind ziemlich müde, oder?«

»Ja, sehr.«

La Barba riss eine Seite aus seinem Notizheft. »Hier sind die Fragen. Schreiben Sie einfach ihre Antworten auf und machen Sie sich keine Gedanken über die Form, ich mache das schon.«

Nina faltete das Blatt und steckte es in die Tasche. »Wann brauchen Sie die Antworten?«

»Schaffen Sie es bis übermorgen? Das Eisen muss geschmiedet werden, solange es heiß ist. Wenn wir zu lange warten, interessiert die Geschichte niemanden mehr.«

Vierzig Tage Besetzung hatte es für einen Erfolg gebraucht, ganz zu schweigen von den vorausgegangenen Verhandlungen und Demonstrationen, und die Leute würden das Ganze in weniger als einer Woche vergessen.

»In Ordnung.«

Als Nina wieder zu Hause war, nahm sie ein langes Bad, legte sich dann eine halbe Stunde mit geschlossenen Augen aufs Bett und holte schließlich das Blatt mit den Fragen hervor. Es waren einfache Fragen, ob sie ihr Einverständnis freiwillig gegeben oder ob man sie gezwungen habe, ob das, was sie erreicht hatten, ihren Erwartungen entspreche, ob sie gut behandelt würden. Zum Schluss kam eine etwas persönlichere Frage, deren Bedeutung Nina nicht ganz begriff. Die Frage war zwar an sie gerichtet, doch sie fühlte sich verpflichtet, sie stellvertretend für alle Tabacchine zu beantworten, und wollte nicht falsch verstanden werden.

Eigentlich wollten Marcella und sie keine Ferngespräche von zu Hause führen, doch nun blieb ihr nichts anderes übrig. Sie rief bei Carlas Unterkunft in Rom an und bat, sie sprechen zu dürfen. Nachdem die Freundin erst einmal die Verhandlungsergebnisse bejubelt hatte, erzählte Nina ihr von dem Interview und sagte, sie verstehe eine Frage nicht richtig.

Carla erklärte sie ihr auf Anhieb.

Zurück in ihrem Zimmer setzte sich Nina an den kleinen Schreibtisch. In der einen Ecke waren ihre Heftchen gestapelt. Das oberste hatte noch viele leere Seiten. Sie riss einige heraus und legte sie vor sich hin. Die leeren Blätter verunsicherten sie ein wenig. Tausend Gedanken gingen ihr durch den Kopf, doch sie wusste nicht, wie sie sie ordnen sollte. La Barba würde sich darum kümmern, den Worten eine Form zu geben, doch es war ihr wichtig, eine klare Stellungnahme abzugeben. Alle sechshundertfünfzig Arbeiterinnen hatten in dieser Angelegenheit Blut und Wasser geschwitzt. Sie nahm eines der vollkommen zerknitterten älteren Hefte zur Hand. Die Worte, die sie damals aufgeschrieben hatte, brachten sie zum Lächeln. Nicht dass sie jetzt die Weisheit mit Löffeln gefressen hätte, aber sie war doch gerührt von ihrer damaligen Unwissenheit, dem Staunen über Worte, die sie nun vollkommen normal fand: *Wunsch, Hoffnung, Unwohlsein, Auserwählte.* In einem anderen Heft fand sich *Egoist, zerstreut, entmuttert.* Und in den letzten *Wirtschaftsboom, Rudiment, Ommatidien, Resignation.* Schließlich stieß sie auf die großen Begriffe aus Carlas flammenden Reden. Klar umrissen und glühend ergänzten sich in ihnen Leidenschaft und Gerechtigkeit.

Nun hatte sie den Faden gefunden.

Durch die Abendschule war sie in Übung, und ihre Hand glitt rasch und mit sorgfältiger Schrift über das Papier. Einige persönliche Angelegenheiten waren vielleicht unterschiedlich, doch die Voraussetzungen waren für alle Tabacchine gleich. Warum sie gestreikt hatten, war offensichtlich, und Nina verlor nicht viele Worte darüber. Die Arbeit zu verlieren bedeutete nicht nur, ohne Lohn dazustehen, es bedeutete vor allem den

Verlust ihrer Würde, mitnichten eine Floskel, sondern ein Begriff, der klar und deutlich die Grenze zwischen Abhängigkeit und Unabhängigkeit aufzeigte. Nina wusste nur zu gut, wie es sich von Barmherzigkeit lebte, und zwar nicht der, die der Heilige Paulus meinte, sondern Almosen von Menschen, die sich damit ein gutes Gewissen erkauften, gleichzeitig jedoch nach Dankbarkeit verlangten. Sie hatte sich ernährt von den Lebensmittelpaketen der Alliierten, die bis in die Fünfzigerjahre hinein die Schränke des Waisenhauses füllten: Fleischkonserven, muffiger, geschmackloser Kaffee und Tee. Sie hatte aus der Form geratene, von anderen abgelegte Kleidung getragen, hatte bis zum Gehtnichtmehr die aus kratzigen Militärdecken geschneiderten Umhänge am Leib spüren müssen. Für einen Schlafplatz in der Abstellkammer und einen in der Küche gegessenen Teller Suppe hatte sie sich als Dienstmagd verdingt. *Danke* hier, *danke* da, *jawohl* hier, *jawohl* da. Kostete man einmal die Freiheit der Arbeit, die Befriedigung, das eigene Brot aufzutischen, konnte man nicht mehr darauf verzichten.

In dieser ersten Antwort benutzte sie häufig die folgenden Worte: Hoffnung, Trostlosigkeit und Demütigung.

Nicht alle Arbeiterinnen hatten von Anfang an dem Streik zugestimmt, und von außen sollte niemand über sie richten. Die Streikbrecherinnen waren vor allem Frauen, auf deren Schultern das Gewicht der ganzen Familie lastete. Der unbegrenzte Streik war für sie ein Sprung ins Leere, in das sie kranke Eltern, Ehemänner und Kinder mit hineinziehen würden. Die anderen Tabacchine hatten in Ruhe abgewartet, dass sie von selbst die Richtigkeit des Streiks begriffen, ohne es ihnen aufzuzwingen, denn: Entweder ist Freiheit frei gewählt, oder es ist keine Freiheit. Und um sich besser zu erklären, half sie sich mit den folgenden Begriffen: *überschüssig, Erniedrigung* und *Wut*.

Über das erreichte Ergebnis und die Arbeitsbedingungen gab es viel zu sagen, und ihre Antwort fiel sehr ausführlich aus.

Man behandelte sie nicht unmenschlich, wie es einst üblich gewesen war, doch es war noch ein langer Weg zur Gerechtigkeit, angefangen bei dem niedrigen Lohn. Und das war keine Frage von Gier oder übertriebenen Ansprüchen, sondern von der bereits beschriebenen Würde. Ein niedriger Lohn ist wie ein Almosen, er verlangt nach Dankbarkeit und Unterwerfung und führt dazu, dass der Arbeiter Selbstwert und -achtung verliert. Die Tabacchine aber waren von großem Wert, sowohl als Arbeiterinnen wie auch als Menschen. Das hatten sie bewiesen, indem sie alles, was sie besaßen, riskiert hatten und vierzig Tage schliefen, wo es sich gerade ergab: auf improvisierten Lagerstätten in der Fabrik, im Gewerkschaftsbüro, im Bahnhof oder auf den Gleisen, um die Züge der Sangritana aufzuhalten, ganz Lanciano hatten sie besetzt.

Nina dachte an die Reden von Carla und fügte hinzu, dass es nur gut wäre, wenn ein neuer Wind die Dinge einmal ordentlich durchschüttelte, denn warum war bei ihnen so wenig zu spüren von dem Wirtschaftsboom, der dem Rest des Landes zum Aufschwung verhalf? Was hatten sich Führungsetage und Verwaltung dabei gedacht, eventuell die ganze Fabrik woandershin zu stellen? Wussten sie etwa nicht, dass der bescheidene Wohlstand der Stadt allein der Fabrik zu verdanken war? Dass alles zusammenhing? Sie sollten es einmal machen wie die Fliegen; sich künstliche Ommatidien in die Augen einsetzen, um ihr Blickfeld zu erweitern und die wichtigen Details nicht aus den Augen zu verlieren. Die Stadtbewohner hatten es längst begriffen: So misstrauisch sie diesen unabhängigen Frauen anfangs gegenübergestanden hatten, so solidarisch hatten sie sich später gezeigt. Wie konnten Menschen, die Gesetze machten und Entscheidungen trafen, diesen überwältigenden Umstand übersehen?

Nun war Nina bei der letzten Frage angelangt: Hätte sie an der Besetzung teilgenommen, wenn sie sich um einen Familienhaushalt hätte kümmern müssen? Und wenn sie heiraten und Kinder bekommen sollte, wie würde sie zwischen Arbeit und Familie entscheiden? Würde sie die beiden Dinge miteinander verbinden können, zu einem Kompromiss kommen?

Die Frage, vor allem das Wort *Kompromiss*, ließ sie aufhorchen, und sie bat Carla um Rat.

Die eigentliche Bedeutung des Worts war ihr klar, es handelte sich darum, Teufel und Weihwasser zusammenzubringen, um es einmal so zu sagen, Dinge zu verbinden, die nicht zueinander passten, aber sie meinte, das Wort auch in rechtlichem Zusammenhang schon gehört zu haben. War es vielleicht unrechtmäßig, zu arbeiten und gleichzeitig eine Familie zu haben?

Carla brach in eines ihrer wunderbaren Gelächter aus. »Aber nein!« Man benutze das Wort für eine Vereinbarung zwischen gegnerischen Parteien, wenn eine Strafe zu bezahlen oder ein Rechtsstreit zu beheben sei, aber der Journalist meine etwas anderes.

»Was will er denn wissen?«

Lanciano sei ein Stück verkehrter Welt, erklärte Carla, die Wirtschaft stützte sich hier auf die Arbeit der Frauen, normalerweise sei es andersherum: Männer brachten den Lohn nach Hause, und Frauen kümmerten sich um die Familien. La Barba sei hier nur von der Norm ausgegangen.

Nina setzte sich wieder an den Tisch und schrieb, dass sie keine Antwort auf die Frage wisse und ihren Sinn nicht verstehe. Glaubte er etwa, alle Tabacchine seien Waisen, Witwen oder entmutterte Frauen? Die meisten von ihnen hatten häusliche Pflichten, doch das sei kein Hindernis für sie. Sicher profitierten sie von der Umsicht des Direktors, der einen Raum für die Wickelkinder und zum Stillen zur Verfügung stellte, doch das hatte Nina vollkommen normal gefunden. Was sie hingegen in Erstaunen versetzte, war, dass ein Kindergarten in einer Fabrik mit Hunderten Angestellten nicht die Regel, sondern die Ausnahme war. Die Arbeiterinnen wurden wie unartige Kinder behandelt, die ihre Hausaufgaben nicht erledigen wollten, wenn etwa Urlaubstage wegen unvorhergesehener Notfälle an den Fingern abgezählt wurden. Den Bedürfnissen der Angestellten entgegenzukommen sei richtig und gut für alle, es lohne sich auch für die Vorgesetzten, denn ein Arbeiter, der wie ein Mensch behandelt und als solcher angesehen wird, gibt sich mehr Mühe und wird bei der Erledigung seiner Aufgaben immer ein besseres Ergebnis erzielen. Und das nicht aus Dankbarkeit, weil er sich gezwungen sieht oder vertraglich untergeordnet ist, sondern der gegenseitigen Achtung wegen und des Gefühls dazuzugehören. Seine Arbeit ist ihm keine Last, sondern Teil von ihm, er respektiert sie. Ein Angestellter, den man ausnutzt, wird es baldmöglichst mit gleicher Münze heimzahlen, wenn auch nur durch missmutig erledigte Arbeit.

Es gebe nicht genug Arbeitsplätze für alle, das wisse sie, und normalerweise waren es die Männer, die arbeiteten, dass es aber so wenig Frauen in der Arbeitswelt gab, war ein Umstand, der nicht nur der geringen Anzahl an Stellen geschuldet war, sondern auch ihrem Überdruss, Fragen wie diese zu beantworten. Denn eine solche Frage ging davon aus, dass die Familie ein besserer Ort für eine Frau war als eine Fabrik oder ein Büro, sie fällte ein Urteil und zielte auf Schuldgefühle ab. Nicht alle Menschen seien stark genug, dem gesellschaftlichen Druck standzuhalten, familiärer Missbilligung und übler Nachrede. Und Frauen seien in diesem Punkt viel angreifbarer, denn sie waren das Hauptziel von Klatsch und Tratsch. Sogar in dem Waisenhaus, in dem sie groß geworden war, gab es Nonnen, die lehrten, über die Taten anderer nicht zu richten, nicht zu urteilen, niemals. Sie verstehe nicht, dass ein gebildeter und aufgeklärter Mensch wie ein Journalist in eine solche Falle tappen könne. Hier gab es überhaupt nichts zu vereinbaren, denn alles war rechtens, hier wurde mit ausgestrecktem Finger ein

Urteil gesprochen, welches schwerer wog als ein fragwürdiges Gesetz.

Nina hatte La Barba den kleinen Blätterstapel in die Hand gedrückt, überzeugt, er werde zahlreiche Anmerkungen machen oder verärgert sein, dass sie ihn als oberflächlich und rückständiger als eine Nonne bezeichnet hatte, doch im Gegenteil entschuldigte er sich für die unbedachte Frage. »Ich werde rein gar nichts am Text ändern.«

Das gesamte Interview erschien wenige Tage später in der Zeitung. Zwei vollgedruckte Seiten.

Marcella kaufte gleich ein Dutzend Exemplare, hängte den Artikel in der Fabrik ans schwarze Brett jeder Abteilung und einen zu Hause neben das Telefon, sie hätte nicht stolzer sein können, wenn sie ihn selbst geschrieben hätte. »Das hast du großartig gemacht, mein Schäääätzchen!«

Ersilia fragte Nina, ob sie nicht bei der Gewerkschaft arbeiten wolle. »Mit Worten umgehen zu können ist genauso wichtig wie mit Händen«, betonte sie.

Sie denke darüber nach, antwortete Nina.

Auch Carla war begeistert von dem Interview, sie fand es schlagkräftiger als die zahlreichen ideologischen Reden. »Hoffen wir das Beste«, seufzte sie nun.

»Wofür?«

Sie ließ die Hand auf den Artikel fallen. »Die Manufaktur. Hoffen wir das Beste«, wiederholte sie.

Nina verstand den plötzlichen Umschwung nicht. »Aber wir haben doch gewonnen. Die Fabrik bleibt in Lanciano, und niemand wird entlassen.«

»Fürs Erste.«

An den Tischen dort um sie herum saßen Dutzende von jungen Leuten in ihrem Alter, und doch waren sie aus einer vollkommen anderen Welt. Die Mädchen trugen Hosen oder bunte kurze Röcke und flache Sandalen, die Männer Hemden, die aus ihren verwaschenen Hosen heraushingen. Jeder von ihnen hatte im Rucksack oder unter dem Arm Bücher dabei, Bücher, mehr, als Nina in ihrem ganzen Leben gelesen hatte. Carla war ihnen ähnlich, in der Kleidung und ihrer ganzen Art. Als Nina sie in der Bar getroffen hatte, fühlte sie sich furchtbar fehl am Platz mit ihrem knielangen Rock, der gestärkten Bluse, dem mit Spray fixierten Haar. Und auch in den Straßenbahnen, mit denen sie zum Univiertel gefahren war, hatte sie sich vollkommen fremd gefühlt, in der einen Hand die Wegbeschreibung, die andere fest um einen Haltegriff geklammert. Die Tasche rutschte ihr bei jeder Bewegung über die Schulter, bestimmt war sie die Einzige, die keine Umhängetasche tragen konnte. Am liebsten wäre sie zum Bahnhof gerannt und zurück nach Lanciano gefahren. Hätte sie den Weg dorthin gewusst, wäre sie losgelaufen. In der Bar hatte sie sich wieder fremd und außen vor gefühlt, doch sie hatte ihren Mut zusammengenommen, freudig erregt, Carla zu erzählen, was sie persönlich sowie sie alle in der Fabrik erreicht hatten. Und nun dieser Pessimismus. »Was ist denn los mit dir? Was ist mit dem neuen Wind, mit *Das ist erst der Anfang*?«

Carla nahm einen Schluck Limo. »Ich glaube immer noch daran. Aber ich fürchte, früher oder später werden die aus den Führungsetagen gewinnen, Maschinen werden Menschen ersetzen, oder die Produktionen werden an Orte verlegt, wo Arbeit weniger wert ist, und dort werden dann Menschen mit niedrigeren Ansprüchen ausgebeutet. Man wird uns weismachen wollen, das wäre wegen des Fortschritts unvermeidbar, und wir werden die Schuld denen geben, die verzweifelt genug sind, für den halben Lohn die doppelte Arbeit zu machen.«

»Dann war alles umsonst?«

»Nein, denn wir haben uns selbst noch einmal ins Bewusstsein gerufen, wozu wir in der Lage sind. Das dürfen wir nie vergessen.«

In Ninas Brust zog sich alles zusammen. »Aber es muss doch eine Lösung geben«, murmelte sie. »Wenn du recht hast, dann ist das ganze System grausam und fatal.«

Carla nickte. »Wir müssen etwas tun, um das System zu ändern.« Sie strich über die Zeitung. »Auch Worte sind wichtig. Mit dem Interview hast du genauso dazu beigetragen wie mit der Besetzung.« Dann wedelte sie mit der Hand vor ihrem Gesicht, als wollte sie alles eben Gesagte auswischen. »Jetzt reicht's aber mit der Politik, erzähl mal von dir. Hast du dich in der Abendschule für das zweite Jahr angemeldet?«

»Ja.«

»Machst du zwei in einem?«

»Ich versuch's.«

»Gut.« Carla nickte anerkennend. »Und Olmo?«

Röte stieg heiß in Ninas Gesicht auf. »Der müsste gleich kommen.«

Als sie La Barba das Interview überreicht hatte, hatte sie nach Olmos Telefonnummer gefragt. Wieder zu Hause, hatte sie ihn gleich angerufen.

Er sagte entschuldigend, er müsse zum Flughafen Fiumicino, um eine amerikanische Diva bei der Ankunft zu fotografieren. Ob sie später anrufen könne?

»Wann du willst«, hatte Nina erwidert, überzeugt, er habe nur eine faule Ausrede dahergesagt.

Doch kurz nach Mitternacht rief er an.

»Hast du geschlafen?«

»Nein.«

»Was hast du denn gemacht?«

»Nichts Besonderes.«

»Ich habe von den Verhandlungen gehört, gut gemacht.«

In die darauffolgende Stille hinein sagte er schließlich, er vermisse sie, woraufhin sie ihm gestand, dass sie noch immer die gelbe Plastikspange aufbewahre.

»Ein schreckliches Ding, fällt mir erst jetzt auf«, murmelte er. Dann lachten sie beide.

»Hast du mich angerufen, weil dir die Ohren geklingelt haben?«

»Warum sollten sie?«

»Ich habe heute Nachmittag von dir gesprochen. Morgen hätte ich mich bei dir gemeldet.«

Ein befreundeter Fotoromanproduzent hatte ihm angeboten, Probeaufnahmen zu machen. Die Hefte verkauften sich wie geschnitten Brot, doch die Schauspieler waren immer dieselben, und das Publikum verlangte nach neuen Gesichtern. Er war begeistert von der Fotografie von Nina, die Olmo ihm zeigte, vor allem von ihren Augen, und sagte, sie solle zu einer Probeaufnahme kommen.

»Was denn für ein Foto?«

Als sie sich am Tor der Fabrik getroffen und er sie nach Hause begleitet habe. Heimlich sei ihm da ein Bild gelungen, bevor sie ihr Gesicht hinter den Händen habe verstecken können. Die von dem schwarzen Haar eingerahmten Augen seien zwei Flammenwerfer. »Ich kann dich abholen«, schlug er vor. »Bitte, sag Ja. Auch, wenn es dir nicht wichtig ist, aber wenigstens kann ich dich so wiedersehen.« Dann seufzte er kurz auf, als wäre ihm soeben etwas eingefallen. »Glaubst du, dein Verlobter ist damit einverstanden?«

»Was?«

»Vielleicht will er keine Frau, die Schauspielerin ist.«

Nina hatte den blonden ausgedachten Verlobten schon wieder vergessen. Sollte sie Olmo erzählen, dass es ihn nie gegeben hatte? Wie würde er reagieren? Begeistert wäre er bestimmt nicht.

Als wären ihr soeben Ommatidien aus dem Kopf geschossen, sah und überdachte sie tausend Dinge gleichzeitig: wie sie stritten, die Stimmen erhoben, als Folge ihrer Beichte.

Beschuldigungen, Reue, Vorhaltungen, wie sie sich irgendwelche Dinge vorwarfen, *meine Schuld, deine Schuld, unsere übergroße Schuld.*

Sie hielt es nicht mehr aus. Hätten sie jetzt gestritten, vielleicht wäre es ihnen gelungen, fürs Erste alles beizulegen, sich zu erklären. Doch manchmal geht die Vergebung verschlungene Wege und kehrt als Verbitterung wieder. Gesegnet sei das Vergessen, für den, der es kann.

Die einfachste Lösung wäre eine weitere Lüge, um die anderen zu decken. »Wir sind nicht mehr zusammen.«

Lange Stille.

»Warum?«

»Wir haben nicht zueinander gepasst.«

»Dann hast du keine Entschuldigung, nicht nach Rom zu kommen.«

Die Situation war vollkommen absurd, wie aus einem Fotoroman entsprungen: Nach Irrungen und Wirrungen erfüllt sich der Traum des Findelkinds, und sie lebten glücklich und zufrieden.

Aber es war nicht ihr Traum, es war der von Marcella, wenn überhaupt. Doch bei der Vorstellung, mit Olmo nach Rom zu fahren, schlug ihr Herz Purzelbäume, und es schien ihm wirklich wichtig zu sein. Eine bessere Gelegenheit würde es nicht mehr geben. »Ich komme nur, wenn auch Marcella eine Probeaufnahme machen kann. Entweder wir beide oder keine von uns.«

»Ist das so wichtig für dich?«

»Ja.«

»Ich gebe dir morgen Bescheid.«

Vorerst erzählte Nina Marcella nichts davon. Enttäuschungen schmerzen in jedem Alter, und wenn es zu viele sind, dann hört man irgendwann das Träumen auf.

Als das Telefon am nächsten Abend läutete, nahm sie gleich beim ersten Ton ab.

»Marcella soll auch eine Probeaufnahme machen. Aber eine für die Zweitrangigen, die ist einen Tag vor deiner.«

»Für wen?«

»Für Nebendarsteller. Sie ist schon zu alt, um noch Hauptdarstellerin zu werden.«

»Egal, besser Nebendarstellerin als gar keine.«

»Es ist nur eine Probeaufnahme, Nina. Deine ebenso wie ihre«, gab Olmo mit sanfter Stimme zu bedenken.

»Keine Sorge. Wir sind ziemlich gut darin, uns keine Hoffnungen zu machen. Wann soll es denn stattfinden?«

»Ich hole euch am Samstag ab. Marcellas Termin ist am Montag, deiner am Dienstag.«

»Leg ein gutes Wort für sie ein, wenn du kannst.«

»Und für dich nicht?«

»Ich nehme es, wie es kommt.«

Sie konnte es gar nicht abwarten, Marcella alles zu erzählen, und war gespannt, mit welchem Lied sie ihre Freude zum Ausdruck bringen würde. Doch Marcella starrte Nina einfach nur an, warf ihr schließlich die Arme um den Hals und schluchzte *mein Schäääätzchen, mein Schäääätzchen.*

An jenem Morgen, als Nina sich in die Straßenbahn wagte, um ins Univiertel zu kommen, waren Marcella und Olmo zur Cinecittà gefahren.

»Da sind sie ja!«, rief Carla nun und winkte. »Hier sind wir!«

Mit geschmeidigen Schritten schlängelte Marcella sich selbstbewusst zwischen den Tischen hindurch, ein Lächeln auf den Lippen, das Haar rotgoldenes Funkeln.

Alles verstummte. Viele wandten sich nach ihr um, vielleicht fragten sie sich, ob sie Marcella aus einem Film oder von einer Titelseite kannten. Kurz darauf verfielen die Leute an den Tischen jedoch schon wieder in ihre Gespräche. In Rom gab es Hunderte von Fotomodellen, Schauspielerinnen und Sängern, und sie erregten nur kurz die Aufmerksamkeit, der nächste VIP war nie weit.

Aber an Marcella blieben die Blicke haften wie ein goldener Anstrich, sie glomm nur noch mehr. Zweifellos war Marcella die geborene Diva.

Sie setzten sich, Olmo bestellte Kaffee und Tramezzini, die sie verspeisten, während Marcella von den Probeaufnahmen erzählte.

»Ich bin wirklich unfähig«, erklärte sie. »Nichts habe ich gemacht, wie ich sollte. Wenn ich nach rechts gucken sollte, hab ich nach links geguckt. Wenn ich ernst sein sollte, hab ich gelacht und umgekehrt. Ganz bestimmt werfen sie alle Fotos, die Olmo von mir geschossen hat, weg.«

»Nein, das stimmt nicht, du hast es sehr gut gemacht«, versicherte Olmo ihr aufrichtig. »Du bist geboren, um vor der Kamera zu stehen. Die rufen dich an. Ganz sicher.«

»Danke für deine barmherzige Lüge«, erwiderte Marcella. Um bloß nicht enttäuscht zu werden, versuchte sie, alles ins Lächerliche zu ziehen.

Schließlich verabschiedeten sie sich von Carla und fuhren zum Bahnhof, Marcella musste den Zug nach Pescara nehmen. Sie hatte nur zwei Tage Urlaub in der Fabrik haben wollen. Aus Aberglaube, sagte sie.

Nina hingegen hatte sich die ganze Woche freigenommen, obgleich die in der Verwaltung gemault hatten: Nach vierzig Tagen Streik, wozu brauchte sie da noch sieben mehr? Hatte sie nicht lang genug Urlaub gehabt? Aber Nina hatte sich nicht umstimmen lassen.

Während Olmo Marcella zum Gleis begleitete, wartete sie im Auto. Im Radio lief ein Lied, das sie kannte. Sie stellte es lauter. Die Stimme von Celentano hallte heraus, so laut, dass sie meinte, er säße bei ihr auf dem Rücksitz und singe von einem zu blauen langen Nachmittag, ähnlich dem heutigen.

Sie kurbelte das Fenster hinunter und beobachtete die wuselnden Menschen, die im Bahnhof ein und aus gingen. An der Seite des Parkplatzes wuchs Oleander, doch anders als in dem Lied war kein Baobab zu sehen. Sie lachte. Den Kopf im Rhythmus wiegend, sang sie den Refrain mit.

Ein lauer Wind erhob sich und brachte ein wenig Abkühlung.

Aus dem Haupteingang strömte nun eine kleine Menschengruppe. Nina wunderte sich, dass die Leute nicht auseinanderdrängten, sondern dicht zusammenblieben. Einige trugen zusammengerollte Spruchbanner unter den Armen. Lärmend überquerten sie den Parkplatz. Die meisten waren in Ninas Alter.

Olmo kam hinter der Gruppe aus dem Bahnhof. »Wo gehen wir essen?«, fragte er, während er die Tür öffnete und einstieg. Er kenne ein Restaurant in Trastevere mit gutem einheimischen Essen, keine Touristenfalle. Sie würden nicht lange bleiben, versprach er, Nina musste ja am nächsten Tag für die Aufnahmen ausgeruht sein.

»Wohin gehen die?«, erkundigte sich Nina und zeigte im Rückspiegel auf den Zug.

Olmo drehte sich um und sah ihnen durch die Heckscheibe nach. »Vielleicht zur Piazza Esedra, die Demonstrationen gehen meistens von da los oder aus der Unigegend.«

Eine Demonstration, in Rom. Eine, von denen Carla durch das Klickern der Telefonmünzen erzählt hatte. »Ist diese Piazza weit weg?«

»Nein, nur ein paar Hundert Meter. Da hinter dem Gehweg mit den Bäumen ist sie, mit dem Springbrunnen in der Mitte.«

Nina öffnete die Tür.

»Wo willst du denn hin?«, rief Olmo. »Wollten wir nicht nach Trastevere?«

Nina wandte sich zu ihm um. Sie nahm sein Gesicht zwischen die Hände und gab ihm einen schmatzenden Kuss auf den Mund. »Nach Trastevere, zur Piazza Esedra, überallhin. Das ist erst der Anfang.«

Sie stieg aus und lief hinter dem Zug her.

In ihrem Kopf hörte sie noch die Stimme von Celentano, und sie hob den Blick in den Himmel, um einem soeben über die Dächer brummenden Flugzeug nachzusehen. Da war es, zog einen langen weißen Schweif hinter sich her, der sich scharf von dem Blau des Himmels abhob und langsam verblich. Sie hob die Arme gen Himmel und winkte.

»Was machst du?« Olmo stand neben ihr und schoss ein Foto nach dem anderen.

»Ich winke dem *Flugzeug der Wünsche, das in meinen Gedanken rückwärtsfliegt*!«, sang sie. Im Lied war es ein Zug, aber das war egal.

Er lachte. »Halt mal still, bitte, und guck in die Kamera.«

Dieses Mal ließ sie sich gerne fotografieren.

Wer weiß, was Olmo durch dieses Auge sah, von dem er sich nie trennte!

Nina schlug die Lider nieder und versuchte, es sich vorzustellen. Sie lächelte.

Eine Zukunftsvision vor dem inneren Auge.